Ein neuer Fall für Abt Erwin, den Sherlock Holmes Karls des Großen. Als im Herbst des Jahres 804 der Graf und der Erzbischof von Bourges in der Brenne Kaiser Karl um Hilfe bitten, scheint das Einschreiten des Kaisers und seiner Missi dominici in der Tat dringend geboten.

Seit Monaten verschwinden in der Brenne Menschen unterschiedlichen Standes. In einem Sumpfgebiet werden zwei offenbar ertrunkene Frauen gefunden. Hartnäckige Gerüchte behaupten, die Brenne sei dem Hexen- und Satanskult verfallen. Eine Bande marodiere in der Gegend, die sich »Bruderschaft des Neumonds« nenne und geheimnisvolle nächtliche Bacchanale veranstaltet.

Mit detektivischem Spürsinn und dem listenreichen Einsatz ihrer Autorität gelingt es Abt Erwin, Graf Childebrand und ihrem Gefolge zwar, wieder einmal die Wahrheit hinter dem mörderischen Treiben aufzudecken. Doch diesmal ist der Gegner – die Bruderschaft – ihnen beinahe gewachsen ...

Marc Paillet, Historiker und Journalist, war Direktor des Wirtschaftsdienstes der *Agence France Presse* und lebt heute in Bazoches bei Paris. Er veröffentlichte Essays, Sachbücher und Romane, darunter bislang mehrere historische Kriminalromane über das Ermittlungsduo Abt Erwin und Graf Childebrand aus der Frühzeit der Karolinger.

Lieferbare Bände im Fischer Taschenbuch Verlag: ›Mit Dolch und Gift‹ (Bd. 14231), ›Der Salamander‹ (Bd. 14232), ›Der Säbel des Kalifen‹ (Bd. 14233), ›An der Teufelsfurt‹ (Bd. 14234).

Unsere Adresse im Internet: www.fischer-tb.de

Marc Paillet

Im Zeichen des Neumonds

Abt Erwin und die verschwundenen Frauen

Roman

Aus dem Französischen
von Stefan Linser

Fischer Taschenbuch Verlag

Deutsche Erstausgabe
Veröffentlicht im Fischer Taschenbuch Verlag GmbH
Frankfurt am Main, April 2000

Die Originalausgabe erschien unter dem Titel ›Le spectre de la nouvelle lune‹
im Verlag 10/18, Union générale d'éditions, Paris

Gesamtherstellung: Clausen & Bosse, Leck
Printed in Germany
ISBN 3-596-14235-0

»Der erhabenste und christliche Herr, Kaiser Karl, hat die erfahrensten und würdigsten Männer unter seinen Großen ausgewählt und sie, je zu zweien, einen Geistlichen und einen Laien, durch sein ganzes Reich entsandt. Und es sollen die Sendboten sorgfältig untersuchen, wenn einer Klage erhebt, daß ihm von einem anderen Unrecht zugefügt sei. Jederzeit, gegen alle und an allen Orten, sollen sie den heiligen Gotteshäusern, den Armen, Unmündigen und Witwen und dem ganzen Volke unverkürzt Gerechtigkeit gewähren nach dem Willen Gottes. Was unsere Sendboten selbst nicht bessern können, das sollen sie vor das Gericht des Königs bringen.«

(Aus einer Handschrift der Kanzlei Karls des Großen)

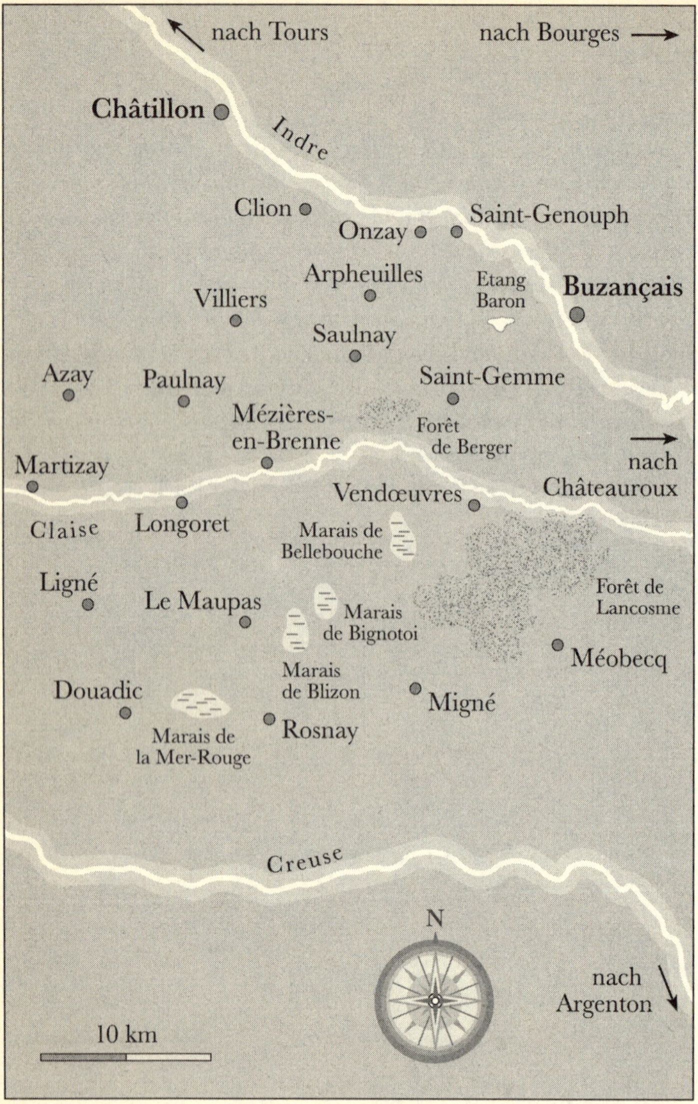
nach Tours
nach Bourges
Châtillon
Indre
Clion
Saint-Genouph
Onzay
Arpheuilles
Etang
Baron
Buzançais
Villiers
Saulnay
Azay
Paulnay
Saint-Gemme
Mézières-
en-Brenne
Forêt
de Berger
nach
Châteauroux
Martizay
Vendœuvres
Claise
Longoret
Marais de
Bellebouche
Ligné
Forêt de
Lancosme
Le Maupas
Marais
de Bignotoi
Méobecq
Marais
de Blizon
Douadic
Migné
Rosnay
Marais de
la Mer-Rouge
Creuse
N
nach
Argenton
10 km

Die Brenne

DIE PERSONEN DER HANDLUNG

Die kaiserliche Gesandtschaft

Die Missi Dominici

Childebrand, *ein Pfalzgraf*

Erwin der Sachse, *ein angelsächsischer Abt*

Deren Gefolgsleute

Bruder Antonius, *genannt der Dickbauch*

Doremus, *ein ehemaliger Aufständischer und Mönch, auch Markgraf der Lichtungen genannt*

Timotheos der Grieche, *auch der Fuchs genannt*

Hermant, *Hauptmann der kaiserlichen Wachen*

Dodon, *ein Diakon*

Sauvat, *ehemaliger Kerkermeister aus Autun, kaiserliche Wache*

Die Obrigkeiten des Berry

Sturbius, *Graf des Berry*

Ermembert, *Erzbischof von Bourges*

Faroald, *Vicecomes von Châteauroux*

Guntram, *Vogt in Mézières*

Nodon, *Erzpriester in Mézières*

Abt Ferreol, *Vorsteher des Klosters Saint-Pierre in Longoret*

Abt Valentin, *Vorsteher des Klosters von Méobecq*

Berthad und Godhart, *Vögte in außerordentlicher Mission*

Weitere Personen

Godfrid – Gilbert – Albert – Herta, *Herrschaften des Gutes »Feenbuckel«*

Conrad, *Meier (Verwalter) dieses Gutes*

Benedicta, *Waschfrau, Leibeigene auf diesem Gut*
Tanno – Wanda, *Herrschaften eines Gutes in der Nähe von Migné*
Margret, *Kolonin auf diesem Gut*
Thomas, *Schmied in Mézières*
Agnes, *dessen Frau*
Fabiana – Petronilla, *Zauberinnen*

KAPITEL I

Seit sie die Landzunge erreicht hatten, sahen Erwin und Doremus zu allen Seiten nur noch schwärzliches Wasser, vom rötlichen Dämmerlicht spärlich erhellt, und hie und da kleine Inseln von Binsen und Schilf, das sich in den heftigen Windstößen bog. In der Ferne schien das Moor die Wolken zu schlukken. Der Holzschuhmacher Rafanel diente ihnen als Führer. Umsichtig ging er voraus, und Vogt Guntram, der Stellvertreter des Vicecomes von Châteauroux* in der Region Brenne, folgte ihm wie ein Schatten, behielt jeden seiner Schritte argwöhnisch im Auge und brummelte unablässig irgendwelche unverständlichen Drohungen vor sich hin. Der Missus dominicus und sein Gefolgsmann hielten sich mit einiger Mühe dicht hinter ihnen. Seit mehr als einer Stunde watete der kleine Trupp nun bereits einen schmalen, lehmigen und gefährlich unsteten Pfad dahin, der sich mal zwei oder drei Zoll über dem Wasserspiegel, mal unter der Oberfläche und kaum mehr sichtbar immer weiter schlängelte, so daß nur ein Bewohner der Sümpfe seinem Verlauf zu folgen und die trügerischen Fallen des Morasts zu meiden vermochte.

Der Holzschuhmacher hatte unterwegs häufig innegehalten, doch vermutlich nicht aus mangelnder Ortskenntnis. Vielmehr wiederholte er jedesmal seine eindringlichen Warnungen in einem besonders abscheulichen Latein: Seine Begleiter sollten sich hüten, auch nur einen Schritt von dem Weg abzuweichen, den er ihnen vorgab, wenn sie nicht in ein eiskaltes Wasserloch fallen oder gar in die tödlichen Fangarme der Wasserpflanzen aus Blättern, Stengeln und Wurzeln geraten wollten.

* Namen und Begriffe werden im Glossar (S. 310) erläutert.

»Und wohin gelangen wir, wenn wir dir folgen?« brummte der Vogt auf fränkisch.

Bei jedem neuen Halt blickte sich Doremus zu Abt Erwin um, doch der Missus dominicus schien sich durch nichts erschüttern zu lassen und nutzte jedesmal die Gelegenheit, um die Umgebung mit Blicken abzusuchen.

Als sie ihr Ziel, Rafanels Behauptungen zufolge, endlich erreicht hatten, deutete er auf einen von Büschen überwucherten Hügel ungefähr fünfzehnhundert Schritt vor ihnen und starrte gebannt hinüber. Auf der Kuppe des Hügels ragte, wie der Herrscher über die Ebene ringsum, ein hoher Baum auf.

Schaudernd flüsterte der Holzschuhmacher:

»Seht ihr diesen ›Buckel‹ da? Das dürfte ganz nach seinem Geschmack sein, wo es heute den ganzen Tag schon nicht recht hell werden will, und bei dieser blutroten Dämmerung und den vielen Wolken, die wie brünstige Ziegenböcke dahinjagen ...«

»Und sicher auch nach deinem!« warf der Vogt ein.

»Erscheint es nur hier?« fragte Abt Erwin in aller Ruhe.

»Es erscheint, wo und wann es will«, meinte Rafanel. »Aber tatsächlich häufig dort oben, in der Nähe der großen Erle ... wie ein weißes Gespenst, das sein Leichentuch hin und her schwenkt. Und dann löst es sich plötzlich in Luft auf ... Und wehe dem, der ihm begegnet!«

»So etwas kommt bisweilen vor?« erkundigte sich Doremus in einer Mundart, die der Rafanels ähnlich war.

»Das sollte man wohl meinen!« murmelte der Mann, schien aber ganz offensichtlich nicht mehr sagen zu wollen.

Erwin stand da auf dieser unsicheren Insel mitten im Sumpf beinahe reglos, den scharfen, von Regenschauern begleiteten Böen des Nordwestwindes ungeschützt ausgesetzt, und spürte, wie ihm die Kälte des winterlichen Herbsttages allmählich in die Glieder kroch. Fröstelnd zog er seinen Überwurf enger um den Körper. Doremus tat es ihm mit seiner wollenen Kutte nach.

»Herr, ich hoffe nur, wir müssen hier nicht allzu lange auf das Erscheinen dieser launischen Spukgestalt warten«, meinte der ehemalige Aufständische.

»Heute haben wir Neumond«, bemerkte der Vogt. »In einer halben Stunde wird es vollkommen dunkel sein. Sollte sich das Gespenst bis dahin nicht gezeigt haben, wird es auch nicht mehr kommen. So oder so können wir bald wieder in die Abtei zurückkehren. Und dort erwartet uns ein gutes Nachtmahl.«

»Wollen wir es hoffen ...«, zischte Doremus.

Der Missus dominicus, der seinen Gefolgsmann recht gut kannte, fragte ihn erstaunt auf fränkisch:

»Was fürchtest du?«

»Nichts, Herr, außer daß wir uns diesem Holzschuhmacher auf Gedeih und Verderb ausgeliefert haben. Ohne ihn wären wir jetzt außerstande, wieder festen Boden zu erreichen. Und nach alledem, was hier geschehen ist ...«

»Jawohl, nach allem, was hier geschehen ist ...«, ereiferte sich Vogt Guntram. »Ich habe mir ja bereits erlaubt, dir, Herr, zu sagen, was ich von der Geschichte halte ... Gott allein weiß, wozu diese Leute da fähig sind!«

»Wozu sind sie denn fähig?« fuhr Erwin ihn barsch an.

Der Vogt spürte, daß er sich besser zurückhielt, und sagte beschwichtigend:

»Freilich, er könnte uns kaum irreführen, ohne dabei selbst vom Weg abzukommen. Andererseits weiß ich nur zu gut, wie ausgeprägt der Haß dieser Leute doch ist ...«

»Man wechselt die Pferde nicht mitten im Fluß«, fiel ihm der Missus dominicus ins Wort, »und noch weniger den Führer mitten im Sumpf!«

Die vier Männer faßten sich also in Geduld, bis es stockfinster war. Doch vergebens. Schließlich entschied Abt Erwin, in die Abtei zurückzukehren, was schon bald noch mühseliger als der Hinweg wurde. Inzwischen blies der Wind mit unglaublicher Gewalt, ein eisig kalter Regen peitschte ihnen ins Gesicht, und die aufgewühlten Wellen des Sumpfs schwappten über den Pfad. Der Holzschuhmacher bewegte sich sehr langsam vorwärts, alle Sinne aufs äußerste angespannt, um sich schlecht und recht nach den Binsen- und Schilfinseln zu richten und mit dem Fuß den ungewissen Weg zu ertasten. Vogt Guntram blieb ihm dicht auf den Fersen, offenkundig bereit, beim geringsten Zwischenfall einzugreifen.

Auf halbem Weg etwa strauchelte Rafanel plötzlich und verschwand, wie von den Wassern und der Nacht verschlungen.

»Was habe ich Euch gesagt!« rief Guntram aus. »Jetzt stecken wir wortwörtlich in der Patsche! Diesen Leuten ist nicht zu trauen!«

»Ruhe und ans Werk!« befahl der Missus.

Schon hatte sich sein Gefolgsmann Doremus an der Stelle, wo der Holzschuhmacher ins Wasser gestürzt war, niedergekniet. Ihm schien, als gewahrte er in der trüben Oberfläche einen Strudel.

»Herr, ich bitte demütigst um Verzeihung«, sagte er zu Erwin. »Aber ich bräuchte eine kräftige Hand, die mir die Beine festhält!«

»Das wäre in der Tat, scheint mir, hilfreich«, pflichtete ihm der Abt bei, während er sich ebenfalls auf die Knie niederließ. »Und du, Vogt, du packst ihn bei den Knöcheln! Mach schon!«

Doremus tauchte mit dem Oberkörper in die dunklen Fluten und kam immer wieder hoch, um Luft zu schöpfen.

»Ich habe ihn!« schrie er plötzlich. »Bei Gott, wir holen ihn da raus!«

Nur einen Augenblick später war Rafanel mit einiger Mühe den Fangschlingen der Wasserpflanzen entrissen, so daß sie ihn auf den Pfad zu ziehen vermochten. Doremus legte sein Ohr auf Rafanels Brust.

»Er lebt!« sagte er halblaut.

Dann drehte er den Holzschuhmacher auf den Bauch, damit

das Wasser aus der Lunge laufen konnte, und bemühte sich sachkundig, ihn ins Leben zurückzuholen. Nach einer ganzen Weile erwachte der beinahe Ertrunkene aus seiner tiefen Besinnungslosigkeit. Erstaunt musterte er die drei Männer, die ihn besorgt beobachteten, tastete seine Kleider ab, fuhr sich mit der Hand über Gesicht und Haare, schaute in den Regen und auf das Wasser des Sumpfs und stieß einen langen Seufzer aus. Und schließlich kam ihm die Erinnerung zurück.

»Ich habe wirklich geglaubt, es wäre um mich geschehen«, murmelte er.

»Wir auch«, sagte Doremus.

»Aber wer hat mich ...«

»Später!« unterbrach ihn Erwin. »Zuerst bring uns aus diesem Sumpf heraus! Nur du kannst das! Falls nötig, werden wir dich beim Gehen stützen. Führe uns!«

Rafanel erhob sich unter Mühen, drückte dann den Rücken durch und erklärte stolz:

»Ich werde meine Pflicht tun, und zwar allein und so schnell wie möglich!«

Dann wandte er sich an Doremus.

»Du warst das!« meinte er. »Das kannst nur du gewesen sein!«

Der Gefolgsmann reichte ihm seine Wegflasche.

»Trink einen Schluck Wein! Du hast ihn bitter nötig. Und dann los!«

Nach der kurzen Rast zogen sie bei undurchdringlicher Dunkelheit und umtost von den entfesselten Naturgewalten weiter. Mehr als einmal glaubten sie, sich verirrt zu haben und den richtigen Pfad nicht wiederzufinden. Wie durch ein Wunder erreichten sie endlich das feste Land.

»Gut, mein Sohn, sehr gut«, lobte Abt Erwin den völlig erschöpften Holzschuhmacher. Dann kniete er an der Wegesböschung nieder, um dem Allmächtigen Dank zu sagen.

Rafanel fiel neben dem Missus auf die Knie, und Doremus

folgte ihrem Beispiel. Wogegen der Vogt trotz aller Müdigkeit mit betont argwöhnischem und mißbilligendem Gesichtsausdruck stehenblieb. Doremus suchte in seinem Beutel nach etwas Eßbarem, doch Brot und Käse waren völlig aufgeweicht. Als einzige Stärkung mußten sie sich folglich mit einem Schluck Wein begnügen, den Abt Erwin jedoch ausschlug. Schließlich erhob sich der Abt und rief, kerzengerade dem Sturm trotzend:

»Wie können Menschen nur in einer solchen Hölle aus Wasser und Schlamm überleben?«

»Was meinst du dazu, Rafanel?« fragte Doremus, nachdem er den Ausruf seines Herrn übersetzt hatte.

»Nun ja, einige leben hier schon, aber mehr schlecht als recht«, antwortete der Holzschuhmacher.

»Wirklich so schlecht? Weshalb bleiben sie dann?«

»Mein Gebiet ist nicht das Moor, sondern Hölzer und Wald, ich fertige Holzschuhe, Holzpflüge und Joche!«

»Dafür findest du dich hier im Sumpf aber ganz gut zurecht, he«, hielt Guntram dagegen und wandte sich an den angelsächsischen Abt. »Du hast es sehr treffend gesagt: eine Hölle aus Wasser und Schlamm! Und wer vermag in der Hölle zu leben, ob sie nun glühend heiß oder eisig kalt ist? Wer?«

»So schlimm ist es nun auch nicht! Im Sumpfland finden einige Leute schon ihren Unterhalt«, griff Doremus ein. »Beispielsweise Fischer oder Dachdecker und Riedschneider.«

»Sonderbare Fischer und Riedschneider, das muß ich sagen!« grummelte Vogt Guntram, als sie sich wieder in Bewegung setzten.

Der weitere Weg war zwar auch völlig durchnäßt, doch ihre Schritte hatten nun deutlich mehr Halt als auf den Pfaden im Sumpf, aber vor allem bestand nun keine Gefahr mehr, zu ertrinken. Endlich kam die Ortschaft Longoret* und bald darauf

* Das heutige Saint-Michel.

die Abtei Saint-Pierre in Sicht. Timotheos, Bruder Antonius und Sauvat standen besorgt vor der Klosterpforte und harrten ihrer Ankunft. Und als die »Überlebenden«, gegen die Windböen gestemmt, auf der ungefähr hundert Schritt vor dem Eingang gelegenen Brücke über die Claise auftauchten, liefen die drei Gefolgsleute der kaiserlichen Gesandtschaft an der Spitze einer Schar mit Fackeln bewehrter Diener ihnen entgegen, während ein Mönch Abt Mainfrid, der im Kloster nur Pater Ferreol genannt wurde, benachrichtigen ging.

Rafanel hatte es eilig, in seine Strohkate heimzukehren, um die Seinen zu beruhigen, wie er sagte, und nahm daher flugs Abschied von Abt Erwin, der ihm abermals dankte. Doch die ihm angebotenen Münzen schlug Rafanel aus.

»Ich lasse mir meine Holzschuhe bezahlen, aber nicht die Dienste, die ich einem Gesandten des Königs schulde«, erklärte er forsch.

»Ja, sicher«, grollte der Vogt. »Begib dich nur rasch zu deinesgleichen!«

Abt Ferreol war unterdessen hinzugekommen, um den rückkehrenden Missus dominicus zu begrüßen.

»O Herr!« rief er aus. »Ich kann dir gar nicht sagen, welche Ängste wir ausgestanden haben! ... Nach allem, was sich in diesem Landstrich zugetragen hat ... Nach all den Unglücken, den Verbrechen und Freveltaten! Ich versichere dir, es war der reinste Irrsinn, daß ihr euch an einem solchen Abend und bei einem derart heftigen Sturm ins Moor gewagt habt.«

»Irrsinn?«

»Ich meine nur, Herr, daß es äußerst gefährlich, ja tollkühn war ... Und dazu noch mit einem Führer wie diesem Holzschuhmacher, diesem Rafanel, einem finsteren Gesellen! Der kennt sich aus im Sumpf, und es würde mich daher sehr wundern, wenn er nicht mit den schlimmsten Schurken, mit Gesindel ohne Treu und Glauben gemeinsame Sache machte! Ich hatte euch ja gewarnt ...«

»Es hieße wohl, ihm zuviel Macht zuzubilligen, ihn auch zum Herrn über den Sturm zu erklären«, wandte der Sachse ein. »Wir sind jedenfalls mitten hineingeraten, und er hat uns trotz allem sicher heimgeführt.«

»Ja, ja«, gestand Abt Ferreol zu. »Aber wir haben es auch an inbrünstigen Gebeten nicht mangeln lassen.«

»Darin liegt also das Geheimnis unserer Rettung«, merkte Erwin gleichmütig an.

»Sie sind erhört worden, und ihr seid endlich hier! Warme Kleidung und ein kräftigendes Mahl erwarten euch im ...«

»Ziemt es sich nicht, dem Allerhöchsten zunächst dafür zu danken, daß er eure Gebete erhört hat?« fiel der Sachse ein.

Abt Ferreol starrte auf die tropfnassen Gewänder der Ankömmlinge: »Wie? So durchnäßt und steif vor Kälte wie ihr seid? Und wo unsere Kapelle doch so eisig ist?«

»Gott wärmt die Leiber und die Herzen!« versetzte der Missus, während er sich, von Doremus und dem sichtlich widerstrebenden Vogt begleitet, bereits mit großen Schritten zu der heiligen Stätte begab. Timotheos, Bruder Antonius, Sauvat wie auch Abt Ferreol gesellten sich ihnen hinzu und stimmten in Erwins Dankgebet ein.

In einem kleinen Refektorium, wo der Klostervorsteher üblicherweise Würdenträger und hochgestellte Besucher bewirtete, lagen neben einem Kamin mit riesigen, hell lodernden Holzscheiten trockene Kleider für die Ankommenden bereit. Nachdem sie sich umgezogen hatten, nahmen der Missus dominicus und seine Gehilfen an der Tafel Platz, auf der Diener allerlei Pasteten, Barsche und Karpfen in Tunke, vorgesottenes und anschließend geröstetes Fleisch, Linsen mit Speck sowie etliche Krüge Wein und selbstverständlich auch ein Fläschchen Met für den Sachsen zurechtgestellt hatten. Entgegen seinen Erwartungen wurde Guntram zu dem Mahl nicht hinzugeladen. Erwin legte keinen Wert darauf, daß der Vogt von den Schritten, die er plante, Kenntnis erhielt.

Die Mission, die Graf Childebrand und Abt Erwin im Berry zu erfüllen hatten, war ihnen de facto von Ludwig, dem König Aquitaniens, dem dieser Landstrich unterstand, übertragen worden. In Wahrheit aber hatte dessen Vater, Karl der Große, sie veranlaßt und ihnen höchstpersönlich seine schriftlichen Weisungen mit auf den Weg gegeben. Seine Abgesandten sollten »den Missetaten, Verbrechen sowie allen abstoßenden und verhaßten Unternehmungen, die zum Schaden für Ordnung und Frieden dem Himmel höhnten, das Land mit Blut befleckten und die Gemüter aufwühlten, schnellstens ein Ende bereiten«. »Ihr werdet nicht ruhen noch rasten«, hatte der Kaiser hinzufügt, »bis ihr die Schuldigen, die Verbrecher und Mörder ausfindig und dingfest gemacht und Gerechtigkeit geübt habt, wozu ihr von mir sämtliche Vollmachten erhaltet. Über alles habt ihr mir umgehend Rechenschaft abzulegen.«

Mitte September waren die Sendboten des Herrschers im Berry eingetroffen, nachdem sie Karl den Großen noch im Sommer auf dessen allerletzten Feldzug gegen die Awaren begleitet hatten. In Bourges führten sie zunächst mehrere Unterredungen mit Erzbischof Ermembert und Graf Sturbius. Die beiden Würdenträger hatten nämlich ihren König Ludwig auf die ernsten Wirren im Westen des Landstrichs aufmerksam gemacht. Im Grunde genommen waltete vor allem Ermembert über diesen Gau, zumal er für sich geltend machen konnte, des Kaisers Vertrauen zu genießen. Schließlich hatte dieser im achtzehnten Jahr seiner Herrschaft Papst Hadrian dazu bewogen, Ermembert das Pallium zu verleihen, das mit der Würde des Erzbischofs ja trefflich einherging. Allein die Kirche mit ihrem dichten Geflecht an Klöstern und Erzpfarreien vermochte in einem derart weiten Landstrich, der bald vier Jahrzehnte zuvor durch den langen und erbitterten Krieg zwischen Franken und Aquitaniern verwüstet und ausgeblutet worden war, die Macht des Kaisers zu sichern. Sturbius hingegen konnte bei der Verwaltung seiner ausgedehnten Grafschaft nur verstreute

Vogteien in geringer Zahl bauen. Diese wurden zudem von kaum verwurzelten, da erst vor kurzem in ihre Ämter berufenen Dienstleuten geführt; zumeist Franken, die von der Bevölkerung oft abgelehnt wurden, Männer mit recht bescheidenen Möglichkeiten, die, wenn überhaupt, nur in den größten Marktflecken über einige Stadt- und Landwehren verfügten. Vermehrte Streifzüge und beständige Überwachungen ihrer Gebiete waren den Vögten demnach verständlicherweise unmöglich.

Nach den ersten Unterredungen über den Zustand des Berry im allgemeinen brachten Abt Erwin und Graf Childebrand gegenüber den beiden Würdenträgern den eigentlichen Auftrag der kaiserlichen Gesandtschaft zur Sprache. Graf Sturbius erklärte ihnen, die beschränkten Mittel der Grafschaft seien der wesentliche Grund für seinen Hilferuf gewesen. Aus Mangel an ausreichenden Streitkräften habe er sich in Übereinstimmung mit dem Erzbischof dazu durchgerungen, ihren König Ludwig um Beistand und Verstärkung zu ersuchen.

»Schon monatelang gärt eine bedrohliche Unruhe im Westen des Gaus, in der Brenne. Man munkelt von Banden, die sich heimlich zusammenfinden und tausend Schandtaten und Verbrechen begehen, sich wüsten Ausschweifungen und der Hexerei hingeben ...«

Graf Childebrand hatte Sturbius mit wachsendem Zorn zugehört und hielt nun nicht mehr länger an sich:

»Wie?« schrie er. »Was höre ich da von einer ›bedrohlichen Unruhe‹, die schon ›monatelang gärt‹? Ja, bei allen Heiligen, was hätte denn noch geschehen müssen, damit du dir Sorgen machst? Damit du endlich begreifst, daß so etwas nicht geduldet werden kann? Wie lange wolltest du denn noch warten, dort endlich Ordnung zu schaffen?«

Sturbius war blaß geworden.

»Gewiß, Herr, die Vorkommnisse sind nicht zu dulden ...«,

antwortete er. »Aber wie hätte ich denn unterscheiden sollen, was nun Tatsachen oder albernes Geschwätz war, welche dieser Räubergeschichten der Wahrheit entsprachen? Die Leute dort ... die spinnen doch immer irgendwelche Märchen zusammen ... und noch dazu so glaubhaft! ... Und solange es sich nur um Gerüchte gehandelt hat ... Dann aber ...«

»Was war dann? Worauf hast du gewartet, um eine Untersuchung zu eröffnen, um einzugreifen?«

»Ich wollte dir gerade sagen, Herr, daß wir das auch getan haben ... Und dann kam es zu den grausigen Funden ...«

Childebrand blickte Sturbius finster an.

»Was für grausige Funde?« fragte er betont langsam nach.

»Na ja ... zunächst diese Frauen ... Mönche der Abtei in Méobecq haben vor zwei Monaten in den Wassern des Moors von Bignotoi* die Leichen zweier Frauen entdeckt, die von Tieren angefressen und stark verwest waren. Ein dritter, beinahe noch unversehrter Körper wurde am Saum des Waldstücks von Lancosme aufgefunden. Die Forstleute haben die Leiche als die einer gewissen Fabiana wiedererkannt, die auf irgendeiner Lichtung in einer Strohkate lebte; sie war von einer sonderbaren Waffe getötet worden, die ihr den Brustkorb in Höhe des Herzens eingedrückt hat ...«

»Das hat aber nun weiß Gott nichts mehr mit ›albernem Geschwätz‹, ›Märchen‹ und ›Gerüchten‹ zu tun«, grollte Childebrand.

»Das ist wahr, Herr. Aus diesem Grund habe ich Vicecomes Faroald, der mich in Châteauroux vertritt, aufgefordert, unverzüglich Nachforschungen anzustellen. Meines Wissens haben seine Nachforschungen aber bislang noch keine entscheidenden Ergebnisse erbracht. Doch im Anschluß ...«

Sturbius zögerte einen Augenblick.

* Wir haben den Mooren und Sümpfen von einst die Namen der heute an deren Stelle zu findenden Teiche und Sümpfe belassen.

»Ja, was noch?« donnerte Childebrand. »Müssen wir dir denn alles aus der Nase ziehen?«

»Das heißt ... nicht wahr ... Nun ja, mit all diesen unseligen Geschehnissen war es noch nicht getan ... Vor mehr als zwanzig Jahren ist eine Sippe von Freien, die aus der Gegend um Erfurt stammt, von unserem Herrscher mit einem Gut belehnt worden. Dieses Gut liegt weniger als eine Meile von Vendœuvres entfernt, und zwar in Richtung des Moors Bellebouche, an einer Gemarkung namens ›Feenbuckel‹, und gehörte ehedem Aquitanen, die während des Krieges umgekommen sind. Diese Sippe bestand, abgesehen vom Vater Godfrid, der Mutter Herta und zwei Töchtern aus zwei Söhnen, von denen der älteste, Albert, an der Bretonischen Mark dient, und der jüngere, Gilbert, an der Seite seines Vaters den Hof führte.«

»Du hast gerade gesagt: ›Diese Sippe bestand ...‹«, griff Erwin ein. »Bedeuten deine Worte ...«

»Leider ja, Herr! Ein Tagelöhner, der sich im Morgengrauen zur Arbeit begab, hat Godfrid und dessen Sohn Gilbert in einer Blutlache auf der Schwelle ihrer Behausung aufgefunden. Den beiden wurde vor Hertas Augen die Kehle durchschnitten!«

»Die Kehle durchschnitten?«

»Ja, wie ich es sage ... Man hat schließlich erfahren, daß die Mörder, vier oder fünf an der Zahl, mit Kapuzen, die ihre Gesichter verbargen, in der Morgendämmerung ins Haus eingedrungen sind. Sie haben die beiden noch halb schlafenden Männer gepackt, Herta gefesselt, Godfrid und Gilbert vor die Tür geschleift und dort kaltblütig hingemeuchelt.«

Auf diese schaurige Schilderung trat bedrückte Stille ein.

»Wann ist das geschehen?« fragte Erwin endlich.

»Vor genau zwanzig Tagen.«

»Weshalb kam es zu derart abscheulichen Verbrechen? Hat man schon irgendeine Ahnung? Du hast ja sicher nicht versäumt, sofort eine Untersuchung einzuleiten.«

Graf Sturbius blickte den Abt niedergeschmettert an und

murmelte irgendeine undeutliche Bestätigung. Dann erklärte er: »Als ich davon erfuhr, habe ich sogleich die beiden Vögte Berthad und Godhart zum Ort der Verbrechen entsandt, zwei überaus gescheite Männer ...«

»Warum hast du selbst dich nicht dorthin begeben? Eine solche Aufeinanderfolge von Missetaten hätte dich doch unbedingt veranlassen müssen, dich vor Ort damit zu befassen.«

»Ich hatte die Absicht, dies so bald wie möglich zu tun. Doch es stand ja Eure Ankunft bevor ...«

Sturbius zögerte erneut.

»Ja und? Welche Ergebnisse haben deine Gefolgsleute erzielt?« warf Childebrand ungeduldig ein.

Der Graf von Bourges antwortete kaum hörbar:

»Sie sind zwei Tage nach ihrem Eintreffen in der Brenne verschwunden ...«

»Verschwunden?«

Childebrands Faust donnerte mit ungeheurer Wucht auf den Tisch.

»Wie? Was?« schrie er. »Verschwunden? Ermittler, die einfach so verschwinden! Ich traue meinen Ohren nicht. Und was hast du auf diese bodenlose Herausforderung hin unternommen?«

»Über dieses neuerliche Unglück wurde ich erst fünf Tage vor Eurer Ankunft unterrichtet«, erläuterte der Graf von Bourges kläglich. »Was hätte ich denn machen sollen? Ich war der Ansicht, mein Platz sei hier, um Euch begrüßen zu können. Daher habe ich einen Eilboten zu Vicecomes Faroald in Châteauroux geschickt und ihm auftragen lassen, er müsse alles tun, was in seinen Kräften stehe, um über die Morde wie auch über diese Fälle um die Ertrunkenen und die beiden Verschwundenen Erkundigungen einzuziehen und alles Dienliche zusammenzutragen. Er hält sich bereit, auf der Stelle herzukommen, um Euch Bericht zu erstatten oder etwaige Schritte einzuleiten, sofern Ihr dies für notwendig erachten mögt.«

»Wie viele Meilen trennen Bourges von Mézières?« fragte Childebrand

»Fünfundzwanzig, Herr.«

»Hattest du da nicht genügend Zeit, dich selbst dorthin zu begeben und bis zu unserem Eintreffen mit von dir selbst überprüften Erkenntnissen wieder zurückzukehren?«

»Ich mußte mich doch vergewissern, daß für Euren Aufenthalt hier alles aufs beste vorbereitet war.«

»Ich möchte wetten, dafür hätte Erzbischof Ermembert zu unserer vollen Zufriedenheit Sorge getragen!«

Der Prälat pflichtete Childebrand mit einem Kopfnicken und einem wohlwollenden, verständnisinnigen Lächeln bei.

Erwin hatte sich schon eine Weile versonnen das Kinn gerieben. Nun aber griff er unvermutet ein und meinte scheinbar versöhnlich:

»Also gut! Die Dinge sind nun mal, wie sie sind, nicht wahr, was auf Unvermögen und Nachlässigkeit zurückzuführen ist. Hieraus folgt: Von allen Aufgaben, die wir, Sendboten des Herrschers, im Berry zu erfüllen haben, rückt eine ganz offensichtlich in den Vordergrund: Der Kaiser hat uns unter anderem aufgetragen, in der Brenne wieder Ordnung und Recht zu schaffen sowie den Wirren und empörenden Zuständen ein Ende zu bereiten, und das werden wir jetzt unverzüglich in Angriff nehmen. Die Lage verlangt nach sofortigen Maßnahmen, über die ich mich nun mit meinem Freund, Graf Childebrand, auf der Stelle beraten werde.«

Hierauf zogen sich die beiden Missi dominici zu einem Gespräch unter vier Augen zurück.

Bei ihrer Rückkehr verkündete Childebrand ohne Umschweife, während Diakon Dodon ihre Beschlüsse schriftlich festhielt:

»Wir, Graf Childebrand und Abt Erwin, die wir von unserem Kaiser, Karl dem Großen, durch das in unserem Besitz befindliche Kapitulare mit weitreichenden Vollmachten ausgestattet wurden, verfügen folgendes: Die Unruhen, die ungeheuerlichen Verbrechen und blutigen Freveltaten, die einen Teil des Berry erschüttert haben, fallen unter den Königsbann; aus diesem Grunde unterliegen alle Nachforschungen und Ermittlungen, Zeugenaussagen und Gerichtsverfahren zur Klärung dieser nicht länger zu duldenden Zustände der alleinigen Befugnis der Gesandten des Herrschers, also uns selbst. Alle Würdenträger, ob weltliche oder geistliche, gleich welchen Ranges, stehen von Stund an unter unserem Befehl und haben uns unverzüglich und ohne Widerstreben zu gehorchen. Desgleichen wird sich jeder Freie und jeder Kolone zu unserer Verfügung halten, um sämtliche Aufgaben auszuführen, die wir dem Betreffenden nach unserem Gutdünken anvertrauen mögen. Alle nötigen Mittel, Männer wie Sachen, müssen uns ohne Aufschub gestellt werden. Diese Anordnungen bleiben so lange in Kraft, wie es die Ermittlungen erfordern, damit wir die Schuldigen ausfindig machen, aburteilen und bestrafen und der göttlichen Ordnung erneut zu der ihr gebührenden Achtung verhelfen können.«

Graf Sturbius schien von diesem unvermuteten Beschluß überrascht und niedergeschmettert. Er glaubte, hinzufügen zu müssen, »die Stellvertreter des Kaisers könnten selbstverständlich auf seine Ergebenheit bauen, die ...« Doch Graf Childebrand warf ihm einen derart finsteren Blick zu, daß er seinen Satz in der Schwebe ließ. Erzbischof Ermembert brachte mit starrer Miene zwar sein Erstaunen zum Ausdruck, enthielt sich indes jeder Bemerkung.

»Gemäß diesen Entscheidungen werde ich nun sofort in die Brenne aufbrechen«, erklärte Erwin. »Graf Childebrand wird seine Mission in Bourges noch einige Tage fortsetzen, um die Einberufung zum Heerbann und die Zahlung der dem kaiserlichen Schatzhaus geschuldeten Abgaben zu regeln.«

»Soll ich für dich einen Geleitzug zusammenstellen, ehrwürdiger Vater?« stammelte Sturbius.

»Unsere Gefolgsleute und vier Wachen unter dem Befehl unseres treuen Sauvat werden hierfür vollauf genügen. Es bleibt nur noch, unsere Unterbringung zu klären. Wenn die Grafschaft vor Ort tatsächlich nur über so beschränkte Möglichkeiten verfügt, wie du behauptet hast...«

Ohne Sturbius auch nur die Zeit zu lassen, Widerspruch zu erheben, wandte sich der Missus an den Erzbischof:

»Aber vielleicht könnte ja die Kirche ...«

»Ganz gewiß«, antwortete Ermembert, nun doch ein wenig erleichtert. »Darf ich dir die vom heiligen Sigirannus gegründete Abtei Saint-Pierre anraten? Sie wird von Abt Ferreol geleitet, einem gescheiten Klostervorsteher von großer Gelehrsamkeit und bewundernswerter Frömmigkeit. Die Abtei liegt in Longoret, in der Nähe von Mézières, sozusagen mitten im Sumpf. Du bist dort unmittelbar vor Ort.«

»Bestens! Bitte verfüge alles Nötige in diesem Sinne!«

Als die beiden Missi nach dieser Unterredung die Stallungen aufsuchten, in denen ihre Pferde untergestellt waren, schien Childebrand irgendwelchen düsteren Gedanken nachzuhängen. Plötzlich blieb er stehen und wandte sich an Erwin:

»Bei Gott, mir ist ja bekannt, daß dieser Sturbius sich in den Schlachten unserer Heere Ruhm erworben hat. Man erzählt, er habe sogar Karl höchstselbst einmal das Leben gerettet. Deshalb wurde er ja auch von unserem Fürsten ausgezeichnet. Hier und jetzt aber geht es nicht um Tapferkeit, sondern um Scharfsinn, um Urteilsvermögen. Und da steht es bei ihm offenbar nicht zum besten ...«

»Es ist tatsächlich sonderbar«, stimmte der Sachse zu, während er sich versonnen über den Nacken strich. »Die meisten Freigelassenen, denen ich bislang begegnet bin, beeindrucken eher durch die Kraft ihres Verstandes als durch die Stärke ihrer Arme. Und dieser hier ...«

»Da haben wir den Beweis dafür, daß es nicht immer von Vorteil ist, mit Verlaub gesagt, wenn Männer von geringer Herkunft mit so gewichtigen Ämtern wie das eines Grafen betraut werden.«

»Würdest du denn sagen, daß mein Geschlecht für einen Missus dominicus rühmlich genug ist?« wandte der Sachse lächelnd ein.

»Bei allen Heiligen, da bin ich mir sicher, und zwar in allen Landen!«

Anderntags schlugen Erwin und sein Geleit im Morgengrauen die Straße nach Châteauroux ein. Ihr Weg führte sie durch eine vor allem von Brachen beherrschte Landschaft; die mit hohem und üppigem Gras bewachsenen Weiden nährten indes nur klägliche Herden, und in den dürftig gepflegten Wäldern wucherten dichtes Unterholz und Dornengestrüpp. Zwar hatte man viele Behausungen und Gutshöfe, Strohkaten wie schlichte Gemäuer inzwischen wieder aufgebaut, doch noch immer lagen etliche in Trümmern.

»Diesem Land mangelt es ganz augenscheinlich an kräftigen Armen, um all das zum Gedeihen zu bringen, was Gott dem Menschen so großzügig anvertraut hat«, bemerkte der angelsächsische Abt.

»Obwohl unser Herrscher schon vor mehr als zwanzig Jahren hier wieder Ordnung und Frieden geschaffen hat«, erinnerte Bruder Antonius, der gemeinsam mit Doremus und Timotheos an Abt Erwins Seite ritt.

»Gewiß«, stimmte ihm Doremus seufzend zu. »Doch wenn man ein Menschenwesen auch in nur einem einzigen Augenblick zu töten vermag und sich das Werk mehrerer Geschlechterfolgen in weniger als einer Stunde zerstören läßt ... so benötigt man doch weit mehr als zwanzig Jahre, um einem Gau wieder Leben einzuhauchen.«

In den Marktflecken, durch die der kleine Trupp mit dem Missus dominicus an der Spitze ritt, wurden die Franken sehr unterschiedlich empfangen: Die einen traten freudig vor die

Schwellen ihrer Häuser und begrüßten sie mit Jubelrufen, zumeist in einer germanischen Mundart; andere aber verrammelten aus Furcht eilig ihre Türen, was allerdings kein Wunder war, da die Schar tatsächlich recht bedrohlich erscheinen konnte. Sauvat ritt mit dem Banner der Gesandtschaft voraus, dann kam, von seinen Gefolgsleuten umgeben, Abt Erwin in seiner strengen Tracht; und nach den vier kaiserlichen Wachen, furchterregende Hünen, die sie waren, holperten zwei Packwagen mit der Ausrüstung und Verpflegung hinterdrein, die von der Wirtschafterin Maria-Flora und von Favard, dem Küchenmeister, gelenkt wurden. Die Dienerschaft schloß den Troß.

Als Erwin und seine Leute in den Marktflecken Charost einzogen, fanden sie dort nur einen ganz allein auf der Gasse spielenden kleinen Jungen vor, den man offenbar sich selbst überlassen hatte. Doch plötzlich wurde eine Tür aufgerissen, eine Hausmutter stürzte einer Furie gleich heraus, schlang die Arme um ihr Kind, drückte es fest an sich, bedeckte es, Erwin und Sauvat entsetzt anstarrend, mit Küssen, stürmte dann zurück ins Haus und schlug die Tür hinter sich zu. All das geschah in nur einem Augenblick.

Der Abt hielt an, blickte kopfschüttelnd und mit betrübter Miene auf die Behausung und sagte schließlich halblaut:

»Ja, sehen wir denn wie Kindsschlächter aus?«

»Sicher nicht!« erwiderte Doremus. »Ganz sicher nicht ... Aber vielleicht andere, die vor uns hier durchkamen, denen wir womöglich ähnlich sehen?«

»Ein ehemaliger ›Markgraf der Lichtungen‹ kennt sich da aus, nicht wahr, Doremus?«

»Stets zu Diensten, Herr.«

Da die Straßen in oftmals recht schlechtem Zustand waren, benötigte der Troß nicht weniger als zwölf Stunden, bis er in der Abenddämmerung endlich die befestigte Stadt Châteauroux erreichte. Sturbius hatte bereits einen Eilboten vorausgeschickt, um Vicecomes Faroald vorzuwarnen und mit tausend

Ermahnungen ausstatten zu lassen. Daher wurden der Missus dominicus und sein Geleit bei ihrer Ankunft auch sogleich zu einer sorgsam hergerichteten Unterkunft geführt, in der Abt Erwin und seine Gehilfen ein tüchtiger Schmaus erwartete. Faroald hatte sogar ein Festgelage vorgesehen, an dem die angesehensten Würdenträger und Persönlichkeiten der Stadt teilnehmen sollten. Die Durchreise eines engen Gefolgsmannes des Kaisers stellte ein herausragendes Ereignis dar, das er mit allem Gepränge zu begehen gedachte, zumal er sich davon die Festigung seiner eigenen Stellung erhoffte. Abt Erwin lehnte dies jedoch rundheraus ab: Ihr Weg sei lang und beschwerlich gewesen und habe sie alle sehr erschöpft; außerdem müßten sie schon im Morgengrauen weiterziehen. Und vor allem eigneten sich die Umstände wohl kaum zu derlei Festlichkeiten.

»Es gibt Wichtigeres zu erledigen«, betonte er. »Wir müssen zuallererst die Vorkommnisse in der Brenne und die Ergebnisse der Nachforschungen besprechen, die du im Auftrag des Grafen von Bourges durchgeführt hast. Daher werden wir, das heißt ich selbst, meine Gefolgsleute und du, uns nun zurückziehen und uns bei unserem Mahl ... fernab aller neugierigen Ohren beratschlagen.«

Beim Anblick der verdrossenen Miene des Vicecomes fügte Erwin lächelnd hinzu:

»Vielleicht hast du dich gegenüber manchen Persönlichkeiten dieser Stadt ja etwas voreilig und zu weit verpflichtet ... Ich verkenne keineswegs, welches Gewicht unser Besuch für dein Ansehen und deinen Einfluß anzunehmen vermag ...«

Er hielt kurz inne.

»... Aus diesem Grund willige ich statt des Festgelages in einen kurzen Empfang ein, der mir nach unserem Nachtmahl die Möglichkeit verschaffen wird, mit diesen Persönlichkeiten zusammenzutreffen und ein paar Worte mit ihnen zu wechseln. Dies könnte ja auch recht aufschlußreich werden.«

»Wie soll ich dir danken, Herr?«

»Na, indem du unserem Kaiser, Karl dem Gerechten, weiterhin mit all deinen Kräften und einer unverbrüchlichen Ergebenheit dienst!«

Nachdem der Missus, seine Gefolgsleute und die anderen Mitglieder des Trosses sich in ihrer Herberge eingerichtet hatten, ruhte Erwin sich zunächst einen Augenblick aus und suchte dann in Begleitung von Timotheos, Doremus und Bruder Antonius den Empfangsraum auf, in dem sich bereits Vicecomes Faroald sowie etliche Diener aufhielten. Auf einem langen Anrichtetisch standen Speisen und Getränke in Hülle und Fülle, die offensichtlich für die Gäste des Festgelages vorgesehen waren, das nun nicht mehr stattfinden sollte. Die fünf Männer nahmen an einer mit Stechpalmenzweigen und späten Rosen geschmückten Tafel in der Mitte des Raumes Platz. Darauf standen zur Eröffnung des Nachtmahles mehrere Obstschalen voller Trauben, Feigen und Dörrobst bereit. Krüge mit Loire-Wein harrten der Zecher; selbst das Fläschchen Met für den angelsächsischen Abt hatte man, wahrscheinlich auf Sturbius' dringende Empfehlungen hin, nicht vergessen.

Erwin kürzte die üblichen Höflichkeiten und schicklichen Vorreden auf das Nötigste ab. Und während die Dienerschaft den ersten Gang auftrug, ein mit kleinen Vögeln und Würsten gefülltes Spanferkel, begleitet von Saubohnen in honiggesüßter Milch und Aalküchlein, wandte sich der Missus dominicus auf fränkisch an Vicecomes Faroald:

»Wir werden später noch auf die Untersuchungen zu sprechen kommen, die anzustellen du sicher nicht versäumt hast. Zuallererst aber will ich von dir etwas über diesen Landstrich erfahren, in dem sich so viele unerhörte Vorkommnisse zugetragen haben, daß wir uns nun dorthin begeben müssen, um die Wahrheit ans Licht zu bringen und Recht zu sprechen; kurzum, ich will etwas über die Brenne erfahren.«

»Wie darf ich das verstehen, Herr?«

»Ganz einfach, du sollst mir von der Gegend selbst berichten, von ihren Reichtümern, ihrer Bevölkerung ... und vor allem sollst du mir ganz offen sagen, was du denkst, so wie es dir in den Sinn kommen mag.«

Der Vicecomes billigte sich einen Augenblick des Nachdenkens zu.

»Nun denn, Herr«, hob er mit Bedacht an, »zunächst liegt die Brenne immerhin einen Tagesritt von hier entfernt, und sie unterscheidet sich erheblich von der Gegend um Châteauroux oder auch von den umliegenden Flußtälern. Die Brenne erstreckt sich von Nord nach Süd wie auch von Ost nach West über ungefähr sieben Meilen. Der bedeutendste Marktflecken dort ist Mézières, wo sich auch der Sitz der Vogtei befindet und Pater Nodon den Erzsprengel leitet, dem alle Pfarreien der nördlichen Brenne unterstehen, denen es zum größeren Teil noch immer an eigenen Priestern ermangelt. Von größerer Bedeutung aber sind die zwei Abteien, die Sankt Petrus geweiht sind, im östlich gelegenen Méobecq und im westlichen Longoret; sie wurden vor zwei Jahrhunderten vom heiligen Sigirannus gegründet. Man könnte hier auch noch das Nonnenkloster zur heiligen Radegunde anführen, das jedoch keine Ordensfrauen mehr beherbergt, glaube ich ... Es stand in üblem Ruf ... Von Mézières abgesehen gibt es noch einige weitere bedeutende Marktflecken, in denen sich, wenn überhaupt, Marktzölle nur unter erheblichen Mühen einnehmen lassen, nämlich Vendœuvres, Migné, Rosnay, Douadic ...«

»Das ist alles sehr lehrreich«, unterbrach ihn der Sachse. »Indes, noch bevor wir im Berry eintrafen, wie auch später in Bourges selbst, hat man uns die Brenne als einen eigenartigen, geheimnisvollen, in mehrerlei Hinsicht unbegreiflichen Landstrich geschildert ... Was ich nun erfahren möchte ist, wie du über diese Gegend denkst, du, der sie gut kennt, weil du die Brenne ja nicht nur des öfteren durchreist hast, sondern überdies für sie verantwortlich bist.«

»Ein eigenartiger und auch gefährlicher Landstrich ... das

ist wohl wahr, Herr, und zwar wegen der Moore, die die halbe Brenne einnehmen: Wo endet der feste Boden, wo beginnt der Sumpf, wer kann das schon sagen? In diesen trüben, mal recht tiefen, mal ziemlich flachen Gewässern entstehen und verschwinden immer wieder irgendwelche merkwürdigen Inseln. Und der Verlauf der Wege dort ändert sich ständig; nur die Einheimischen vermögen sich in den Sümpfen zurechtzufinden. Es gibt nichts Gefährlicheres als diese fauligen Moore mit ihrem trügerischen Pflanzenbewuchs, unter dem sich Wasser- und Schlammlöcher verbergen, in die man unrettbar hineingerät, oder auch heimtückische Untiefen, die alle, die dort zu ihrem Unheil auf festen Grund vertrauen, tief in den Morast ziehen ... In diesen Morast, der, wie jedermann weiß, widerwärtiges Getier wie Kröten und Schlangen, Tausendfüßler und Spinnen hervorbringt ... Der Morast soll von Höllengezücht bevölkert sein, das in jene giftigen und warzigen Tiere schlüpft ... Von den ersten Tagen des Frühlings an, so habe ich mir erzählen lassen, sieht man ganz deutlich, wie es in dem trächtigen, Unsägliches gebärenden Schlamm arbeitet, wie überall Blasen an die Oberfläche treten und übelriechende Dämpfe verbreiten. Und was die Leute angeht, die dort leben ... aber von denen dürfte man dir ja bereits berichtet haben, Herr.«

Der Vicecomes vergewisserte sich, ob die Diener sich weit genug entfernt hatten, und fuhr leise fort:

»Das sind ja keine Familien aus unserer Heimat, denen als Belohnung für Tapferkeit, Ergebenheit und Treue Güter zugeteilt worden wären ... o nein, sondern Leute von hier ... Ein fauler, falscher und arglistiger Menschenschlag, glaubt mir. Und eingefleischte Lügner sind die nur deshalb nicht, weil sie so wenig reden. Und vor allem ...«

Faroald wartete ab, bis die Diener weitere Getränke aufgetragen und sich wieder zurückgezogen hatten.

»Viele von denen frönen wirklich scheußlichen Bräuchen,

unzählige geben sich widerlichsten Ausschweifungen und Bacchanalen hin! Ja, unzählige!« wiederholte er.

»Nehmen tatsächlich so viele an solchen Zügellosigkeiten teil?« erkundigte sich Timotheos.

»Ihr Herren könnt euch wohl denken, daß solche Dinge nicht am hellichten Tage geschehen, sondern bei Nacht und in aller Heimlichkeit. In den Sümpfen, wo sie jeden Pfad kennen, ist es ihnen ein leichtes, sich an bestimmten Orten zu ihren Schändlichkeiten zusammenzufinden. Wer könnte da sagen, wie viele es sind!«

»Woher weiß man dann, was sie in Wirklichkeit tun, wenn sie sich doch verbergen und nur in aller Heimlichkeit zu Werke gehen, wie du behauptest?« fragte Doremus mit verdutzter Miene nach.

»Wir verfügen schon über den einen oder anderen Hinweis und wissen einiges über die Vorbereitungen ihrer Zusammenkünfte und deren oft unselige, zweifellos auch verbrecherische Folgen. Auch über die Ausschweifungen selbst, die sich dort abspielen, wurde immer mal wieder etwas ruchbar ... Was die Beteiligten anbelangt ...«

»Das alles sagt nichts darüber aus, worin diese teuflischen und unzüchtigen Gebräuche nun aber genau bestehen?«

»An Schwätzern und Prahlern mangelt es nirgendwo, selbst unter denen nicht«, antwortete Faroald.

»Könnte es denn nicht auch sein, daß solche Leute die Ausgeburten ihres eigenen Wahns und ihrer Alpträume für die Wirklichkeit halten?«

»Daß in den Sümpfen bei gewissen Gelegenheiten verdächtige Zusammenkünfte stattfinden, steht außer Frage. Und was die Dinge betrifft, die sich dabei zutragen, so stimmen zu viele Erzählungen miteinander überein, um einfach darüber hinwegzusehen. Ich will euch ein Beispiel nennen: Solche Versammlungen werden im allgemeinen durch das Erscheinen eines weißen Gespenstes auf gewissen ›Buckeln‹ angekündigt.

Und das ist erwiesen: Etliche über jeden Verdacht erhabene Leute von unbestrittener Glaubwürdigkeit haben das Gespenst an bestimmten Abenden aus der Ferne erspäht, an denen hernach die halbe Brenne auf den Beinen schien. Übrigens: Es würde mich schwer wundern, wenn es nicht in einigen Tagen, beim Neumond zur Tagundnachtgleiche, in Erscheinung tritt.«

»Wir werden das noch nachprüfen«, erwiderte Erwin. »Indes müssen wir uns vorrangig mit den Verbrechen und Missetaten befassen, derentwegen wir hergekommen sind. Die stehen jedenfalls völlig außer Frage, und dir wurde, soweit wir wissen, befohlen, dazu Nachforschungen anzustellen.«

»Das ist auch geschehen, Herr.«

»Laß uns alles der Reihe nach durchgehen: Zunächst waren da die verdächtigen Fälle um die beiden Ertrunkenen«, erklärte der Sachse.

»Man dürfte dich sicherlich darauf hingewiesen haben, daß sich wegen des grauenhaften Zustandes der Leichen überhaupt nicht mehr feststellen ließ, wer die Frauen waren, noch wie sie zu Tode kamen.«

»Waren denn keine besonderen Merkmale mehr vorhanden, etwa Stoffreste?«

»Nichts, nicht das Geringste! Die Mönche der Abtei in Méobecq, wohin man die sterblichen Hüllen überführt hat, waren sehr erstaunt darüber. Daher ...«

Der Vicecomes hielt kurz inne, um größere Wirkung zu erzielen.

»... bin ich der Ansicht gewesen, gewisse Schritte würden sich einfach aufdrängen!« verkündete er. »So habe ich den Vogt in Mézières, Vogt Guntram, angewiesen, mir alle Fälle von unerklärlich Verschwundenen zu nennen, zu denen es in letzter Zeit in der Brenne gekommen war.«

»Ausgezeichnet!« merkte der Sachse an.

»Er hat mir deren drei genannt!«

»Das wäre einer zuviel!«

»In der Tat, Herr. Man kann jedoch vermuten, daß die Ertrunkenen dazugehörten.«

»Rede weiter, ich höre dir zu. Und du, Bruder Antonius, du hältst seine Worte schriftlich fest!« befahl Erwin.

Der Mönch setzte sich mit seinem Schreibzeug bequem hin.

»Als erste verschwand eine gewisse Margret, eine Kolonin um die Vierzig«, erläuterte der Vicecomes. »Sie verlor erst kürzlich ihren Mann und bewirtschaftete zusammen mit ihren Kindern, darunter drei Söhnen, eine Hufe, die zum Gut des Geschlechts der Tanno gehört. Diese Tanno stammen aus Bayern und haben sich vor einem Vierteljahrhundert in der Nähe von Migné niedergelassen.«

»Konnte man diese Margret irgendwelcher sträflicher Umtriebe verdächtigen?« fragte der Mönch.

»Die Untersuchung hat nichts dergleichen zutage gebracht, was aber keineswegs heißt ... Sicher, die Frau entfernte sich häufig für einige Tage und war viel unterwegs. Da sie aber an allen Ecken und Enden der Brenne Verwandte hatte ...«

»Hat das denn niemanden verwundert?«

»Soweit ich weiß, nicht.«

»Und die zweite Verschwundene?« erkundigte sich Doremus.

»Die heißt Agnes, eine Händlerin freien Standes aus Mézières, sie ist die Frau eines Schmieds namens Thomas. Den von Guntram zusammengetragenen Auskünften zufolge soll sie – ungefähr einen Monat, bevor man die Leichen der beiden Ertrunkenen aufgefunden hat – eine Botschaft von ihrer in Bourges lebenden Mutter erhalten haben, die angeblich ernsthaft erkrankt war. Diesen letzten Punkt habe ich selbst überprüft. Agnes ist nie bei ihr angekommen!«

»Stand diese Agnes denn irgendwie in Verruf?«

»Man hat sie mir als eine sehr schöne Frau beschrieben«, behauptete Faroald. »Aber mit den Liederlichkeiten des Satanskultes hatte sie wohl nichts zu tun. Was den dritten Fall angeht, so handelt es sich dabei um eine Waschfrau, Benedicta, eine allein lebende Leibeigene von schlechtem Ruf. Und wie es sich nun so fügt, stand sie, was uns wahrlich stutzig machen sollte, im Dienst der Sippe Godfrids.«

»Der gemeinsam mit seinem Sohn niedergemetzelt wurde?« verwunderte sich Timotheos.

»Ja, der Herr des Gutes am ›Feenbuckel‹!«

»Könnte zwischen Benedictas Verschwinden und diesem zweifachen Mord eine Verbindung bestehen?«

»Hierzu muß ich folgendes sagen: Die Umstände dieses Verbrechens sind völlig klar, die Hintergründe bleiben jedoch auch nach zwei Wochen emsiger Ermittlungen rätselhaft und die Täter weiterhin unbekannt. Hierzu ...«

»Einen Augenblick«, griff Erwin ein. »Wir werden gleich auf das schaurige Verbrechen beim ›Feenbuckel‹ zurückkommen. Zunächst aber stellt sich die Frage, welche von den drei Verschwundenen deiner Meinung nach ertrunken ist.«

»Das vermag ich wahrhaftig nicht zu sagen«, antwortete der Vicecomes. »Etwas anderes indes scheint mir auf der Hand zu liegen: Die Frauen sind nicht durch einen Unfall ertrunken! Entweder kamen sie durch die verhängnisvollen Folgen irgendwelcher gefährlichen Bräuche zu Tode, oder aber es sind auch hier Verbrechen geschehen!«

»Eine weiß Gott wichtige Feststellung«, befand der Missus.

Der Vicecomes räusperte sich.

»Doch kommen wir nun zu der Sache beim ›Feenbuckel‹«, fügte Abt Erwin an. »Hatten sich Godfrid und die Seinen in irgendeiner Weise Groll und Haß zugezogen?«

»Sicher nicht! Sie erfreuten sich in der gesamten Gegend eines ausgezeichneten Rufs: Sie galten als arbeitsam, friedfertig und gerecht, verlangten von ihren Kolonen keine unmäßigen Abgaben und Frondienste und verfuhren mit ihren Leibeigenen ohne jede Roheit, ohne sie zu Tode schuften zu lassen.«

»Was dann? Neid vielleicht?«

»Wer kann das schon sagen, Herr? Neid verbirgt sich tief in den Herzen. Die Wahrheit ist, sie haben ihr Gut zu einem gedeihlichen Stück Land gemacht, wogegen andere, weniger fleißige und tüchtige, eher spärliche Erträge aus ihren Höfen erzielen. Neid? Vielleicht! Doch allein deswegen schon einen Mann und seinen Sohn hinzumorden ... Ein Neider hätte heimlich zugeschlagen. Ein derart aufsehenerregender Mordzug jedoch ...«

»Eben drum! Einen solchen Mordzug unternimmt man nicht ohne schwerwiegenden Beweggrund, einen gewiß abscheuerregenden, aber nichtsdestoweniger bedeutsamen Grund!«

In diesem Augenblick kam der Hausverwalter des Vicecomes hinzu und kündigte an, die Geladenen würden allmählich eintreffen. Faroald begab sich in den Vorraum, um den Männern zu erklären, daß das Festgelage abgesagt worden sei. Die Ankündigung eines kurzen Empfangs bei Wein und reichhaltigen Speisen besänftigte die Enttäuschten und beruhigte die Ungeduldigen.

Nachdem Faroald an die Tafel des Missus dominicus zurückgekehrt war, setzten sie die Beratung mit den Fragen zum Mord an der »Hexe Fabiana« fort.

»Bei ihr besteht nicht der geringste Zweifel!« hob Faroald hervor. »Alle Welt betrachtete sie als Zauberin. Sie selbst gab sich ja auch als solche aus.«

»Unter diesen Umständen will mir nicht in den Sinn«, empörte sich Bruder Antonius, »weshalb man sie nicht mit den Strafen belegt hat, die das Kapitulare unseres Kaisers im Hinblick auf Hexen und *strigis* vorgibt!«

»Handelte es sich denn tatsächlich um eine *strix*?« fragte Doremus.

»Offen gestanden fürchtete man sie«, gab Faroald zu. »Man munkelte, sie besitze unheilvolle Kräfte, könne Ernten und

Herden mit bösem Fluch belegen und Hexerei betreiben, jemanden etwa mit schlimmen Krankheiten schlagen, wie Blindheit, Unfruchtbarkeit, Lähmungen, Verstörtheit oder Betäubung, oder ihm gar den Tod bringen! Doch, sie war gefürchtet!«

»Folglich braucht man nach möglichen Hintergründen ihrer Ermordung wohl nicht allzu lange zu suchen«, meinte Doremus. »Furcht, Groll und Rache wären einleuchtende Triebfedern!«

»... Oder der Wunsch, diese Welt ein für allemal von einem Teufelsgeschöpf zu befreien«, ergänzte Bruder Antonius. »Was auch erklären könnte, weshalb sie auf derart sonderbare Weise ums Leben gebracht wurde.«

»Vielleicht wußte sie zuviel ...«, legte Erwin nahe.

Doremus warf seinem Freund Timotheos einen verständnisinnigen Blick zu: Der Sachse hatte offenbar bereits irgendeine Spur im Sinn. Erwartungsvolle Stille trat ein. Keiner wagte es, den Missus in seinen Überlegungen zu stören, bis dieser plötzlich hochzuschrecken schien.

»All das führt uns nun zum befremdlichen Verschwinden der beiden Gefolgsleute, die Graf Sturbius in die Brenne entsandt hatte«, sagte er schließlich mit fester Stimme.

»Vögte in außerordentlicher Mission«, warf Vicecomes Faroald ein, um zu unterstreichen, daß sie einen niedrigeren Rang als er bekleideten.

»... Namens Berthad und Godhart, falls mein Gedächtnis mich nicht trügt«, hob Bruder Antonius hervor.

»Kurzum, sie sollen also gerade einmal achtundvierzig Stunden nach ihrer Ankunft verschwunden sein. So stellt sich zunächst die Frage: Sind die beiden tatsächlich nur verschwunden? Muß man nicht befürchten, daß sie getötet wurden? Hast du, Vicecomes Faroald, irgendeinen Hinweis über ihren Verbleib erhalten? Schließlich verflüchtigen sich Ermittler ja nicht einfach so!«

»Die Sache hat sich in der Tat am dritten Tag ihres Aufenthalts in der Brenne zugetragen. Nach einer Unterredung mit mir, bei der sie mich über ihren Auftrag ins Bild setzten«, erläuterte Faroald, »haben sie sich nach Méobecq begeben und in der Abtei Saint-Pierre Unterkunft genommen.«

»Warum nicht in der Vogtei von Mézières?«

»Das weiß ich nicht. Wahrscheinlich ergab sich dies aus Graf Sturbius' Weisungen ... Also, am Morgen nach ihrer Ankunft in Méobecq brachen sie in aller Frühe mit einem Führer, einem Holzfäller namens Estef, auf, durchquerten den Wald von Lancosme und hielten unterwegs an, um Fabianas Behausung zu erkunden. Danach schlugen sie die nach Mézières führende Straße ein, wo sie ungefähr zur Mittagsstunde eintrafen.«

»Woher weißt du diese Einzelheiten?« fragte Erwin.

»Na, von diesem Estef. Kurze Zeit später sind sie ohne ihren Führer in Richtung Paulnay weitergezogen, wo sie auch am späten Nachmittag gesichtet wurden. Dort haben sie die Straße nach Norden eingeschlagen, die hinauf nach Châtillon führt. Schließlich sah man sie ein letztes Mal eine halbe Meile hinter Paulnay, etwas abseits der Straße. Und von da an verliert sich ihre Spur.«

»Das bedeutet ja, daß sich genau sagen läßt, wann sie verschwunden sind. Dies dürfte die Nachforschungen erheblich erleichtert haben«, befand Doremus.

»Könnte es sein, daß sie entführt wurden und irgendwo festgehalten werden?« fragte Timotheos.

»Falls man sie nicht nur entführt hat, um sie etwas weiter entfernt umzubringen«, fügte Bruder Antonius an.

Das Mienenspiel des Vicecomes verriet Ratlosigkeit.

»Vielleicht sind sie einem bedrohlichen Geheimnis allzu nahe gekommen?« fragte Doremus.

Offensichtlich hellhörig geworden, blickte der Missus seinen Gefolgsmann mit einem anerkennenden Funkeln in den Augen an und murmelte:

»In der Tat, das könnte schon sein ...«

Während das Mahl allmählich seinem Ende zuging, wollte Faroald den guten Eindruck, den er erweckt zu haben wähnte, noch verstärken; und so schilderte er, im schmeichelhaftesten Lichte, noch weitere Fälle und heikle Angelegenheiten in der Brenne, denen er allein zur Lösung verholfen habe. Erwin hatte sich erneut in seine Gedanken versenkt und schenkte ihm kaum Beachtung. Er machte nur einige beiläufige Bemerkungen und forderte Bruder Antonius schließlich auf, die in Bourges getroffenen Beschlüsse zu verlesen, so wie sie dem Grafen Sturbius bereits zur Kenntnis gebracht worden waren.

»Dies legt selbstredend auch deine Aufgaben und Pflichten fest. War das deutlich genug?« fragte der Sachse nach.

»Ganz gewiß, Herr!«

»Gut! Sehr gut! Dann darfst du jetzt diejenigen, denen du erlaubt hast, meine Gäste zu sein, hereinbitten, damit sie mir ihre Aufwartung machen. Allerdings kann ich nur wenig Zeit für sie erübrigen.«

Es wurde ein einziges Gedränge, bei dem ein jeder danach strebte, dem Missus nahe zu kommen, seine Aufmerksamkeit zu erregen und sogar ein paar Worte mit ihm zu wechseln. Da die Geladenen erfahren hatten, daß Erwin in Richtung Brenne unterwegs war, glaubten sie, ihre Meinung über diesen Landstrich zum besten geben zu müssen. Ganz offenkundig war die Brenne in den Augen der Würdenträger und Persönlichkeiten nichts als ein einziger, von eigenartigen Wilden bevölkerter Sumpf mit empörenden, wenn nicht sogar gottlosen Sitten und Gebräuchen – und gefährlichen noch dazu. Sie meinten wohl, dem Sendboten Kaiser Karls, des Königs der Franken und Langobarden, mit derartigen Ansichten gefällig zu sein.

Erwin merkte rasch, daß die meisten von ihnen, wiewohl die Brenne doch in der Nähe von Châteauroux lag, noch nie dort gewesen waren und fast nichts über die Gegend wußten. Ihre Worte verrieten ihm lediglich ihre Vorurteile, weshalb er sich, von seinen Gefolgsleuten begleitet, auch bald zurückzog. Und so konnte die Dienerschaft endlich die Gefräßigkeit der Gäste befriedigen.

Am nächsten Morgen schlugen der Missus dominicus und sein Geleit die Straße nach Mézières ein. Zunächst folgten sie für kurze Zeit dem Tal des Indre und zogen hernach über sechs Meilen weit durch eine Reihe von Wäldern und Gehölzen mit etlichen Lichtungen, auf denen sich, von Gemüsegärten umgeben, einige mit Schindeln gedeckte Häuschen aus Rundholz verbargen, wahrscheinlich die Behausungen von Forstleuten. Hinter Vendœuvres gelangten sie in eine Landschaft aus bewirtschafteten Fluren, Weiden und Mooren, doch je weiter sie vordrangen, desto mehr Raum nahmen die Sümpfe ein.

Wiederholt brachte Erwin sein Pferd zum Stehen, um seine Blicke lange über das unstete, sumpfige Land und die stehenden Gewässer schweifen zu lassen, über denen sich schwere dunkle Wolken drohend auftürmten. Und die Landschaft erschien ihm tatsächlich von Geheimnissen befrachtet, wobei der eigenartige Reiz, der von ihr ausging, sicher nicht das geringste war.

Gegen Nachmittag gelangte der kleine Troß nach Mézières. Die Einwohner hatten sich auf dem großen Marktplatz versammelt, um die fränkischen Gesandten zu begrüßen. An deren Spitze stand, von vier Mitgliedern der Stadtwehr eingerahmt, Vogt Guntram, und Erzpriester Nodon harrte auf dem Vorhof der Kirche.

Vogt Guntram schlug dem angelsächsischen Abt vor, »sich nach einem derart langen Ritt doch ein wenig Ruhe zu gönnen«. Überdies sei eine kleine Stärkung für ihn vorbereitet worden. Erwin dankte ihm für seine Fürsorge, gab aber an, er wolle sich so schnell wie möglich in die Abtei Saint-Pierre von Longoret begeben. Unterdessen war jedoch der Erzpriester hinzugetreten, um eine nicht enden wollende Begrüßungsrede voller Artigkeiten zu verlesen. Der Missus bedachte sie mit einem Kopfnicken und einem wohlwollenden Lächeln.

Wie vorgesehen, antwortete Doremus darauf mit lauter Stimme, um von den Umstehenden gehört zu werden, und bediente sich dabei einer romanischen Mundart, die, wie er zumindest glaubte, der in der Brenne gesprochenen ähnlich war. Sodann stimmte Abt Erwin ein »Paternoster« an, in das alle Anwesenden niederkniend einfielen. Bevor sie schließlich weiterzogen, forderte der Missus den Vogt auf fränkisch auf, sich am nächsten Morgen in die Abtei zu begeben, um ihm die Ergebnisse seiner Nachforschungen mitzuteilen und für die weitere Untersuchung neue Befehle zu erhalten.

Abt Ferreol war durch einen aus Mézières im Hetzgalopp herbeigeeilten Boten von Erwins Kommen benachrichtigt worden. Daher erwartete er, von seinen Mönchen, Novizen und Scholaren umgeben, den allmächtigen Gesandten Kaiser Karls vor der Brücke, die sich über einen Seitenarm der Claise spannte und Zugang zum Kloster bot. Teils aus Müdigkeit und Überreiztheit, teils aus Berechnung kürzte der Missus dominicus die feierliche Begrüßung barsch ab. Er wollte niemanden darüber im unklaren lassen, über welche Macht er verfügte, noch, daß er diese nach seinem Gutdünken auszuüben gedachte. Den Klostervorsteher verwunderte diese Abfuhr zwar, doch er ließ es dabei bewenden. Somit konnten sich Erwin und seine Gefolgsleute augenblicklich in die Unterkunft begeben, die man innerhalb der Umfriedung des Klosters für sie vorgesehen hatte; Sauvat, die kaiserlichen Wachen und die Dienerschaft des Trosses suchten ebenfalls ihre Schlafplätze auf. Der Sachse vertagte alle Anhörungen auf den nächsten Morgen.

Diese erbrachten dann wenig Neues. Guntram und Abt Ferreol hatten Faroald alles, was sie in Erfahrung bringen konnten, nach und nach zur Kenntnis gebracht. Die Ermittlungen hinsichtlich der Ertrunkenen kamen seither nicht voran. Ganz offensichtlich ließ das Schicksal dieser Frauen, ob sie nun *strigis* waren oder nicht, den Vogt wie auch den Klostervorsteher völlig kalt. Und was die »Hexe Fabiana« betraf, so hatte sie in den Augen der Würdenträger doch nur ihre verdiente Strafe erhalten. Warum sich also noch damit befassen? Der zweifache Mord beim »Feenbuckel« wurde einer von außerhalb kommenden Bande zugeschrieben. Und wohin hatte sich die geschert? Zum Teufel vielleicht ... Wie hätte man die Schurken dingfest machen sollen?

So blieb noch das Verschwinden der beiden entsandten Vögte, Berthad und Godhart. Der Missus dominicus konnte sich des Eindrucks nicht erwehren, Guntram habe auch in dieser Angelegenheit keinen allzu großen Eifer an den Tag gelegt. Um das Verhältnis zwischen Vogt und Vicecomes stand es womöglich nicht zum besten. Hatte Guntram die Abordnung der beiden Ermittler als Demütigung empfunden?

Außerdem mußte Erwin feststellen, daß Vogt Guntram und Abt Ferreol bei der Wahrheitsfindung weniger auf Beweise bauten, als vielmehr auf mit aller Macht eingeforderte Zeugenaussagen und – wenn nötig durch peinliche Befragung erhaltene – Geständnisse. Guntram hatte Vicecomes Faroald zunächst einige als wesentlich erachtete Hinweise und Auskünfte mitgeteilt und es dann dabei bewenden lassen. Anscheinend hatte er vor allem auf das Eintreffen der Missi dominici gewartet, wahrscheinlich in der Hoffnung, diese würden ohne viel Federlesens rasche Verfahren und Strafmaßnahmen gestatten oder gar selbst ins Werk setzen. Um so überraschter war der Vogt nun, als er erkannte, daß Erwin Begebenheiten und Umständen, die ihm, Guntram, doch völlig unwichtig erschienen, so viel Bedeutung beimaß. Und noch weit mehr erstaunte es ihn, als der Missus es rundweg ablehnte, zur Festnahme einiger übel verrufener Schelme zu schreiten, wiewohl diese, »in gebührender Weise verhört, sicherlich viel zu berichten und zu beichten hätten«. Infolgedessen nahm Guntram eine Haltung ein, mit der er offenbar ausdrücken wollte: Wenn dem so ist, mag kommen, was wolle! Dem Sachsen war dies nicht entgangen. Mit strengem Blick wandte er sich dem Vogt zu:

»Ich erwarte nicht nur, daß man mir auf Wort und Fingerzeig gehorcht, sondern dabei auch Unternehmungsgeist und Entschlossenheit beweist! Laßt euch das gesagt sein! Sonst ...« Bei diesen Worten tat er so, als zerbreche er einen Stock auf seinem Knie.

Während Guntram sich eilig anschickte, um Verzeihung zu bitten, schloß der Sachse barsch:

»Die Anhörung ist beendet. Du wirst meine weiteren Befehle erhalten ... Und was dich angeht, Abt, so bist du mir ja sicherlich mit ganzem Eifer ergeben, nicht wahr!«

Nachdem der Vogt und der Klostervorsteher den Raum verlassen hatten, wandte sich Erwin an seine Gefolgsleute.

»Ihr habt alles gesehen, gehört und verstanden«, sagte er lächelnd zu ihnen. »Also, meine Söhne, ihr wißt, was das bedeutet ...«

Und als sie sich dann ebenfalls hinausbegeben wollten, hielt der Missus sie mit einem Wink auf. An seinem Mienenspiel war klar zu erkennen, daß er sich irgendeine wichtige Einzelheit ins Gedächtnis zurückzurufen suchte.

»Ja, genau«, murmelte er schließlich. »Habt ihr gestern in Châteauroux, in diesem ganzen Getümmel, nicht einen Mann bemerkt, der mit hochmütigem Gebaren etwas abseits stand, gerade so, als verachte er all diese Schmeichler, die sich vor Speichelleckerei schier überschlugen? Einen Mann, der sich deutlich von den anderen abhob?«

»Ja freilich, Herr«, antwortete Timotheos. »Ich sehe ihn noch vor mir: ein kalter Blick, von Zeit zu Zeit ein höhnisches Lächeln, schwarzer Bart und Haarschopf ...«

»Richtig«, pflichtete ihm Doremus bei.

»Den muß ich übersehen haben«, räumte Bruder Antonius ein.

»Ein sonderbarer Mensch«, sagte Erwin sinnend.

KAPITEL II

Am Nachmittag desselben Tages begab sich Timotheos in Begleitung einer Wache auf jenes Gut im Umland von Migné, das von den Tanno, ihren Kolonen und Leibeigenen bewirtschaftet wurde, um dort wegen der verschwundenen Margret zu ermitteln. Der Bayer, der wahrscheinlich durch einen Diener von ihrer Ankunft benachrichtigt worden war, erwartete die beiden Männer an der Schwelle seines nahe dem Moor gelegenen Hauses, eines stattlichen, auf festen Grundmauern aus Sandstein errichteten Gebäudes. Tanno war ein wohlbeleibter und hochgewachsener Mann mit feuerrotem Gesicht, das gutmütig hätte erscheinen können, wäre da nicht sein beunruhigender Blick gewesen. Er wirkte ein wenig wie ein zum Angriff bereiter Bär.

Tanno maß den Ankömmling mit den Augen. Er machte keinen Hehl daraus, daß der Grieche mit dem eigentümlichen Bartkranz, der gepflegten Gewandung und dem beeindrukkenden Krieger an seiner Seite ihn befremdete. Er brummelte einen undeutlichen Willkommensgruß, während Timotheos bereits vom Pferd stieg, um sich ihm dann vorzustellen. Der Bayer fragte ihn ziemlich harsch nach dem Grund des unerwarteten Besuchs. Schon trat seine Frau Wanda hinzu, eine stämmige Person, in deren Gesicht Argwohn und Geiz geschrieben standen. Wie ihr Mann unterließ auch sie es, den Besucher in ihre Behausung zu bitten.

Nachdem dieser ruhig und freundlich erklärt hatte, weshalb er hergekommen war, blickte Tanno noch unwirscher drein.

»Schon wieder diese Geschichte mit den Verschwundenen?« schimpfte er. »Was soll ausgerechnet ich dir darüber noch sagen? Guntram ist doch schon zweimal hergekommen, um mir meine Zeit zu stehlen! Ich habe dem Vogt bereits alles gesagt, was ich wußte. Ich habe keine Ahnung, was er damit angefangen hat, und im übrigen schert es mich auch nicht. Für mich ist die Sache erledigt! Erledigt, und Schluß damit!«

Der Mann machte Anstalten, sich in sein Haus zurückzuziehen, woraufhin der Fuchs einen anderen Ton anschlug:

»Du hast mich nicht richtig verstanden, glaube ich«, herrschte er Tanno schroff an. »Mein Herr, Abt Erwin, der Gesandte des Kaisers, vertritt hier mit allen Vollmachten deinen Herrn, von dem du dieses Land erhalten hast. Und ich vertrete vor dir meinen Gebieter. Du solltest dir im klaren darüber sein, daß dir dieses Gut, dein Lehen, augenblicklich wieder entzogen werden kann. Also, noch ein paar Wörtchen mehr von der Sorte wie gerade eben, und …«

Timotheos ließ die Drohung in der Schwebe und fuhr fort:

»… Daher wirst du mir nun noch einmal alles berichten, was du weißt, und zwar so ausführlich und so oft, wie es mir beliebt. Also laß hören. Erzähl mir zunächst etwas über die verschwundene Margret.«

Der Bayer atmete tief durch, als ob er seine Fassung wiedergewinnen müßte.

»Na ja«, hob er widerwillig an, »ich hatte mich weder über sie noch über ihre Söhne oder ihre restliche Sippe je zu beklagen. Es ist wahr, ich hatte ihnen eine gut gelegene, ziemlich große und gut aufgeteilte Hufe zugewiesen. Wahr ist auch, daß nach dem Tod des Mannes die Wirtschaft genauso tadellos weitergeführt wurde wie davor.«

Er deutete ein etwas verschrobenes Lächeln an.

»Deshalb habe ich ihnen die Hufe gelassen. Du hast mich nach dieser Margret gefragt?«

Er drehte sich zu seiner Frau um und meinte:

»Vielleicht kannst du es ihm besser erklären als ich …«

Mit einer überraschend kreischenden Stimme, wie man sie bei einem derart massigen Körper wahrlich nicht vermutet hätte, verdeutlichte Wanda in schlechtem Fränkisch:

»Tüchtig bei der Arbeit ist sie ganz sicher, das hat dir mein Mann ja schon gesagt ... Aber auch wunderlich, sehr wunderlich. Und vor allem: Woran ist ihr Mann eigentlich gestorben? Er war ja noch recht jung ... Angeblich eine unbekannte Krankheit ... In zwei Tagen dahingerafft! Die beiden verstanden sich nicht gut, hieß es ... Daher hat mancher an Gift gedacht ... Oh! Aber Obacht! Man konnt' ihr nie etwas beweisen ... Überhaupt nichts!«

»Wie war sie so?«

Wanda hielt die rechte Hand waagrecht an ihre Schulter.

»Klein. Aber voller Kraft ... Und eine unermüdliche Schafferin, das mit Sicherheit ... Aber wunderlich, wie ich schon gesagt hab' ... Manchmal war sie für ein paar Tage weg ...«

»Oft?«

»Ziemlich oft! Zwei, drei Tage lang ... Sie ging dann einfach fort und ließ alles stehen und liegen ... Zugegeben, sie hat ja ihre Söhne ... Und die versorgen dann die Wirtschaft ... Das muß auch so sein, denn wer würd' sich sonst ums Vieh, um die Herrendienste und alles übrige kümmern ... Man hat nie herausgefunden, wohin sie ging. Nie. Nicht wann genau, noch wohin, noch warum!«

»Bei einer Witwe könnte man sich schon den einen oder anderen Grund vorstellen.«

»Ich seh', was du meinst«, erwiderte Wanda kichernd. »Aber wer würd' die schon wollen? Sie hat sich mit den Jahren, sie ist ja schon über vierzig, ziemlich verändert: Ihr Gesicht ist so gelblich geworden, und erst die Nase, wie ein Eulenschnabel, nur viel größer, wie mitten reingesteckt, und dann ihre Haare ...«

Sie deutete auf ihre üppige Pracht.

»Eine Handvoll von meinen würd' für ihren ganzen Schopf reichen ... deshalb frag' ich: Wer würd' die haben wollen?«

»Und was ihr Verschwinden betrifft? Ist euch da nichts bekannt, nicht der kleinste Hinweis?« fragte Timotheos beharrlich nach.

»Klatsch und Tratsch ja, aber nichts Genaues«, brachte der Hausherr vor. »Doch wem kann man in diesem Land der Dämonen und Teufelinnen schon trauen, he?«

»Somit wäre nur eines gewiß: Diesmal hat sie ihre Hufe für einen längeren Zeitraum als gewöhnlich verlassen, oder?«

»So ist es!«

»Hast du die Leichen der beiden Ertrunkenen gesehen, die von den Mönchen gefunden wurden?«

»Nein. Von mir hat niemand irgendwas verlangt, und es ist mir auch gleich.«

Timotheos blieb eine Zeitlang stumm. War es dieser Ort selbst, dieses wuchtige, düstere Haus in der Nähe des Moores mit seinen trüben, blaugrünen Wassern und dem bedrohlichen Himmel darüber? War es dieser unangenehme Eindruck, den das Paar auf ihn machte? Oder kam es von dem sonderbaren Empfang, hinter dem sich etwas Geheimnisvolles zu verbergen schien? Der Grieche hatte jedenfalls eine gewisse Bangigkeit verspürt und brach, nachdem er sein weiteres Ziel genannt und nach einem Führer verlangt hatte, der ihn zu Margrets Hufe bringen sollte, mit einiger Erleichterung wieder auf.

Über einen verschlungenen Weg gelangten sie in Sicht eines Gehöfts mit mehreren Strohkaten. Sie waren im Schutze eines Waldstücks errichtet, unmittelbar am Moor; an einem Anlegesteg waren zwei Kähne festgemacht. Scheunen und Schuppen wurden von einem Gemüsefeld und einem Obstgarten gesäumt. Ein paar Kinder spielten mit munterem Geschrei Nachlaufen neben einem Unterstand, unter dem zwei Frauen töpferten. Bereits fertig geformte Näpfe, Becher, Töpfe und andere Gefäße standen zum Trocknen auf Gestellen. Unweit davon waren schlichte Brennöfen im Erdreich angelegt worden. Die Frauen ließen einen Augenblick von ihrer Arbeit ab, um zu den Ankömmlingen hinüberzuschauen.

Ein Mann zwischen zwanzig und dreißig Jahren erwartete sie

vor der Schwelle eines Gebäudes, das, nach den Ausmaßen zu schließen, das Haupthaus sein mußte. Der Führer trat vor, wechselte einige Worte mit dem Mann und machte sich gleich wieder auf den Rückweg. Nach einer tiefen Verbeugung lud der vermutliche Hausherr Timotheos und die Wache ein, in sein Heim zu treten. In dem Raum befanden sich drei weitere Frauen. Eine von ihnen war damit beschäftigt, Pilze zum Dörren auf Holzstäbchen zu stecken; die zweite bereitete das Nachtmahl aus Kichererbsen zu, und die dritte gab einem Säugling gerade die Brust, während ein kleiner Junge, an ihr Obergewand geklammert, leise vor sich hin weinte.

Der Mann, der den Vertrauten des Missus dominicus empfangen hatte, entbot diesem nun, mit dem Ausdruck größter Hochachtung, offenbar einige wohlgemeinte Artigkeiten als Willkommensgruß. Timotheos verstand kaum ein Wort und hörte lediglich heraus, daß sein Gegenüber Pierrot hieß und einer von Margrets Söhnen war. So drehte er sich entgeistert zu der Wache um und meinte:

»Ärgerlich, was?«

»In der Tat, Gebieter.«

»Das wird uns unsere Aufgabe kaum erleichtern.«

Auch Margrets Sohn hatte inzwischen erfaßt, daß jede Unterhaltung an den Verständigungsschwierigkeiten scheitern mußte. Von einer plötzlichen Eingebung beflügelt, gab er Timotheos mittels Gebärden zu verstehen, er wolle sich für einen Augenblick entfernen, und stürmte aus dem Haus. Der Gefolgsmann nutzte die Gelegenheit, um sich umzuschauen. In dem großen Gemeinschaftsraum, in dem er sich befand, war alles äußerst reinlich und bestens aufgeräumt. In einer Ecke entdeckte er einen Berg Wolle, der zum Spinnen bereitlag, und daneben eine Spindel sowie einen kleinen Webstuhl. Über der brennenden Feuerstelle hingen zwei Kessel an ihren Haken. In einem davon köchelte eine Suppe.

Pierrot kam schon bald darauf mit einem vom Alter gebeugten Greis zurück. Als dieser die beiden Besucher erblickte, vor allem der Hüne an Timotheos' Seite schien ihn stark zu beeindrucken, begrüßte er sie übertrieben unterwürfig ... auf fränkisch! Dann erklärte der Greis wortreich, er stamme aus dem Berry, nenne sich Aubin, sei ehedem, »im Verlauf eines dieser verfluchten Kriege« gefangengenommen, in den Stand eines Leibeigenen versetzt und in die Gegend von Laon gebracht worden, wo er einem fränkischen Herrn gedient habe. Nach zehn Jahren habe er wieder ins Berry zurückkehren dürfen. Margret habe ihm dann zur Befreiung aus der Knechtschaft verholfen. Dank seiner Vermittlung vermochte Timotheos nun endlich mit der beabsichtigten Befragung der Hausbewohner zu beginnen.

»Wie ich weiß, ist deine Mutter, Margret, seit einigen Wochen verschollen«, sagte er zu Pierrot. »Ihr Verschwinden ist einer von mehreren Vorfällen, zu denen die Sendboten des Herrschers höchstpersönlich Ermittlungen eingeleitet haben. Du hast ja sicher bereits erfahren, daß in der Abtei Saint-Pierre in Longoret gerade ein Sendbote des Kaisers eingetroffen ist. Und auf dessen Befehl hin bin ich nun hergekommen, um aufzuklären, was aus deiner Mutter geworden ist, und um sie, falls das noch möglich ist, wohlbehalten aufzuspüren ... Beginnen wir zunächst mit der Frage: Seit wann wird sie vermißt?«

Betrübt senkte Pierrot den Kopf.

»Seit drei Monaten, fast auf den Tag genau«, antwortete er. »Für meine Brüder und mich waren dies drei Monate voller Verzweiflung und vergeblicher Hoffnungen. Wir haben wieder und wieder nach ihr gesucht, das kannst du dir ja sicher denken, Herr, wir haben die Wälder durchkämmt und die Moore und Sümpfe mit dem Kahn befahren. Wir haben uns bis hinunter nach Rosnay, bis nach Maupas und sogar noch weiter durchgefragt. Und doch nichts erfahren. Oder besser gesagt nur folgendes: Fischer haben unsere Mutter in der Nähe des Moors Blizon gesehen.«

»Ist das weit von hier entfernt?«

»Mindestens zwei Meilen, und über beschwerliche Wege.«

»Und wie weit ist es von dort bis zum Moor Bignotoi?«

»Die beiden gehen ineinander über ...«

Der Fuchs verharrte eine Zeitlang in Schweigen und fragte schließlich halblaut: »Weißt du um den schaurigen Fund, den man dort vor zwei Monaten gemacht hat?«

»Ja«, flüsterte Pierrot mit gesenktem Kopf.

»Verzeih mir die Frage, aber ... hast du dich in die Abtei von Méobecq aufgemacht, um ... nun ja, um zu überprüfen, ob eine der beiden Ertrunkenen ...«

»Warum hätte ich das tun sollen?« entgegnete der Mann aufgebracht. »Wo ich doch weiß, hörst du, wo ich doch die Gewißheit habe, daß sie noch am Leben sein muß!«

»Gewiß, gewiß ...«

Der Grieche strich sich versonnen über seinen Bartkranz und ließ erneut etwas Zeit verstreichen, bis er mit seinen Fragen fortfuhr.

»Demnach wurde sie also in der Nähe des Moors ...«

»... Blizon ...«

»... Blizon gesehen. Hat sie dort Verwandte, oder gab es für sie irgendwelche anderen Gründe, sich dorthin zu begeben?«

»Verwandte nicht, aber vielleicht Freunde.«

»Welche Art von Freunden?«

Pierrot ließ ein leichtes Zögern erkennen, bevor er antwortete:

»Sie hat uns nie etwas darüber erzählt.«

»Tanno und seine Frau haben mir versichert, deine Mutter wäre des öfteren für zwei oder drei Tage weggegangen.«

Margrets Sohn grummelte eine undeutliche Erwiderung.

»Was hat er gesagt?« fragte Timotheos den alten Mann.

»Bloß ›ach die!‹«, übersetzte Aubin.

Der Fuchs behielt es sich vor, zu gegebener Zeit über diesen Anflug von Feindseligkeit nachzusinnen.

»Kommen wir auf die zeitweilige Abwesenheit deiner Mutter zurück«, setzte er wieder an. »Weißt du um ihre Gründe? Sie muß sich doch irgendwohin aufgemacht haben, mit festen Absichten! Und was sie dabei vorhatte, dürfte wichtig oder verlokkend genug gewesen sein, wenn sie ihre Hufe deswegen immer mal wieder verließ!«

»Wir waren und sind ja da, um uns um die Wirtschaft zu kümmern.«

»Na, hör mal, ihr Verhalten muß euch doch sicher sonderbar vorgekommen sein?«

»Wir haben nicht darüber zu urteilen, was eine Mutter denkt und tut! ... Weder meine Brüder noch ich, weder meine beiden Schwestern noch unsere Frauen!«

Timotheos spürte, wie sich sein Gegenüber zunehmend verschloß, und befand es daher für sinnlos, die Befragung weiter fortzusetzen. Nach ein paar besänftigenden Worten blickte er sich um und verlangte, sich das ganze Haus anschauen zu können.

Von jener Frau begleitet, die das Nachtmahl zubereitet hatte und vermutlich seine Gattin war, führte Pierrot den Griechen durch eine Verbindungstür in eine große Kammer. Dabei handelte es sich um den gemeinsamen Schlafraum, in dem die jedem Paar und deren Kindern vorbehaltenen Nachtlager durch Stoffbehänge voneinander getrennt waren. Auf mehreren Gestellen befanden sich sehr schlichte Gegenstände für die Körperpflege, und bei den Schlafstätten standen Kleidertruhen. Die gesamte Einrichtung war deutlich stattlicher, als man es auf einer solchen Hufe vermutet hätte. Margret bewohnte – ein seltener Umstand – eine eigene Kammer. Der Grieche öffnete ihre Truhe. Pierrots Frau holte verschiedene Wintergewänder von ansehnlicher Güte und Machart daraus hervor: leinene Leibhemden, ein Obergewand aus feiner Wolle, Bänder in verschiedenen Farben und einen fast schon prunkvollen Gurt. In einer weiteren, etwas kleineren Truhe lag ein recht sonderbar geschnittener Überwurf aus Pelz. Diese Kleidungsstücke hier vorzufinden war ziemlich erstaunlich, vor allem, wenn Margret von der Natur tatsächlich so stiefmütterlich behandelt worden war, wie Wanda es behauptet hatte. In der für die Körperpflege vorgesehenen Ecke bemerkte Timotheos ein halbes Dutzend bauchiger Fläschchen, die er sich nacheinander öffnen ließ, um behutsam daran zu schnuppern. Aus einem davon roch es recht unangenehm, während zwei anderen betäubende Düfte entströmten. Es fanden sich aber auch Tiegel und Töpfchen mit getrockneten Pflanzen, Pulvern und Salben; Arzneien für die Bewohner der Hufe, behauptete Pierrot.

Um auch ja nichts zu vernachlässigen, erkundete der Gefolgsmann der Missi noch die Vorratsschuppen, Scheunen, Ställe und Werkstätten und wechselte, dank Aubins Übersetzung, ein paar Worte mit dem einen oder anderen, ohne indes etwas Neues in Erfahrung zu bringen: Margret war eine gute Frau, streng, aber gerecht, und beliebt; ihr Verschwinden ängstigte und betrübte jeden … Timotheos fand, daß er alles in Erfahrung gebracht hatte, was derzeit möglich war. Deshalb verabschiedete er sich bald darauf von Pierrot, indem er den Mann noch ermahnte, ihm sofort Bescheid zu geben, falls irgend etwas Aufschlußreiches einträte. Abschließend erklärte er noch, er werde sich nun »mit Aubins Hilfe, die ihm unerläßlich sei«, geradenwegs nach Migné begeben, und brach auf.

In dem Flecken entdeckte er am Marktplatz, der an diesem Tage verlassen war, eine Art Schenke – drei Tische und einige Bänke um eine mächtig brennende Feuerstelle. Dort trat er zusammen mit der Wache und dem alten Mann ein. Der Schankwirt überschlug sich schier, ihnen Wein und Fladen anzubieten. Timotheos brachte das Gespräch sogleich auf Margret, was der Mann auch ganz offensichtlich erwartet hatte. Dem Wirt schmeichelte es sehr, von einer so bedeutenden Persönlichkeit – die Ankunft des Missus dominicus und seiner Gefolgsleute war inzwischen jedermann bekannt – befragt zu werden, so daß er ohne langes Bitten bereitwillig Auskunft gab.

»Die Margret, die verschwunden ist?« ließ er sich der Form halber bestätigen. »Die sah man fast regelmäßig auf unserem Markt. Der findet immer mittwochs und samstags statt. Sie verkaufte Geflügel, Eier, Obst und Gemüse, aber auch Gefäße, Näpfe und Becher aus gebranntem Ton …«

»Auch Pülverchen, Salben, einfache Heilmittel und Kräuter?« fragte der Grieche nach.

»O nein, niemals! Damit handeln ganz andere … nun ja, andere Frauen eben, wie etwa diese Fabiana, die auf so merkwürdige Weise getötet wurde.«

»Stand sie in schlechtem Ruf, ich meine die Fabiana?«

Der Schankwirt murmelte ein Stoßgebet.

»Ziemlich … du verstehst sicher, was ich meine, Herr«, antwortete er.

»Ich verstehe. Laß uns auf Margret zurückkommen!«

»Na ja, gewinnsüchtig und gerieben war sie schon, gelegentlich auch hart … Und wohl auch ein bißchen wunderlich …«

»Das heißt?«

»Eine kleinwüchsige, im Grunde nicht sonderlich alte Frau mit dem Gesicht einer Greisin, so runzelig war die … und ihre Augen, ich weiß nicht … aber ich mochte es gar nicht, wenn sie mich so ansah, so starr … Allerdings immer gut gekleidet, weißt du, wie für den Meßgang, Leibhemd, Obergewand, Gurt, Schuhe und alles … wie eine Reiche … oder eher eine reiche Jungfer … Das hat schon Gerede gegeben, nicht wahr …«

»Ja, ja, ich verstehe … Und was weißt du über ihr Verschwinden?«

Der Wirt schaute den Fuchs betreten an.

»Ach, darüber wurde seit dem Sommer schon soviel gesagt, das kannst du dir ja denken … Die Schwätzer und Klatschbasen hier in der Gegend haben ein loses Mundwerk, vor allem wenn es darum geht, schlecht über den Nachbarn zu reden.

Du kannst dir also vorstellen, wie die erst über die Margret hergezogen sind!«

»Und weiter?«

»Es hieß, sie wäre ja ständig unterwegs gewesen, ohne daß man je wußte, wohin es ging. Außerdem soll sie sich mit ziemlich fragwürdigen Leuten eingelassen haben ... Und dann ihr häufiges Verschwinden ... was machte sie während der Zeit, he? ... Da könnte sie auf ihren Wegen ... doch letzten Endes vielleicht einer bösen Fee begegnet sein, die ... Du verstehst ...«

»Und du, was denkst du darüber?«

»Ich? Nichts, aber wirklich überhaupt nichts!« verwahrte sich der Wirt entrüstet. »Ich für mein Teil halte den Mund, wenn ich nichts weiß! Dummes Geschwätz überlasse ich den bösen Zungen. Wer weiß, ob die es nicht später einmal bereuen müssen.«

Dann fügte er mit leiser Stimme hinzu:

»Man braucht sich ja nur anzuschauen, was Godfrid und seinem Sohn zugestoßen ist.«

Hellhörig geworden, schüttelte der Grieche verdutzt den Kopf.

»Was soll das denn heißen?«

»Nichts! Ich habe nichts gesagt!« erwiderte der Schankwirt hastig.

»Ich glaube eher, du hast schon zuviel gesagt, oder nicht genug ... Aber belassen wir es dabei. Ich möchte jetzt zu den beiden Ertrunkenen vom Moor Bignotoi kommen. Waren die Körper denn tatsächlich in einem so schlimmen Zustand, daß man nur noch erkennen konnte, daß es sich um Frauenleichen handelte, und sonst nichts?«

»So was bringt Unglück. Wie du dir vorstellen kannst, hat es niemanden gedrängt, sich die anzusehen! Bis auf einen oder zwei, darunter war auch ein Köhler, aber der gilt allgemein als etwas ... Jedenfalls ließ sich seiner Ansicht nach tatsächlich nicht mehr sagen, wer die waren ... das Moorwasser und die Sommerhitze haben die übel zugerichtet, aber vor allem irgendwelche Tiere ... wahrscheinlich Aasfresser ... pfui Teufel!«

»Was meinst du? Könnte eine der beiden Unglücklichen Margret gewesen sein?«

»Ich habe keine Ahnung, Herr. Nur wo soll sie sonst abgeblieben sein? Was ist dann aus ihr geworden?«

Der Grieche entgalt ihm die altbackenen Fladen und den säuerlichen Wein reichlich.

Auf dem Rückweg nach Longoret beschloß Erwins Gefolgsmann, einen Abstecher zum Moor Blizon zu machen, in dessen Nähe Margret zum letztenmal gesehen worden war. Dank Aubins Ortskenntnis erreichten sie nach einem anderthalbstündigen Ritt über schmale, an den Sümpfen entlang verlaufende Pfade einen Streifen festen Lands, der in einem Anlegesteg endete. Doch da war weder ein Boot zu sehen, noch lag irgendwo in der Nähe ein Weiler oder auch nur eine Behausung. Kurzum, die Anlegestelle schien für nichts und niemanden von Nutzen zu sein. Gleichwohl war sie in gutem Zustand, und die Abnutzung der Seilpflöcke ließ erkennen, daß man sich ihrer vor noch nicht allzu langer Zeit bedient hatte.

Der Grieche blickte lange auf die geheimnisvollen und tükkischen Wasser. Schließlich brachen die drei Männer in Richtung Mézières auf und trafen dort in der Dämmerung ein. Eine Stunde später gelangten sie nach Longoret, wo auch Aubin die Nacht verbringen sollte, um erst tags darauf wieder auf Margrets Hufe zurückzukehren.

Am nächsten Morgen – mit der Tagundnachtgleiche war auch der Herbst angebrochen – ritt Timotheos nach Mézières, um in einem weiteren Vermißtenfall, nämlich dem der verschwundenen Agnes, zu ermitteln. Aus Erfahrung klug geworden, bat er einen der Mönche der Abtei Saint-Pierre, der sowohl die Mundart des Berry als auch Fränkisch sprach, ihn zu begleiten.

Agnes' Wohnstätte lag im Herzen des Fleckens, nur ein paar Schritt vom Marktplatz entfernt, der sich an den Vorhof der Kirche anschloß. Im Erdgeschoß befand sich ein Laden, dessen Tür verschlossen war. Vor den Fensteröffnungen hatte man Holzverschläge angebracht. In der Schmiede unmittelbar neben dem Haus arbeiteten ein Mann mittleren Alters sowie zwei jüngere Gesellen.

Da Timotheos von Erzpriester Nodon erwartet wurde, begnügte er sich fürs erste mit diesen raschen Beobachtungen und wandte sich zum Pfarrhaus, das hinter der Kirche lag. Nodon empfing ihn im Beisein seines Vikars und eines Dieners. Auf dem Tisch stand eine kleine Stärkung bereit.

Der Grieche nahm sich Zeit. So wechselte er mit dem Erzpriester zunächst einige Artigkeiten und ein paar trübselige Gemeinplätze über die bittere Gegenwart, trauerte mit ihm den alten Zeiten nach und kam erst dann auf Agnes' Verschwinden zu sprechen. Nodon nickte bedächtig und breitete mit dem Ausdruck salbungsvollen Mitleids die Arme aus.

»So ein Unglück!« erwiderte er mit sanfter Stimme. »Seit zwölf Wochen sind wir nun schon ohne Nachricht von dieser Frau! Wo ist sie hin? Niemand scheint die leiseste Ahnung zu haben. Warum nur, großer Gott? Auch diese Frage blieb bislang ohne Antwort!«

»Ihr Mann indes – Thomas heißt er, nicht wahr –, den ich eben im Vorbeigehen in seiner Schmiede gesehen habe, dürfte doch wohl irgendwelche Vermutungen haben!«

Jede Silbe besonders betonend, offenbarte ihm Nodon:

»Das war nicht Thomas, den du eben gesehen hast, sondern Lucian, der Wagner!«

»Was sagst du da?«

»Thomas ist ebenfalls verschwunden.«

»Verschwunden?«

»Ja, und zwar anderthalb Monate nach seiner Frau.«

»Ohne einen Hinweis oder eine Spur zu hinterlassen?«

»Nicht mehr und nicht weniger als bei Agnes.«

»Bei allen Heiligen, das wird ja immer toller!« rief der Grieche aus, um dann für eine Weile zu verstummen. »Und was ist mit diesem Lucian?«

»Da die Ortschaft nicht ohne Schmied auskommen konnte, hat man ihn gebeten, Thomas bis zu dessen Rückkehr, sofern er überhaupt wieder auftaucht, zu vertreten.«

»Trotzdem kannst du mich nicht glauben machen«, hielt Timotheos dagegen, »daß wirklich niemand irgendeine Vermutung hat, was eine Frau, die einen gutgehenden Handel betreibt, und wenig später auch ihren Mann, einen unentbehrlichen Handwerker, dazu getrieben haben mag, einfach so zu verschwinden ... ohne jede Erklärung, von einem Tag auf den anderen!«

»An Vermutungen mangelt es nicht, und auch nicht an Getratsch und übler Nachrede, nicht wahr, Argir?« meinte der Erzpriester, indem er sich seinem Vikar zuwandte.

Der kleine rundliche Mann erwiderte, wobei er eine unbestreitbare Lüsternheit nur dürftig zu verbergen vermochte:

»O ja! Diese Agnes, die muß man gesehen haben. Ein hübsches Luder! ...«

Er gluckste.

»... Groß, kerzengerade, lachlustig, reizvoll: ein feuerroter Schopf, ein weißes Gesicht mit blaßroten Wangen, eigenartig große Augen, und einen Mund hat die, einen Mund sag' ich dir ... Außerdem sah sie einem immer offen ins Gesicht, als wollte sie sagen ... nun ja, ihr versteht, was ich meine ... Die blinzelte nicht ... Und dieses Lächeln ...«

»Laß uns nicht auf Abwege geraten, Argir!« fiel ihm der Erzpriester, offenbar peinlich berührt, ins Wort.

»Man muß aber doch verständlich machen, was für eine sie ist«, erklärte der Angesprochene. »Ich habe sie nur als ›hübsches Luder‹ bezeichnet, weil sie ein hübsches Luder ist. Und die tat sich keinen Zwang an, mehr als einer weiß davon ein

Lied zu singen! Die waren doch alle hinter ihr her wie brünstige Hunde! Ja, die hatte wirklich die Qual der Wahl!«

»Und erwählte sie auch jemanden?«

»Die versagte sich nichts!

»Und ihr Ehemann hat sich dem nicht widersetzt?« rief der Grieche erstaunt. »Du willst mir doch nicht weismachen, daß Agnes sich so empörend betragen habe und daß ihr Mann sie einfach nach Belieben machen ließ!«

»Dazu mußt du wissen, daß er seiner Gemahlin in nichts nachstand. Er war ein stattlicher Mann und galt als tüchtiger Liebhaber. Und da konnte er auf die Neugier von liederlichen Weibsbildern bauen, die ganz versessen waren, sich davon zu überzeugen. Deshalb, was seine Frau anging ...«

»Gar nichts deshalb! Die meisten, die bei jeder sich bietenden Gelegenheit bereit sind, ihre Geilheit zu befriedigen, legen doch gleichzeitig auch die argwöhnischste Eifersucht an den Tag! Zumal die Liederlichkeit der Frauen, die sie verführen, und das Geschick, mit dem jene Frauen ihre Seitensprünge verbergen, ihnen doch Anlaß genug geben, im Hinblick auf die Umtriebe ihrer eigenen Ehefrauen die schlimmsten Verdächtigungen zu hegen.«

»Gewiß ... was aber Agnes und Thomas betrifft ... Man behauptet felsenfest, sie hätten gemeinsam an Orgien teilgenommen, sie sollen sich dabei ohne jede Scham, unter den Augen des eigenen Ehegespons, den wüstesten Vereinigungen hingegeben und, häufig im Beisein anderer Wüstlinge, an Einfallsreichtum miteinander gewetteifert haben«, versicherte Argir.

»Wer behauptet das?« warf Timotheos ein. »Männer und Frauen, die an solchen Bacchanalen teilgenommen haben wollen und dazu noch die Stirn besäßen, sich dessen zu brüsten? Oder Prahler, die ihrer Einbildungskraft freien Lauf lassen? Frauen mit ungefälligem Äußeren, die Agnes ihre Schönheit neiden, Schwächlinge, die aus lauter Mißgunst gegenüber Thomas nicht an sich halten können? Verleumder also, wie man sie überall findet? Wer, so frage ich dich? Und wo sollen diese Ausschweifungen stattgefunden haben? Hier in Mézières? An einem bestimmten Ort, unter Zeugen?«

»Schon seit Monaten«, griff Erzpriester Nodon ein, »machen Gerüchte über derartige Dinge die Runde. Und worum es dabei geht, ist weitaus schlimmer als die Sünde der Wollust, so abscheuerregend diese auch sein mag. Es soll sich da um Ausschweifungen handeln, denen sich offenbar Banden von Gottesverächtern hingeben! Ich für mein Teil schenke den Bekenntnissen, die mir dieser oder jene bei der Beichte anvertraut, kaum Glauben, weil ich mit dir der Meinung bin, daß an Wirrköpfen, Schwaflern und Verleumdern nirgendwo Mangel herrscht. Und dennoch. Allzu viele Dinge haben sich als wahr herausgestellt und bieten Anlaß genug, uns zu beunruhigen. Sie müssen nämlich in Verbindung gebracht werden mit hartnäckigen Gerüchten über irgendwelche Messen – aber darf man derartige Frevel überhaupt so nennen? Nun ja ... über teuflische Feste, die sich an abgelegenen, beinahe unerreichbaren Orten in den Sümpfen zutragen sollen ... und zwar beim Ruf eines weißen Gespenstes!«

Nodon hielt inne.

»Aber wem sage ich das! Diese Dinge dürften dich kaum verwundern, da du ja bereits Bescheid weißt«, fuhr der Geistliche fort. »Außerdem: Wenn es hier bloß um liederliche Ausschweifungen ginge, hätte unser Herrscher, der klügste von allen, wohl kaum seine angesehensten Missi dominici, deren Lauterkeit und Scharfsinn man allerorten rühmt, hergeschickt! Und wärst du, deren vielgeliebter Gefolgsmann, dann hier?«

Der Grieche begnügte sich mit einem Lächeln und meinte:

»Kommen wir doch wieder zu dieser Agnes. Hat niemand irgend etwas beobachtet oder bemerkt, was ihr Verschwinden erklären könnte, von ihrer Beteiligung an unseligen Orgien einmal ganz abgesehen?«

»Vielleicht doch«, antwortete Argir nach kurzem Überlegen.

»Letzten Winter hat sie des öfteren Besuch von einem Weinhändler bekommen, was nichts Ungewöhnliches ist, da Agnes ja auch Wein verkauft; es handelte sich dabei um einen gewissen Medard, der sich bei Tours niedergelassen hat. Man sah ihn jedoch zunehmend häufiger hier, mit und ohne Fässer. Bald wurde es ihm zur Gewohnheit, ein oder zwei Nächte in der Wohnung im ersten Stock, über dem Laden, zu verbringen. Und der Schmied verließ dann jedesmal das Haus, um eine seiner Eroberungen zu beehren. Darüber hat man sich selbstverständlich die Mäuler zerrissen. Außerdem konnte es niemandem entgehen, daß Agnes, die bis dahin immer so sorglos und kühn gewesen war, plötzlich leidenschaftlich verliebt und treu schien und ihren Verehrern schonungslos eine Abfuhr erteilte. Ja, das hat viele verwundert ...«

»Wäre es deiner Meinung nach denn denkbar, daß sie diesem Medard nach Tours gefolgt ist, was eine einfache, ja beinahe schon tugendhafte Erklärung für ihr Verschwinden wäre?«

Der Pfarrvikar des Erzpriesters brachte mit einer Gebärde und seinem beredten Mienenspiel eine gewisse Ratlosigkeit zum Ausdruck.

»Sicher, doch was soll man dann von Thomas' Verschwinden halten?« fragte Timotheos.

»Das bleibt weiter unerklärlich«, griff Nodon erneut ein. »Hier muß ich jedoch etwas anmerken. Vor ungefähr drei Wochen hat ein Reisender aus Tours in Mézières eine Rast eingelegt. Ich habe mir dies zunutze gemacht, um ihn über Medard zu befragen. Und der führte zu dem Zeitpunkt nach wie vor seinen Handel; doch von Agnes fehlte jede Spur, obgleich sie sicher nirgendwo unbemerkt bleiben könnte. Aber vielleicht hat der verheiratete Weinhändler ihr ja ein verschwiegenes Plätzchen eingerichtet. Und auch von einem Neuankömmling, der Thomas ähnlich wäre, hat man in Tours nichts gehört. Mehr können wir zur Zeit nicht sagen.«

Timotheos trank einen Schluck Wein.

»Stammt dieser Tropfen von Agnes? Er ist ausgezeichnet.«

»Und aus gutem Grund«, murmelte Argir vor sich hin.

»Ein Wort noch«, setzte der Grieche hinzu. »Vor ungefähr zwei Monaten wurden zwei ertrunkene Frauen aus dem Moor Bignotoi geborgen, wie jedermann weiß. Hat sich irgendein Bewohner Mézières' nach Méobecq begeben, um sich die Leichen anzuschauen? Schließlich könnte eine der beiden Toten ja Agnes sein.«

»Nein, niemand«, versicherte Nodon. »Nur Vogt Guntram könnte dir da Auskunft geben. Er ist angeblich hingeritten.«

Erwins Gefolgsmann bedankte sich bei den Geistlichen und verabschiedete sich von ihnen. An der Türschwelle drehte er sich unvermittelt noch einmal um und fragte:

»Jetzt hätte ich fast etwas vergessen: Kam es denn häufig vor, daß Thomas oder Agnes oder gar beide zusammen für eine Nacht, ja einen ganzen Tag oder zwei ohne erkennbaren Grund und ohne Erklärung weg waren?«

»Das geht doch aus unserem Gespräch klar hervor«, betonte der Erzpriester.

»Doch klarer wird es, wenn man es sich bestätigen läßt.«

Bevor der Fuchs in die Abtei zurückkehrte, begab er sich erneut zur Schmiede, in der Lucian und seine Gehilfen ihrer Arbeit nachgingen. Der Wagner war ein brummiger Mann mit mächtigen Muskeln. Timotheos bemühte sich nach Kräften und leidlicher Beanspruchung seines Übersetzers, mit dem Mann ins Gespräch zu kommen, hatte aber seine liebe Not, ihm irgendwelche Äußerungen zum Verschwinden von Thomas und dessen Frau zu entlocken: Er habe mit diesen Geschichten nichts zu schaffen und kümmere sich derweil um die Schmiede, weil es ja sein müsse und niemand anderes dies besorgen könne, was ihm überdies viel zu lange Arbeitstage aufnötigte. Erst als die Sprache auf Agnes' angeblich so zügellosen Lebenswandel kam, gab er seine Einsilbigkeit auf.

»Wer hat das gesagt?« grollte Lucian. »Ganz sicher dieser Argir! Oh! Der guckt sich doch andauernd nur die Augen aus dem Kopf und setzt Klatsch in die Welt! Ein Schwein, ein Lüstling ist der, sonst nichts! Wie hat der sie immer belauert, und so hintenherum wie kein anderer ... Der hätte die Agnes gern gehabt, dieser Lumpenhund, was hat den da sein eigener Stand geschert ... Aber die hat ihm was gehustet!«

»War sie denn so schön und gefallsüchtig, wie man behauptet? Sie soll mit ihren Reizen ja nicht gegeizt haben!«

»Schön? O ja, das war sie! Aber gefallsüchtig? Wenn irgendwo eine Frau tatsächlich alle anderen in den Schatten stellt, geht auch gleich das Geschwätz los ... Und außerdem, bei all den Kerlen, die zu Hause nicht richtig satt werden und ihr hinterhergerannt sind ...«

»Aber war sie nun eine schamlose Dirne oder nicht? War ihr Mann ein Wüstling oder nicht?«

»Was Thomas angeht, will ich's nicht bestreiten. Das ist ja überall bekannt. Man hätte Mühe nachzuzählen, wie viele der schon aufs Kreuz gelegt hat ... aber die haben's ja auch wirklich drauf angelegt! Je nun! Bei dem seinem Ruf! Aber über Agnes läßt sich jedenfalls hier, in Mézières, wenig sagen ... bis dieser Kerl aus Tours aufgetaucht ist ...«

»Habe ich richtig gehört? Du hast ›jedenfalls hier, in Mézières‹ gesagt? ... Soll das heißen, anderswo schon?«

Der Wagner schaute mit betretener Miene auf seine Füße.

»Anderswo heißt wohl, was beim Ruf des weißen Gespenstes in den Mooren geschehen sein könnte?« bedrängte der Grieche den Mann.

»Ich seh' schon, du bist bereits eingeweiht.«

»Wenn ich dich richtig verstehe, soll sie sich ihre – wie könnte man sagen? – ihre Zügellosigkeit im Grunde für diese ganz besonderen Feiern aufgespart haben.«

»Das habe ich nicht gesagt!« verwahrte sich Lucian lauthals.

»Ist das auszuschließen? Glaubst du, es gibt diese Feste?«

Der Mann blieb eine Antwort schuldig.

»Man hat mir versichert, Thomas und Agnes hätten die Schmiede und den Laden regelmäßig verlassen, ohne eine Erklärung zu geben oder sich über ihr geheimnisvolles Ziel zu äußern; und dann blieben sie mal eine Nacht, mal einen ganzen Tag und manchmal auch zwei aushäusig. Willst du das bestreiten?«

Lucian sagte noch immer keinen Ton.

»Du bist ein anständiger und verläßlicher Mensch, aber dein beharrliches Schweigen sehe ich trotzdem als klare Antwort an. Laß uns nun zu diesem Medard kommen!«

Des Wagners Gesicht verkrampfte sich.

»Erst als der hier auftauchte, ist alles aus dem Ruder gelaufen«, erklärte er. »Ich weiß nicht, warum sie sich so in den vernarrt hat, daß sie ihn unbedingt vor aller Augen in ihr Haus holen mußte ... Vorher konnten die Leute ja getrost tratschen, nur beweisen ließ sich nichts ... Aber mit diesem Kerl aus Tours, da hatten die Klatschbasen endlich genug Futter, wie du dir denken kannst.«

»Und Thomas?«

»Der hat die Sache ziemlich schlecht aufgenommen, was man auch verstehen kann, obwohl er ... Da gab es dann oft Streit, Handgreiflichkeiten und Geschrei ... Den Nachbarn entging nichts.«

»Daraufhin verschwindet erst Agnes und anschließend Thomas. Hat irgend jemand eine Ahnung, was aus ihnen geworden ist?«

»Nichts als Gerüchte und neuer Tratsch!«

Timotheos gestand sich einen Augenblick des Nachdenkens zu, bis er erneut ansetzte:

»Erste Vermutung: Dieser Medard nimmt Agnes mit nach Tours. Thomas faßt sich zunächst in Geduld und hofft, sie wird sich wieder anders besinnen. Dann macht er sich auf die Suche nach ihr.«

»Daran hab ich auch schon gedacht. Man hat dir aber sicher bereits gesteckt, daß weder sie noch er in Tours oder im Umland gesehen worden sind. Und außerdem: Entweder hätte Thomas sie aufgespürt und überredet, mit ihm zurückzukehren, und dann wären sie gemeinsam wieder nach Hause gekommen; oder aber er hätte Pech gehabt und wär' allein wieder hier aufgetaucht ... Denn da sind ja noch die Schmiede und der Laden, und so was läßt man doch nicht so einfach im Stich!«

»Zweite Vermutung: Eine dieser Orgien oder irgendeine Art von Feier hat eine böse Wendung genommen. Agnes findet dabei den Tod, ihre Leiche wird ins Wasser geworfen, oder aber, sie ertrinkt vielleicht nur zufällig, bei einem Unfall ... Sie könnte also eine der beiden Ertrunkenen vom Moor Bignotoi sein, nicht?«

»Auch daran hab ich schon gedacht. Aber was wär' in dem Fall aus Thomas geworden? Ist der ebenfalls tot? Dann hätte man seine Leiche doch auch gefunden! Falls er aber noch am Leben ist, warum wurde er dann in all den Wochen nirgendwo gesehen?«

»Er könnte beispielsweise fürchten, nach all den Streitereien des Mordes an Agnes verdächtigt zu werden.«

»Thomas hätte sie niemals getötet, niemals! ... Und außerdem weiß man ja gar nicht, wer diese Ertrunkenen sind ...«

»In der Tat!« pflichtete ihm Timotheos bei. »Nun gut! Jetzt werden wir uns diesen Laden einmal anschauen!«

Der Laden und die zugehörigen Vorratskammern nahmen beinahe das gesamte Erdgeschoß ein. Dort fanden sich Lebensmittel wie Mehl, Saubohnen und Kichererbsen, Öl, Speck und Dörrobst, die aber allesamt verdorben, verschimmelt oder ranzig und teilweise von Ratten aufgefressen oder von Ungeziefer vernichtet waren. Auf einem Gestell in einer der Ecken standen mehrere Fässer mit verschiedenen Weinen. Der Laden bot daneben auch Kleidung, Töpferwaren und sogar Werkzeug feil. Timotheos sah sich die angehäuften Vorräte an und dachte bei sich, daß sie wohl eine beachtliche Menge Denare wert waren. Nur sehr gewichtige Gründe und eine erhebliche Gefahr konnten Agnes und hernach auch Thomas dazu getrieben haben, einen solchen Besitz im Stich zu lassen, ohne auch nur die nötigsten Vorkehrungen zum Schutz dieser vederblichen Nahrungsmittel zu treffen.

Die Untersuchung ihrer Wohnung im ersten Stock verstärkte diesen Eindruck. Alles war in großer Unordnung zurückgelassen worden, was auf einen überhasteten Aufbruch hinwies. Welches Vorkommnis konnte Thomas gezwungen haben, Hals über Kopf die Flucht zu ergreifen?

Beim Verlassen des Hauses blieb Timotheos plötzlich noch einmal stehen. Er blickte Wagner Lucian fest an und forderte seinen Übersetzer auf, die folgende Frage in aller Schärfe wiederzugeben:

»Warst du Agnes' Liebhaber?«

Nach einem Augenblick stummer Bestürzung antwortete der Mann stammelnd:

»Wie kannst du nur so eine Frage stellen ...?«

»Antworte! Ja oder nein?«

Der Wagner schüttelte den Kopf.

»Nein!« schrie er beinahe, als er seine Stimme wieder beherrschte. »Aber warum ...«

»Mehr wollte ich nicht wissen«, erwiderte der Grieche ruhig. »Es war mir eine Freude, mich mit dir zu unterhalten.«

Während sie sich daraufhin entfernten, wandte sich Timotheos an den Mönch, der ihm als Übersetzer gedient hatte, und drohte:

»Solltest du, ganz gleich gegenüber wem, auch nur ein Sterbenswörtchen von all dem verraten, was du soeben gesehen und gehört hast, dann gebe ich nicht viel um dein Seelenheil!«

Erwin hatte seinen Gefolgsmann Doremus damit betraut, unverzüglich die Untersuchungen zu den beiden Morden an Godfrid und seinem Sohn Gilbert einzuleiten. Ohne sein Pferd zu überanstrengen, gelangte Doremus nach einem zweistündigen Ritt zum Gut am »Feenbuckel«, das einen Teil des Moors Bellebouche umfaßte. Er hatte sich allein dorthin aufgemacht, denn er fürchtete, die Anwesenheit einer Wache und eines Übersetzers könnte seine Nachforschungen behindern. Überdies hatte er eine sehr schlichte Kleidung, eine braune Kutte aus grobem Wollstoff über seinem Leibhemd, gewählt. Und als Waffe lediglich ein Kurzschwert.

Als er auf das Gehöft zuritt, tauchten plötzlich vier Männer, mit Knütteln und Forken bewaffnet, auf, stellten sich ihm in den Weg und befahlen ihm anzuhalten. Zum Zeichen seiner friedlichen Absichten breitete der ehemalige Aufständische die Arme aus, worauf ihn einer der Männer, allem Anschein nach ihr Anführer, auf fränkisch fragte:

»Gehörst du zu diesem Herrn Abt, der im Kloster Saint-Pierre eingetroffen ist?«

Doremus bestätigte dies, nannte den Leuten die Aufgabe, den Rang und das Amt des Sachsen sowie seinen eigenen Stand und erklärte schließlich, was ihn herführte. Sein Gegenüber verneigte sich tief, die Flurhüter boten sich eilig als Geleit an und führten Doremus über einen gut gepflegten Pfad zum Gehöft.

Das herrschaftliche Wohnhaus, die Unterkünfte der Leibeigenen und Diener, die Scheunen, Ställe, Vorratsschuppen wie auch der Hühnerhof und die Kaninchenställe lagen, einer Art Weiler gleich, auf einem nicht sonderlich hohen Hügel, wodurch die zumeist aus Holz errichteten Gebäude gleichwohl vor Überschwemmungen sicher waren. An der dem Moor zugewandten und sanft abfallenden Seite des Erdhügels hatte man als zusätzlichen Schutz Wälle aufgeschichtet. Dort befand sich auch ein Anlegesteg, an dem einige Nachen und zwei kleinere Lastkähne festgemacht waren; einer der Kähne war zur Hälfte mit Schlamm angefüllt.

Während Doremus sich dem Haus näherte, begegnete er ärmlich gekleideten Männern und Frauen, die schweigend dastanden und ihn neugierig und ängstlich anstarrten. Ein hoch aufgeschossener Mann mit einem Knecht an seiner Seite empfing den Besucher an der Türschwelle und lud ihn augenblicklich ein, ins Innere des Hauses zu treten. Dort traf Doremus auf eine ältere Frau, die ihn, von Mägden umgeben, in stolzer Haltung begrüßte; recht verwundert betrachtete sie zunächst die strenge Kleidung des ehemaligen Aufständischen, bevor sie ihn willkommen hieß.

Als Antwort auf Doremus' Beileidsbekundungen neigte Godfrids Witwe mit kummervoller Miene den Kopf, richtete sich dann wieder auf und erwiderte mit klarer Stimme:

»Ja, Schmerz und Zorn sind nun in jedem Augenblick meine Gefährten. Gibt es ein schlimmeres Unglück, als den Ehegatten und den Sohn auf solch grauenhafte und niederträchtige Weise zu verlieren?«

Sie warf Erwins Gefolgsmann einen ehrfürchtigen Blick zu.

»Doch ich habe vor kurzem erfahren, daß unser Herrscher, Karl der Vielgeliebte, in seiner Güte zwei seiner aufs höchste gerühmten Gesandten in diesen Landstrich geschickt hat, auf daß die aus der Hölle hervorgekommenen Mörder aufgespürt und mit den schlimmsten Qualen bestraft werden. Einer dieser Missi, ein Abt ...«

»Er heißt Erwin!«

»... Abt Erwin also ist ja bereits in der Abtei Saint-Pierre eingetroffen. Und ich stelle fest, du hast ohne Verzug hergefunden, um hier Nachforschungen anzustellen; somit werdet ihr diese Schurken ganz sicher rasch in eure Gewalt bekommen. Die Fürsorge unseres Kaisers ist mir ein Trost ... Und auch die Anwesenheit meines jüngsten Sohnes, Albert, den du hier vor dir siehst. Er ist eigens aus der Bretonischen Mark gekommen, wo er Karl dem Siegreichen diente, und wird nun an meiner Seite die Leitung des Gutes übernehmen.«

Herta sprach ein leicht alemannisch gefärbtes Fränkisch, mit vornehmer und gewandter Wortwahl. *Eine wahrhaft entschlossene Frau,* dachte Doremus bei sich.

»Du tust gut daran, die Fürsorge Karls des Gerechten und seines Sohnes, des Königs von Aquitanien, zu rühmen«, antwortete Doremus. »Er hat Abt Erwin und Graf Childebrand, einen Nibelungen, der in Kürze zu uns stoßen wird, die Verpflichtung übertragen, in diesem Landstrich Untersuchungen durchzuführen, um die Mörder zu entlarven, um rasch und trefflich Recht zu sprechen sowie die Ordnung und den Frieden wiederherzustellen, die hier auf unerträgliche Weise gestört wurden.«

Er hielt kurz inne.

»Zu diesem Zweck muß ich nun Untersuchungen anstellen«, fuhr er fort. »Es versteht sich von selbst, daß ich auf diesem Gehöft damit beginnen muß. Ich weiß, es mag für dich beschwerlich sein, dir diese unseligen Geschehnisse, die du durchlitten hast, ins Gedächtnis zurückrufen zu müssen, auch wenn wir, was ich dir verspreche, es weitgehend vermeiden werden, die grauenvollsten Einzelheiten anzuschneiden. Wenn du aber meinst, diese Prüfung gehe in irgendeiner Weise über deine Kräfte, so können wir sie auf später verschieben.«

»Wird mein Kummer in ein paar Tagen denn weniger bitter sein?« hielt Herta entschieden dagegen. »Und mußt du deine Nachforschungen nicht überdies auch schnellstens zum Erfolg führen?«

»Darum werde ich mich bemühen.«

»Geteilter Kummer ist bisweilen leichter zu tragen, Mutter«, griff Albert ein.

»Ich bin bereit«, erklärte Herta.

Auf die sanft vorgebrachten Fragen des Gefolgsmanns der Missi berichtete sie nun, wie die Mörder vor der Morgendämmerung aufgetaucht waren und die beiden Wächter des Gehöfts überrumpelt hatten.

»Einen Augenblick!« unterbrach Doremus. »Weshalb kam es zu dieser Vorsichtsmaßnahme? War Godfrid der Meinung, er hätte irgendeinen Angriff zu fürchten? Habt ihr Drohungen erhalten?«

»Drohungen? Nicht wirklich!« antwortete sie nach kurzem Zögern. »Doch es gab Gerüchte ... Und außerdem wurden uns bei Nacht gewisse Dinge vor die Tür gelegt ...«

Einige der Mägde murmelten Stoßgebete.

»Es ging dabei vor allem um Mißmut und um Neid«, fuhr sie fort. »Und dann gab es die rätselhaften Geschehnisse der letzten Monate, diese auf unerklärliche Weise ertrunkenen Frauen wie Benedicta ...«

»Darauf kommen wir noch.«

»... Leute, die einfach verschwunden sind, und dann die Geschichten um das weiße Gespenst ... Man munkelt von irgendwelchen Banden ...«

»Wie jene, die den Tod zu euch gebracht hat?«

»Ja, von Räubern, aber auch von Besessenen, die zu allem fähig wären ... Wir fühlten uns nicht mehr sicher ... So kam es zu diesen Vorkehrungen ... die leider zwecklos waren!«

Doremus brachte mit einer Gebärde sein Mitgefühl zum Ausdruck und fragte: »Wurden solche Vorsichtsmaßnahmen auf allen Gütern in der Brenne getroffen?«

»Ich weiß nicht. Ich vermute es jedoch.«

»Das prüfen wir noch nach ... Aber laß uns, wenn du dazu imstande bist, auf den Überfall zurückkommen. Die beiden Posten sind also gefesselt und geknebelt worden, damit sie keinen Lärm schlagen konnten, nehme ich an.«

Herta bestätigte dies mit einem Kopfnicken.

»Dann sind die Angreifer in diesen Raum gedrungen. Die vier Türen, die ich hier sehe, führen doch zweifellos in vier weitere Kammern?«

»So ist es! Diese da führt in das Gemach, das ich mit Godfrid, meinem Gemahl, bewohnte, und noch immer bewohne, und die andere in die Kammer von Gilbert und seiner Frau Gerda; der Schmerz hat sie beinahe um den Verstand gebracht, weshalb sie für ein paar Tage zu ihrer Mutter ist, um wieder zur Ruhe zu kommen. Hinter der Tür befindet sich die Kammer meiner beiden Töchter Nodrude und Lotte; und die letzte geht auf einen Gang, der zur Küche, den Vorratskammern, zum Gesindehaus führt ...«

»Hielt sich denn jemand in diesem Gemeinschaftsraum auf, als die Schufte ins Haus gedrungen sind?«

»Ja, Clemensia. Sie dient uns seit zwanzig Jahren und steht dahinten, an der Feuerstelle.«

Auf Ersuchen des Ermittlers legte die Dienerin nun selbst Zeugnis ab. Es handelte sich um eine trotz ihres Alters recht kräftige Frau von mindestens fünfzig Jahren. Sie stand noch ganz unter dem Eindruck der tiefen Erschütterung, die sie bei dem Überfall und den anschließenden Morden erlitten hatte. Albert übersetzte ihre Angaben ins Fränkische.

»Die sind wie Dämonen hereingestürzt«, hob sie mit zitternder Stimme an. »Bevor ich auch nur einen Schrei ausstoßen konnte, um Lärm zu schlagen, hat einer von denen mich so gepackt, mir ein Stück Stoff auf den Mund gedrückt und es dann hinter meinem Kopf zusammengeknotet. Dann hat er mir die Handgelenke gefesselt und mich gezwungen, mich auf den Boden zu legen, um mir auch die Füße zusammenzubinden. Was hätte ich da tun sollen, Herr? Ich bin fast gestorben, weil ich keine Luft mehr bekam!«

»Wie viele waren es?«

»Fünf oder mehr!«

»Mir hat man von vier oder fünf berichtet.«

»Ich für mein Teil sage dir: Sie waren mindestens zu fünft. Jedenfalls fünf hier in diesem Raum. Ich kann doch zählen, oder?«

»Ich glaube dir, Clemensia, nicht dem Gerede von anderen … Hast du sehen können, wie sie gekleidet waren?«

»Kopf und Schultern waren unter roten Kapuzen verborgen, außerdem trugen sie lange graue Obergewänder … ja, ich erinnere mich, mit einem Gurt um den Leib, in dem eine kurze Waffe steckte … Ach ja, das hat mich noch gewundert: Zwei von ihnen trugen Stricke und Binden am Gurt.«

»Würdest du sie an irgend etwas wiedererkennen?«

»Nein.«

»Sprachen sie miteinander?«

»Nicht ein Wort! Man hätte meinen können, daß jeder genau wußte, was er zu tun hatte.«

Doremus nickte mit zufriedener Miene.

»Wirklich fein beobachtet und äußerst aufschlußreich. Hast du danach noch etwas sehen können?«

»Zwei von denen sind in das Gemach der Herrschaften gedrungen.«

»Ohne Zögern?«

»Ja, geradenwegs und dazu noch völlig geräuschlos! Zwei weitere in Gilberts Kammer und der letzte in die der beiden Schwestern. Sie haben sich so lautlos und geschwind wie Geister bewegt. Ich habe fast nichts gehört … Und dann habe ich die beiden, die in die Kammer der Herrin gegangen waren, wieder herauskommen sehen. Sie schleiften den Herrn Godfrid hinter sich her; der war ganz schlaff, wie bewußtlos geschlagen, und hatte einen Knebel übers halbe Gesicht. Bei Herrn Gilbert war es genauso. Vater und Sohn sind sozusagen gleichzeitig nach draußen geschafft worden.«

»Und anschließend hast du nichts mehr gesehen oder gehört?«

»Doch, aber viel später, da ist der fünfte dieser Lumpen aus Nodrudes und Lottes Kammer gekommen!«

»Konntest du, als du am Boden lagst, diese Schurken trotzdem beobachten?« drang Doremus weiter in sie.

»Die hatten mir die Augen ja nicht verbunden. Ich habe das gesehen, was ich dir sagte: ihre roten Kapuzen, ihre Gewänder … Und außerdem habe ich bemerkt, wie zielstrebig, flink und lautlos sie vorgingen, nur Dämonen …«

»Mag sein«, fiel ihr der ehemalige Aufständische ins Wort. »Kommen wir nochmals zu diesen Gewändern: Entsprachen die deiner Meinung nach Männern aus dem Ort oder eher Leuten vom Land, aus den Sümpfen? Und wie bewegten sich die Leute, ist dir bei ihrem Gang etwas aufgefallen? Und ihre Hände? Waren die schwielig?«

»Nun ja … die Stoffe, ihr Auftreten, die Hände, ihr ruhiges, überlegtes Vorgehen … ach ja! und auch die feinen Halbstiefel … doch, das waren sicher Leute aus dem Ort, vielleicht sogar Waffenmänner, wenn man so sagen darf … Arme Leute fesseln, das können die, glaub mir, o ja, das können die!«

»Hab Dank für alles, Clemensia! Aber bleib noch bei uns. Vielleicht werde ich dich noch benötigen.«

Doremus wandte sich nun Herta zu und fragte:

»Stimmt die Aussage, die du soeben gehört hast, mit dem überein, was du selbst unseligerweise beobachtet haben magst?«

»Ganz und gar.«

»Fühlst du dich noch imstande, meine Fragen zu beantworten?«

Mit hartem Blick versicherte Godfrids Witwe:

»O ja, bei Jesum Christum! Habe ich dir das nicht schon gesagt?«

»Also, nachdem Clemensia überwältigt und der Stimme beraubt worden war, sind zwei der Schufte in eure Kammer gedrungen. Völlig lautlos, ohne euch aufzuwecken?«

»Ich war mir dessen kaum bewußt geworden, da hatte mich einer der beiden auch schon festgehalten und mir, als ich um Hilfe schreien wollte, ein zusammengeknülltes Tuch in den Mund gesteckt, das mir den Atem nahm. Dann hat er mir die

Augen verbunden und die Hände und Füße gefesselt. An den Bewegungen unseres Nachtlagers ersah ich, daß sie meinen Ehemann herausgezerrt haben mußten. Und weil ich nicht einen Laut gehört habe, dachte ich schon, sie hätten ihn auf der Stelle, unmittelbar neben mir getötet. Ich glaube, ich bin dann ohnmächtig geworden ... Erst viel später habe ich, übrigens durch Clemensia, erfahren, was tatsächlich geschehen war und wie die Mörder Godfrid und Gilbert bewußtlos – sie hatten sie wahrscheinlich niedergeschlagen – bis an die Schwelle unseres Hauses geschleift haben.«

Sichtlich erschöpft hielt Godfrids Gemahlin inne. Daher befragte Erwins Gefolgsmann nun die beiden Schwestern, Nodrude und Lotte, die aber kaum neue Erkenntnisse beisteuern konnten.

So blieb noch zu ermitteln, wie sich der letzte Abschnitt der grauenvollen Geschehnisse zugetragen hatte. Doremus bat darum, die beiden Männer, die in jener verhängnisvollen Morgendämmerung vor der Tür Wache gestanden hatten, zu ihm zu bringen.

»Du wirst nur einen der beiden verhören können«, erklärte Hertas Sohn. »Der andere hat nur wenige Stunden nach den Morden Reißaus genommen.«

Erwins Gefolgsmann verharrte eine ganze Weile in Schweigen, um in aller Ruhe die Tragweite dieser Offenbarung abzuwägen. Hatte der Flüchtige gefürchtet, der Nachlässigkeit oder gar als Helfershelfer bezichtigt zu werden? War es ohnehin auszuschließen, daß er mit den Mördern tatsächlich unter einer Decke steckte?

Als besagter Wächter schließlich vor dem Gehilfen der Missi dominici erschien, war er aschfahl vor Angst, wankte und zitterte, als warteten Feuer und Eisen des Henkers bereits auf ihn. Zunächst war ihm nur Gestammel zu entlocken.

»Na, komm«, redete Doremus beruhigend auf ihn ein. »Wenn du dich an derart abscheulichen Schandtaten mitschuldig gemacht hättest, dann wärst du doch genauso geflohen wie dein Gefährte, oder? Also?«

Durch geduldiges und ermutigendes Zusprechen erhielt der Ermittler endlich genügend Auskünfte, so daß er die genauen Umstände der Morde nachvollziehen konnte: Die Angreifer, fünf an der Zahl, hatten Godfrid und seinen Sohn vor der Tür auf die Erde fallen lassen. Einer von ihnen zückte seinen Dolch und versetzte den noch immer bewußtlosen Opfern einen Stich in Höhe des Herzens. Jeweils nur einen einzigen Stich! Auf den Obergewändern der leblos Daliegenden zeichneten sich sogleich zwei blutige Flecken ab. Ein sechster stieß daraufhin zu den Mördern, und schließlich zogen sie ohne Hast in Richtung einer Lichtung davon, vermutlich, um dort auf ihre zurückgelassenen Pferde zu steigen. Zu diesem Zeitpunkt war gerade die Dämmerung angebrochen.

Doremus ließ sich einige Einzelheiten nochmals genauer schildern und sagte schließlich:

»Ein Dolchhieb ins Herz? Verzeih mir, Herta, aber man hat mir doch versichert, Godfrid und Gilbert wären die Kehlen durchschnitten worden!«

»Die Kehlen durchschnitten? Wer erzählt bloß solche Schauerlichkeiten?« rief die Witwe aus. »Ist das nicht grauenhaft? Abgeschlachtet wie Vieh? Wenigstens haben diese Mörder, denen alle Qualen der Hölle bevorstehen, noch die Gnade bewiesen, die beiden halbwegs edel und nicht vor unseren Augen ums Leben zu bringen! Die Mägde, die hier bei uns stehen und unseren Toten den letzten Dienst erwiesen haben, sie wuschen und würdig kleideten, können dies bezeugen.«

In diesem Augenblick trat der Hausverwalter mit einigen Dienern in den Raum, um Speisen und Getränke als kleine Stärkung hereinzubringen. Doremus willigte in eine Scheibe Hasenfleischkuchen, Dörrobst und einen Becher Wein ein, wenn ihm dabei auch weniger daran gelegen war, den eigenen Hunger und Durst zu stillen. Vielmehr wollte er seinen Gastgebern Ehre erweisen und vor allem dem einen oder anderen Gelegenheit geben, sich ebenfalls zu erquicken, bevor die Befragung fortgesetzt werden sollte. Im Anschluß daran sprach er das Schicksal der verschollenen Waschfrau Benedicta an.

»Man hat mir versichert, sie sei ungefähr zur selben Zeit verschwunden wie die beiden anderen Frauen, nämlich Margret, die in der Nähe von Migné eine Hufe führte, und die Händlerin Agnes aus Mézières.«

»Wir kannten beide gut«, gab Herta an und forderte ihren Verwalter auf, dem Gefolgsmann der Missi alles mitzuteilen, was er wußte.

»Es scheint halbwegs sicher«, antwortete jener, »obwohl man offen gestanden gar nicht genau weiß, wann diese Frauen verschwunden sind.«

»Weiß man denn wenigstens, was mit Benedicta geschehen ist?«

»Bislang fehlt uns jede Erklärung, Herr.«

»Dir sind doch sicher die Gerüchte über jene eigenartigen Vorgänge bekannt, die sich in den Sümpfen abspielen sollen. Angeblich geht es da vor allem um abstoßende, manche sagen sogar teuflische Feste. Es wird behauptet, Männer und Frauen verließen immer mal wieder für eine Nacht, ja sogar für einen ganzen Tag oder mehrere ihre Häuser, um daran teilzunehmen.«

»Davon habe ich gehört.«

»Glaubst du, in all dem steckt ein Quentchen Wahrheit?«

»Alle Welt denkt das!« versicherte der Hausverwalter, was die Diener und Mägde sogleich bestätigten.

»Zurück zu Benedicta ... Meinst du, sie könnte an jenen Ausschweifungen teilgenommen haben?«

Der Mann schien zu zögern und drehte sich zu seiner Herrin um.

»Glaubst du das?« fragte Doremus beharrlich, den Blick auf Herta gerichtet.

»Wenn du alle hier in diesem Raum befragst …«, setzte sie an.

»Das tue ich auch!« unterbrach sie Erwins Gefolgsmann und wandte sich an eine Dienerin: »Du, ja, du, tritt näher! Niemand will dir etwas Böses, vor allem ich nicht. Antworte in aller Ruhe! Wie war die Benedicta? Hübsch, häßlich, groß oder klein, gutgekleidet oder eine Schmutzliese, fröhlich oder traurig? Laß hören!«

»Das heißt, Herr …«

»Komm schon!«

»Na ja, Herr, die war ziemlich schlampig, ungepflegt, sogar schmutzig, und sie hatte ein schiefes Gesicht … die taugte gerade dazu, Wäsche zu bleuen, Zuber zu schleppen und die gröbsten Hausarbeiten zu verrichten! Und zu alledem noch starrköpfig wie sonstwas, rachsüchtig, manchmal auch grob, oder eigentlich sogar recht oft. Verstehst du?«

»Aber sicher … Kam es denn vor, daß sie, ohne einen Grund anzugeben, für eine Nacht oder länger fernblieb?«

»Nie, Herr! Wenn sie nicht mit ihrem Dienst auf dem Gutshof beschäftigt war, verbrachte sie ihre ganze Zeit in ihrem Gemüsegarten, mit ihren Hühnern und Kaninchen – sie mußte ja auch essen! Oder sie war beim Holzlesen, sammelte Pilze oder pflückte Brombeeren, je nach Jahreszeit … Verstehst du?«

»Nach wie vor. Was also die Ausschweifungen in den Sümpfen angeht? …«

Die Magd lachte schallend auf: »Die? Da könnt' man ebensogut hergehen und behaupten, daß ein Schwein so hoch wie ein Bussard fliegen kann! Verzeih mir, Herr! Die? Unmöglich!«

»Ja, aber warum und unter welchen Umständen mag sie dann verschwunden sein?«

»Vielleicht ist sie zufällig ertrunken«, griff der Verwalter ein. »Sie hat sich ja bisweilen ins Moor gewagt, um dort Fische mit der Hand zu fangen. Das ist zwar verboten, aber wir haben sie gewähren lassen. Und da die Sümpfe tückisch sind …«

»Im Moor Bignotoi wurden zwei Ertrunkene aufgefunden.«

»Das stimmt.«

»Könnte Benedicta eine von denen sein?« fragte Doremus.

Der Mann zögerte kurz:

»Warum nicht ... Allerdings ist es von hier aus eine gute Meile bis zu diesem Moor. Und dort soll sie ertrunken sein?«

»Merkwürdig, das ist wahr. Die Zeit wird dies aufklären.«

Der Form halber befragte der Gefolgsmann der Missi dominici auch Herta noch zu diesem Punkt und bat anschließend darum, zu Benedictas Strohkate geführt zu werden. Es war eine armselige Behausung an einem Rinnsal. Dieses speiste ein Waschhaus, in dem gerade ein halbes Dutzend Frauen eifrig ihrer Tätigkeit nachging. Ihr Geplapper stockte sofort, als sie Doremus und das ihn begleitende Grüppchen näher kommen sahen.

Hühnerstall und Kaninchenkästen waren leer, der Gemüsegarten verwahrlost. Im Innern der Hütte fanden sich lediglich ein Tisch und zwei Hocker, eine Truhe sowie mehrere Gestelle mit Küchengerätschaften. Nicht ein Kleidungsstück, kein Werkzeug, nicht die geringste Spur von Leben. Rechnete man damit, daß Benedicta nie wieder zurückkommen würde?

Der ehemalige Aufständische wandte sich nun dem Rinnsal zu. Das reichlich fließende Wasser war klar. Eine Abflußrinne? Um sich Gewißheit zu verschaffen, beschloß er, den Lauf hinaufzuwandern. Nach einer Viertelmeile gelangte er an den Rand des Moors, wo beachtliche Arbeiten im Gange waren. Der Aufseher erklärte, man wolle hier einen Erdwall aufschütten, um dadurch den allgemeinen Wasserspiegel erhöhen zu können. Gleichzeitig solle die Stelle durch Aushub vertieft werden, wobei mit dem so gewonnenen Erdreich auch der Damm errichtet werden könne. Ungefähr vierzig Frauen und Männer waren hier am Werk. Manche standen bis zum Bauch im Sumpf, um Erdreich und Schlamm auszuheben und in große Weidenkörbe zu schaufeln, die andere bis zum Ufer trugen.

»Wenn all das beendet ist«, unterstrich der Aufseher der Fron stolz, »werden wir einen Weiher geschaffen haben, wie es bereits zwei oder drei in der Gegend gibt, einen Weiher voller Barsche, Karpfen und Hechte, einen wahren Schatz also. Und außerdem wird dies den Kampf gegen die Strauchdiebe erleichtern, die in den Sümpfen mit ihren unsteten Pfaden Unterschlupf finden, was ja ebenfalls nicht zu verachten ist.«

»Wie das?«

»Wir machen uns die Arbeiten zunutze, um überall, bis tief ins Moor, feste Wege anzulegen. Das wird allerdings seine Zeit brauchen …«

Doremus betrachtete lange den Trupp armseliger Leibeigener bei ihrer Mühsal. Die meisten waren abgezehrt; viele schienen am Rande der Erschöpfung; einige der mit Blutegeln bedeckten Elendsgestalten brachen unter ihrer Last sogar bisweilen zusammen und kamen nur mit Hilfe ihres Nebenmannes schwer schnaubend wieder auf die Beine. Während man die Aufseher doch schon von weitem hatte brüllen hören, hatten sie beim Anblick des ungewohnten Besuchs ihre Befehle gemäßigt und noch rasch versucht, ihre Stöcke und Peitschen zu verbergen. Aber da hätten sie sich schon mehr anstrengen müssen, um dem »Markgraf der Lichtungen« Sand in die Augen zu streuen!

Plötzlich sah Doremus einen Mann in Begleitung zweier Aufseher herbeilaufen, der sich als Meier des Gutes vorstellte. Man habe ihn gerade erst davon unterrichtet, ließ er wissen, daß ein Mitglied der kaiserlichen Gesandtschaft eine Überprüfung vornehme.

»Wünschst du irgendwelche Erklärungen?« fragte der Verwalter mit einem breiten Lächeln, das jedoch rasch verschwand, als er bemerkte, mit welch grimmiger Miene ihn Erwins Gefolgsmann anschaute.

»In der Tat!« wetterte Doremus.

Er deutete auf die im Sumpf arbeitenden Männer und fragte:

»Sind die Leute da Leibeigene? Ausnahmslos?«

»Ja, ausnahmslos! Und zwar awarische Gefangene!«

»Wie lange sind diese Arbeiten bereits im Gang?«

»Ungefähr zwei Jahre.«

Doremus starrte sein Gegenüber lange an, bevor er ihn barsch anfuhr:

»Wie viele Leibeigene sind bei dieser Mühsal bereits umgekommen? Sei vorsichtig! Du würdest gut daran tun, mir die Wahrheit zu sagen. Sollte ich nämlich auf die eine oder andere Weise erfahren, daß du gelogen hast, dann wirst du wegen Behinderung der kaiserlichen Gerechtigkeit vor den Missi dominici erscheinen müssen. Und dann wirst du sicherlich in fünf Stücken enden.«*

Der Mann erbleichte.

»Du weißt doch, wie das ist«, entgegnete er schaudernd. »Unvorsichtige gibt es immer ... Da kann man sich den Mund noch so fusselig reden ... Und außerdem ist das Moor so heimtückisch ... Selbstverständlich passen wir auf sie auf ... und warnen sie andauernd ... aber ...«

»Ich habe gefragt: wie viele? Mit deiner Antwort setzt du dein Leben aufs Spiel, vergiß das nicht!«

»Du hast mich gefragt ... Je nun, sechs, leider! ...«

»Und in welchem Zeitraum?«

»Na ja, in den beiden Jahren.«

»Wußten Godfrid und sein Sohn Gilbert darüber Bescheid? Los, sag schon! Ja oder nein?« drang Doremus weiter in ihn.

»Das konnte ihnen nicht entgehen. Wir schuldeten unserer Herrschaft ja Rechenschaft, auch über die Anzahl der arbeitsfähigen Leibeigenen.«

»Wer nimmt die Dinge in Empfang, die ihnen zustehen, insbesondere die Nahrung?«

Der Meier zögerte erst und antwortete widerstrebend:

* Mit anderen Worten: gevierteilt.

»Auf Beschluß der Herrschaft tue ich das, aber auch die Fronaufseher und Wächter.«

»Und wo ruhen sich die Leibeigenen aus, wo schlafen sie?«

Der Mann stammelte eine unverständliche Antwort.

»Ich verstehe!« erwiderte der ehemalige Aufständische forsch. »Eine Frage noch. Diese Waschfrau, Benedicta, die auf so rätselhafte Weise verschwunden ist, war die auch Leibeigene?«

»Ja, leibeigene Hofmagd.«

»Heißt das, sie hat nie in diesem Pfuhl gearbeitet?«

»Niemals!«

»Wo, wie und weshalb ist sie dann gestorben?«

»Das weiß ich nicht, nein, das weiß ich wirklich nicht!« schrie der Verwalter, den diese Frage erstaunlicherweise hellauf in Schrecken versetzte.

Doremus musterte ihn erneut.

»Du weißt es ganz genau, aber dein Entsetzen war mir aufschlußreich genug ... Ach, ja! ... ich habe doch noch eine Frage: Ich vermute, Godfrid und Gilbert legten sicher so großen Wert auf diesen neuen Fischweiher, daß sie sich häufig von den Fortschritten der Arbeiten überzeugt haben dürften, oder?«

»In der Tat.«

»Das ist vorerst alles. Wir werden uns wiedersehen.«

Nach ihrer Ankunft in der Abtei Saint-Pierre von Longoret hatten sich Abt Erwin und seine Leute zunächst eine Nacht ausgeruht. Doch bereits am nächsten Morgen hatte sich Erwin mit Bruder Antonius' Unterstützung dem Skriptorium und der Bibliothek des Klosters gewidmet, sofern man diese überhaupt so nennen konnte. Sie barg nur wenige Handschriften in obendrein recht schlechtem Zustand, zumeist Legendare, Sammlungen von Erzählungen über die sagenhaften Taten und Wunder berühmter oder fragwürdiger Heiliger; doch es fand sich darin fast keine Abhandlung der großen lateinischen Schriftsteller, mit Ausnahme einer gut erhaltenen Abschrift von *De bello Gallico.* Was die heiligen Texte, Missale und Psalter betraf, so waren sie so lückenhaft, so aberwitzig verfälscht und ungeordnet, daß eine Wiederherstellung unmöglich schien. Hier mußte alles von Grund auf neu angelegt werden. Der angelsächsische Abt wunderte sich, daß an einem Ort wie diesem, so nahe bei Tours, dem strahlenden Mittelpunkt der von Karl dem Weisen angestrebten Wiedergeburt des Abendlandes, Glaube, Schrifttum und Wissenschaft so jämmerlich geehrt und gepflegt wurden.

Und erst das Skriptorium! Von zwei Kopisten abgesehen, übertrugen die Schreiber aufs Geratewohl, was sie vor Augen hatten, ohne allzu viel vom jeweiligen Inhalt zu begreifen, was dazu führte, daß ihnen die ärgerlichsten, bisweilen auch recht drollige Fehler unterliefen, daß sie lauter Auslassungen und *interpolationis* anhäuften und ihre Schriften mit groben sprachlichen Schnitzern spickten.

Als Abt Erwin sich dann am Tag der Tagundnachtgleiche anschickte, mit Vogt Guntram in die Sümpfe aufzubrechen und selbst nachzuprüfen, ob die Gerüchte über die Erscheinungen eines weißen Gespenstes in Neumondnächten irgendwie begründet waren, trug er Bruder Antonius auf, er solle sich nach Méobecq und in den Wald von Lancosme aufmachen, um wegen des Mordes an der »Hexe Fabiana« zu ermitteln.

Der Mönch traf gegen Mittag im dortigen Kloster ein. Abt Valentin, der Vorsteher, ließ ein Mittagsmahl für ihn zubereiten, und der Gefolgsmann der Missi begann sofort, ihn zu Fabiana, ihrem Aussehen, Verhalten, ihren Tätigkeiten zu befragen ... Der Abt wollte indes die sich ihm bietende Gelegenheit nutzen und sich endlich einmal gegenüber einer bedeutenden Persönlichkeit offen aussprechen. Also hob er zu einem langatmigen Klagelied über die Mißgeschicke seiner Abtei und seine eigenen Kümmernisse an: War sein Kloster denn nicht das älteste im ganzen Landstrich, das allererste, das der heilige Sigirannus gegründet hatte? Und gehörte es obendrein nicht zu den Stätten, die der Heilige Geist besuchte und von denen einst die Seele des herrlichen Barontius*, von Dämonen gehetzt, in der Obhut himmlischer Engel zu jener wundersamen Fahrt entschwebt war, die sie ins Fegefeuer, ins Paradies und sogar in die Hölle geführt hatte, aus der sie indes hatte entrinnen können? Und wenn die in Longoret ihre hinterlistigen Umtriebe auch noch so weit …

Der Gefolgsmann der Missi gebot Valentins Schmährede mit einem Wink Einhalt und herrschte den Klostervorsteher an:

»Vergißt du etwa, daß Abt Ferreol, ein hervorragender Mann, uns in seiner Abtei beherbergt?«

»Hervorragend ist er vielleicht«, erwiderte Abt Valentin mit verächtlicher Miene. »Aber gewiß nicht im Lateinischen, wie man ja daran ersehen kann, in welchem Zustand er seine Bibliothek beläßt!«

»Genug damit!«

Doch der Mann war nicht mehr zu halten.

»Allerdings ist das auch kaum von Belang«, höhnte er kichernd. »Bei seiner Trinkfreudigkeit wüßten wohl nur ganz Schlaue zu sagen, in welcher Sprache Abt Ferreol die Gottesdienste liest.«

Bruder Antonius stellte den Becher, den er gerade an die Lippen führen wollte, vor sich nieder.

»Und was seine Gastfreundschaft betrifft«, fügte Pater Valentin hinzu, »so wollten die Gesandten des Grafen von Bourges ja ausdrücklich in unserer Abtei verweilen und nicht in der, die Pater Ferreol angeblich leitet.«

Bruder Antonius blickte sein Gegenüber spöttisch an und hielt trocken dagegen:

»Allem Anschein nach hat ihnen das kein Glück gebracht.«

* Auch Baronte. Eine berühmte Legende der Brenne.

Diese Erwiderung verschlug dem Abt die Sprache.

»Wo du es jedoch für angebracht erachtest, das Schicksal der beiden Vögte zu erwähnen, will ich dich fragen, ob Berthad und Godhart dir bei ihrem zugegeben sehr kurzen Aufenthalt in deiner Abtei nicht irgendwelche Hinweise anvertraut haben, die du mir unbedingt mitzuteilen hättest?«

»Vielleicht folgendes«, antwortete Abt Valentin, der sich wieder gefaßt hatte. »Berthads und Godharts Auffassung nach sollen der Graf von Bourges und Erzbischof Ermembert davon überzeugt gewesen sein, daß die Unruhen und Abscheulichkeiten, die sich in der Brenne zugetragen haben, allein das Werk einer wahrhaftigen Bande sein könnten. Und sie hatten den beiden Vögten aufgetragen, vorrangig in dieser Richtung zu ermitteln.«

»Wollten sie sich etwa deshalb auch nach Paulnay begeben?«

»Vielleicht.«

»Aber warum haben sie dann hier, fernab von Paulnay, Unterkunft genommen und nicht in Longoret, das deutlich näher liegt?«

»Habe ich dir nicht bereits gesagt ...«

»Ich weiß«, fiel Bruder Antonius dem Abt ins Wort. »Glaubst denn auch du, daß es eine solche Bande gibt?«

»Ja, das glaube ich.«

»Könnte Fabiana dazugehört haben?«

»Unmöglich ist das nicht.«

Der Klostervorsteher setzte nun zu einer Beschreibung der »Hexe« an, die Bruder Antonius jedoch nichts verriet, was er nicht bereits gewußt oder vermutet hätte. Fabiana habe sich auf Heilen und Gliedereinrenken, auf Behexen und Verzaubern, aber auch auf Beschwören und Abwehrzauber verstanden; sie habe sich mit einfachen Heilmitteln und Kräutern, Wurzeln, Tieren und Ungeziefer ausgekannt und Pülverchen, Salben, Absude, Arznei- und Zaubertränke für heilbringende wie für unheilvolle Zwecke zuzubereiten gewußt. Neid, Eifersucht und

Raffgier, Liebe oder der Wunsch, Leidenschaft zu erwecken, Unfruchtbarkeit, Schwangerschaft und Mannesschwäche, aber auch Gemeinheit, reine Bösartigkeit und Grausamkeit sollen eine ungezählte, Fabiana reichlich entlohnende Kundschaft zu ihrer Behausung geführt haben. Es fehlte ihr jedenfalls an nichts.

»Dann ist es doch möglich, daß sie im Tausch für übersinnliche Kräfte und Reichtum mit den Höllenmächten verkehrt hat? Und daß Fabiana an den greulichen Götzenfeiern, die angeblich in den Sümpfen stattfinden, teilgenommen haben könnte?« fragte der Gefolgsmann der Missi.

»Kein Zweifel. Ich bin mir sicher, sie hat ihre Seele dem Fürsten der Hölle verschrieben und leugnete den christlichen Glauben ab, was sie auf verdammenswerte Weise mit gotteslästerlichen Taten und Reden bezeugte. Ich habe mit eigenen Augen gesehen, wie sie einmal, als ich ihr ein Kruzifix vorhielt, vor Entsetzen leichenblaß wurde und sich ihre Züge aufs häßlichste verzerrten, während ihr Schaum vor die Lippen trat und ihr Körper von Zuckungen befallen wurde. Man behauptet, sie trug die Malzeichen der Teufelsbesessenheit.«

»Hätte all das gerechtfertigt, sie dingfest zu machen, in Eisen zu legen, vor Gericht zu stellen und als *strix* zu verurteilen?«

Der Klostervorsteher lächelte listig wie jemand, der zwar vieles weiß, sich zunächst aber scheut, sein ganzes Wissen preiszugeben, und sich schließlich doch dazu durchringt.

»Sie war eben in viele Geheimnisse eingeweiht, gerade wegen der Dienste, die man ihr reichlich lohnte! Und dies verurteilte mehr als einen zum Schweigen! Wäre sie festgenommen worden, hätte sie nur zu reden brauchen, um gewisse, von Stolz geblähte Persönlichkeiten, die glauben, sich alles erlauben zu dürfen, von ihren Sockeln zu stürzen. Gerichtlich gegen sie vorzugehen, wäre für ihre Ankläger und sogar für manchen Richter ebenso gefährlich gewesen wie für sie selbst!«

Bruder Antonius sah seinem Gegenüber fest in die Augen.

»Ist sie deshalb nie vor Gericht gestellt ... sondern ermordet worden?« fragte er.

»Das weiß ich nicht. Aber ist das auszuschließen?«

»Nein«, erwiderte der Gehilfe der Missi, während er sich erhob. »Nun denn, zur Stunde habe ich genug gehört. Um deine Auskünfte zu ergänzen, werde ich nun auf dem Rückweg in der Strohkate vorbeischauen, die Fabiana im Wald von Lancosme bewohnt hat. Beschaffe mir doch bitte einen Führer!«

»Ungefähr eine Meile von hier arbeitet Holzfäller Estef an einem Einschlag. Einer meiner Novizen wird dich zu ihm bringen. Er kennt den Wald besser als jeder andere und wird dich sicher führen. Außerdem spricht er ein recht ordentliches Fränkisch.«

Fabianas ziemlich geräumiges Haus aus gediegenem Rundholz war mit Schindeln eingedeckt und lag auf einer eigenartigen Lichtung am Fuße eines Felsenmeers aus Sandsteinbrokken, die den Anschein erweckten, von der Hand eines Riesen zufällig dort abgelegt worden zu sein. Auf der einen Seite gab es einen Garten, in dem Gemüse sowie Heil- und Zauberkräuter wuchsen, und auf der anderen einen kleinen Pferch mit drei Ziegen und zwei schwarzen Schweinen sowie einen Stall mit einem Dutzend Hühnervögeln. Ungefähr hundert Schritt entfernt lag ein Pfuhl, bei dem sich mehrere Entenpaare tummelten. An einem Mast war ein Taubenhaus befestigt.

Nach einigem Zögern entschied sich Bruder Antonius, mit bewährten Gebeten und Beschwörungen auf den Lippen, die bekanntermaßen Dämonen auszutreiben und Malefizien zu bannen vermochten, in die Höhle der »Hexe« zu treten. Durch die Eingangstür gelangte er unmittelbar in einen großen Raum. Die Wände zu beiden Seiten waren mit Gestellen versehen, auf denen Gegenstände jeder Größe und Form angeordnet waren, Mörser mit ihren Stößeln, Säcke und Säckchen, Körbe, Gefäße mit lebenden Kröten, Spinnen, Regenwürmern, Tausendfüßlern, einem Salamander und verschiedenen Schlangenhäuten; außerdem allerlei Gerätschaften, Näpfe und sonderbare Dinge für rätselhafte Zwecke wie Figürchen aus Lehm, mal mit einem Büschel Haar versehen, mal mit Nagelschnipseln oder auch einem Zahn ... die wahrscheinlich zum Behexen dienten ...

An der dritten Wand befanden sich mehrere Feuerstellen, wie Bruder Antonius sie noch nie zuvor gesehen hatte. Sie waren so beschaffen, daß sich dort recht kleine Feuer entfachen ließen, über die man dank der angebrachten Roste mühelos Gefäße stellen konnte, um Speisen, Absude, Tränke zuzubereiten ...

In Fabianas Kammer, die auf den großen Raum ging, fanden sich ein Schlaflager und zwei Truhen mit ordentlich verstauten Gewändern, eine für Winterkleidung und die andere mit leichteren Sachen für die warme Jahreszeit. Die Gewänder waren aus sehr gutem Stoff gefertigt und mit erstaunlich kostbarem Putz verziert. In einer Ecke standen eine Wasserkanne, ein Becken und einige Dinge zur Körperpflege. Nichts, was als dämonisch hätte gelten können.

Obwohl die Wohnstätte unbehütet und deren Besitzerin doch bekanntlich tot war, hatte sich ganz offensichtlich kein Dieb hineingetraut, um sich was auch immer anzueignen. Alles war so wohl geordnet, als ob Fabiana auch weiterhin darüber wachte. Der Mönch kehrte zu dem Holzfäller zurück, der an der Schwelle auf ihn wartete, und teilte ihm seine Verwunderung mit.

»Seit Fabiana getötet wurde, bist du der erste, der sich ins Haus gewagt hat«, erklärte Estef. »Fabiana hatte ihre Kundschaft und ihre Bekannten häufig gewarnt, es sollte nur ja niemand ihr Heim ohne ihr Wissen betreten, um etwa hinter ihre Geheimnisse zu dringen oder, schlimmer noch, ihr irgend etwas zu rauben. Wer immer dies versuchen wollte, würde, so sagte sie, mit einem Zauberbann belegt, mit entsetzlichen

Übeln geschlagen und unter furchtbaren Qualen zugrunde gehen ... wobei nur sie allein imstande wäre, diesen Bann wieder zu lösen ... Du wirst verstehen, daß sich keiner getraut hat, solchen Malefizien die Stirn zu bieten ... bis heute.«

Bruder Antonius durchrieselte ein Schauer.

»Warum bist du nicht mit mir hineingegangen?« fragte er.

»Da bleibt man besser vorsichtig. Und außerdem bin ich ja kein Teufelsaustreiber wie du.«

»Gewiß ...«, murmelte Erwins Gefolgsmann vor sich hin und ließ seine Blicke lange über diese eigenartige Lichtung schweifen. »Trifft es zu, daß ihre Leiche am Waldrand gefunden wurde?«

»Wer hat das gesagt?« wunderte sich der Holzfäller. »Ich selbst habe sie doch im Beisein von zwei Gehilfen da drüben, ja genau dort, am Pferch mit den Schweinen, entdeckt. In ihrer Brust steckte ein Pfahl. Ihr Gesicht ... das sah gräßlich aus ... Und erst all die Fliegen auf der Leiche ...«

»Ich muß schon sagen, was man uns hier für Auskünfte aufgetischt hat ... Lauter ungenaues und falsches Zeug ... Was kann man da noch glauben? Man hat mir beispielsweise versichert, Fabiana soll an teuflischen Feiern mit widerlichen Ausschweifungen teilgenommen haben und regelmäßig für eine Nacht, manchmal auch ein bis zwei Tage aushäusig gewesen sein ...«

»Fabiana? Was ist denn das wieder für eine Geschichte?« rief Estef entrüstet aus. »Die hatte doch mit der Herstellung ihrer Arzneien, Zaubertränke und aller anderen Dinge schon mehr als genug zu tun; und mit den vielen Leuten, die sie um Rat befragten. Fabiana brauchte nirgendwo hin ... Die Leute kamen aus allen Ecken und Enden zu ihr ... Und außerdem ist die Sache doch ganz einfach: Wir Forstleute, wir haben nie bemerkt, daß sie irgendwann einmal auf geheimnisvolle Weise verschwunden wäre. Wenn sie sich mal einen Tag gönnte, um nach Vendœuvres oder nach Mézières zu gehen, dann wußten wir das: Hinweg, Rückweg und alles andere. Bei uns bleibt nichts verborgen.«

»Aber geredet wird nicht über alles, möchte ich wetten?«

»Schon möglich. Was aber Fabiana anging, so hat sie ihre Zauberkunst hier ausgeübt und nirgendwo sonst. Ich glaube sogar, daß sie diese nächtlichen Ausschweifungen überhaupt nicht gerne sah.«

»Demnach haben sie also stattgefunden?«

»Freilich! Alle Welt weiß darüber Bescheid. Fabiana wollte ausdrücklich ›Zauberin‹ genannt werden. Ihrer Ansicht nach waren jede Anrufung von Höllenmächten und jeder Pakt mit ihnen verdammenswert, abscheulich und sollten streng bestraft werden; genauso wie die verwerflichen Feiern und die Leute, die sich dabei wie brünstige Tiere gebärden!«

»Muß ich das so verstehen, daß der entsetzliche Ruf der teuflischen Banden Abscheu und Grauen erregte, was manch einen, der Fabianas Dienste gerne in Anspruch genommen hätte, womöglich abschreckte? Und daß dies ihrem Einfluß, ihrer Macht, ihrem Gewerbe und – sagen wir es doch ganz offen – ihren Einnahmen schadete?«

Estef lachte schallend auf.

»Genauso war es, und sie wunderte sich darüber, daß man die ›Bande des Neumonds‹ und andere Teufelsknechte einfach gewähren ließ!« antwortete er.

Der Mönch schüttelte mehrmals den Kopf und meinte würdigend:

»Das ist ja wirklich nicht ohne Belang, mein Freund! Hast du über diese Dinge auch mit den Gesandten des Grafen Sturbius gesprochen, die du von Méobecq nach Mézières begleiten solltest?«

Der Holzfäller verzog mißmutig das Gesicht.

»Außer ein paar Befehlen hatten die doch kaum ein Wort für mich übrig. Die haben nur kurz hier angehalten und das Haus nicht einmal betreten.«

»Aus Furcht?«

»Oder aber, weil es sie gar nicht kümmerte. Obwohl sie ja wußten, daß ich Fabiana gekannt habe. Glaubst du, die hätten mich irgend etwas gefragt? Wer sie war, was sie tat, für wen ... all die Dinge, die du jedenfalls wissen wolltest? Von wegen! Für die war ich doch wahrscheinlich viel zu blöde, um irgend etwas Sinnvolles zu sagen zu haben.«

Bruder Antonius schaute sein Gegenüber neugierig an.

»Für einen Forstmann drückst du dich, Freund, bemerkenswert gut aus. Ich würde wetten, du bist nicht immer ein Holzfäller gewesen?«

»Du würdest gewinnen!« antwortete der Mann ohne weitere Erklärung. »Was aber Berthad und Godhart betrifft ... Siehst du, mit dir, dem Gefolgsmann eines Sendboten Kaiser Karls, der zweifellos bereits mit den Größten im Reich Umgang hatte, mit dir kann ich reden, mich offen unterhalten, weil du keinen Hochmut kennst und weißt, daß auch ein Holzfäller ein Mann mit Verstand sein kann. Aber solche kleinlichen Leute wie die da, die haben doch nichts als ihren Dünkel, um anderen ihre Bedeutsamkeit weiszumachen.«

»Die hätten besser daran getan, sich nachdrücklicher zu erkundigen«, murmelte der Mönch. »Das hätte ihnen vielleicht erspart, blindlings ... aber mit unerschütterlichem Dünkel, nicht wahr ... in irgendeine Falle zu rennen ...«

»Ja, da drüben, in der Gegend von Paulnay«, fügte Estef ernst hinzu.

Abt Erwin und Doremus waren also recht und schlecht von ihrer fruchtlosen Erkundung in den Sümpfen unter Führung des Holzschuhmachers Rafanel zurückgekehrt. Kaum hatte sich der Missus mit seinen Gefolgsleuten zum gemeinsamen Nachtmahl an den Tisch gesetzt, wo sie Gelegenheit haben sollten, über ihre jeweiligen Unternehmungen Bericht zu erstatten, da ließ ihm Guntram durch einen Novizen unerwartet ausrichten, er habe eine wichtige Mitteilung zu machen. Der Vogt erschien breit lächelnd, und auch seine folgenden Worte zeugten unverkennbar von einer höhnischen Befriedigung.

»Ich lege Wert darauf, dir, Herr, unverzüglich zur Kenntnis zu bringen«, verkündete Guntram, »daß das weiße Gespenst, das angeblich am ›Erlenbuckel‹ erscheinen sollte, sich tatsächlich in der Neumondnacht gezeigt hat, um wahrscheinlich irgendwelche teuflischen Bacchanale anzukündigen ... Allerdings gut eine Meile von der Stelle entfernt, zu der uns dieser Rafanel gebracht hat: nämlich mitten im ›Rotes Meer‹ genannten Moor*! Zehn Leute können das bezeugen; sie halten sich dir zur Verfügung.«

»Ach, wirklich?« erwiderte der Sachse gelassen.

»Ich habe es dir ja gesagt: Man hat uns an der Nase herumgeführt!« setzte der Vogt hinzu. »Und hätte man unsere Anstrengungen der Lächerlichkeit preisgeben wollen, so hätte man es kaum besser anstellen können!«

»Wahrlich ein kühnes Urteil, mein Sohn! Betrachten wir das Ganze doch einmal genauer: Dieses weiße Gespenst erachtet es also für gut, im Herzen eines sogenannten ›Roten Meers‹ in Erscheinung zu treten? Es mangelt ihm nicht an Witz, nicht wahr? Aber ob es nun hier oder dort geschieht, was schert es uns, solange es sich bemerkbar macht. Eine Meile mehr oder weniger ändert doch nichts an der eigentlichen Sache, oder? ... Ich danke dir.«

Als Guntram bereits im Begriff war, die Schwelle zu überschreiten, drehte er sich noch einmal um und stieß giftig aus:

»Oh, ich vergaß: Rafanel ist verschwunden!«

Und dann verließ der Vogt ohne ein weiteres Wort den Raum.

* Marais de la Mer-Rouge

KAPITEL III

Nachdem Timotheos, Bruder Antonius und Doremus von ihren Nachforschungen berichtet hatten, verharrte der Missus eine Weile reglos und schweigend. Doch sein starrer Blick und ein leichtes Zucken der Lippen in seinem ansonsten gleichmütigen Gesicht verrieten deutlich jenen kalten Zorn, den seine Gefolgsleute nur zu gut bei ihm kannten, so daß es ihnen ratsam erschien, ihn in seinen Gedanken nicht zu stören.

»Es ist eine Schande!« stieß er endlich hervor. »Beim Blute Christi, so dient man also unserem Fürsten in diesem Landstrich? Von Anfang an ... nichts als Ungenauigkeiten und sogar Lügen! Nichts als Schludrigkeit!«

Erwin atmete tief ein, um seine Wut zu besänftigen.

»Was ist nun mit den Ertrunkenen? ... Wurden die Leichen im Wasser treibend aufgefunden oder an den Böschungen? Diese Frage ist doch nicht unerheblich! Und hat sich überhaupt irgend jemand bemüht aufzuklären, um wen es sich da handelte? Guter Gott, drei verschwundene Frauen, die an Größe und Aussehen doch so verschieden waren ... da hätten sich doch zumindest irgendwelche Anhaltspunkte feststellen lassen müssen?«

Der Sachse schwieg einen Moment und fuhr dann etwas ruhiger fort:

»Was ihr Verschwinden betrifft ... Margret wurde zum letztenmal an diesem Anlegesteg beim Moor Blizon gesehen, fernab jeder Behausung. Was machte sie dort? Keinerlei Hinweise! Vom Moor Blizon bis zum Moor Bignotoi, wo die Körper gefunden wurden, ist es doch ein gutes Stück, habt ihr mir gesagt.«

»In der Tat, Herr«, stimmte Timotheos zu.

»Hat sich vor euch irgend jemand überhaupt damit befaßt?

Agnes verschwindet, ohne eine Spur zu hinterlassen ... Und einige Zeit später auch noch ihr Ehemann ... Hat man uns ein Sterbenswörtchen davon erzählt? Nein! Und weshalb nicht? Medard, dieser Weinhändler, der uns als Agnes' Liebhaber hingestellt wird und die Dreistigkeit besessen haben soll, diese Frau vor den Augen des Gatten zu beschlafen ... Kann man wirklich glauben, er hätte sie so sehr betört, daß sie ihren Mann verlassen hätte und mit ihm fortgegangen wäre? Und mir nichts, dir nichts einen einträglichen Laden aufgegeben haben soll?«

»So verhalten Frauen sich nicht, will mir scheinen«, befand Doremus.

»Richtig. Eine Frau wie Agnes hätte doch zumindest Kleider, ihren Zierat und Schmuck mitgenommen. Weshalb hat sie nichts dergleichen getan? Und wie ist sie überhaupt fort? Wann geschah das, unter welchen Umständen? All den neugierig lauernden Klatschbasen wäre das doch sicherlich nicht verborgen geblieben. Wie also? Und hätte sie sich nach Tours aufgemacht, so hätte man das irgendwann bemerkt und sie wieder aufgespürt! Und ihr Ehemann? Warum wartet der erst mehrere Wochen ab, bevor er ebenfalls verschwindet ... und ohne sich, wie seine Frau zuvor, auch nur im geringsten um ihrer beider Gewerbe zu scheren? Wo ist er hin? Und weshalb? Was ist aus ihm geworden?«

Nachdenklich verstummte Erwin.

»Diese schöne und umworbene Agnes ... wer war sie, wer ist sie eigentlich?« fuhr er fort. »Ein zügelloses Weib? Eine Gefallsüchtige? Wie auch immer die Antwort lauten mag, warum sollte sie ertrunken sein? Als Folge einer Orgie? Wurde sie von einem Eifersüchtigen getötet? Samt und sonders Fragen, die nicht einmal aufgeworfen wurden. Und was Benedicta anbelangt, diese arme, häßliche, schmutzige und törichte Waschfrau, die sich, wie man uns sagte, niemals von ihrer kümmerlichen Hütte, von ihren Hühnern und Kaninchen entfernte –

erscheint es euch da glaubhaft, daß sie an irgendwelchen Bacchanalen teilgenommen hat?«

»Zwar kann man nichts beschwören«, meinte Bruder Antonius, »aber, na ja ...«

»Und bei Margret?«

»Alles in allem wäre es schon möglich«, antwortete Timotheos, »daß diese schlaue, harte und gewinnsüchtige Frau, die in mehrerlei Hinsicht merkwürdig, zumindest aber rätselhaft war, insgeheim ein liederliches Leben geführt hat.«

»Und schließlich Fabiana: Wenn ich recht verstanden habe, hält Pater Valentin sie für eine *strix*, die an satanischen Orgien teilnahm. Holzfäller Estef hingegen – ein sonderbarer Holzfäller, nebenbei gesagt – versichert, Fabiana, die Zauberin, habe nicht nur keinerlei Gefallen an den dämonischen Ausschweifungen gefunden, sie habe diese sogar heftig verdammt. Ich für mein Teil wäre versucht, eher dem Holzfäller zu glauben als dem Abt ... nur ... nun ja, wäre da nicht die Tatsache, daß man ohne triftige, wenn auch merkwürdige Gründe niemandem einen Pfahl ins Herz treibt, um ihn zu töten ...«

Der Missus schüttelte mit strenger Miene das Haupt.

»Und was soll man von diesem zweifachen Mord beim ›Feenbuckel‹ halten?« griff Doremus ein. »Da hat sich nichts so abgespielt, wie Graf Sturbius es uns berichtete!«

»Zuallererst wäre jedoch zu klären: Warum hat man sich überhaupt an Godfrid und seinem Sohn vergriffen?«

»Ja, Herr, warum? Mir ist ein Umstand sogleich ins Auge gesprungen: Ich hatte damit gerechnet, eine gebrochene Gemahlin und Mutter, einen niedergeschmetterten ältesten Sohn und von Kummer gezeichnete Diener anzutreffen. Die einen wie die anderen trugen zwar gewiß Gram zur Schau, aber einen recht gemessenen, wenn ich so sagen darf. In ihrem Verhalten und ihren Gesichtern ließ nichts auf untröstliche Trauer, auf einen unersetzlichen Verlust schließen. Obwohl das Verbrechen doch nur kurze Zeit zurückliegt ... Hierfür dürfte es sicher einen Grund geben ... Auch die rasche Rückkehr Alberts, des Erstgeborenen, der an der Bretonischen Mark diente und die Leitung des Gutes eilends mit unübersehbar frohem Mut in die Hand genommen hat, ist keineswegs so selbstverständlich, wie es scheinen mag. Daher ...«

»Ich höre.«

»Daher habe ich mit besonderem Augenmerk darauf geachtet, wie die Diener und Leibeigenen auf diesen Ländereien behandelt werden. Und was mußte ich feststellen? Jämmerliche Hütten als Behausung und nur Lumpen auf der Haut! Sie zitterten vor Angst, wenn man sich ihnen nur näherte. Und erst die gräßlichen Arbeitsbedingungen, unter denen sie einen Sumpf in einen Fischweiher umwandeln sollen: Trotz der Kälte stehen diese Unglücklichen fast nackt bis zum Bauch im Wasser; von Blutegeln ausgesaugt, abgezehrt und entkräftet müssen sie ohne Unterlaß Lehm und Schlamm ausheben und schwere Körbe voller Morast zur Böschung schaffen, dazu noch unter den Peitschenhieben von Aufsehern, die diese Leute dauernd anbrüllen und beschimpfen ... und ihnen wahrscheinlich gerade mal genug zu essen geben, damit sie nicht Hungers sterben ... wenn überhaupt ... Sechs der armseligen Schlucker sind binnen weniger Monate gestorben! Es soll mir keiner kommen und behaupten, Godfrid und die Seinen hätten darüber nicht Bescheid gewußt! Denen lag die Schaffung eines fischreichen Weihers doch so sehr am Herzen, daß sie die Fortschritte der Arbeiten fortwährend überprüft haben!«

»So sehen diese feinen Herren also in Wahrheit aus«, empörte sich der angelsächsische Abt. »Und in Bourges und Châteauroux hat man doch tatsächlich die Stirn gehabt, sie uns als Ausbund an Güte und Barmherzigkeit zu schildern, als wären sie nur darauf bedacht gewesen, die anspruchsvollsten Gebote des Evangeliums ins Werk zu setzen ... O glaubt mir, man hat uns nicht ungestraft belogen!«

Der Missus wandte sich Timotheos zu.

»Und wie steht es mit dem Gut der Tanno ... wir müssen nunmehr ja auf alles gefaßt sein, oder?«

»Ich muß gestehen, Herr, ich habe zwar keine Leibeigenen in Lumpen noch ausgehungertes Gesinde und auch keine verängstigten Kolonen gesehen ... weder auf den Ländereien selbst noch auf Margrets Hufe ... Doch mit den Bayern – mit Tanno und seiner Frau – verhält es sich genauso wie mit allen anderen Leuten: Nur wenige von ihnen sind ausgezeichnet, viele mittelmäßig und ein Gutteil verabscheuungswürdig. Tanno und Wanda gehören gewiß nicht zur angenehmsten Sorte. Gleichwohl glaube ich nicht, daß Margrets Verschwinden und ihr denkbarer Tod irgendwie damit zusammenhängen könnten, wie diese Tanno ihre Ländereien führen ... genauso wenig wie mit irgendwelchen Zwistigkeiten oder unseligen Vorfällen innerhalb ihrer eigenen Sippe. Margrets Kinder und Bedienstete haben aufrichtigen Gram gezeigt, soweit ich dies beurteilen konnte, und wirklich Himmel und Hölle in Bewegung gesetzt, um sie wiederzufinden ...«

In seine Gedanken vertieft, ging Erwin ein paar Schritte auf und ab. Mit einemmal blieb er stehen und blickte seine Gefolgsleute lächelnd an.

»Nun denn, da konnten wir also einige Rätsel durch Fragen ersetzen«, sagte er zu ihnen. »Das ist gut, sehr gut! In einem Punkt jedoch tappen wir auch weiterhin vollkommen im dunkeln: nämlich bezüglich des Schicksals der beiden Vögte, die sich in einer so außerordentlichen Mission hier aufhielten, daß sie nach recht merkwürdigen Unternehmungen verschwunden sind! ... Was aber dieses bei Neumond erscheinende Gespenst anbelangt, so werden wir sicher nochmals von ihm hören, und zwar schon bald, wie ich glaube ... Oh! Vergessen wir auch den Holzschuhmacher nicht, der soeben abhanden gekommen ist.«

»Ja, in der Brenne kommt man recht häufig abhanden«, fügte Timotheos mit unerschütterlichem Ernst ein.

Bereits am nächsten Morgen machten sich Erwin und seine Gefolgsleute mit Sauvat, zwei Wachen und einem Mönch als Übersetzer nach Paulnay auf, und nach einem einstündigen Ritt in leichtem Trab trafen sie dort ein. Der kleine Trupp beeindruckte die Bewohner derart, daß sie sogleich davonliefen oder hinter verriegelten Türen in den hintersten Ecken ihrer Behausungen Zuflucht suchten. Es bedurfte Bruder Antonius' und Doremus' ganzer Überredungskunst und auch einiger Denare, um einen Korbmacher namens Bignot zum Reden zu bringen. Er bestätigte ihnen, die beiden Vögte Berthad und Godhart seien tatsächlich durch den Weiler gekommen und hätten, ohne weitere Erklärung, nach einem Führer verlangt, der sie zur »*villa* des Römers« bringen sollte.

»Worum handelt es sich denn da, was ist das für eine *villa*?« erkundigte sich Bruder Antonius.

Der Korbflechter murmelte ein Gebet, bevor er antwortete:

»Na ja, das ist wahrscheinlich ein großes Gutshaus, das halb verfallen ist und teilweise unter Wasser steht, mit Kellergewölben, unterirdischen Gängen und Gräben, in denen es nur so von Wassernattern wimmelt ... Die *villa* liegt ganz in der Nähe, bei einem Brunnen ... Sie steht sicher schon immer dort ... na ja, seit der Zeit jedenfalls, als hier in der Gegend diese Römer gelebt haben sollen ... Damals war sie sicher schön ... zu der Zeit war ja alles noch ... Aber heutzutage ...«

Er bekreuzigte sich, bevor er fortfuhr:

»Die beiden Vögte sind so vor drei Wochen am frühen Nachmittag bei uns angekommen. Dann haben sie nach jemandem verlangt, der sie dorthin bringen sollte. Die hatten ziemliche Mühe, einen zu finden.«

»Boten sie nicht genug Geld?« fragte Doremus.

»Doch, doch! Aber die Gegend ist verrufen, eine schlimme Gegend ... In der *villa* spukt es nämlich ... Da gehen unheilbringende Höllengeschöpfe um, Wesen mit Tierleibern und Frauenoberkörpern, von denen man sich nicht küssen lassen darf, sonst verfault das Fleisch; und auch Blutsauger mit so langen Zähnen, die einen Mann in einem Zug leersaugen! Da soll es Geschöpfe geben, die andauernd ihr Aussehen ändern ... und auch die Farbe ... In einem Augenblick meinst du, es wär' eine dicke klebrige Kröte, nur riesig, aber schon kurz darauf ist es eine Fledermaus so groß wie ein Adler, mit einem Fuchskopf, und dann wieder ein langer Feuersalamander mit Hörnern, glühenden Augen und einem langen Giftstachel ...«

Bignot bekreuzigte sich abermals.

»Da gab es welche, die wollten's nicht glauben. ›Das muß ich mit eigenen Augen sehen‹, sagten die. Na, das haben sie auch! Der Fradet zum Beispiel, ein Böttcher ... Der ist eines Nachts losgezogen, als die da drüben ein satanisches Treiben veranstalteten ... Ihr müßt wissen, in manchen Nächten, vor allem bei Neumond, kommen sie vor der sechsten Stunde auf schwarzen Pferden oder gespenstischen Karren an, auf Totenkarren ... und dann sieht man aus der Ferne merkwürdige Lichter, so ein Leuchten, und Flammen, rote, gelbe, schwärzliche ...«

»Schwärzliche Flammen?«

»Wenn ich es dir doch sage! Flammen, die geradewegs aus der Hölle emporkommen! Und dann geht dadrin ein Radau los, Schreie, ein Pfeifen und Zischen, ein Gebrüll sag ich dir ... Und erst diese Musik! Sicher Teufelstrompeten!«

Der Korbmacher verschnaufte kurz.

»Wie ich schon sagte ... Der Fradet ist also in so einer Nacht losgezogen. Zwei ganze Tage ist er weggeblieben! Und dann kam er leichenblaß zurück; der ist hin und her getaumelt und hat niemanden mehr erkannt, der wußte nicht mehr, wo er war, ja nicht mal mehr, wer er war! Seitdem hat sich bei dem nichts mehr getan! Der ist schwachsinnig geblieben! Und die Julietta, neugierig wie sonstwas, ein derbes und munteres Weibsbild, das könnt ihr mir glauben. Eine ganze Woche war die fort, Gott weiß wo ... besser gesagt, der Teufel weiß wo ...

Die ist dann heimgekommen ... nein, die hat man auf dem Marktplatz gefunden, in der Morgendämmerung, ganz nackt und so mager, daß man es mit der Angst bekam, und mit einem völlig schiefen Gesicht; die hat geschielt, gesabbert, gezittert und kein einziges Wort mehr rausgebracht ... Die ist noch im selben Monat gestorben ... Deshalb, nach all dem ist kaum jemand darauf erpicht, sich diesen Höllenschlünden zu nähern.«

»Bei Nacht, wenn dort ein solches Treiben stattfindet, wie du erzählst, kann ich das ja noch verstehen«, räumte Doremus ein. »Aber am Tag, mit uns zusammen, unter dem Schutz des Abtes, der hier vor dir steht, der alle Dämonen auszutreiben weiß?«

»Nein, nein, nicht einmal mit diesem Herrn Abt, nein, ich nicht!« rief Bignot entsetzt. »Nein!«

»Fürchtest du dich etwa auch vor dem weißen Gespenst, das, wie man munkelt, diese lärmigen Feste ankündigt?«

»Das weiße Gespenst? Ja, darüber wird viel geredet, es soll sich sogar gestern nacht gezeigt haben ... Aber nicht in unserer Gegend. Weiter unten!« Er deutete nach Süden. »Uns reichen unsere eigenen Dämonen!«

»Was meinst du damit?«

Der Korbflechter flüsterte kaum hörbar:

»Damit meine ich den Baro und auch den furchtbaren Flaiel.«

»So drück dich doch klarer aus, bei Gott!«

Von heftiger Furcht überwältigt, wurde der Mann blaß und vermochte kaum zu stammeln:

»Ich weiß nicht ... Mehr sag ich nicht!«

Erwin flüsterte Doremus zu:

»Mehr wirst du aus dem Mann nicht herausbekommen. Er ist irre vor Angst ... Füge den versprochenen Denaren noch ein paar hinzu! Was er uns gerade offenbart hat, ist es wert.«

Timotheos hatte derweil von Hof zu Hof seine eigenen Erkundigungen eingeholt und kehrte im selben Augenblick in Begleitung eines Hirten zurück, der nach langem Hin und Her bereit war, Abt Erwin und sein Geleit gegen ein stattliches Entgelt bis zur »*villa* des Römers« zu führen.

»Ich habe in Erfahrung gebracht, daß letzte Nacht mehrere Reiter dort eingetroffen sind. Ein halbes Dutzend, hat man mir gesagt.«

»Wurden denn auch die anderen Erscheinungen des sogenannten ›satanischen Treibens‹ beobachtet, wie etwa die eigenartigen Feuer und Lichter, die Schreie, das Pfeifen, Zischen und Gebrüll, ja was weiß ich noch alles?« fragte der Sachse.

»Nein, Herr. Es soll alles ruhig geblieben sein ... Diese nächtlichen Reiter haben angeblich die Nacht in der *villa* verbracht ... und sollen sich noch immer dort aufhalten.«

»Dann schauen wir uns das doch einmal von nahem an!« befahl der Missus dominicus seelenruhig.

Sauvat, der den Führer hinter sich hatte aufsitzen lassen, sowie die beiden Wachen ritten als Späher voraus, während Erwin und seine Leute ihnen in geringem Abstand folgten. Den Mönch, der ihnen als Übersetzer diente, hatten sie gebeten, wieder in seine Abtei zurückzukehren.

Schon bald darauf kam eine hügelige Landschaft in Sicht. Der Hirte wirkte zusehends besorgter; ängstlich drehte er sich immer wieder nach allen Seiten um. Auf einmal deutete er mit einer weiten Gebärde nach vorne und stammelte:

»Da, da ist es!«

Kaum gesagt, sprang er auch schon vom Pferd und stob ohne die verheißenen Denare davon.

Auf ein Zeichen des Sachsen, der zwischenzeitlich zu seiner kleinen Vorhut gestoßen war, richteten alle ihre Bögen und Pfeile für einen raschen Gegenschlag und rückten als Spähtrupp umsichtig vorwärts.

Als sie sich einem kleinen Hain näherten, schnellten plötzlich einige Pfeile daraus hervor, die indes aus zu großer Entfernung abgeschossen worden waren, um ihnen schaden zu können, während gleichzeitig der spitze Ton eines Horns erscholl. Die kaiserlichen Häscher sahen nun vom Land her mehrere Reiter auftauchen, die im Galopp auf ein Waldstück nördlich der Hügellandschaft zupreschten. Ein weiterer Reiter verließ hastig den Hain, in dem er auf der Lauer gelegen hatte, und bemühte sich nach Kräften, zu seinen Gefährten aufzuschließen. Sauvat und die beiden Wachen setzten ihm sofort nach und schossen ihm mehrere Pfeile hinterher. Einer davon schien den Flüchtigen zu treffen, und der Mann ließ sich nach vorne an den Hals seines Pferdes sinken. Und dennoch: Weil er einigen Vorsprung hatte und die Pfade besser kannte als die Männer an seinen Fersen, gelang es ihm schließlich zu entkommen.

Sauvat kehrte verdrossen zurück.

»Herr, es tut mir leid ...«, begann er.

Erwin unterband des Hünen Entschuldigung mit einem Wink und meinte lächelnd:

»Deine Pfeile sind schneller als dein Pferd, wie du ja bewiesen hast. Sag dir, daß ein verletzter Verdächtiger für unsere Ermittlungen nützlicher sein kann als ein toter. Wie groß sein Vorsprung auch sein mag, sei sicher, wir werden ihn aufspüren.«

Tief bewegt neigte Sauvat zum Dank den Kopf.

Der angelsächsische Abt und sein Geleit setzten sich wieder in Bewegung und gelangten in Sichtweite eines eigenartigen Ortes. Auf einem sehr flachen Erdhügel zeichneten sich Ruinen ab, deren Umrisse noch immer einen ehemals prächtigen und sehr ausgedehnten Wohnsitz erahnen ließen. Er mußte schon vor langer Zeit aufgegeben worden sein, denn überall wucherten Brennesseln, Brombeergestrüpp, Holunder und Wegedorn, und zwischen dem Gesträuch wuchsen Ebereschen und Ahornbäume empor.

Das verfallene Gebäude überragte einen Streifen abgesunkenen Lands, ein wüstes Durcheinander aus Gräben, Kammern, Höhlen und Gängen, die halb mit Schutt und Trümmern angefüllt waren. Das Wasser eines Brunnens ergoß sich in dieses Labyrinth, floß unterirdisch dahin und bot einem üppigen Dickicht aus wilden Rosen, Goldregen, Stech- und Besenginster, Sandbeere und anderen Dornengewächsen Nahrung, das den Zutritt zu dieser geheimnisvollen Stätte zu verwehren schien.

Doremus zeigte auf eine hundert Schritt weit entfernte Stelle, wo sich ein Pfad andeutete, der offenbar zu dem eingefallenen Bereich hinabstieg. Er ging darauf zu und stellte fest, daß der Weg erstaunlich gepflegt wirkte und zwischen erst unlängst beschnittenen Büschen bis zu einem Eingang führte, durch den man in ein unterirdisches Gewölbe zu gelangen schien. Erwin vertraute die Pferde der Obhut Sauvats und der beiden Krieger an und trug ihnen auf, hier oben Wache zu halten. Dann stieg er, das Schwert in der Hand, in Begleitung seiner Gefolgsleute den Pfad hinunter. Kurz vor der von Doremus entdeckten Öffnung zweigte der Weg nach rechts zu einer mit Steinplatten belegten Freifläche ab; größere Aschehaufen zeugten davon, daß dort mehrere Feuer gebrannt haben mußten; in einer der Ecken lagen Reisigbündel und aufgestapelte Holzscheite bereit. Bruder Antonius wies auf eine der Feuerstellen, in deren Asche noch Glut schwelte.

»Unsere Flüchtigen haben tatsächlich die Nacht hier verbracht«, bemerkte er.

Nach ein paar Schritten erreichten die vier Männer schließlich die Schwelle eines unterirdischen ausgemauerten oder nur ins Erdreich gegrabenen Raums. Timotheos und Doremus entfachten zwei Fackeln und leuchteten vorsichtig, ohne hineinzutreten, diese finstere Stätte aus. Nachdem sie sich vergewissert hatten, daß sich niemand darin versteckt hielt, stiegen sie hinab, von dem Missus und Bruder Antonius gefolgt, der seine Wurfmesser bereithielt, um sich ihrer bei der geringsten Gefahr zu bedienen.

Das recht eindrucksvolle Gewölbe wurde von einer Rinne durchquert, die ein ziemlich tiefes Becken mit ins Wasser hinunterführenden Stufen speiste, was die Vermutung nahelegte, daß es wohl zu Waschungen diente. Zu beiden Seiten fanden sich mit Fellen bedeckte Schlaflager. Überall hingen Kerzenstöcke und Fackeln an den Wänden. Mitten im Raum hatte man niedrige Tische und Kissen angeordnet. In einer irdenen, auf einem Dreifuß ruhenden Schale verglühten die Reste irgendwelcher Blätter und Körner. Erwin und seine Gefolgsleute wurden sogleich von einer ungefähr kindshohen Statue in Bann gezogen. Sie stand in einer Nische und stellte ein Wesen mit Ziegenkopf und männlichem Rumpf dar; der Unterkörper aber war der eines bocksfüßigen Satyrs mit einem gewaltigen steifen Glied. Zu Füßen des Monstrums lagen in großen flachen Becken Früchte und Blüten, aber auch blutige Tierbälger – wahrscheinlich Opfergaben –, und die Wand dahinter bedeckten geheimnisvolle Zeichen.

In einem etwas kleineren Nebenraum entdeckten die vier Männer allerlei Gefäße, Näpfe und Becher, Fläschchen mit Wein oder unbekannten Getränken, Tiegel voller Duft- und Schminkstoffe sowie Kerzen und Fackeln.

Die Luft in diesen Kammern schien irgendwie dünner als an der Oberfläche, von einem sonderbaren Geruch angefüllt, einem süßen und zugleich beängstigenden Duft, der zu Kopfe stieg und betäubend wirkte. Erwin spürte, wie ihn allmählich eine gewisse Schläfrigkeit befiel und düstere Trugbilder narrten. Doremus taumelte auf ihn zu, packte ihn beim Arm und zeigte auf den zarten Rauch, der von der Schale auf dem Dreifuß aufstieg.

»Herr, ich flehe dich an, wir müssen diese Kammern schleunigst verlassen. Wahnsinn und Tod gehen hier um«, murmelte er.

Es gelang ihm schließlich, seinen Gebieter bis zum Eingang des Gewölbes zu ziehen – Timotheos und Bruder Antonius hatten sich währenddessen bereits unter Mühen ins Freie gerettet. Endlich an der frischen Luft, schleppten sich die Männer zu dem mit Steinplatten belegten Vorplatz, wo sie eine Zeitlang wortlos verharrten, um tief durchatmend wieder Herr ihrer Sinne zu werden. Dann zeigte der ehemalige Aufständische Erwin ein Stück Pergament.

»Ich habe es auf einem kleinen Tisch gefunden«, erklärte er. »Es steckte zwischen vier Wachstäfelchen, auf denen fremdartige Buchstaben eingeritzt waren. Was ich da las, hat mich äußerst beunruhigt, zumal ich bereits die Auswirkungen des heimtückisch schleichenden Gifts verspürte, das wir eingeatmet haben.«

Der Abt nahm das Schreiben an sich und untersuchte es eingehend.

»O Sachse!« stand in Latein auf dem Pergament. »Verlasse schnellstens diesen Landstrich, in dem du nichts zu suchen hast! Es geht um dein Leben!«

»Daneben fand ich auch noch dies hier«, sagte Doremus und reichte Erwin ein grob ausgeformtes Figürchen aus Ton.

»Ganz offensichtlich ein Abbild zum Behexen«, bemerkte der Missus. »Das also ist ihr Fehdehandschuh?«

Erzürnt griff er nach der Tongestalt, sprach einige dämonenaustreibende Banngebete, zerschmetterte sie dabei mit weit ausholender Armbewegung auf den Steinplatten und verstreute die Trümmer schließlich mit dem Fuß.

»So sei es denn! Wir heben ihn auf!«

Er nahm die drohende Botschaft abermals zur Hand und meinte:

»Das Ganze ist wahrlich seltsam! Wer immer diese Nachricht eigens für mich verfassen konnte, um sie dann so auffällig in dem unterirdischen Gewölbe, neben dem Figürchen, zu hinterlegen, und wer immer diese unheilvollen Pülverchen, Blätter und Körner in Brand gesteckt hat, um uns damit an Leib und Leben zu schaden, der mußte von unserer Ankunft gewußt haben! Von wem? Wie? Wir haben in Longoret niemandem gesagt, daß wir die Absicht hatten, uns nach Paulnay zu begeben.«

»Doch«, gab Timotheos zu bedenken. »Nämlich dem Mönch, der uns als Übersetzer dienen sollte.«

»Ja, aber im letzten Augenblick, und danach haben wir ihn nicht aus den Augen gelassen. Überdies wußten wir selbst ja noch nicht, welchen Verlauf unsere Nachforschungen nehmen würden, als wir uns nach Paulnay aufmachten. Erst die in der Ortschaft erhaltenen Auskünfte haben uns doch dazu bewogen, diese ›*villa* des Römers‹, in der sich angeblich so merkwürdige Bacchanale abspielen, näher zu erkunden.«

Erwin sann einen Augenblick nach.

»Wie lange haben unsere Nachforschungen in Paulnay eigentlich gedauert?« fragte er.

»Zwischen einer halben und einer ganzen Stunde«, antwortete Bruder Antonius.

»Mit der Suche nach einem Führer eher eine ganze«, berichtigte der Fuchs.

»Und gleich zu Anfang haben wir die Absicht geäußert, uns in die *villa* zu begeben«, merkte Erwin an.

»Gewiß, Herr«, pflichtete Doremus bei.

»Die Schlußfolgerung ergibt sich demnach von selbst: Die Schurken müssen in Paulnay ohne jeden Zweifel über Spitzel verfügen. Während wir also unsere Ermittlungen fortsetzten, hatte irgendein Helfershelfer reichlich Zeit, die Übeltäter zu benachrichtigen. Das erklärt womöglich auch, daß sie einen Späher abgestellt haben, um sich rechtzeitig warnen zu lassen, daß sie ihre Flucht so trefflich vorbereiten konnten und in diesem Gewölbe, das wir ja unweigerlich erkunden würden, eine heimtückische und tödliche Falle wie auch das Drohschreiben hinterließen. Was nun aber das Tonfigürchen angeht … ich möchte wetten, an diesem abscheulichen Ort finden wahrscheinlich Götzenfeiern statt, bei denen unter anderem Behexungen durchgeführt werden, wofür sicherlich noch weitere solcher Abbilder irgendwo bereit liegen. Somit wurde eines davon ganz einfach diesem Stück Pergament in der offensichtlichen Absicht hinzugefügt, die erhoffte Wirkung noch zu verstärken! Die Handschrift selbst ...«

Der Missus dominicus drehte sich zu Bruder Antonius, der das Pergament einer genauen Prüfung unterzog.

»Unserer Minuskel ist sie ganz sicher nicht ebenbürtig«, befand dieser. »Sie ähnelt eher der Unziale, die in den Skriptorien des Südens, im Landstrich um Narbonne und in Aquitanien noch immer Verwendung findet. Allerdings muß man berücksichtigen, daß die Botschaft in aller Eile abgefaßt wurde. Bei dem Urheber handelt es sich um einen kundigen Schreiber, der Latein nicht nur zu lesen und zu schreiben versteht, sondern es auch noch fließend spricht, was ja ziemlich häufig bei Mönchen der Fall ist, die sich im Alltag in einer dem Lateinischen recht nahen Mundart auszudrücken pflegen.«

»Du meinst in den Ländern des Südens«, ließ ihn Erwin klarstellen.

»In der Tat, genau das meine ich.«

Der Sachse versenkte sich abermals eine Weile in seine Gedanken. Dann blickte er seine Gefolgsleute nacheinander an und fragte sie schließlich:

»Glaubt ihr denn, dieser widerliche Ort, diese verdammenswert hergerichteten Gewölbe könnten tatsächlich der wichtigste Schlupfwinkel der Bande sein? Und glaubt ihr, die Bande bestünde alles in allem nur aus den wenigen Reitern, die gerade eben vor uns geflohen sind?«

»Das glaube ich nicht, Herr«, antwortete der ehemalige Aufständische. »Bei der Schar an Helfershelfern, auf die diese Schufte in der ganzen Brenne anscheinend bauen können, und angesichts der heillosen Angst, die sie verbreiten, kurzum, unter Berücksichtigung aller Dinge, die wir bis jetzt über sie in Erfahrung gebracht haben, denke ich, daß die Flüchtigen lediglich eine kleinere Abteilung eines ungleich zahlreicheren Trupps gewesen sind. Das heißt auch, sie müssen irgendwo über ein bedeutenderes und schwerer auszumachendes Räubernest als diese Rattenlöcher und Schlangengruben verfügen.«

»Und glaubt ihr, die Orgien, für die wir inzwischen mannigfache Beweise haben, werden ausschließlich oder hauptsächlich hier abgehalten?«

»Die unterirdischen Anlagen sind in ihren Ausmaßen ja trotz allem recht beschränkt«, gab Timotheos zu bedenken. »Daß dort tatsächlich des öfteren irgendein ›satanisches Treiben‹ stattfindet, wie die Leute in der Gegend sagen, liegt auf der Hand. Andere und in mehr als nur einer Hinsicht bedeutsamere Feiern dürften jedoch, wahrscheinlich beim Ruf des weißen Gespenstes, anderswo vonstatten gehen; und sie dürften eine weitaus größere Zahl an Götzenanhängern, wirren Schwarmgeistern wie auch an üblen Lumpen versammeln, als in diesen Kammern jemals Platz fänden. Außerdem meine ich: Wer sich solchen Abscheulichkeiten hingibt, der möchte dies gemeinhin in aller Heimlichkeit tun.«

Der Fuchs verzog das Gesicht und schloß:

»Hier aber, selbst mitten in der Nacht und sogar bei Neumond, steht es um Heimlichkeit nicht zum besten ...«

»Eben drum, Timotheos! Findest du es unter solchen Umständen nicht verwunderlich, daß wir allem Anschein nach die ersten sind, die sich darum sorgen, was hier so geschieht, während eine etwas ernsthaftere Untersuchung doch jeden Ermittler hätte herführen müssen?«

»Freilich, Herr, und ich kann mich nicht entsinnen, daß irgend jemand auch nur etwas Derartiges erwähnt hätte.«

»Ich auch nicht, Timotheos«, fügte der Sachse an. »Ich auch nicht ...«

»Es wäre allerdings nicht verwunderlich, wenn sich ein jeder auf den anderen verlassen hat«, brachte Bruder Antonius vor.

Erwin drehte sich mit einem Ruck dem Mönch zu und starrte ihn an, wie von einer göttlichen Offenbarung erleuchtet.

»Gut, sehr gut!« lobte er. »Da haben wir ja die Erklärung!«

Ohne den tieferen Sinn seiner Äußerung auch nur im Ansatz zu erläutern, gab der Abt daraufhin das Zeichen zur Rückkehr.

Nach ihrem mittäglichen Mahl im Refektorium der Abtei Saint-Pierre beauftragte Erwin Timotheos und Bruder Antonius, in Erfahrung zu bringen, wie genau die vorausgegangenen Untersuchungen geführt worden waren; dann stellte er einen beeindruckenden Trupp aus Sauvat und vier kaiserlichen Wachen zusammen, denen er noch sechs bewaffnete Diener zu Pferde hinzugesellte.

Mit diesem Geleit machte er sich in Doremus' Gesellschaft auf den Weg zum Gut am »Feenbuckel«. Kurze Zeit später traf die Abteilung im Galopp vor dem Haupthaus ein. Der ehemalige Aufständische saß ab, und Erwin forderte Herta auf, die erschreckt vor die Tür getreten war, ihren Meier augenblicklich vor ihm erscheinen zu lassen.

»Ich meine denjenigen«, verdeutlichte er, »der die im Moor schuftenden Leibeigenen befehligt und sich um die Dienerschaft kümmert. Ich warte hier. Man soll sich sputen!«

»Da wir über dein Kommen nicht unterrichtet wurden«, gab die Gutsherrin an, »entschuldige bitte meinen Sohn, der in der Nähe gerade Forstleute überprüft. Der Meier überwacht die laufenden Arbeiten im Moor Bellebouche. Meine Knechte werden ihn sofort benachrichtigen. Wirst du mein Heim in der Zwischenzeit mit deiner Anwesenheit beehren?«

»Ich bleibe, wo ich bin!« erwiderte der Sachse, worauf er die Arme verschränkte, den Blick abwandte und kein einziges Wort mehr sagte.

Auf dem Gehöft wurde es totenstill. Die Dienerschaft hatte sich inzwischen hinter ihre Herrin Herta gestellt, und ein Teil des Gesindes beobachtete das ungewöhnliche Schauspiel aus der Ferne. Nach einer endlos scheinenden Weile sah man den Verwalter zusammen mit den ausgesandten Knechten im Galopp herbeireiten. Er sprang vom Pferd und fand sich atemlos vor dem Missus dominicus ein. Erwin musterte ihn zunächst mit strenger Miene und wandte sich dann Doremus zu.

»Setz ihn über die Anschuldigungen, die wir gegen ihn erheben, in Kenntnis!« befahl der Abt.

»Das werde ich tun, Herr.«

Als der Meier Doremus wiedererkannte, der ihn ja schließlich bereits vernommen hatte, wurde er blaß und warf ihm einen verängstigten Blick zu. Erwins Gefolgsmann ging drei Schritte auf den Mann zu und verkündete mit lauter Stimme, um von allen gehört zu werden – wobei ihn aber nur wenige verstanden, da er Fränkisch sprach:

»Du wirst beschuldigt, awarischen Kriegsgefangenen, die auf kaiserlichen Beschluß hin diesen Besitzungen als Leibeigene anvertraut wurden, derart schwere und empörend geleitete Frondienste auferlegt zu haben, daß die Leute sich mittlerweile samt und sonders in einem bejammernswerten Zustand befinden und krank, abgezehrt und entkräftet sind, weswegen bereits sechs von ihnen darüber verstarben.

Du wirst beschuldigt, zu deinem eigenen Gewinn, oder zu dem deiner Spießgesellen, die für die Leibeigenen bestimmte Nahrung und Kleidung unterschlagen und ihnen weder Obdach noch Unterschlupf geboten zu haben. Infolgedessen wurde das kostbare Gut, das diese Leibeigenen darstellen, aufs sträflichste vergeudet, obgleich es doch des Kaisers ist.

Du hast die von Godfrid und Gilbert erhaltenen Befehle mißachtet, wiewohl deine Herren dir eingeschärft hatten, mit den Gefangenen pfleglich umzugehen: Sie sollten nämlich lange und einträglich ihre Arbeit verrichten und Nachkommen zeugen, damit ihnen zu guter Letzt die Möglichkeit verschafft werde, sich nach Erhalt der Taufe freikaufen zu können. Du aber hast dieses Anwesen um kräftige Arme gebracht und hierdurch das Volk Gottes dazu noch neuer Schäfchen beraubt.

Aus diesem Grund und den Geboten des Königsbanns gemäß unterliegst du nun der Gerechtigkeit der in diesem Gau anwesenden Missi dominici, denen Kaiser Karl, der Gerechte und Große, höchstpersönlich alle diesbezüglichen Vollmachten übertragen hat. So spricht im Namen von Abt Erwin, dem Missus dominicus, sein sehr gehorsamer Diener, Doremus!«

Der Verwalter stand, an allen Gliedern zitternd, eine ganze Weile wie betäubt da, ohne auch nur ein einziges Wort herauszubringen, bis er schließlich halbwegs seine Fassung wiedergewann.

»Ich, ich soll ...«, stammelte er. »Ich? O nein! ... Ich schwöre euch! Diese Leibeigenen ... Die Frondienste sind hart, das weiß ich ... Und außerdem verstehen die doch rein gar nichts ... die haben von nichts die leiseste Ahnung ... Ich aber ... doch, doch, ich habe getan, was sein mußte ... bei der Nahrung ... und auch bei allem anderen ...«

Von Entrüstung und Wut übermannt, fiel ihm der ehemalige Aufständische ins Wort und schrie ihn an:

»Wagst du etwa abzustreiten, was ich mit eigenen Augen gesehen habe: Diese Knochengerüste in Lumpen, die deine Handlanger wie Vieh behandelten, aus denen sie mittels Peitschenhieben noch den allerletzten Gewinn preßten, bevor die bedauernswerten Leute völlig entkräftet, sterbend oder bereits tot im eisigen Wasser des Sumpfs zusammenbrechen konnten? Und wie ließe sich der jämmerliche Zustand, in dem ich eure Leibeigenen vorfand, anders erklären, als daß sie nichts von all dem erhielten, was für sie bestimmt war, um sie am Leben und bei Kräften zu halten? Als daß sie einer mehr als entsetzlichen Mühsal unterworfen wurden, wie kein Menschenwesen sie lange ertragen könnte? Sag schon?«

Diesmal hatte Doremus seine Anklage in einer romanischen Mundart vorgetragen, die der in der Brenne gesprochenen ähnelte. Aufgebrachtes Gemurmel und sogar einige empörte Rufe fuhren durch die zusehends zahlreicher werdende Menge, denn es eilten nun Leute aus allen Richtungen herbei, um dem unerwarteten Einschreiten eines allmächtigen Gesandten des Herrschers und der schonungslosen Bezichtigung des Meiers beizuwohnen.

Der Gescholtene hatte sich inzwischen wieder vollkommen in der Gewalt und drehte sich nun mit erzürnter Miene zu Herta um.

»Warum sagst du nichts dazu, Herrin?« schrie er sie an. »Warum hüllst du dich in Schweigen, obwohl mir diese Anklagen doch den Tod einbringen können? Warum nur, obwohl du doch genau weißt, wie es sich tatsächlich verhält und was ich getan habe? So sag es den Sendboten des Königs doch! Sag ihnen, daß ich lediglich den Befehlen gehorchte, die mir gegeben wurden ... und zwar von Herrn Godfrid und seinem Sohn Gilbert, ja, von meinen Gebietern, wie du wohl weißt! Waren denn nicht sie es, die das bißchen Mehl und Erbsen abmaßen, das für die Leibeigenen bestimmt war? Waren denn nicht sie es, die behaupteten, ›zerrissene Lumpen wären für Taugenichtse dieses Schlages noch warm genug‹, und wenn manche von denen bei ihrem Tagwerk auch sterben würden, ›so wäre die Welt dadurch wenigstens von ein paar Strolchen befreit‹. In jedem Fall würden uns die Siege unserer Heerscharen stets neue Leibeigene in ausreichendem Maße verschaffen! Sind das nicht die Worte, die ich hundertmal gehört habe, während man mir bei Androhung schwerer Strafen ausdrücklich verbot, unseren Leuten irgendwelche Vergünstigungen zu gewähren, sei es nun an Brot oder an anderem? So sag es diesem Mann doch, um Himmels willen!«

»Auf so schäbige Art und Weise hoffst du dich also zu rechtfertigen, du Schändlichster unter Gottes Sonne?« entgegnete

Herta von oben herab. »Ausgerechnet du, du verachtenswerter Schurke, den Godfrid mit Wohltaten überhäuft hat! Jetzt, wo er tot ist, unter Umständen, an denen du vielleicht nicht unbeteiligt bist, jetzt wagst du es, ihn solch abscheulicher Befehle zu bezichtigen? Und erdreistest dich doch tatsächlich zu der Behauptung, er habe diese Gefangenen, mögen es auch Leibeigene und Awaren sein, mit Gleichgültigkeit und Verachtung zugrunde gehen und an Hunger, Kälte und Erschöpfung sterben lassen? Du wagst solche niederträchtigen Behauptungen von dir zu geben? Ja, warst und bist nicht du es, der die Nahrung und Ausrüstung verteilt, der diesen Geschöpfen ein Dach über dem Kopf stellen soll, der die Fron leitet und ein Tagwerk fordert? Das hat der Abgesandte des Kaisers mit seinen eigenen Augen doch festgestellt, wie er dir gerade sagte, oder nicht? Erkühnst du dich etwa, vor ihm, vor dem Missus Karls des Großen und vor mir seine Worte anzufechten?«

Der Verwalter faßte sich mit beiden Händen an den Kopf, blickte lange flehend gen Himmel und wiegte sich dabei mehrmals nach links und rechts, während er einen gedehnten Klagelaut ausstieß. Schließlich starrte er Herta mit grimmiger Miene an:

»O Gott! Allmächtiger Gott!« rief er aus. »Sieh, welchen Preis mich meine Ergebenheit kostet! Ja, ich bekenne, ich trage Schuld, sogar große Schuld! Ich bin schuldig, die wahrlich schändlichen Befehle ausgeführt zu haben, die man mir gab! Ja, so wurde ich zum Folterknecht, zum Henker. Ich bin schuldig, nicht aufbegehrt, mich nicht aufgelehnt zu haben gegen das, was Godfrid und Gilbert von mir verlangten ... aus Eigennutz, weil ich nur auf die Denare schielte, die mir meine Willfährigkeit eintrugen ... aber auch aus Schwäche ...«

Er schlug sich vor die Brust.

»Elender!«, schalt er sich selbst. »Du hast alles gebilligt, alles geduldet, alles ausgeführt, und obendrein noch mit scheußlichem Eifer. Nun ist die Stunde gekommen, Rechenschaft abzulegen, den Menschen hier auf Erden wie auch Dem, Der dort droben richtet! Rechenschaft darüber, daß du dem Beispiel jener einfachen Leute, die so viel niedriger standen als du, nicht gefolgt bist! Wie mutig haben die sich doch unter Gefahr ihres Lebens aufgelehnt und geweigert, sich für ein Unternehmen herzugeben, das gegen alle Gebote der Kirche und des Allmächtigen verstößt, gegen alles, was unser Herrscher von uns erwartet! Ein Unternehmen, über das einzig und allein die Gewinnsucht und das Böse waltet!«

Auf diese Worte sah er alle Umstehenden reihum an, die Hausdiener, Knechte und Mägde, die Handwerker, Kolonen und Leibeigenen, die sich vor dem Wohnhaus der Herrschaften, dem Gesindehaus, den Ställen, Schuppen, Stroh- und Holzkaten neugierig zusammengeschart und den heftigen Wortwechsel mit angehört hatten.

»Du, Grimil, du, Nado, du auch, Sigala, und auch du, Favard«, rief er, indem er auf jeden einzelnen mit dem Finger zeigte, »habt ihr nichts zu sagen, wirklich nicht?«

Nur Schweigen antwortete seiner Frage.

»Soll sich unter euch allen«, fuhr der Verwalter fort, »denn nicht ein einziger finden, der den Mut besäße, den Mund aufzumachen und zu enthüllen, was für Menschen Godfrid und Gilbert wirklich waren, wie gewalttätig und böse, ja schlimmer noch als Raubtiere, sie doch waren, vor allem in angetrunkenem Zustand, und nicht bloß gegenüber leibeigenen Gefangenen? Was? Nicht einer? ... O gewiß! Ich bin der letzte, der euch eure verschlossenen Lippen, eure Feigheit zum Vorwurf machen dürfte, ich, der ich zum großen Schaden vieler bis zu diesem Augenblick geschwiegen habe! Schuhmacher Grimil, du freier Mann genau wie ich, Nado, du stolzer und fleißiger Kolone, Fischer Sigala, du freier Mann aus den Sümpfen, Hausknecht Favard, Leibeigener zwar, Sohn eines Leibeigenen, doch vom Allerhöchsten geschätzt – dessen bin ich sicher! Erlaubt mir doch, euch um ein Zeichen der Wahrheit zu bitten. Entblößt eure Oberkörper und zeigt dem Gesandten des Herrschers einfach nur den unwiderlegbaren, in euer Fleisch geschriebenen Beweis, daß ich nicht gelogen habe!«

Der Mann wandte sich nun unmittelbar an Abt Erwin.

»Ja, Herr, sie sollen dich die Narben der Stockschläge und Peitschenhiebe sehen lassen, die betrunkene und grausame Gebieter ihnen beim kleinsten Fehler, beim geringsten Verdacht eines Fehlers und bisweilen auch aus reiner Bosheit auferlegt haben! Gebieter, die nur am Quälen Gefallen fanden!«

In diesem Augenblick löste sich Sigala aus der Gruppe der Fischer, in der er gestanden hatte, und trat, während alle andern ihn reglos und stumm anstarrten, allein auf das Pferd des Missus dominicus zu. Vor ihm angelangt, legte er seine grobe Kutte und sein Leibhemd ab und entblößte die Brust.

»Verzeih mir, Herr«, bat er. »Aber ich muß dir den Rücken zukehren.«

Und so zeigte er dem Abt die wulstigen Male zahlloser, von unbarmherzigen Peitschenhieben hinterlassener Narben. Dann zog er sich wieder an.

»Dies ist mein Zeugnis, Herr«, rief er stolz. »Doch rund um diesen weiten Hof gibt es noch hundert andere, genau wie mein Zeugnis, das sich mir tief ins Fleisch geschrieben hat.«

Der Meier war auf den Fischer zugelaufen und schloß ihn in die Arme.

»Gott segne dich, Sigala«, murmelte er dabei. »Der Himmel wird es dir zu danken wissen!«

Dann hob er den Kopf und sagte zu Erwin, der noch immer unerschütterlich auf seinem Pferd saß.

»Herr, ich habe Grimil, Nado, Favard und Sigala gewählt, doch ich hätte – wie Fischer Sigala dir bestätigte – auch etliche andere nennen können ... Glaub mir: Ich strebe nun nicht mehr danach, meine eigene Sache zu verteidigen ... Doch wenn die Wahrheit ans Licht kommen soll, dann soll es endlich offen und in aller Deutlichkeit geschehen! ... Ich hätte auch ... ja, Herr ... ich hätte auch Herta selbst nennen können! Ich beteuere hiermit – und wer würde es jetzt noch wagen, mich der Lüge zu zeihen? –, daß alle, die im Haus der Herrschaft selbst wohnten, ob Verwandte, Hausdienerschaft oder Gesinde, beständig in großer Angst lebten, weil Godfrid und sein willenloses Werkzeug von einem Sohn nichts als Schrecken verbreiteten.«

Der Meier stieß einen langen Seufzer aus.

»Wer könnte dir, Herta, zum Vorwurf machen, das Andenken deines Gatten und deines jüngsten Sohnes verteidigen zu wollen? Hier und jetzt aber, unter den Augen dieses Abtes, der den Allmächtigen und den Kaiser vertritt, wirst du doch wohl nicht zu behaupten wagen, daß er dich, die Mutter seiner Kinder, nie bedroht noch geschlagen und dich nie mit unerbittlicher Härte behandelt hätte? Und ist er nicht genauso mit all denen umgesprungen, die ihm dienten, hat er nicht einen jeden für nichts und wieder nichts halb tot geprügelt?«

Daraufhin wandte er sich an Albert, der gerade hinzugekommen war.

»Und du, Gebieter, wirst du offen bekennen, weshalb du ohne Zwang vier lange Jahre in den Heerscharen dientest, die einen ungewissen und mörderischen Krieg gegen die Bretonen führen, während dein angestammter Platz als Erstgeborener doch hier gewesen wäre, um an der Seite deines Vaters das Gut zu leiten? Wirst du uns sagen, warum du selbst im Winter, wenn die Kampfhandlungen ruhten, lieber in der Bretonischen Mark bliebst, statt in dein Heim zurückzukehren? War es denn nicht so, daß du die Missetaten und Frevel deines Vaters und deines Bruders nicht mehr ertragen konntest und nicht wolltest, daß man dich später, wenn du irgendwann die Leitung dieser Ländereien übernehmen würdest, bezichtigen könnte, an verbrecherischen Machenschaften beteiligt gewesen zu sein ... Wie ich dich beneide! Du,

Gebieter, hattest nämlich die Möglichkeit und den Mut, diese verfluchte Stätte zu verlassen ... du hattest den Mut, an dem es mir so gemangelt hat ...«

Erschöpft hielt der Verwalter inne. Gebannte Stille trat auf seine Aussage ein. Von ihrem Sohn gestützt, schien Herta der Ohnmacht nahe. Der Sachse blieb weiter unerschütterlich.

»Wie lautet dein Name?« fragte er den Meier plötzlich.

»Conrad, Herr.«

»Schwing dich wieder auf dein Pferd, und bereite dich darauf vor, uns zu folgen!«

Wieder verstrich eine Weile.

»Vieles kam hier zur Sprache ... Doch nicht alles wurde gesagt ... Bei weitem nicht ... Was dich jedoch angeht ... Aber das werden wir noch sehen! ... Und ihr beide, Herta und Albert, die ihr dieses Gut zur Zeit führt – wobei die einst erfolgte Landleihe an eure Sippe jedoch erst noch von der kaiserlichen Kanzlei bestätigt werden muß –, ihr haltet euch von nun an für jede Aussage, die ich für nötig befinden könnte und gegebenenfalls in der Abtei Saint-Pierre in Longoret anhören werde, zu meiner Verfügung ... Albert, komm zu mir!«

Hertas Sohn gehorchte dem Befehl und trat vor den Missus. Erwin zeigte ihm ein Pergament und erklärte:

»Sollte euch eine in meinem Namen ergehende Weisung zukommen, der ihr unbedingt Gehorsam zu leisten hättet, so müßte diese in jedem Fall schriftlich verfaßt sein und mein Petschaft tragen, das du hier auf diesem Pergament siehst und sicher mühelos erkennen wirst.«

»So wird es geschehen!«

»Gut! ... Doremus, aufs Pferd! Wachen, ihr nehmt den Meier in die Mitte, und du, Sauvat, übernimmst ihre Führung! Doremus, an meine Seite! Und ihr, meine treuen Diener, ihr schließt den Troß!«

Zur Stunde des Nachtmahls trafen Erwin und sein Geleit in der Abtei ein. Conrad, den keiner bis zu ihrer Ankunft eines Wörtchens gewürdigt hatte, wurde sofort in eine recht geräumige Mönchszelle gebracht und wenig später mit einer Stärkung versorgt. Mit einiger Verwunderung stellte er fest, daß man ihn keineswegs wie einen Gefangenen behandelte und nicht einmal einsperrte. Eigentlich rechnete er damit, vom Missus selbst oder von einem seiner Gefolgsleute auf der Stelle verhört zu werden, doch es kam niemand zu ihm. Diese Einsamkeit machte ihn allmählich ganz bange. Und als er schließlich hörte, wie die Mönche die Komplet begingen, schickte auch er sich darein, sich etwas auszuruhen, und schlummerte bald ein.

Mitten in der Nacht schreckten ihn plötzlich lautes Geschrei und der Lärm eines Kampfes, der sich in seiner unmittelbaren Nähe, ja in seiner Zelle selbst abspielte, aus dem Schlaf. Im Schein einiger von Dienern gehaltenen Fackeln erblickte er Doremus sowie einen weiteren, trotz seiner Leibesfülle sehr behenden Mann; mit dem Dolch in der Hand boten die beiden einem dritten Trotz, bei dem es sich allem Anschein nach um einen Mönch handelte. Er verstand seinen Hieber so trefflich zu handhaben, daß er seine Widersacher auf Abstand hielt. Diese wollten ihn jedoch ganz offensichtlich nicht töten, sondern nur entwaffnen und gefangennehmen.

Nach und nach gelang es Doremus und seinem Gefährten, den Mönch, der an der Brust und an den Armen verletzt worden war und inzwischen reichlich Blut verlor, in einer Ecke in die Enge zu treiben. Als der völlig erschöpfte Mann endlich kurz davorstand, überwältigt zu werden, stieß er einige sonderbare, von noch eigenartigeren Gebärden begleitete Rufe aus; dann richtete er seine Waffe jählings gegen sich selbst, rammte sich den Hieber in Höhe des Herzens in die Brust und stürzte wie ein gefällter Baum zu Boden. Bruder Antonius beugte sich sofort über ihn.

»Tot!« sagte er, während er sich wieder aufrichtete. »Obwohl wir uns doch die größte Mühe gegeben haben, dies zu verhindern.«

»Schade!« bemerkte Doremus. »Ich werde unseren Herrn benachrichtigen.«

Kurz darauf kehrte er mit dem Sachsen, Abt Ferreol und vier Dienern zurück.

Erwin sah sich den Leichnam lange an.

»Also hat dieser Mann den Tod vorgezogen ...«

Er wandte sich zu dem Klostervorsteher um und fragte ihn:

»Ist er einer der Deinigen?«

»Sicher nicht.«

»Vielleicht ein Geistlicher aus irgendeiner nahegelegenen Abtei?«

»Ich glaube nicht, daß es sich überhaupt um einen Geistlichen handelt.«

»Das glaube ich auch nicht«, meinte Doremus. »Daß er sich lieber selbst gerichtet hat, statt uns lebend in die Hände zu fallen, deutet eher auf einen gedungenen Galgenstrick oder einen blinden Eiferer hin als auf einen Gottesmann.«

»Ich glaube es ebensowenig, vor allem wegen des merkwürdigen Gebets, das er auf der Schwelle des Todes nicht etwa an den Himmel, sondern an die Mächte der Hölle gerichtet hat«, fügte Bruder Antonius hinzu.

»Du kennst diesen Mann also nicht?« fragte Erwin Abt Ferreol.

»Ich habe ihn noch nie zuvor gesehen!«

»Wer war er nur? Daß er sogar jetzt noch, nach seinem Hinscheiden, dieses angsterfüllte und verzweifelte Gesicht bewahrt hat? Welch grauenhaftes Geheimnis mögen seine Augen wohl geschaut haben? ... Ganz sicher hätte er uns zu Lebzeiten viel zu erzählen gehabt ...«

Bei diesen Worten schaute der Sachse den Verwalter mit seinen grauen Augen durchdringend an.

»… was aber auch für dich gilt, Conrad, und du bist ja gottlob noch am Leben!«

»Was einzig und allein deinen Gefolgsleuten anzurechnen ist! Denn sie haben sich, das kann ich bezeugen, in allergrößte Gefahr begeben, um diesen Mann zu bezwingen, der mich angreifen wollte, bevor er sich entleibte. Wie könnte ich ihnen je genug danken? Und wie soll ich dir meine Dankbarkeit dafür aussprechen, daß du aller Wahrscheinlichkeit nach Vorkehrungen zu meiner Sicherheit getroffen hast, die mich so trefflich geschützt haben. Wie …«

»Gut, gut!« fiel ihm der Missus spöttisch lächelnd ins Wort. »Das und noch etliches mehr werden wir schnellstens einer genaueren Untersuchung unterziehen.«

»Vor allem gilt es wohl herauszufinden, weswegen der falsche Mönch in unseren heiligen Mauern den Meier ermorden wollte«, fügte Abt Ferreol mit deutlicher Neugier hinzu. »Und wer hat ihn überhaupt hierzu dingen können?«

Erwin tat, als spendete er ihm Beifall:

»Ausgezeichnet! Zur Stunde aber möchte ich dich bitten, den Körper an einem Ort aufbahren zu lassen, an dem ihn jedermann von morgen früh an in Augenschein nehmen kann. Vielleicht wird ihn ja jemand wiedererkennen. Dort soll er zwei Tage lang für alle zugänglich bleiben. Erst danach werden wir über sein endgültiges Geschick auf Erden entscheiden und festlegen, ob er in geweihtem Boden bestattet wird oder durch das Feuer geläutert werden muß. Außerdem soll man unseren Zeugen in einer sorgfältig verschlossenen und gut bewachten Mönchszelle unterbringen, damit es nicht noch einmal zu solchem Vorfall wie diesem hier kommen mag.«

Unmittelbar an den Verwalter gewandt, erläuterte der Sachse:

»Nach einer geruhsamen Nacht, die, so hoffe ich, besser enden wird, als sie begonnen hat, werde ich dich noch vor Mittag vernehmen.«

Am nächsten Morgen mußte Meier Conrad zur vierten Tagesstunde* vor Erwin erscheinen. Der Missus hatte mit seinen drei Gefolgsleuten zur Seite an einem großen Tisch Platz genommen, während zwei Wachen die Sicherheit im Raum gewährleisteten. Der angelsächsische Abt sprach ein kurzes Gebet, um die Hilfe des Heiligen Geistes und dessen Licht der Erkenntnis zu erflehen. Dann forderte er den eingeschüchterten Verwalter auf, sich vor dem Tisch auf einem Hocker niederzulassen.

»Sicherlich dürftest du Bedeutung und Tragweite der Anschuldigungen ermessen haben, die du gegen Godfrid und Gilbert erhoben hast, noch dazu im Beisein von Männern und Frauen jeglichen Standes, die auf dem Gut am ›Feenbuckel‹ ihrer Arbeit nachgehen«, hob Erwin an.

Conrad schluckte schwer und antwortete mit einiger Mühe: »Ja, Herr, ich bin mir dessen bewußt.«

»Überdies dürfte dir auch nicht entgangen sein, in welch fürwahr peinsame Lage du die Herrin dieser Ländereien, deren erstgeborenen Sohn wie auch die gesamte Anverwandtschaft gebracht hast, zumal Herta glaubte, deine Bekundungen entschieden in Abrede stellen zu können.«

»Sollte ich deswegen denn schweigen? Mußte ich denn nicht aufzeigen, daß sie selbst als eines der ersten und vordersten Opfer unter der Bosheit und Gewalttätigkeit des Gatten und des jüngsten Sohnes zu leiden hatte?«

»Gewiß, aber laß uns fortfahren! Indem du dich selbst der Mittäterschaft bezichtigtest ...«

»Dem war leider so!«

»... hast du von niemandem Schuld genommen. Denn wer immer auf Godfrids, Gilberts oder auch auf dein Geheiß hin und ob nun unmittelbar oder nicht solch schändliche Befehle – du selbst hast sie ja so genannt! – ausführte und dadurch Mis-

* Um die Tagundnachtgleiche entspricht dies zehn Uhr morgens.

setaten, ja gar Verbrechen beging, der hat große Schuld auf sich geladen!«

»Ich habe nicht danach getrachtet, mich irgendeiner Verantwortung zu entziehen, das weißt du, und deshalb ...«

»Darum geht es nicht«, unterbrach ihn der Sachse barsch. »Zumindest für den Augenblick! Ich sagte also: Vielleicht dachte manch einer aus Godfrids Familie, aus dem Kreis seiner Freunde oder irgend jemand anderes, du hättest noch nicht alles gesagt und wärst somit zu weiteren Enthüllungen fähig, mit denen du diese Leute unmittelbar belasten könntest. Erscheint dir das denkbar?«

»Vielleicht ...«

Der Sachse schwieg einen Augenblick.

»Solltest du für diese Leute eine solche Gefahr darstellen, daß sie dich ermorden wollten? Könnte das der Grund für den Anschlag auf dich sein?«

Meier Conrad antwortete nicht sofort.

»Was mich wundert ist«, sagte er endlich in zögerlichem Ton, »daß dieser Angriff auf mich so rasch erfolgte ...«

»Oh! Das ist keineswegs verwunderlich«, bekräftigte Abt Erwin mit einem leisen Lächeln. »Ich hätte mich in aller Heimlichkeit auf Godfrids Gutshof begeben können, bin aber mit großem Aufsehen erschienen. Ich hätte deine Bekenntnisse unter vier Augen entgegennehmen können und habe es gleichwohl nicht verhindert, daß dir etliche Leute dabei zuhörten. Wir hätten Vorkehrungen treffen können, damit du dieses Kloster bei Nacht und unbemerkt erreichst, doch deine Überführung unter beeindruckendem Geleit dürfte sich schon bald in einem Umkreis von zehn Meilen herumgesprochen haben. Wir hätten dich und deine Sicherheit einer gut verschlossenen und sorgfältig bewachten Zelle überantworten können, und dennoch haben wir dich für die Nacht in dieser Kammer untergebracht, die scheinbar, aber tatsächlich nur scheinbar, allem und jedem sperrangelweit offenstand.«

»Muß ich das so verstehen ...«, stammelte Conrad verdutzt und entsetzt.

»Ja, du hast mich ganz richtig verstanden. Wer immer von dir, von deinem bislang verschwiegenen Wissen und deinen künftigen Offenbarungen alles zu befürchten hatte, wußte von Anfang an um die Tragweite deiner ersten Geständnisse und Bezichtigungen und wohin man dich gebracht hat. Somit wußten diese Leute genug, um zu entscheiden, ob und wie sie dir den Garaus machen sollten. Muß ich die Schlußfolgerung laut aussprechen? Der auf dich verübte Anschlag lieferte also den endgültigen Beweis dafür, daß du für gewisse Leute eine Gefahr darstellst! Und die muß in den Augen dieser Leute so beträchtlich sein, daß sie auch vor Mord nicht zurückschrecken. Überdies dürften sie über zahlreiche und weit verteilte Spießgesellen verfügen, und sie konnten rasch zur Tat schreiten.«

»Waren solche Antworten ein derart großes Wagnis wert?«

»Du warst keinen Augenblick in wirklicher Gefahr!«

»Ich spreche nicht von mir, Herr, sondern von denjenigen, die dem rasenden Wüterich trotzen mußten ...«

»Laß dir folgendes gesagt sein: Die beiden zählen zu den geschicktesten und mutigsten Recken des ganzen Reiches ... und sogar der gesamten sarazenischen Welt«, erklärte der Missus dominicus, indem er sich seinen Gefolgsleuten zuwandte.

»Gleichwohl ...«, murmelte Conrad.

»Gleichwohl habe ich die gewünschte Antwort erhalten! Man wollte dich töten, weil du um ein wesentliches Geheimnis weißt. Worin besteht dieses? Ich höre!«

Da der Verwalter noch zu zögern schien, fügte Erwin an:

»Vielleicht kann ich dir helfen. Als du gestern deine eigenen Vergehen bekanntest, da hast du sie der mutigen Haltung manch anderer gegenübergestellt. Was meintest du damit? Und welche Haltung? Konnte man angesichts der Roheit deiner Herren so weit gehen und aufbegehren, den Gehorsam verweigern, sich auflehnen?«

»Sich zu widersetzen oder gar aufzubegehren hieß, sich den schlimmsten Züchtigungen auszusetzen und womöglich zu Tode gequält zu werden!«

»Die Mutigsten haben es aber dennoch getan?«

»Ja, ein Holzfäller zum Beispiel, ein ehemaliger Novize und Mann des Glaubens von großer Tapferkeit. Er hat Godfrids Peitsche aufgehalten, als dieser gerade im Begriff stand, einen Leibeigenen totzuprügeln, und ist dann selbst gestorben, nackt an einen Pfosten gefesselt und blutig geschlagen!«

»Ich hoffe, Gott hat ihn sofort zu Seiner Rechten aufgenommen«, sagte der angelsächsische Abt und sprach eine kurze Fürbitte. »Aber konntet ihr euch, von solchem Heldenmut einmal abgesehen, nicht auch anders zur Wehr setzen?«

»Der Kaiser und die Kirche verbriefen doch einem jeden die ihm nach Geburt und Stand zustehenden Rechte und auch den Schutz aller dem Reiche nützlichen Leibeigenen?« sagte Conrad.

»Ja, freilich.«

»Und Grafen und Vicecomites, Erzbischöfe und Bischöfe vertreten in allen Gauen den Kaiser und die Kirche?«

»Das tun sie!« bestätigte Timotheos.

»Ebenso Vögte und Erzpriester?«

»Auch die!«

»Benedicta hat dies auch geglaubt ... Nein, sie war weder töricht noch stumpfsinnig ... Sie kannte ihr Alphabet ... Sie war tapfer und hatte ein Herz. Ihr Leib war verwachsen, ihr Gesicht häßlich, ihre Seele aber ... Leibeigene haben nämlich auch eine Seele, nicht wahr?«

»Ganz ohne Zweifel!« bekräftigte Erwin.

»... ihre Seele aber war edel und schön, glaube ich ...«

Mittlerweile flossen Conrad die Worte ganz leicht von den Lippen.

»Deshalb war sie zutiefst erschüttert und empört über das, was sie um sich herum sah, über die Art und Weise, wie die Gebieter Kolonen, Dienerschaft, Gesinde und vor allem die Leibeigenen mißhandelten, die sich unweit ihrer Hütte zu Tode schufteten ... In ihr staute sich immer mehr Zorn auf, so wie auch meiner hätte anwachsen müssen, wenn ... Ja, sie jedenfalls beschloß, daß etwas getan werden mußte, um dieser Schande ein Ende zu bereiten. Sie rang sich dazu durch, den Vogt und den Erzpriester von Mézières aufzusuchen, um ihnen die Augen zu öffnen über die wahren Zustände und Vorkommnisse auf dem Gut am ›Feenbuckel‹ ... und um ihnen zu sagen, was für Menschen Godfrid, Gilbert und alle anderen, die deren Befehle ausführten, wirklich waren.«

»Zu denen ja auch du gehörtest!«

»Zu denen ja auch ich gehörte, ja! ... Nach langem Zaudern entschied sie sich dann endlich.«

»Woher weißt du das?« fragte Erwin.

»Sie hat es mir gesagt.«

»Trotz deiner beschämenden Mittäterschaft vertraute sie sich dir an?«

»Herr! Ein Schwächling wie ich muß nicht unbedingt auch zum Verräter werden.«

»Fahre doch fort!«

»Zwei Tage vor Johanni hat sie dann ihr einziges gutes Obergewand angelegt, das sie zuvor mit Sorgfalt gewaschen hatte, und ist am Morgen aufgebrochen. Hatte Guntram sie bereits zu sich bestellt? Wo sollte sie ihn treffen? Trug sie sich mit der Absicht, nach Mézières zu gehen und dort zu versuchen, beim Vogt wie auch beim Erzpriester vorstellig zu werden? Ich weiß es nicht. Jedenfalls schlug sie den Weg zwischen den Mooren ein. Und ...«

Der Meier senkte den Kopf.

»Godfrid und Gilbert haben sie eingeholt und getötet. Die Mörder haben ihren armen Leib auf ein Pferd gelegt und ihn, beim Moor Bignotoi angelangt, entkleidet und in den Sumpf geworfen.«

»Hatte sie mit Guntram oder Nodon denn noch zusammenkommen können?«

»Mit Nodon sicher nicht. Und ich glaube, mit Guntram ebenfalls nicht.«

»Aber bei allen Heiligen, wie kannst du über diesen Mord ... und über dessen Umstände nur so genau Bescheid wissen?«

»Eines Abends, als Godfrid und Gilbert betrunken waren, haben sie sich dessen unter grölendem Gelächter vor mir gebrüstet, weil sie wahrscheinlich annahmen, sie hätten von einem derart verdorbenen Mann wie mir nichts zu befürchten ...«

Der Sachse schaute Conrad mit einem furchtbaren Blick in die Augen und fuhr ihn an:

»Hast du Benedicta verraten? Irgend jemand muß die Mörder ja schließlich von ihren Absichten unterrichtet haben?«

Der Verwalter erhob sich langsam und zitternd, das aschfahle Gesicht von tiefer Verzweiflung gezeichnet. Er stemmte seine Hände auf den Tisch und verharrte eine ganze Weile in dieser Haltung, bevor er schließlich mit kaum hörbarer Stimme antwortete:

»Gibt es noch eine schlimmere Strafe ... Nein, nicht einmal in der Hölle ... Und dennoch ... habe ich sie nicht verdient? ... Ja, hast du, ehrwürdiger Vater, noch nicht durchschaut, daß ich für sie ... ich weiß nicht ... Nun, ich schätzte sie ... Oh! Eine Leibeigene zu schätzen ... Doch so war es eben ... Ich sollte sie verraten haben? Den Mördern ausgeliefert haben? ... Nein, ich werde deine Frage nicht beantworten ... antworten hieße bereits ... Aber nun ja: Es ist jedenfalls geschehen ... das Wundmal eines glühenden Eisens wird mich für den Rest meines Lebens, der mir noch bleibt, quälen ... Denke über mich und tu mit mir, was du willst ... Etwas Schlimmeres kann mir nicht mehr ...«

Der Mann brach in lautes Schluchzen aus.

KAPITEL IV

Erwin setzte die Vernehmung nicht fort, als Meier Conrad sich wieder in der Gewalt hatte, und befahl statt dessen, den Mann wieder in seine Zelle zurückzubringen und unter sichere Bewachung zu stellen. Außerdem verlangte er, alles, was ihm gebracht werde, genau zu untersuchen und seine Speisen vorzukosten.

»Warum, Herr?« fragte Timotheos. »Hat er uns nicht sein gesamtes Wissen preisgegeben?«

»Sein gesamtes Wissen? Vielleicht ...«

»Folglich haben diejenigen, die seine Enthüllungen fürchteten, doch keinen Grund mehr, sich an ihm zu vergreifen.«

»Es sei denn, es ginge ihnen nach wie vor darum, einen von Godfrids niederen Handlangern zu beseitigen«, gab Doremus zu bedenken.

»Hätte man ihn dann nicht gleich zusammen mit seinen Herren getötet?« flocht der Grieche ein. »Das wäre so unselig tüchtigen Schuften wie jenen Mördern doch unschwer möglich gewesen.«

»Und weshalb geschah es dann nicht?« griff der Sachse ein.

Seine Gefolgsleute sahen ihn verblüfft und mit fragenden Blicken an.

»Ja, warum?« fuhr er fort. »Wir sind zu der Gewißheit gelangt, daß Godfrid und Gilbert aufgrund – oder unter dem Vorwand – der auf ihrem Gut begangenen Missetaten und Verbrechen hingemeuchelt wurden; Conrad war ihr Spießgeselle, aus welchen Beweggründen ist dabei völlig einerlei. Weshalb also wurde er verschont ... bis letzte Nacht jedenfalls? Und weshalb hat man nun, nachdem er gestern öffentlich ein Geständnis abgelegt hat, überstürzt einen Anschlag auf ihn angezettelt?«

»Na, um ihn mundtot zu machen und die Enthüllung weiterer Schändlichkeiten zu verhindern, wie etwa den vorsätzlichen Mord an Benedicta!« rief Timotheos aus.

»Aber warum dann diese plötzliche Eile? Was er über den Tod der Waschfrau aufzudecken hatte, wußte er doch seit Wochen, wenn nicht seit Monaten!« hielt Erwin dagegen. »Und außerdem, wie abscheulich Benedictas Ermordung auch sein mag, kommt ihr eine solche Bedeutung zu?«

»Gleichwohl hast du, Herr, durch Conrads Vernehmung doch aufgezeigt ...«

Der Missus unterbrach Timotheos.

»Gewiß ... Doch betrachten wir das Ganze einmal näher!« sagte er. »Was hat er uns verraten? Benedicta hat ihre Hütte zwei Tage vor Johanni verlassen, um sich vielleicht nach Mézières zu begeben ... Godfrid und Gilbert wurden, wie wir wissen, am achtundzwanzigsten Tag des August ermordet ... Mehr als zwei Monate sind demnach zwischen dem Tod der Waschfrau und dem zweifachen Mord verstrichen. Kann man da die beiden Geschehnisse überhaupt in Zusammenhang bringen oder muß man anderes in Erwägung ziehen?«

»So gesehen hätte die Bande freilich früher zuschlagen können«, erkannte Bruder Antonius an.

»Im Grunde ist ihr mörderischer Rachezug sehr wahrscheinlich nicht die Folge einer einzigen verbrecherischen Tat der Herren dieses Gutes, sondern die etlicher Taten. Laßt uns folgendes im Auge behalten: Wie Conrad beteuerte, litten Kolonen, Gesinde, Leibeigene und sogar Freie schon seit Jahren unter einem unerträglichen Joch! Die Rächer – sofern man sie so nennen darf – haben also abgewartet, bis das Maß voll war. Es ist nicht auszuschließen, daß der Tod eines oder mehrerer Gefangener in den Wassern des Sumpfs, zu dem es erhebliche Zeit nach Benedictas Ermordung gekommen sein mag, sie letztlich zum Handeln veranlaßt haben könnte.«

»Dennoch steht der Anschlag gegen Conrad sicherlich mit

den Geständnissen in Verbindung, die er bei seiner Festnahme gemacht hat, und folglich mit all dem, was er uns noch zu offenbaren vermag!« behauptete der ehemalige Aufständische.

»Ganz gewiß!« stimmte ihm der Missus zu. »Wer seine Geständnisse mit angehört hat oder wem sie weitergetragen wurden, dürfte geglaubt haben, Conrad wisse um ein Geheimnis, das der Bande gefährlich werden könnte, um ein weitaus schwerwiegenderes Geheimnis als selbst die Ermordung der Waschfrau.«

»Und nun, Herr?« fragte Doremus.

»Entweder sind sie nun der Ansicht, der Verwalter habe inzwischen reichlich Gelegenheit und Zeit gehabt, uns diese Dinge zu offenbaren, was alle Gefahr von ihm abwendet; oder aber sie vermuten, er habe es noch nicht getan, weil er nämlich deren Tragweite gar nicht erfaßt, und dann wäre er auch weiterhin bedroht …«

»… Er könnte ja einen lichten Augenblick haben?«

»In der Tat!«

»Oder aber sie beschließen im Zweifelsfall, die Gefahr so oder so auszuräumen«, vervollständigte Timotheos.

Der Missus pflichtete ihm kopfnickend bei.

»Aus diesem Grund ist vor allem Wachsamkeit geboten!« schloß er. »Und hierzu möchte ich nun aus Abt Ferreols eigenem Mund erfahren, welche Sicherheitsmaßnahmen er angeordnet hat.«

Von Erwin hinzugebeten, fand sich der Klostervorsteher, der wahrscheinlich in der Nähe gewartet hatte, auch augenblicklich ein. Pater Ferreol mußte nunmehr in allen Einzelheiten darlegen, welche Vorkehrungen er getroffen hatte. Da ihn Abt Erwins Beharrlichkeit zu entrüsten schien, gab dieser ihm in harschem Ton zu bedenken, »der ernste Vorfall rechtfertige doch wohl seinen Argwohn«.

»Es liegt doch auf der Hand, daß der Anschlag auf Conrad

nur deshalb in wenigen Stunden vorbereitet und beinahe erfolgreich zu Ende gebracht werden konnte, weil die Anstifter wie auch deren ausführendes Werkzeug hier Helfershelfer gefunden hatten …«

»Hier?«

»Sicher, im Kreis deiner Mönche und deiner Diener!«

Erwin wischte des Klostervorstehers kleinlaute Einwände mit einem Wink vom Tisch und fuhr fort:

»Daher habe ich meine drei hier anwesenden Gefolgsleute damit betraut, eine Untersuchung durchzuführen und herauszufinden, wer aus deiner Abtei dem Angreifer, diesem wahren oder falschen Mönch, jedenfalls einem Meuchelmörder, den irgendeine Bande gedungen hat, geholfen haben mag.«

»Ich werde mir eine Pflicht daraus machen, ihnen dabei behilflich zu sein«, brachte Pater Ferreol vor.

»Das kommt nicht in Frage!« entgegnete der angelsächsische Abt. »Kann ich dich ungesehen von der Liste möglicher Mitbeteiligter streichen?«

Diese unvermutete Verdächtigung nahm Abt Ferreol derart den Atem, daß er eine ganze Weile sprachlos blieb und sich immer wieder nach allen Seiten umblickte, um irgendwo Beistand zu heischen.

»Wie? … Ich? … Ich soll Spießgeselle sein von …?« gelang es ihm endlich hervorzubringen. »Aber, Herr, mußte ich denn so alt werden … um mir jetzt derartige Unterstellungen anzuhören? … Ich, der Vorsteher dieses berühmten Klosters, ich soll ein Handlanger von … Mördern sein?«

Er stieß einen langen Klagelaut aus.

»Ich, der ich Mainfrid heiße und ein Franke aus gutem Geschlecht bin, ich, Herr? … Oh!«

»Ich habe schon Eigenartigeres erlebt«, antwortete der Sachse ruhig. »Der Name tut nichts zur Sache … Überdies hast du deinem fränkischen Erbe doch abgeschworen und bist im Ordensleben Pater Ferreol geworden, im Gedenken an einen

Heiligen, der – wenn mich mein Gedächtnis nicht trügt – einst Abt und Bischof von Uzès, im Landstrich Narbonne, war?«

»Herr, ich wählte als Namenspatron einen Krieger, der vor nunmehr fünf Jahrhunderten seinen Glauben an Jesum Christum bekannte und dafür als Märtyrer starb.«

»Sei unbesorgt! Wir haben nicht die Absicht, dich das Martyrium erleiden zu lassen ... Doch kommen wir zu etwas anderem! Ich würde gerne wissen, ob sich bereits irgendwelche Bewohner des Landstrichs eingefunden haben, um die sterbliche Hülle des Angreifers anzuschauen, und ob ihn jemand erkannt oder es zumindest behauptet hat.«

»Sicher ist es dafür etwas zu früh«, wandte Abt Ferreol ein. »Noch im Morgengrauen habe ich Ausrufer in die gesamte Brenne entsandt, um überall bekannt zu machen, daß in meiner Abtei ein Meuchelmörder bei seinem verdammenswerten Vorhaben ertappt und getötet wurde. Und es wurde ein jeder ermutigt, diesen heiligen Ort aufzusuchen, um den geheimnisvollen Angreifer in Augenschein zu nehmen und uns wenn möglich mitzuteilen, um wen es sich dabei handelt. Doch die Brenne ist ein weiter Landstrich: Sie mißt sieben Meilen von Nord nach Süd und ebenso viele von Ost nach West. Es braucht einen guten halben Tag, um von unserer Abtei aus zu allen Marktflecken, Weilern und Gütern zu gelangen, und genauso lange, um aus den abgelegensten hierher zu kommen. Obendrein sind die Menschen dieser Gegend vorsichtig, ja sogar mißtrauisch. Die ringen sich nur nach reiflicher Überlegung und nie ohne Zögern zu etwas durch. Daher glaube ich kaum, daß vor morgen früh irgendwelche neugierigen oder kundigen Besucher hier eintreffen.«

»Ich verstehe schon. Die Brenne ist gewiß ein weites Gebiet. Mézières und Paulnay aber liegen bloß eine Meile von der Abtei entfernt, und Azay nur zwei. Wenn deren Einwohner bereits in den ersten Morgenstunden von deinen Boten unterrichtet worden sind, hätten diejenigen, die an unserer Untersuchung

Anteil nehmen, schon reichlich Zeit gehabt, ihr Scherflein beizusteuern.«

Abt Ferreol machte ein zerknirschtes Gesicht und gestand:

»Bislang ist ein einziger Mann vorstellig geworden, um sich die Leiche anzuschauen.«

»Ein einziger? Und wer war das?«

»Nun ja ... Herr ... der Totengräber von Mézières. Er wollte lediglich wissen, wen er unter die Erde zu bringen hätte.«

»Ist das alles?«

»Leider, ja.«

»Und hat er den Toten denn erkannt?«

»Nein, Herr. Jedenfalls behauptete er das.«

Erwin blickte Abt Ferreol scharf an und fragte:

»Könntest du beschwören, daß gleichzeitig mit deinen Ausrufern nicht auch andere, von dieser so trefflich unterrichteten Bande entsandte Leute in der ganzen Brenne ausgeschwärmt sind, um die Bewohner abzuschrecken, uns in der erwarteten Weise behilflich zu sein?«

»Nein, dies könnte ich wahrhaftig nicht«, antwortete der Abt entschieden. »Ich beklage das zwar, aber so ist es nun einmal!«

»Deine Aufrichtigkeit ehrt dich«, sagte der Sachse. »Sie hat jedenfalls den Vorzug, uns klar vor Augen zu führen, daß wir, was den Erfolg unserer Unternehmungen betrifft, keine trügerischen Erwartungen zu hegen brauchen.«

»Man kann immer noch auf ein Wunder hoffen.«

»Ein Wunder? Ich für mein Teil hoffe, unsere Untersuchung wird genügen und Werkzeug wie Rädelsführer dieses Verbrechens entlarven!«

Unmittelbar nach dem Mittagsmahl rief der Missus dominicus seine Gefolgsleute abermals zusammen, um ihnen seine letzten Weisungen mitzuteilen und sie eindringlich zur Vorsicht zu ermahnen.

»Eines dürft ihr auf gar keinen Fall vergessen«, sagte er. »Wir haben es hier mit Verschworenen des schlimmsten Schlages zu schaffen, die überall, selbst hier, Augen und Ohren haben, und vermutlich auch mit zu allem bereiten Handlangern! Daher könnt ihr überhaupt nicht umsichtig genug sein. Bei Bedarf werdet ihr keinen Augenblick zögern und sofort einen Boten nach Bourges schicken, um Graf Childebrand Meldung zu machen und Verstärkung einzufordern. Laßt auch mich umgehend benachrichtigen. Sicher werde ich irgendwo in der Umgebung von Tours unterwegs sein, doch in der dortigen Abtei Saint-Martin wird man schon wissen, wo ich zu erreichen bin. Schließlich und endlich möchte ich euch bitten, euch vor jedem waghalsigen Unternehmen zu hüten! Der Kaiser braucht euch noch, und ich …«

Erwin ließ seinen Satz unbeendet und eilte zu den Stallungen. Neben Pferd und Ausrüstung erwartete ihn bereits sein Geleit, das lediglich aus Sauvat, einer Wache und zwei Dienern bestand.

Ohne langes Säumen schlugen sie die Straße gen Norden ein und gelangten hinter Azay in eine Landschaft, in der sich Wälder, Weiden, Äcker und Moore abwechselten. Am späten Nachmittag stießen sie zum Tal des Indre und erreichten Loches nach Einbruch der Dunkelheit.

In der befestigten Stadt war niemand von seinem Kommen unterrichtet worden. Und so wollte es dem Missus dominicus einfach nicht gelingen, sich gegenüber den argwöhnischen Männern der Stadtwehr, die ihm widerstrebend das Tor öffneten und ihn zusammen mit seinem Geleit unter strenger Bewachung bis zum Kloster brachten, als kaiserlicher Gesandter zu erkennen zu geben.

Beim Kloster angelangt, vermochte der Sachse den Bruder Pförtner um den Preis mühseliger Verhandlungen schließlich zu überreden, seinem Oberen ein Pergament mit Erwins Petschaft zu überbringen. Der Abt des Klosters kannte seinen berühmten Amtsbruder vom Hörensagen und lief eilig herbei. Nach wortreichen Entschuldigungen bot er dem Sachsen seine eigenen Gemächer zur Unterkunft an und ließ dessen Geleit ein gutes Mahl und behagliche Schlaflager herrichten.

Die Gerüchte über die sonderbaren Vorkommnisse in der Brenne waren auch bis nach Loches vorgedrungen, weshalb Erwin während des besonders sorgfältig zubereiteten und üppigen Nachtmahls die Neugierde des Klostervorstehers befriedigen mußte. Was indes keine großen Mühen bereitete, denn der Geistliche nahm vor allem an den Ereignissen und Wechselfällen bei Hofe, den Schicksalen der Großen sowie den Ränken der hohen Prälaten Anteil, wobei ihm eindeutig an nützlichen Auskünften gelegen war, mit deren Hilfe er seine eigenen ehrgeizigen Bestrebungen vorantreiben könnte. Zu guter Letzt hielt es der Mann für höflich, »die ruhmreich vollbrachte Mission bei den Persern«* anzusprechen; Erwin gab sich jedoch recht wortkarg und verwies auf seine Pflicht zur Geheimhaltung. Der Klostervorsteher lauschte ihm dennoch auch weiterhin mit glänzenden Augen und sichtlich stolz darüber, einer Persönlichkeit nahe zu sein, die um die Geschicke der großen Reiche wußte.

Anderntags setzten der Missus dominicus und sein Geleit ihren Weg nach Tours fort. Zur Tagesmitte machten sie Rast in Cormery, wo auf Anregung des Benedikt von Aniane gerade ein Kloster gebaut wurde. Der Gründer und Vorsteher der Abtei Aniane hatte es sich nämlich zur Aufgabe gemacht, die Zahl der Benediktinerklöster zu mehren und gleichzeitig jenen Ordensregeln, die der heilige Benedikt von Nursia drei Jahrhunderte zuvor festgelegt hatte, in ihrer ganzen Strenge wieder zur Geltung zu verhelfen. Abt Erwin kam nicht umhin, das fast vollendete Bauwerk weitaus länger als gewünscht zu besichtigen und das mittägliche Mahl des Baumeisters und künftigen

* Siehe *Der Säbel des Kalifen.* Fischer Taschenbuch, Band 14233

Abtes zu teilen, während Sauvat, die kaiserliche Wache und Erwins Diener sich im Kreis der Gesellen stärkten.

Der Sachse und sein Geleit vermochten Cormery somit erst zur achten Tagesstunde hinter sich zu lassen. Nach einem langen Ritt gelangten sie endlich in Sichtweite des Flusses Cher und erblickten schließlich jenseits des Flusses die Dächer von Tours, überragt von der Kathedrale, den Kirchen und der Abtei Saint-Martin.

Da Erwin bereits des öfteren nach Tours gereist war, um seinen einstigen Lehrmeister Alkuin zu besuchen und bisweilen um Rat zu fragen, fand er sich dort bestens zurecht und begab sich geradenwegs zur Abtei, wo er von Pater Fridugis herzlich empfangen wurde. Alkuins Nachfolger im Amt des Abtes, ein Mönch von bemerkenswerter Gelehrsamkeit, war einer der wichtigsten Schüler des großen Gottesmanns gewesen und hatte diesem in seinen letzten Stunden beigestanden. Zum anderen war er dem angelsächsischen Abt, dem er häufig begegnet war, in Freundschaft verbunden und stand mit ihm in gelehrsamem Briefwechsel. Der Tod ihrer beider Lehrmeister hatte Fridugis offenkundig sehr schmerzlich berührt. Ohne ein Wort zu sagen, umarmte er seinen hochberühmten Gast brüderlich und führte ihn dann zu der für ihn hergerichteten Mönchszelle, die Erwin stets bei seinen Besuchen bewohnte. Sofort danach begaben sie sich zu Alkuins ehemaliger Zelle, in der alles wie zu dessen Lebzeiten belassen worden war.

Tief angerührt, betrat Erwin das kleine Skriptorium, in dem sein Mentor ihn so viele Male empfangen hatte und wo sie beide sich in langen Gesprächen auszutauschen pflegten: Zumeist unterzogen sie dann verschiedene Handschriften peinlich genauen Betrachtungen, verglichen sie miteinander, um die besten Lehren aus diesem oder jenem Abschnitt zu ziehen, versetzten hier eine an falscher Stelle eingewobene Ausführung an die richtige oder tilgten dort manchen unpassenden Zusatz.

Hierbei kam es indes bisweilen vor, daß Alkuin, ein überaus gewissenhafter, doch zum Jähzorn neigender Mann von leidenschaftlicher Schaffenslust, im Eifer seiner hohen Ansprüche den jungen Freund harsch anfuhr. Doch ebenso jäh hielt er in seinem heftigen Tadel auch wieder inne, und eine freundliche Gebärde oder ein Lächeln verriet sogleich seine tiefe Zuneigung zu dem Gescholtenen und sorgte wieder für Frieden.

Häufig sannen sie zu zweit und im wechselseitigen Gespräch über einen Gedanken Senecas, eine Beweisführung Ciceros und manchen Geistesblitz des Horaz' nach, oder aber sie versuchten gemeinsam, Sinn und Tragweite eines bestimmten Kapitels der Evangelien noch tiefer zu ergründen. Für Erwin waren dies Augenblicke erhebenden Glücks in Fühlung mit einer ungeheuren Gedankenfülle und einem kraftvollen Geist, mit einem Mann, der zwar unbestritten von Stolz durchdrungen war, doch gegenüber den göttlichen Mysterien wahre Demut bewies.

Die letzten Monate seines Lebens verbrachte Alkuin jedoch nicht in dem kleinen Skriptorium, sondern in einer Kammer und an sein Lager gefesselt, von dem er sich nicht mehr zu erheben vermochte. Er hatte jenen Raum so herrichten lassen, daß er weiterhin arbeiten konnte, was er bis zu seinem letzten Atemzug auch tat. Als der Sachse nun in diese Mönchszelle trat, mußte er seine Miene krampfhaft beherrschen, um die tiefe Gemütsbewegung, die ihn ergriff, zu verbergen.

An der einen Seite des Bettes befanden sich ein Sitz und ein Pult, auf dem noch immer die Handschrift des Evangeliums nach Johannes lag, die der Gelehrte in der ursprünglichen Fassung des heiligen Hieronymus hatte wiederherstellen können. Auf der anderen standen mehrere Hocker vor einem Tisch mit Schreibzeug und Pergamenten. Erwins Gastgeber erzählte, so habe ein Mönch dem gebrechlichen und erblindeten Theologen die heiligen Texte vorlesen können, und Alkuin vermochte den am Tisch sitzenden Schreibern seine Erkenntnisse, eine Randbemerkung oder eine Auslegung zur Niederschrift aufzusagen. Der Missus dominicus nahm eines der Pergamente in Augenschein, auf dem, in den Worten des mit dem Tode ringenden Gelehrten, ein Abschnitt des Johannesevangelium wiedergegeben war. Er las: »Abermals redete Jesus zu ihnen und sprach: ›Ich bin das Licht der Welt; wer mir nachfolgt, wird nicht im Finstern gehen, sondern das Licht des Lebens haben.‹« Und der sterbende Blinde hatte sodann jenen allerletzten, vom Schreiber sorgsam festgehaltenen Gedanken ausgesprochen: »Werde ich dessen würdig sein, o Herr?«

Erwin bat den Klostervorsteher, ihn einen Augenblick allein in der Mönchszelle zu lassen, und kniete dann nieder, um zu beten und sich im Gedenken an Alkuin zu sammeln. Anschließend begab er sich ins Refektorium, wo das Nachtmahl bereits begonnen hatte. An diesem Abend wurde es von den laut verlesenen Versen des Ersten Petrusbriefs über das Leben in der Gemeinschaft Christi begleitet. Der Missus nahm am Mahl nicht teil, denn er hatte zu fasten beschlossen, um dem Andenken seines Lehrmeisters Ehre zu erweisen. Als das Mahl beendet war, unterhielt er sich mit den Mönchen, die an der Seite des verstorbenen Gelehrten mit großem Fleiß gewirkt hatten, und forderte sie auf, die letzten Monate von Alkuins Erdendasein heraufzubeschwören und mit ihren Worten die letztmöglichen Lehren daraus zu ziehen. Danach betraute er Sauvat damit, die für den nächsten Tag geplanten Unternehmungen vorzubereiten, und zog sich schließlich für eine lange Nacht der Gebete und andachtsvollen Betrachtungen zurück.

Im Morgengrauen, nach der Matutin, suchte Sauvat seinen Herrn auf, um ihm zu melden, er habe noch am Vorabend ohne Mühe die Keller des Weinhändlers Medard ausfindig gemacht. Da der September sich jedoch dem Ende zuneigte und somit die Lese im vollen Gange war, bereise der Händler gerade die Weinberge bis hinauf nach Amboise an der Loire und sogar noch weiter. Gleichwohl sei er durch Kaufmannsgehilfen benachrichtigt worden und wolle es daher nicht versäumen, der Einbestellung durch den Missus dominicus schnellstmöglich nachzukommen.

Tatsächlich fand sich der Weinhändler schon zur dritten Stunde an der Klosterpforte ein und wurde sogleich in einen Raum geführt, in dem Erwin alsbald zu ihm stieß. Medard war ein noch junger Mann von hohem stämmigem Wuchs und einnehmendem Äußeren. Der recht beeindruckte Händler verneigte sich mehrmals vor dem Sachsen und murmelte dabei auf fränkisch nicht enden wollende Höflichkeitsbekundungen. Erwin bemühte sich, ihn zunächst mit einigen Fragen zu seinem Beruf, der Beschaffenheit der Trauben und der zu erwartenden Güte der künftigen Weine zu beruhigen.

Dann kam der Missus auf den eigentlichen Fall zu sprechen. In gemessenen Worten gab er die bisher erhaltenen Auskünfte über Agnes, deren Mann, den Schmied Thomas, und ihrer beider Ehe wieder und schnitt endlich Medards wiederholte Aufenthalte in Mézières an, die zu so viel Klatsch und Tratsch Anlaß gegeben hatten.

Der Weinhändler schien wie vom Schlag gerührt.

»O Herr!« rief er aus. »Wie weit geht doch die Boshaftigkeit der Leute! Was für Märchen die erzählen, großer Gott! Und welche Verleumdungen erst! Ich soll Thomas die Frau vor der Nase weggeschnappt und unter dessen Augen ihr Geliebter gewesen sein! Sie ist doch meine Schwester, hörst du, meine eigene Schwester! ... Verzeih mir bitte ... Aber was ich hier erfahre ...«

»Also deine Schwester?« wunderte sich Erwin.

»Ja, die Tochter meines Vaters und meiner Mutter! Meine jüngere Schwester!«

Er blieb lange stumm und konnte sich vor Empörung kaum fassen, während der Sachse ihn die ganze Zeit wohlwollend anschaute.

»Ja«, murmelte er endlich. »Meine Schwester, die verschwunden ist ...«

»Verschwunden ist sie, nur wie trug sich dies in Wahrheit zu, weshalb, unter welchen Umständen?«

»Die Wahrheit, ehrwürdiger Vater ... die ist sicher wenig erfreulich, so fürchte ich, und ich kann noch so sehr nach irgend etwas zu ihrer Rechtfertigung suchen ... Warum ist Agnes eines schönen Tages verschwunden, ohne sich allem Anschein nach um die weiteren Geschicke ihres Ladens oder gar um den Kummer zu scheren, den sie ihren Verwandten damit antat ...«

»... und ohne Kleidung und Zierat mitzunehmen? ... Muß man daher nicht fürchten, daß ihr ein Unglück zugestoßen ist?«

»Was ihr zugestoßen ist«, erwiderte Medard mit betrübter Miene, »mag womöglich weniger schicksalhaft und gleichzeitig um so grauenhafter sein.«

Da der Mann anscheinend zögerte, sich näher auszusprechen, sagte Erwin, um ihn zu ermutigen:

»Wir haben allen Anlaß zu glauben, ihr Verschwinden, sei es nun schicksalhaft oder nicht, könnte mit ihrer mutmaßlichen Beteiligung an absonderlichen Festen zusammenhängen, an Orgien, wie man mir sagte, ja sogar an Götzenfeiern, die angeblich inmitten der Sümpfe abgehalten werden. Glaubst du, dabei handelt es sich um unbestreitbare Tatsachen?«

»Ich fürchte ja«, gestand der Weinhändler.

»Nahm Agnes denn an derartigen Ausschweifungen teil? Antworte. Es geht hier vielleicht um ihr Leben.«

»O ja, um ihr Leben hier auf Erden und leider auch um ihr Seelenheil! ... Vor ungefähr zwei oder drei Jahren hat sie begonnen, daran teilzunehmen.«

»Mit Thomas?«

»Beide gemeinsam, in der Tat.«

»Von Zeit zu Zeit? Oder beständig?«

»Am Anfang nur ab und zu. Doch schon bald wurden die

beiden zu den emsigsten Mitwirkenden. So ging das ohne irgendwelche Zwischenfälle zwei Jahre lang. Dann aber ist, wie ich verstanden habe, etwas geschehen, das die schlimmsten Folgen nach sich zog ... Zunächst aber muß ich dir etwas erklären, Herr: Diese unerhörten Feiern werden von einem geheimnisvollen Menschen namens Baro geleitet. Ihm steht ein gewisser Flaiel zur Seite ... dessen Name ja bereits ziemlich vielsagend ist.«

»Davon habe ich schon gehört.«

»Doch während sich Agnes und Thomas zu Anfang – ich wage es kaum auszusprechen – gemeinsam schimpflichen Zügellosigkeiten hingaben, hat sich meine Schwester nach und nach so sehr in diesen Baro vernarrt, daß sie anderen, ihren Gatten eingeschlossen, schon bald verwehrte, was sie bis dahin bereitwillig zuließ, und ihre Gunst allein noch dem Anführer dieser Bande vorbehielt. Und obwohl mein Schwager auch weiterhin schamlos jede Gelegenheit nutzte, die ihm die Orgien boten, kehrte er doch immer häufiger in größter Wut nach Hause zurück, weil er merkte, daß Agnes ihm zunehmend entglitt und allmählich zur festen Gefährtin des Baro wurde.«

»Die ständigen Seitensprünge seiner Ehefrau, die ja auch in Mézières stattgefunden haben, wie man mir versicherte, hätten ihn doch letztlich dazu bringen müssen, sich ins Unabänderliche zu fügen«, gab Erwin zu bedenken. »Wenn er allem Anschein nach auch geduldet hat, daß Agnes sich genau wie er an diesen Schändlichkeiten beteiligte, so konnte er doch wohl nicht ertragen, was früher oder später unweigerlich geschehen mußte: Daß Agnes ihn irgendwann wegen eines anderen zurückstößt.«

Medard dachte lange nach, bevor er antwortete:

»Sicher war es so. Gleichwohl behaupte ich: Diese Gerüchte, die über Agnes' zuchtloses Treiben in Mézières nach Herzenslust verbreitet wurden, sind bloß üble Nachrede und Verleumdung … Man dürfte dir gesagt haben, daß sie schön war … und eitel …«

»Richtig.«

»So etwas genügt schon, um Gerede und Tratsch zu nähren … Weil sie sich ständig beobachtet, verrufen und angeschwärzt fühlte, empfand sie allmählich regelrecht Haß auf Mézières und seine Bewohner, was bei ihrem Entschluß sicher nicht unerheblich ins Gewicht fiel.«

»Welchem Entschluß?«

»Im vergangenen Frühjahr nahmen die Anfeindungen gegen sie mehr und mehr überhand, bis sie es schließlich nicht mehr aushielt. Da sie zusehends heftiger in diesen Baro vernarrt war, wurde ihr Verhältnis zu Thomas immer gespannter: Er machte ihr dauernd lautstark Vorhaltungen und ging so weit, sie zu schlagen und ihr sogar mit dem Tod zu drohen. Ihr hemmungsloses Gezänk ließ jedesmal das ganze Viertel zusammenlaufen; alle lauerten nur auf den Augenblick, in dem das Schlimmste geschehen würde … Zu diesem Zeitpunkt beschloß sie dann, Mézières und ihren Mann zu verlassen und sich endgültig der Bande um den Baro und Flaiel anzuschließen … Ich habe alles versucht, um sie davon abzubringen.«

»Und aus diesem Grund hast du dich nach Mézières begeben?«

»Ja, freilich, Herr, und zwar mehrfach. Doch ohne Erfolg. Dabei gab es jedesmal nur noch böseren Streit, sowohl mit Thomas, der mich beschuldigte, in beschämender Weise eine völlig verdorbene Frau zu verteidigen, als auch mit Agnes, denn sie wollte sich von mir nicht abhalten lassen, ihrem Schicksal treu zu bleiben, wie sie sagte. Doch welch ein verabscheuungswürdiges Schicksal, nicht wahr, ehrwürdiger Vater!«

»Die Zwiste und Handgreiflichkeiten dürften doch unweigerlich zu neuen und noch weitaus gemeineren Verleumdungen angestachelt haben.«

»Man hat mir wahrscheinlich nicht alles zugetragen, aber

was ich erfuhr, war schon ganz besonders schmutzig und ekelerregend!«

»All das hat Agnes sicher veranlaßt, ihr Vorhaben eilig in die Tat umzusetzen. Aber weshalb so überstürzt, wie es scheint?«

»Nach einem weiteren Streit mit Thomas, der noch heftiger als die vorausgegangenen geriet, mußte sie Hals über Kopf Reißaus nehmen. Thomas wußte sich damals nicht mehr zu helfen und war schier wahnsinnig vor Wut. Er ist, Gift und Galle spukkend, mit einem Hieber in der Hand hinter ihr her gerannt und hat geschrien, er werde sie ›ausweiden wie ein Stück Vieh‹. Sie ist um ihr Leben gerannt und zu Wagner Lucian geflüchtet, der sie mit einiger Mühe vor der Raserei ihres blindwütigen Ehemanns schützen konnte. Sie verließ Mézières noch am gleichen Tag, wahrscheinlich um zu Baros Bande zu stoßen. Seither habe ich sie nicht mehr gesehen, und niemand ist ihr begegnet.«

»Demnach dürfte sie sich zur Zeit doch mit großer Sicherheit bei diesem ... Baro befinden.«

»Offen gestanden, was soll ich dazu sagen, Herr? Ich wünsche trotz allem, sie möge noch am Leben sein ... ob hier oder da. Aber sicher bin ich mir längst nicht.«

»Wo du das gerade ansprichst: Du hast doch sicher erfahren, daß Mitte Juli zwei ertrunkene Frauen am Rand des Moors Bignotoi aufgefunden worden sind. Glaubst du, Agnes könnte eine der beiden Unglücklichen sein?«

Medard bekreuzigte sich.

»Wolle Gott, daß sie noch lebt!« murmelte er.

»Und weißt du etwas über die Bande, der sie sich angeschlossen hat?« fragte Erwin. »Ist es vielleicht dieselbe, die man mit den Erscheinungen des weißen Gespenstes in Verbindung bringt?«

»Sie nennen sich angeblich die ›Bruderschaft des Neumonds‹. Aber vielleicht ist das nur ein weiteres Gerücht ...«

»Handelt es sich dabei tatsächlich um Männer und Frauen, die sich satanischen Feiern hingeben?«

»Das weiß ich nicht. Bei den Gesprächen mit meiner Schwester und ihrem Ehemann haben sie mir nie verraten, was da in den Sümpfen geschieht, sofern dies ›satanische Treiben‹, wie die Leute in der Brenne sagen, sich wirklich dort abspielt. Teufelsfeste, sagst du? Oh! Ich hoffe von ganzem Herzen, daß dem nicht so ist. Jene schändlichen Orgien, die in jedem Fall außer Zweifel stehen, sind weiß Gott schon schlimm genug! Im übrigen haben weder Agnes noch Thomas dies je geleugnet ... Sie brüsteten sich ja schon beinahe damit ... zumindest so lange, wie sie noch mit einer Stimme sprachen, denn danach ...«

Medard wirkte sichtlich erschöpft. Er schwitzte stark, wischte sich das Gesicht und die Stirn ab und seufzte tief, als müsse er seine Fassung wiedergewinnen. Erwin ließ daher Krapfen und Wein auftragen und unterbrach die Vernehmung für eine Weile, wobei er das Gespräch auf die verschiedenen Weine der Loire brachte, zu denen der Händler ihm, um seine Einschätzung gebeten, mit dem Stolz des Kenners bereitwillig jede erwünschte Auskunft gab.

»Ich muß dir leider noch eine letzte Anstrengung abverlangen«, setzte der Sachse schließlich wieder an. »Wir müssen noch über Thomas sprechen. Sein Verschwinden ist zum mindesten ebenso merkwürdig wie das von Agnes. Wie meine Gefolgsleute feststellen konnten, hat er alles, Laden, Haus und Schmiede, einfach verlassen, ohne jemandem Bescheid zu sagen, ohne die geringsten Anstalten zu machen, sein Hab und Gut oder das von Agnes zu schützen. Er ist fortgegangen, als habe er nur für kurze Zeit weggemußt und somit jede besondere Vorkehrung als unnütz betrachtet.«

»Genauso hat es sich wahrscheinlich auch zugetragen, Herr. Agnes' Flucht hat ihren Mann in eine gewisse Verstörtheit gestürzt: Mal hockte er kraftlos und niedergeschlagen da und murmelte stundenlang Klagen und Drohungen vor sich hin; mal arbeitete er ohne Unterbrechung bis zum Morgengrauen in seiner Schmiede, beschimpfte jeden, der ihm zu nahe kam, hämmerte wie besessen seine Eisen und verfluchte selbst noch die Gegenstände, die er gerade bearbeitete! Gleichwohl beruhigte er sich mit der Zeit ein wenig und unternahm Nachforschungen, um die Ausreißerin wiederzufinden. Zu Anfang entfernte er sich für einen Tag, dann zwei, dann drei, und schließlich dehnte er seine Suche immer weiter aus. An einem gewissen Mittwoch dann, ganz Mézières hat dies in Erinnerung behalten, ist er abermals aufgebrochen. Er schlug, so sagte man mir, den Weg nach Süden, Richtung Rosnay, ein. Kurze Zeit später wurde er in der Umgebung von Maupas noch einmal gesichtet. Seither hat man nichts mehr von ihm gehört oder gesehen!«

»Hat er vor seinem Verschwinden nichts getan oder gesagt, was uns auf seine Spur bringen könnte?«

»Fast nichts, bis auf folgendes: Wenn er unverrichteterdinge von seinen Nachforschungen zurückkehrte, war er stets finster und abscheulich schlecht gelaunt. Eines Tages aber kam er mit einer eher zufriedenen Miene nach Hause; er vertraute sogar einem Nachbarn an, mit dem er schon seit Wochen kein Wort gewechselt hatte: ›Endlich habe ich eine Fährte. Dieses Gesindel wird was erleben!‹«

»Ist das alles?«

»Ja, Herr. Aber das gibt doch zu denken ...«

»Ein Hinterhalt?«

»Diese Möglichkeit kommt einem zumindest sofort in den Sinn.«

»Sollte er durch eine List oder auf irgendeine andere Weise von dieser Bande gefangengenommen worden sein?«

»Wie ließe sich sein Verschwinden sonst erklären?«

»Vielleicht hat man ihn getötet«, merkte der Sachse an. »Allerdings wurde nirgends eine männliche Leiche aufgefunden.«

»Das ist richtig, ehrwürdiger Vater! Es gibt in diesem Land der Sümpfe jedoch tausend Stellen, wo man einen lästigen Toten leicht verschwinden lassen kann.«

Erwin dachte einen Augenblick nach.

»Ist es denn gar nicht denkbar, daß er sich ganz einfach dieser Bande angeschlossen hat, und sei es nur, um dort Agnes wiederzusehen?«

»So müßte sie sich erst einmal bei denen aufhalten ... Und außerdem, nach allem, was zwischen den beiden geschehen ist ... seine Eifersucht, die blinde Wut und seine Raserei ...«

Der Weinhändler schüttelte den Kopf.

»... ehrlich gesagt, das kann ich mir nicht vorstellen!«

»Dann sind wir nun am Ende deiner Aussage angelangt. Ich kann dir versichern, du hast unserer Untersuchung wertvolle Anhaltspunkte beigesteuert«, sagte Erwin.

»Glaube mir, ich bin unserem König und seinen Gesandten treu ergeben!« meinte Medard, blickte dann aber etwas betreten.

»Was eure Untersuchung angeht ... dürfte ich dich dazu etwas fragen ...«

»Rede nur! Ich höre!«

»Ganz ohne Zweifel wirst du, Herr, dich nach Kräften bemühen, diese Schufte und ihre Anführer aufzuspüren, und sie dann verfolgen, bekämpfen und schließlich vernichten ...«

»Fürwahr! Die Gesandten des Kaisers werden in der Brenne schon in Kürze Ordnung und Frieden wieder herstellen, in aller Gerechtigkeit, auf daß der Heiligen Dreifaltigkeit und der Auctoritas Kaiser Karls, des Weisen und Siegreichen, erneut Achtung gezollt werde.«

»Und was wird dann aus denen, die Unruhe und Verderbtheit, Aufruhr und Gottlosigkeit gesät haben?«

»Wen wir zu fassen bekommen, über den werden wir, die Missi dominici, nach den Gesetzen des Volkes, dem er angehört, Gericht halten; ein jeder wird die Strafe erhalten, die er je nach der Schwere seiner Taten verdient!«

Der Weinhändler senkte den Kopf.

»Und Agnes?« fragte er mit kaum hörbarer Stimme.

»Sie wird wie alle anderen vor unser Gericht kommen und, falls sie für schuldig befunden wird, auch genauso bestraft.«

»Das könnte heißen …«

»Verlange nicht von mir, mich jetzt dazu zu äußern, bevor unsere Ermittlungen alles ans Licht gebracht haben, das hieße noch vor der Verhandlung, die wir mit Unvoreingenommenheit durchführen werden, bereits ein Urteil zu fällen«, entgegnete der Missus in strengem Ton.

»Vergib mir bitte, wenn …«

»Es gibt nichts, was dir vergeben werden müßte«, unterbrach ihn Erwin. »Du sorgst dich berechtigterweise um das Schicksal deiner Schwester. Es wäre vielmehr erstaunlich, verachtenswert und verdächtig, wenn du dies nicht tätest.«

Auf diese Worte segnete der angelsächsische Abt den Weinhändler und sprach:

»So geh nun, mein Sohn, gehe im Frieden des Erlösers Jesu Christi.«

Während Erwin sich also nach Tours aufgemacht hatte, setzten seine Gefolgsleute ihre Untersuchungen fort. Timotheos begab sich nach Méobecq, um sich zu vergewissern, ob die Mönche und Diener des Klosters vollzählig waren und Conrads Angreifer nicht von dort kommen konnte; außerdem wollte er erkunden, ob es auch im Umland Méobecqs schon vorgekommen war, daß Menschen plötzlich und unerklärlich für längere Zeit verschwanden.

Abt Valentin empfing ihn mit einer Miene höhnischer Befriedigung und hob sogleich an, seine Angriffe gegen Pater Ferreol zu wiederholen. Er konnte gar nicht genug harte Worte finden, um die Abtei von Longoret als »Stätte der Sittenlosigkeit, Schludrigkeit und liederlichen Wirtschaft, des Lug und Trugs und der Zuchtlosigkeit« zu beschreiben.

»Hier jedenfalls, in meinem Kloster, hätte es zu einem derart unerhörten Vorkommnis gar nicht erst kommen können!«

rief er aus. »Man stelle sich das nur einmal vor: Da wird doch tatsächlich mitten in der Nacht ein Mann angegriffen, und der Bedauernswerte hätte ohne Euer Einschreiten sicher sein Leben ausgehaucht! Wie soll so etwas ohne Mitwisser und Helfershelfer möglich gewesen sein?«

Timotheos hatte mit dieser Schmährede gerechnet. Er wurde sie rasch leid und unterbrach den Klostervorsteher barsch, um ihn auf den Gegenstand seines Kommens zu bringen. Abt Valentin bot sich sofort an, das Pförtnerbuch vorzulegen, in dem alle anwesenden Angehörigen des Klosters und alle Ausgänge Tag für Tag verzeichnet wurden. Der Grieche schlug dies aus.

»Dein Wort genügt mir«, erklärte er.

Daraufhin gab der Abt an, weder in Méobecq noch in der Umgebung sei irgend jemand verschwunden.

»Ich meine selbstverständlich Fälle, bei denen Leute über längere Zeit oder endgültig vermißt werden«, betonte er. »Daß manche für einen oder zwei Tage außer Haus sind, ist ja nicht weiter verwunderlich. Wie wir alle wissen, sind Kolonen, Fischer, Forstleute und Händler ja sozusagen ständig unterwegs ...«

Timotheos kam nun auf die Entdeckung der beiden Ertrunkenen zurück und erfuhr dabei, daß die Frauenleichen weder am selben Tag noch an derselben Stelle aufgefunden worden waren: Die eine hatte man im Moorwasser treibend aufgefischt, die andere aber lag auf einem sandigen Uferstreifen am Rand desselben Moors und war drei Tage später entdeckt worden. Der Abt bestätigte indes, daß der Zustand der Leichen es völlig unmöglich gemacht hatte, sie wiederzuerkennen, und erwähnte noch beiläufig, die Körper wären annähernd gleich groß gewesen.

»Warum hast du diese wichtigen Einzelheiten nicht schon früher kundgetan«, fuhr ihn der Grieche an. »Aber vielleicht ist dir ja auch über eine gewisse Bande, die einen geheimnisvollen Baro zum Anführer haben soll, weit mehr zu Ohren gekommen, als du uns preisgegeben hast?«

Pater Valentin bekreuzigte sich, bevor er antwortete:

»Wer hat noch nicht von dieser Bande gehört! Man sagt ihr hundert Missetaten nach!«

»Den zweifachen Mord an Godfrid und Gilbert eingeschlossen?«

»Dieses Verbrechen eingeschlossen.«

»Wie auch die Saturnalien, zu denen ein weißes Gespenst die Mitwirkenden zusammenrufen soll?«

»Auch die dämonischen Feiern! Allerdings weiß niemand, wer zu der Bande gehört noch wer die beiden Männer sind, die sie befehligen.«

»Gleichwohl dürfte man hier und da doch Namen genannt haben und diesen oder jenen verdächtigen, etwa der Bande anzugehören oder auch den rätselhaften Feiern beizuwohnen.«

»An Mutmaßungen und Unterstellungen mangelt es nicht! Doch wie soll man Wahres von Falschem, begründeten Verdacht von Geschwätz, übler Nachrede und Verleumdung unterscheiden?«

»Ja, Gott im Himmel! Indem man sich erkundigt, indem man ermittelt!«

»Ich für mein Teil verspüre nicht das geringste Verlangen, an dieser Flut von Bezichtigungen, die in meinen Augen nur die niedere Gesinnung, die Tücke und Boshaftigkeit ihrer Urheber beweisen, auch noch mit meiner Stimme mitzuwirken«, bekräftigte Abt Valentin. »Ich habe alles gesagt, was ich ganz sicher wußte, und werde es dabei bewenden lassen! Der Himmel hat mich mit einer besonderen Aufgabe betraut, und die besteht einzig darin, dieses Kloster zu leiten und dessen Mönche, Novizen und die Dienerschaft vor der Sünde zu bewahren. Ich darf es mir zur Ehre anrechnen, daß mir dies bisher auch gelungen ist. Mag Vogt Guntram doch kraft seines Amtes tun, was er muß, um der göttlichen Ordnung und der Gerechtigkeit in diesem Lande zur Achtung zu verhelfen. Amen!«

»Und um hierüber zu wachen, sind mein Gebieter, der Missus dominicus Abt Erwin, und ich selbst, sein demütiger Diener, eigens hergekommen«, entgegnete Timotheos und fügte leise, mehr für sich selbst, hinzu: »Die Wahrheit ist, teurer Pater Valentin, dir ist eine Heidenangst ins Gedärm gefahren!«

Doremus war von seinem Herrn indes damit beauftragt worden, Vogt Guntram zu den bislang unternommenen Nachforschungen zu vernehmen. Darüber hinaus wollte Erwin dessen Ansichten über den Mordversuch vom Vortag in der Abtei Saint-Pierre erfahren.

Als Guntram im Kloster eintraf, führte der Gefolgsmann der Missi ihn sogleich in den Raum, in dem die sterbliche Hülle des unbekannten Angreifers aufgebahrt war. Bis auf den Totengräber hatte sich tatsächlich niemand eingefunden, um sich den Toten anzuschauen und vielleicht wiederzuerkennen. Auf Doremus' Fragen erklärte der Vogt, er habe den Mann noch nie zuvor zu Gesicht bekommen.

»Mir scheint es kaum wahrscheinlich, daß dieser Mensch zu den Bewohnern der Brenne oder der Umgegend gehört«, verdeutlichte Guntram, blickte sich dann ganz betont um und fügte mit einem Lächeln hinzu: »Ich stelle fest, daß die Leute hier nicht gerade in Scharen herbeiströmen obwohl die Neugier doch für gewöhnlich alle Welt auf die Beine bringt.«

»Das muß man wohl so sehen, was ich im übrigen auch sehr aufschlußreich finde«, stimmte Doremus ihm zu.

Die beiden Männer begaben sich nun in ein kleines Refektorium, in dem eine Stärkung für sie bereitstand. Nachdem sie sich erquickt und dabei einige Betrachtungen über die Sitten und Bräuche in der Brenne ausgetauscht hatten, kam Erwins Gehilfe auf den eigentlichen Grund ihrer Zusammenkunft zu sprechen.

»Es steht außer Zweifel«, meinte er einleitend, »daß du, in deiner Eigenschaft als Vogt, wohl am ehesten in der Lage warst, zu den unlängst geschehenen blutigen Schandtaten und Unruhen die weitreichendsten Untersuchungen voranzutreiben. Schließlich fanden sie ja in dem Gebiet statt, das deiner Verantwortung unterliegt. Ich werde nicht weiter auf die Dinge zurückkommen, die jeder weiß: etwa das Vorhandensein einer aufrührerischen Bande, die nicht nur Verbrechen verübt, sondern auch noch Bacchanale ausrichtet und Hexerei betreibt, das Ganze unter der Führung eines gewissen Baro, dem ein geheimnisvoller Flaiel zur Seite steht. Auch auf jenes Gespenst, das bei Neumond erscheint, möchte ich nicht mehr eingehen. Wie Abt Erwin, mein Herr, in unserem Beisein ja feststellen mußte, erweist es sich als überaus launisch und findet im übrigen, wenn ich dem Gemunkel trauen kann, wohl auch nichts dabei, zu anderen Monden aufzutauchen. Wenn ich indes erkennen müßte, daß du uns etwas verschwiegen hast ...«

»Darf ich dazu folgendes sagen«, entgegnete der Vogt. »Sowohl dem Vicecomes Faroald in Châteauroux als auch dem Grafen Sturbius in Bourges habe ich über die Vorkommnisse berichtet und ihnen meine Einschätzungen mitgeteilt! Sollten meine beiden Herren deinen Gebietern von all dem tatsächlich nichts berichtet haben?«

»Es geht hier um dich und um die Vorkommnisse, die sich seit der Ankunft unserer Mission in der Abtei Saint-Pierre zugetragen haben.«

Guntram blickte Doremus scheinbar so verlegen wie spöttisch an.

»Ich hätte mir eine Pflicht und eine Ehre daraus gemacht, Euch mein ganzes Wissen zur Kenntnis zu bringen, einschließlich der jüngst erlangten Aufschlüsse ... wenn ich nur die Gelegenheit bekommen hätte«, versetzte er. »Aber hat der Missus dominicus es nicht so eingerichtet, daß ich an keiner einzigen eurer Beratungen teilnehmen konnte?«

»Und damit hast du es bewenden lassen?«

»Stand es mir denn zu, anders zu handeln?«

»Falls dein Wissen tatsächlich so bedeutsam ist, hättest du es tun müssen. Aber kommen wir nun zu den Tatsachen, die, wie mein Herr sagte, Rätsel durch Fragen zu ersetzen.«

Der ehemalige Aufständische strich sich über den kahlen Schädel und dachte einen Augenblick nach, bevor er fortfuhr:

»Da ist also eine Bande ... Das heißt, es gibt auch Anführer. Bis jetzt kennen wir bloß die Namen, die sich diese Leute zugelegt haben, um sich dahinter zu verbergen. Vermochtest du durch deine Untersuchung mehr über sie in Erfahrung zu bringen?«

»Kaum, außer daß sie nicht aus der Brenne stammen dürften, andernfalls wäre ich über kurz oder lang sicher auf ihre Spuren gestoßen. Zweifelsohne kommen sie von außerhalb, vielleicht sogar von recht weit, und halten sich nur bei wichtigen Unternehmen hier auf, um ihre Bande dann selbst zu befehligen.«

»Aus Châteauroux, Argenton, Loches, womöglich sogar aus Bourges?«

»Warum nicht?«

»Wäre es denn nicht denkbar, daß dies vielleicht nur auf diesen Baro zutrifft, während Flaiel die ganze Zeit vor Ort bliebe ... um über ihre Leute zu wachen?«

»Das wäre denkbar, zumal sicher irgendwer den Haufen fortwährend unter der Fuchtel halten muß, aber einen Beweis dafür habe ich nicht.«

»Dies zieht weitere Fragen nach sich. Ein Haufen, sagst du ... Das bedeutet ständig bewaffnete und kampfbereite Gesellen, aber auch bei Bedarf angeworbene Handlanger, sichere Verstecke und Versammlungsorte, Lager für Waffen und Verpflegung, Unterstützung aus der Bevölkerung wie auch Pferde. Und all das kann doch, bei allen Heiligen, nicht unbemerkt bleiben!«

»Gewiß nicht! Mit dem festen Kern dieser Schar verhält es sich jedoch wahrscheinlich genauso wie mit ihren Anführern: Es ist mehr als fraglich, ob die Leute nach einem Streich in der Gegend verweilen. Ich bin vielmehr zu der Gewißheit gelangt, daß sich die Mitglieder der Bande nach vollbrachter Tat verstreuen, um dann in irgendeinem Unterschlupf – und sie besitzen mehr als nur einen! – wieder zusammenzufinden.«

»Wie? Und wo?«

»In der Umgebung gibt es doch überall Höhlen, vor allem in den Tälern des Indre und der Creuse, die die Brenne einschließen. Außerdem besteht unsere Sumpflandschaft im Grunde aus einem Wechsel von Mooren und dichten Wäldern mit unsteten Wegen. Wie leicht kann man sich dort verstekken!«

»Aber sicher nicht für längere Zeit leben.«

»Das wäre schwierig, jedenfalls für eine große Schar. Deshalb bin ich ja auch der Meinung, daß sich die Schlupfwinkel der Schufte anderswo befinden.«

»Ist es dir nie geglückt, sie zu überraschen, sie zu verfolgen?« wunderte sich Doremus.

»Da müßte man erst einmal wissen, wen sie wo und wie angreifen wollen. Und Jagd auf sie machen? Mit den vier armseligen Wachen der Stadtwehr, die mir zur Seite stehen sollen?«

»Lassen wir das einstweilen gelten! Andere Lumpen jedoch dürften für dich weitaus leichter zu fassen sein, damit meine ich sämtliche Spießgesellen, die die Bande bei Bedarf – und zu welch abscheulichen Zwecken weiß man ja! – verstärken oder mit Verpflegung und anderem versorgen oder ihr als Spitzel dienen! Die leben mit Sicherheit in der Brenne, deren Bewegungen können beobachtet werden und aufschlußreiche Hinweise bieten.«

»Ich sehe schon, du kennst dich aus«, bemerkte Guntram. »Gemeinhin stimmt das auch ... Doch wir befinden uns hier in der Brenne, in einem der eigenartigsten Landstriche, glaube mir. Was mich betrifft, so kenne ich bei weitem nicht alle Einwohner. Tief in den Sümpfen leben Fischer, Holzfäller, Hirten und sogar Ackersleute, von denen ich fast nichts weiß. Die sind ständig unterwegs … gewissermaßen nicht zu packen … Und schließlich und endlich sind Stillschweigen und Geheimhaltung den Bewohnern der Brenne ein ehernes Gesetz: Wer immer dagegen verstößt, setzt sich schlimmsten Gefahren aus!«

»Etwa getötet zu werden?«

Der Vogt nickte ernst.

»Ja, Schande und Tod«, bestätigte er. »Und das sage ich keineswegs einfach so dahin. Ich würde nicht beschwören, daß der eine oder andere rätselhafte Todesfall nicht auf Verrat, Zuträgerei oder auch nur auf unvorsichtiges Geplauder zurückzuführen wäre.«

»Denkst du dabei an Margrets Verschwinden oder die Ermordung der Zauberin Fabiana?«

»Ausschließen möchte ich nichts.«

Der Gefolgsmann der Missi erhob sich und ging ein paar Schritte auf und ab. Dann aß er einen Krapfen und trank einen Becher Würzwein, während er über das soeben Gehörte nachdachte. Schließlich meinte er:

»Um es kurz zu machen. Was diese Bande, ihre Anführer, Mitglieder, Spießgesellen, ihre Schlupfwinkel und Unternehmen betrifft, haben deine Nachforschungen, wie ich leider feststellen muß, bis jetzt keine nennenswerten Fortschritte erbracht!«

»Ich selbst bedauere wohl als allererster, daß es mir an Mitteln gefehlt hat, um zu besseren Ergebnissen zu gelangen«, behauptete Guntram. »Aus diesem Grunde setzte ich Vicecomes Faroald und Graf Sturbius von diesen Mißständen in Kenntnis und ließ auch Erzbischof Ermembert durch Erzpriester Nodon davon benachrichtigen. Ich habe ihnen unverblümt geschildert, welch schlimme Dinge sich zur Zeit in der Brenne zutragen. Wahrscheinlich haben sie deswegen unseren König Ludwig über alles unterrichtet, der dann wohl seinen hochedlen Vater um Hilfe ersuchte. Und Karl der Große hat nun seine besten Missi dominici hierher entsandt. Daher antworte ich auf deine Fragen nach bestem Wissen und Gewissen.«

»Ich hoffe nur, deine folgenden Antworten werden aufschlußreicher sein als die bisherigen. Was kannst du mir über die ungeheuerlichen Feiern erzählen, die mehr oder minder heimlich mitten im Sumpfland auf gewissen ›Buckeln‹ stattfinden sollen, und anderswo, wie etwa in dieser ›*villa* des Römers‹, von der man uns wohlweislich kein Sterbenswörtchen verraten hat?«

»Ich habe dir doch bereits gesagt, daß …«

»Ich weiß!« fiel ihm Doremus ins Wort. »Aber ob sich solche Bacchanale nun hier oder da abspielen, ist einerlei, sie müssen auf jeden Fall vorbereitet werden. Und wie werden die Teilnehmer zusammengerufen? Ja, ja, ich verstehe schon: durch das Erscheinen des weißen Gespenstes! Narrenpossen! Auf welchem Hügel diese sonderbare Spukgestalt auch erscheinen mag, sie kann niemals weithin sichtbar sein. Außerdem erfordert es einige Zeit, sich von diesem Weiler oder jenem Gutshof zum Versammlungsort zu begeben. Folglich müssen die Leute vorab benachrichtigt werden, dann müssen sie gleichzeitig zusammenströmen, kurzum, es kommt dabei zu einem beträchtlichen Hin und Her, das zwangsläufig etliche Hinweise liefern muß! Ganz zu schweigen von den Mitwissern und Helfershelfern, die sicher nicht ausnahmslos unauffällig bleiben können.«

»In der Tat. Deshalb habe ich sowohl über die Götzenfeiern selbst als auch über die Beteiligten zahlreiche bedeutsame Auskünfte zusammentragen können. Nach gründlicher Überprüfung – schließlich sollte man niemanden leichtfertig bezichtigen – werde ich in der Lage sein, sie dem Gesandten Kaiser Karls nach seiner Rückkehr aus Tours weiterzuleiten.«

Der ehemalige Aufständische blickte den Vogt scharf an und meinte bissig:

»Du bist ja wirklich gut unterrichtet, zumindest was die Schritte meines Herrn betrifft.«

»Dazu bin ich verpflichtet, und sei es nur, um im verborgenen seinen Schutz zu gewährleisten. Überdies hat er keine Anstalten gemacht, sein Ziel geheimzuhalten.«

»Wird das Schreiben, das du in Arbeit hast, bald fertig sein?«

»In allerhöchstens vier Tagen!«

»Wir bauen darauf!«

Auch Bruder Antonius hatte sich sofort an die von Abt Erwin aufgetragenen Nachforschungen gemacht. Er sollte in Erfahrung bringen, auf welche heimlichen Helfer Meier Conrads Angreifer innerhalb der Abtei hatte zählen können. Zunächst erkundete er gewissenhaft die Klosteranlage. Sie war ringsum von den Wassern der Claise und einem ihrer Seitenarme eingeschlossen, der oberhalb des Klosters abzweigte und sich unmittelbar dahinter wieder mit dem kleinen Fluß vereinigte. Drei Brücken spannten sich über diesen Arm. Die erste bot Zutritt zum Haupteingang, durch den die kaiserliche Gesandtschaft bei ihrer Ankunft in die Abtei gelangt war; ein seitlich davon errichteter Steg führte geradenwegs zum Wachhäuschen der Torhüter. Eine weitere, an der anderen Spitze der Flußinsel gelegene Brücke war den Dienstleuten, Kolonen und Leibeigenen des Klosters vorbehalten, die deren Unterhalt gewährleisteten und das Gelände verlassen mußten, um die Felder zu bewirtschaften, das Vieh zu hüten, in den eigens für die Abtei angelegten Weihern zu fischen oder Forstarbeiten zu verrichten; über sie gelangte man unmittelbar zu den Gesindehäusern, den Scheunen, Vorratsschuppen und anderen Nebengebäuden. Die dritte und schmalste Brücke stieß an eine mächtige, mit Eisenstangen verstärkte Tür der Klosterkapelle. Den Erklärungen zufolge handelte es sich dabei um einen Ausgang, der für gewöhnlich nie benutzt wurde, sich aber bei Gefahr als nützlich erweisen konnte.

Die gesamte Anlage war mit einer festen Mauer aus Bruchsteinen oder einer Palisade aus mächtigen angespitzten Pfählen eingefaßt. Zusammen mit den natürlichen Wassergräben des Flusses und seines Seitenarms bot eine solche Umfriedung zwar ausreichend Schutz gegen gewöhnliche Räuber, doch gegenüber einem wild entschlossenen Mann, der genaustens ausgekundschaftet hatte, wo er am leichtesten eindringen könnte, dürfte sie sich als ungenügend erweisen.

Die tatsächlichen Schwierigkeiten begannen jedoch sicher erst nach Überwindung dieses ersten Hindernisses. Conrads Angreifer dürfte mit der Lage der verschiedenen Gebäude zwar bestens vertraut gewesen sein. Dennoch hatte er die Wächter auf ihren Rundgängen überlisten und unbemerkt ins Hauptgebäude eindringen müssen, das sorgfältig verschlossen und bewacht war, bevor er dann lautlos durch die Gänge und Räume geschlichen war. Bruder Antonius gelangte schließlich zu der festen Überzeugung, daß der Meuchelmörder auf Unterstützung bauen konnte: Ein Handlanger hatte ihm eine getreue Beschreibung der Örtlichkeiten geliefert und genau angegeben, wo sich der Verwalter aufhielt und wie man bis zu ihm vordringen konnte; dann hatte er dem gedungenen Schergen irgendeinen Durchschlupf geöffnet und vielleicht sogar für ihn Wache gestanden ... Ein Spießgeselle also, vielleicht sogar mehrere ...

Anschließend ließ der Dickbauch zunächst die acht Novizen des Klosters, auf die sein Verdacht zuallererst fiel, nacheinander vor sich erscheinen. Jeder von ihnen mußte angeben, woher er stammte, was ihn zum Mönchsleben bewogen hatte, seit wann er in der Abtei lebte, und sich hernach ausgiebig mit dem Gefolgsmann der Missi unterhalten. So konnte Bruder Antonius deren weltliche wie geistliche Kenntnisse abschätzen, die Aufrichtigkeit ihrer Berufung überprüfen und gleichzeitig auf jeden verdächtigen Hinweis lauschen, den ihm die Novizen unwillkürlich liefern mochten.

Den Morgen des folgenden Tages widmete Erwins Gehilfe den Mönchen. Obwohl er die Gespräche als Zeugenaussagen hinstellte, dienten auch sie ihm dazu, unauffällig herauszufinden, ob sich unter den Fratres nicht ein oder zwei Helfer des gedungenen Mörders befanden. Bruder Antonius verfügte inzwischen über genügend Kenntnisse, um jede Unregelmäßigkeit oder Verschleierung, um vielsagende Auslassungen oder sogar Lügen zu bemerken. Des Dickbauchs gutmütiges, ja scheinbar etwas plumpes Auftreten verbarg ein sehr feines Wahrnehmungsvermögen, und sein ausgesprochen gutes Gedächtnis wußte sich noch die kleinsten Einzelheiten einzuprägen.

Nach der mittäglichen Stärkung nahm er sich der Dienstleute der Geistlichen an. Er begann mit den unmittelbaren Dienern, die sämtliche Räumlichkeiten des eigentlichen Klosters – Kapelle, Refektorien, Skriptorium, Gemeinschaftsräume und Mönchszellen – ungehindert betreten konnten. Danach begab er sich zu den Stallungen, um die Pferdeknechte an Ort und Stelle zu vernehmen.

Kaum hatte er damit begonnen, tauchte plötzlich ein Mann auf, sprang auf ein Roß, das soeben für einen Ritt des Bruder Oeconomus gesattelt und gezäumt worden war, preschte im Galopp zum Hauptportal und gelangte mühelos nach draußen.

Ohne einen Augenblick zu verlieren, ließ Bruder Antonius seine Stute bereitmachen. Während man dem Tier eilig das Reitzeug anlegte, erläuterte ihm der Großknecht der Stallungen, daß es sich bei dem Flüchtigen um einen gewissen Magnus handele, einen Freien, der aus dem südlichen Berry, genauer gesagt aus Éguzon stamme und im Skriptorium beschäftigt sei; er sei bislang noch nie durch die geringste Verfehlung aufgefallen und gelte als guter Geselle. Nachdem der Gefolgsmann der Missi sein Pferd bestiegen hatte, setzte er dem mutmaßlichen Bösewicht nach und konnte von Glück reden, den Mann noch in der Ferne zu erspähen, wie er auf der Straße von Longoret nach Rosnay in Richtung Süden davongaloppierte.

Als besagter Magnus bemerkte, daß er verfolgt wurde, gab er seinem Pferd zunächst die Sporen und verließ dann die Straße, um auf die Sümpfe zuzureiten. An einem Moor angelangt, wagte sich der Verdächtige auf Pfade vor, die mal knapp aus dem Wasser aufragten, ein andermal völlig überspült waren. Bei etlichen Buckeln, Binsen- oder Schilfinseln schlug er unversehens scharfe Haken, so daß Bruder Antonius, dessen Stute zwar unbestritten kräftig, aber nicht sonderlich schnell war und mehrere Male gefährlich tief im Morast einsank, beinahe seine Spur verlor. Indes gereichten die Umwege, mit denen der Flüchtige seinen Verfolger abzuschütteln suchte, Erwins Gefolgsmann letztlich zum Nutzen. Unter etlichen Gefahren – seinem Pferd reichte das Wasser bisweilen fast bis zum Bauch – preschte der Mönch auf dem kürzesten Weg geradenwegs durchs Moor und vermochte schließlich zwei- bis dreihundert Schritt hinter dem gehetzten Wild wieder auf dessen Spur zu stoßen.

Trotz allem gelang es Magnus, einen sicheren Abstand zwischen sich und dem Mönch beizubehalten. Nach einem langen, ziellosen Ritt durch den Sumpf erreichte er den Saum eines Waldstücks. Der Verdächtige schlug einen schmalen Pfad ein, der zwischen einer Dickung und undurchdringlichem Gestrüpp in das Gehölz vordrang, und versuchte nach Kräften, seinen Häscher abzuhängen. Hier aber wirkte sich die geschmeidige Schnelligkeit von Magnus' Reittier nicht mehr sonderlich zu seinen Gunsten aus. Vielmehr war nun statt Geschwindigkeit Kraft geboten, um sich zwischen den störenden, jedes Vorwärtskommen erschwerenden Ästen und Büschen einen Weg zu bahnen. Unter solchen Bedingungen waren die Stämmigkeit von Bruder Antonius' Pferd wie auch die Leibesfülle und Stärke des Reiters selbst ungemein von Vorteil: Magnus büßte seinen Vorsprung nach und nach ein. Er erkannte, daß er im Wald rasch eingeholt werden würde, und wechselte abermals jäh die Richtung, um wieder das Moor zu erreichen. Die Jagd dauerte mittlerweile bereits fast zwei Stunden und ging nun, während der Abend allmählich niedersank, genauso mühselig weiter, wie sie begonnen hatte.

Der Dickbauch spürte, daß seine Stute allmählich am Ende ihrer Kräfte war. Magnus ritt derweil einen schmalen Pfad entlang, der auf einer Art Landenge zwischen zwei Sümpfen hindurchführte. Trotz Bruder Antonius' erbitterter Mühen, sein Pferd zu einer letzten Anstrengung anzuspornen, vermochte der Flüchtling seinen Vorsprung erneut immer weiter auszubauen. An einer Wegbiegung schließlich verlor der Jäger den Verfolgten ganz aus den Augen.

Der Pfad endete indes unweit einer strohgedeckten Behausung an einem Anlegesteg, auf dem ein Mann und eine Frau wild mit den Fäusten herumfuchtelten und einer dritten Person, die in einem Kahn davonfuhr, Drohungen hinterherbrüllten. Erwins Gehilfe ritt näher heran und erkannte Magnus in dem Boot. Der Flüchtige ruderte nach Leibeskräften, um so schnell wie möglich das weniger als zweihundert Schritt entfernte Ufer der gegenüberliegenden Seite zu erreichen.

Als sie ihr vergebliches Gezeter endlich leid wurden und sich umdrehten, erblickten der Mann und die Frau mit einemmal den Neuankömmling und schauten argwöhnisch zu ihm hinüber. Seine Wurfmesser bereithaltend, um sie bei der geringsten Gefahr einzusetzen, bewegte sich der Mönch langsam auf sie zu und versuchte ihnen begreiflich zu machen, weshalb er sich hier befand.

Einigermaßen beruhigt, nahm der Mann das von dem Flüchtigen zurückgelassene Pferd am Zügel und bat Bruder Antonius, in ihr Heim zu treten und das Nachtmahl mit ihnen zu teilen. Da ihn die Verfolgung leidlich erschöpft hatte, nahm er das Angebot dankend an. Die Strohkate war ordentlich gebaut und gut gepflegt. Die Menge an Netzen und anderen

Fischergerätschaften wiesen eindeutig auf die Tätigkeit der Bewohner hin. Während sie nun die dicke Fischsuppe aßen und dabei irgendwelche vergorenen Getränke zu sich nahmen, deren erquickende, beruhigende und stärkende Eigenschaften zu loben die Frau nicht müde wurde, gelang es Bruder Antonius, einige Worte mit den Leuten zu wechseln, wenngleich sie sich in einem beinahe unverständlichen Zungenschlag äußerten.

Nach Beendigung des Mahls boten die Gastgeber dem Mönch an, die Nacht bei ihnen zu verbringen, weil es für ihn schwierig – um nicht zu sagen unmöglich – wäre, mitten in der Nacht den richtigen Weg nach Hause zu finden. Zur Stunde jedoch müßten sie ihn für kurze Zeit allein lassen, so erklärten sie, und ihre am Ufer entlang ausgelegten Flußkrebsnetze noch vor der völligen Dunkelheit einholen.

Als sie den Raum verlassen hatten, nahm sich Bruder Antonius eine weitere Schöpfkelle Suppe und trank noch einen Becher Wein, während er über die sonderbaren Wechselfälle seiner Untersuchung nachgrübelte. Schließlich beschloß er, in die Abenddämmerung hinauszutreten, um sich ein wenig zu erquicken und ein paar Schritte am Rand des Moores zu tun.

Er ging ins Freie. Die beiden Reittiere, das des flüchtigen Magnus wie auch sein eigenes, die sie doch nahe dem Haus festgemacht hatten, waren nicht mehr da! Hatte der Fischer sie für die Nacht in einen Unterstand geführt? Der Mönch erkundete eilig die Umgebung bis an den Saum der Lichtung. Nichts! So wandte er sich zum Anlegesteg, wo er einen größeren Abschnitt des Uferbereichs überblicken konnte. Weder Pferde … noch Menschen!

Doch schon wurde seine Aufmerksamkeit von einer Erscheinung am anderen Ufer in Bann gezogen: Unweit eines Hinkelsteins leuchtete eine weiße Gestalt schwach im Dämmerlicht auf und schien dann über die sandige Böschung zu kriechen. Sie nahm allmählich an Größe zu und gab dabei einen Klagelaut zwischen Gewimmer und dem Schrei einer Eule von sich. Soweit der Mönch dies beurteilen konnte, erreichte sie schon bald eine Höhe von acht bis zehn Fuß und zeigte plötzlich ihre gräßliche Fratze mit riesigen Augenhöhlen und einem furchtbaren Grinsen, dem Schädel eines Knochengerüsts gleich. Und schließlich stieß sie ein nicht enden wollendes Brüllen aus: Dies mußte der Ruf des weißen Gespenstes sein!

Daraufhin tauchten unversehens Männer mit Masken über den Gesichtern auf, in kurzen Obergewändern und eng geschnittenen Hosen, die ihre Geschlechtsteile besonders hervorhoben; gleichzeitig erscholl eine Folge mißtönender Klänge. Bruder Antonius spürte mit einemmal, wie ihn ein beunruhigendes Unwohlsein, eine eigentümlich geschärfte Empfindsamkeit aller Sinne befiel. Es wunderte ihn, so deutlich – und mit einem eigenartigen Nachhall – hören und sehen zu können, was sich immerhin zweihundert Schritt von ihm entfernt zutrug. Die Männer begannen nun, in wildem Takt mit den Füßen aufzustampfen und ihre Körper zu wiegen, und bildeten dann um den Menhir einen fremdartigen, ständig stockenden Reigen, wobei sich die Leute jedesmal, wenn ein Jagdhorn seinen gellenden Ruf ertönen ließ, um sich selbst drehten.

Auf dem sandigen Uferstreifen, wo dieses wüste Ritual seinen Anfang genommen hatte, wurden nun mehrere Feuer entfacht, die ihren gelblichen, rötlichen und violetten Widerschein auf die Tänzer warfen. Begleitet von den blökenden Klängen mehrerer Hörner, hatten diese mittlerweile einen heidnischen Lobgesang angestimmt. Plötzlich traten aus der Dunkelheit Frauen hervor. Sie hatten sich prächtig und aufreizend geschmückt und trugen ebenfalls Masken. Zunächst noch scheinbar zögerlich, gesellten sie sich nach und nach dem inzwischen unbändigen, sich schneller und schneller drehenden Reigen hinzu und rieben ihre Leiber im Vorbeiwirbeln immer wieder an dem Langstein, diesem riesigen steinernen Geschlecht, um ihre Fruchtbarkeit zu fördern. Doch auf einmal stieß irgend jemand, womöglich das weiße Gespenst, einen kurzen Befehl aus, und alle hielten inne. Tiefe Stille herrschte nun auf dem Uferstreifen und über den schwarzen Wassern des Sumpfes – eine weitaus unheimlichere Stille als alles bisherige Treiben.

Beinahe unmerklich begannen Trommeln dumpf zu dröhnen, während gleichzeitig ein Mann auftauchte, der Bruder Antonius riesenhaft anmutete. Er trug ein rotes, mit schwarzen Flammen verziertes Gewand und eine blutrote Kapuze, die sein Gesicht völlig verbarg. Der Baro? In seiner linken Hand hielt er eine Fackel und in der rechten den Knauf eines Langschwertes, mit dem er in alle vier Himmelsrichtungen rätselhafte Zeichen malte. Ihm folgten ein Mann in schwarzem Gewand mit roten Flammen darauf, dessen Gesicht eine gleichartige Kapuze verhüllte – Flaiel vielleicht? –, und eine stolz daher schreitende Frau. Im Gegensatz zu allen anderen war sie nicht vermummt und trug einen Schleier in allen Farben des Regenbogens.

Schon brachten Diener mehrere Dreifüße herbei, auf denen sie große flache Becken und einen Mischkrug abstellten. Und während die Männer und Frauen Beschwörungssprüche anstimmten, hielt der Mann in Rot seine Fackel feierlich an die mit irgendeinem Pulver gefüllten Becken und entzündete sie. Sogleich stiegen farbige Rauchkringel auf und hüllten die Anwesenden ein. Dann stieß der Götzenpriester mit beängstigend klingender Stimme drei Rufe aus, und der wilde Reigen setzte sich wieder in Bewegung. Jedesmal wenn die Tanzenden an dem Mischkrug vorbeikamen, füllten sie einen Becher mit dem darin enthaltenen Gebräu und leerten diesen unter rituellem Gebärdenspiel in einem Zug. Bruder Antonius war so, als betrachte nicht er selbst, sondern ein anderes Ich gebannt und entsetzt diese Feier – diese Dinge und Wesen, die ihn in ihrer Deutlichkeit und wegen der gleichzeitig so verworrenen, so wechselhaften Erscheinungen zusehends verwirrender anmuteten und ganz allmählich, ohne daß er dem den geringsten Widerstand entgegensetzen konnte, in ihre Abgründe zogen.

Die Frau mit den Schleiern war zwischenzeitlich in die Mitte des Kreises aus tanzenden Götzendienern getreten und bewegte sich bei den Klängen einer Trommel und einer Flöte um den Menhir. Nach einer Weile begann sie, sich wollüstig zu schlängeln und hin und her zu wiegen, indem sie mittels an den Fesseln befestigter Schellen und Glöckchen den Takt dazu schlug. Immer wieder näherte sie sich in herausfordernder Weise den einzelnen Tanzenden, als wollte sie sich einem jeden von ihnen darbieten. Diese klatschten dabei in die Hände und tanzten immer schneller und schneller, während die Anführerin des unbändigen Reigens ihr Buhlen fortsetzte und mit lüsternen Gebärden nacheinander ihren Putz und ihre Gewänder abstreifte. Schon bald gerieten alle außer Rand und Band: Scheinbar von Sinnen wirbelten sie herum, sprangen in die Luft, wiegten und wanden sich gleichsam wie in Zuckungen, brüllten, heulten und stießen wilde Laute aus. Dies waren keine entrückten Menschenwesen mehr, die gierig darauf versessen waren, vor den mit Grauen erfüllten Augen des Mönchs ihre niederen Lüste zu befriedigen – dies waren Monstren! Als die Tänzerin ihr letztes Gewand ablegte, erschien sie Bruder Antonius wie eine Lamia, die im Begriff stünde, das Moor mit einem einzigen Sprung zu überwinden, um ihn aufzufressen. Der Mann in Rot hatte unterdes sein Schwert erhoben und senkte es nun dreimal ab. Sofort stürzten sich die Männer und Frauen mit irrem Gebrüll aufeinander und vereinigten sich im Zeichen einer orgiastischen Götzenfeier. Abermals versuchte Bruder Antonius, seine Blicke von dem widerwärtigen Treiben abzuwenden, das vom infernalischen Widerschein der Feuer beleuchtet wurde. Doch vergebens!

Während das hemmungslose Getümmel seinen Lauf nahm, erschienen auf dem Uferstreifen mit einemmal Wesen, die halb Mensch, halb Tier zu sein schienen. Sie schleiften eine hoch aufgeschossene Gestalt in Ketten hinter sich her, die immer wieder strauchelte und völlig verwirrt wirkte. Heillose Furcht packte den Mönch: »*Nein, das bist du nicht, das kannst du doch nicht sein! Mein teurer Herr und Gebieter! Du, Erwin der Gerechte, du, Erwin der Fromme, du sollst diesem Bacchanal beiwohnen?*« schrie es in ihm. Unter übermenschlichen Anstrengungen nahm Bruder Antonius das bißchen Verstand und Willenskraft zusammen, das ihm noch blieb, um zu rufen: »Hüte dich! O nimm dich in acht, Gebieter, sie wollen nichts als dein Verderben, deinen Tod ... Nein, der Allmächtige hat es doch nicht zulassen können, daß du denen in die Hände fällst! Heiliger Himmel, das kann nicht sein! Und dennoch ... O Gott der Barmherzigkeit, hilf uns in der Not!« Doch kein Laut drang aus seiner Kehle.

Der Mann in Schwarz sprach nun, an die Erde gewandt, eine Beschwörung, in die alle Anwesenden einfielen, Trommeln dröhnten, Hörner und Luren schollen auf ...

Und im selben Augenblick erscheinen Zauberer mit den Köpfen von Füchsen, Ziegenböcken oder Schweinen sowie *strigis* mit entblößten Brüsten und Eulen-, Salamander- und Fledermausmasken. Sie treten auf den am Langstein gefesselten Gefangenen zu und kreisen ihn ein; dann überschütten sie den Mann mit Flüchen, verhöhnen ihn durch unflätige Gebärden und schamloseste Körperhaltungen, speien ihren Geifer und ihr Gift auf den Unglücklichen und bewerfen ihn endlich, schrille Schreie ausstoßend, mit Kot. Daraufhin tauchen aus der Dunkelheit plötzlich alptraumhafte Tiere hervor, ungeheure Schlangen mit weit geöffnetem Maul und tödlichen Zähnen, riesige Spinnen, die Stacheln so groß wie Dolche, mächtige ekelerregende Kerbtiere mit messerscharfen Kieferzangen. Ohnmächtig, verzweifelt, gebrochen, versucht der Mönch um sich zu schlagen, einzuschreiten. Die Ungeheuer nähern sich dem Gequälten. Greifen ihn an, ihre Giftzähne, Krallen und Stacheln werden zu fürchterlichen Folterwerkzeugen. Erwins nach hinten geworfener Kopf und die verdrehten Augen verraten unmenschliche Schmerzen; sein Mund öffnet sich und schickt eine langgezogene, nicht zu ertragende Klage gen Himmel …

Bruder Antonius brach bewußtlos zusammen.

KAPITEL V

Als Timotheos und Doremus spätabends in die Abtei Saint-Pierre zurückkehrten, sahen sie zunächst keinen Anlaß zur Sorge. Im Gegenteil, denn sie erfuhren mit Befriedigung, daß Bruder Antonius offenbar einen treulosen Diener namens Magnus entlarvt hatte. Zwar war es dem mutmaßlichen Helfer des gedungenen Mörders gelungen, die Flucht zu ergreifen, doch der Dickbauch hatte sofort die Verfolgung aufgenommen. Sicher, er konnte wohl kaum als gewandter Reiter gelten, war aber gewitzt und ausdauernd. Und wenn er das gehetzte Wild schon nicht zu fassen bekäme, würde er von der Jagd sicherlich wertvolle Anhaltspunkte mit nach Hause bringen.

Doch je mehr Stunden verstrichen und je länger der Mönch auf sich warten ließ, desto angespannter wurden sie. Sie versuchten sich mit der Annahme zu beruhigen, ihr Freund habe sich bei der Verfolgung allzu weit vom Kloster entfernt, weshalb er, von der einbrechenden Nacht überrascht, wohl entschieden hatte, an Ort und Stelle, in irgendeiner Strohkate zu schlafen, um erst am Morgen den Rückweg nach Longoret anzutreten. Dennoch konnten der Grieche und der ehemalige Aufständische ihre düsteren Vorahnungen nicht ganz verdrängen. Wiederholt traten sie vor der Matutin nach draußen, um in die Dunkelheit zu horchen und zu spähen.

Im Morgengrauen beschlossen sie, noch zwei oder drei Stunden zu warten, bevor sie die Suche nach dem Verschollenen einleiten wollten, da Bruder Antonius ja sicherlich eine gewisse Zeit bräuchte, um von irgendeinem abgelegenen Ort in die Abtei heimzukehren. Als dann aber des Mönchs Stute allein in die Stallungen zurückkam und ihr bald darauf noch das Pferd nachfolgte, auf dem besagter Magnus die Flucht ergriffen hatte, war es um ihre Ruhe endgültig geschehen. Sie entschieden, die Stunden zuvor erwogenen Maßnahmen nun sofort ins Werk zu setzen und sich darüber mit Vogt Guntram zu besprechen, den sie bereits einbestellt und von allem in Kenntnis gesetzt hatten. Sie hatten auch einen Boten zu Erzpriester Nodon geschickt. Der Geistliche war indes nicht erreichbar gewesen. Er hatte Mézières am Vortag in Gesellschaft seines Vikars und mehrerer Diener verlassen, um die ihm unterstehenden Pfarreien zu besuchen.

Die Gefolgsleute der Missi mußten feststellen, daß sie zur Stunde lediglich auf zwei kaiserliche Wachen zählen konnten, zu denen noch drei bewaffnete Diener hinzukamen. Der Vogt verfügte zwar über vier Angehörige der Stadtwehr, »von denen zwei jedoch«, wie er sagte, »zu nicht allzuviel zu gebrauchen waren«. Mit einem Dutzend Männern würde es recht schwierig werden, in einem so ausgedehnten und unübersichtlichen Landstrich wie der Brenne zufriedenstellende Nachforschungen zu unternehmen. Sollten sie Erwin wie auch Graf Childebrand und die übrigen, in Bourges verbliebenen Mannen ihrer Gesandtschaft benachrichtigen? Der Sachse hatte ja erklärt, er werde sich nur kurz in Tours aufhalten. Bis ein Eilbote die Stadt erreicht hätte, würde er sicher bereits wieder aufgebrochen sein. Und was den Grafen betraf, der, in solcher Weise aufgeschreckt, ohne Zweifel stehenden Fußes in die Brenne eilen würde, so schien es ihnen ratsamer, noch einen Tag abzuwarten, in der Hoffnung, daß sie Bruder Antonius bis dahin ausfindig gemacht hätten oder der Verschollene gar aus eigener Kraft wieder in die Abtei zurückgekehrt wäre. Deshalb faßten sie mit einigem Bauchgrimmen den Entschluß, die Sache vorerst allein in die Hand zu nehmen.

So weit waren ihre Beratungen also gediehen, als der Bruder Pförtner hinzukam und ihnen das Eintreffen des Vicecomes in Begleitung seines Stellvertreters und eines kleinen Geleittrupps ankündigte. Faroald und seine Leute waren am Vorabend aus Châteauroux aufgebrochen und hatten unterwegs ein notdürftiges Nachtlager aufgeschlagen. Der Vicecomes gesellte sich den Gefolgsleuten der Missi und dem Vogt hinzu und erklärte ihnen, in seiner Stadt seien beharrliche Gerüchte im Umlauf gewesen, denen zufolge sich die Lage in der Brenne zugespitzt habe. Daher habe er sich dem Gesandten des Herrschers zur Verfügung stellen wollen, wie es seine Pflicht sei, zumal der Landstrich ja seiner Verantwortung unterstehe.

Dank dieser willkommenen Verstärkung war es Doremus und Timotheos nun möglich, vier Erkundungstrupps zusammenzustellen und unverzüglich auf die Suche nach dem Vermißten zu schicken. Unter dem jeweiligen Befehl von Vogt Guntram, Timotheos, Doremus und Vicecomes Faroald brachen die Gruppen nach Osten, Richtung Vendœuvres und Méobecq, zur südöstlich gelegenen Gegend um Migné, nach Süden in Richtung Douadic und endlich zu den westlichen Ortschaften Lingé und Martizay auf.

Nachdem sie die ihnen zugeteilten Gebiete den ganzen Tag lang durchkämmt hatten, kehrten die vier Erkundungstrupps zur neunten Tagesstunde wieder in die Abtei zurück, ohne den geringsten Erfolg erzielt zu haben. Und während die Ermittler hierauf erneut beisammensaßen, um sich weiter miteinander zu beraten, fand sich an der Klosterpforte unerwartet ein Forstmeister auf einem schweißbedeckten Pferd ein. Der Mann bat darum, zu ihnen vorgelassen zu werden, was sie ihm augenblicklich gewährten, und erklärte ihnen schließlich, er habe, in der Nähe des Bachs Yoson, mit seinen Gesellen am Saum des Waldes von Lancosme gearbeitet und dort zufällig Bruder Antonius entdeckt. Der Mönch habe reglos am Boden gelegen, sei aber am Leben.

»Er lebt!« riefen Doremus und Timotheos beinahe gleichzeitig.

»Sicher, er lebt schon, Herr! Aber ansonsten ...«

»Woher wußtest du eigentlich, wer da vor dir lag?« erkundigte sich der Grieche mißtrauisch.

»Ich heiße Estef, Holzfäller Estef. Euer Freund hat mich doch zu Fabianas Tod befragt. Ich habe ihn mühelos wiedererkannt.«

»Und wie geht es ihm, wo befindet er sich zur Zeit?«

»Wie es ihm geht? Na ja, wie ich euch schon gesagt habe, ist er bewußtlos und rührt sich nicht. Ich habe angeordnet, ihn an Ort und Stelle zu lassen, wo er von zwei meiner Leute bewacht wird. Sie haben ein Feuer angezündet. So sind sie selbst bei Nacht leicht auszumachen. Außerdem weiß ich ja, wo sie sich aufhalten.«

»Du hast richtig gehandelt!« lobte Doremus. »Führe uns unverzüglich dorthin!«

Erwins Gehilfen, Vicecomes Faroald und Vogt Guntram brachen mit einem zusätzlichen gesattelten Pferd sowie einer *reda* – einem schnellen vierrädrigen Wagen, der den Mönch unter Umständen aufnehmen sollte – umgehend zum Waldstück von Lancosme auf. In der Abenddämmerung durchquerten sie Mézières zwischen einem Spalier aus Neugierigen, die über Estefs Fund wohl schon Bescheid wußten. Nach einem mehr als zweistündigen scharfen Ritt gelangten sie ans Ufer des Yoson. Inzwischen war die Nacht hereingebrochen. So mußten sie noch eine Weile im Schein von Fackeln weiterreiten, bis sie endlich das von den Holzfällern entfachte Feuer erspähten. Aufgeregt preschten sie geradenwegs darauf zu.

Bruder Antonius lag noch immer starr und steif am Boden. Er atmete nur schwach und langsam, seine Augen waren geschlossen, das Gesicht aschfahl, und die Mundwinkel zuckten leicht. Als sie ihn, der für gewöhnlich so kraftstrotzend und voller Tatendrang, der das Leben und die Freude selbst war, derart reglos und bleich vor sich sahen, spürten seine Freunde, wie ihnen die Tränen in die Augen traten. Der »Markgraf der Lichtungen« ergriff seine Hand, und der Fuchs sprach aufmunternd auf ihn ein. Doch Bruder Antonius rührte sich einfach nicht. Guntram dankte den Holzfällern. Sie bestanden darauf, den Mönch zum Wagen zu tragen, und legten ihn dann, während alle eine Fürbitte murmelten, behutsam darin ab.

Bevor sie wieder aufbrachen, untersuchten Timotheos und Doremus mit Fackeln in den Händen noch rasch den teils sandigen, teils mit Gras bewachsenen Boden rund um die Stelle, wo der Mönch gelegen hatte. Doremus wandte sich schließlich noch einmal zu dem Forstmann Estef um und sagte:

»Wir sind dir wirklich zu größtem Dank verpflichtet! Wir möchten dich morgen früh in der Abtei Saint-Pierre wiedersehen, versäume also nicht, dorthin zu kommen. Veranlasse alles Nötige, damit sich niemand dieser Stelle nähert! Es dürfen auf gar keinen Fall irgendwelche Spuren verwischt werden. Sie sind für uns von größter Bedeutung, und wir werden im Laufe des morgigen Tages wieder herkommen, um sie bei Tageslicht genauer in Augenschein zu nehmen.«

In der Abtei angelangt, ließen die Gehilfen der Missi Bruder Antonius ins Valetudinarium schaffen, wo er in Abt Ferreols Beisein vom Klostermedicus untersucht wurde. Der Heilkundige schaute sich zunächst die Augen und den Mund des Mönchs an, roch an seinem Atem und überprüfte Kraft und Anzahl der Züge, horchte nach seinem Herzschlag und tastete die Muskeln und den Bauch ab; anschließend grübelte er eine ganze Zeitlang nach, während er weiterhin den reglos Daliegenden, der zwischen Leben und Tod zu schweben schien, aufmerksam beobachtete.

»Dieser Mann hat mit Sicherheit irgendwelche Zaubergifte zu sich genommen«, verkündete er endlich. »Stechapfel, Schwarzen Nachtschatten, Eisenhut ... vielleicht sogar Tollkirsche.«

»Weißt du gegen solche Gifte anzugehen?«

»Ist das nicht meine Pflicht und die Aufgabe meiner Kunst?«

»Das meine ich nicht. Ich will von dir wissen, ob du die Wirkung zu bekämpfen oder gar aufzuheben verstehst! Gib acht, was du antwortest! Du würdest für einen Fehlschlag zur Verantwortung gezogen!« herrschte ihn der Vogt an.

»Woher soll ich wissen, was genau er zu sich genommen hat, wieviel er sich davon in welchem Zeitraum und wann einverleibte? Neben seiner Widerstandskraft hängt die Wirkung der Heilmittel, die ich ihm verordnen kann, ganz entscheidend von diesen Gegebenheiten ab«, antwortete der Medicus vorsichtig. »Unter solchen Bedingungen ...«

»Genug davon!« fiel ihm Guntram ins Wort und wandte sich dem Klostervorsteher zu.

»Greifst du in Ermanglung von Fabiana, die mittlerweile irgendwo in den Gefilden der Hölle weilen dürfte, bei gewissen Unfällen oder Krankheiten noch immer auf Petronillas Dienste zurück?«

»Das heißt ...«, begann der Abt zögerlich.

»Das heißt«, fügte Guntram barsch an, »daß du sie augenblicklich – freilich jetzt, mitten in der Nacht! – durch einen Mönch herbeiholen läßt. Wähle jemanden aus, der ihr zu erklären versteht, um was es hier geht. Sie lebt eine halbe Meile von hier, in Richtung Gabriau ... Aber das weißt du ja selbst ... Ich will sie zusammen mit ihren Gehilfen und allem, was nötig ist, um diesen Mann aus seinem Todesschlaf herauszuholen, in weniger als einer Stunde hier vor mir sehen!«

»Bis zu ihrem Eintreffen werden wir zum Allmächtigen beten«, setzte Vicecomes Faroald fromm hinzu.

Sichtlich entrüstet und mit verkniffener Miene verließ Abt Ferreol, von seinem Medicus gefolgt, wortlos das Valetudinarium. Nicht einmal eine Stunde später betrat jene Frau den Raum, in deren Begabungen Guntram sein Vertrauen zu setzen bereit war. Sie entsprach in keiner Weise den landläufigen Vorstellungen, die man sich von einer Zauberin, geschweige denn von einer *strix* machte. Petronilla trug vielmehr sehr schlichte Kleider, ein langes blaues Obergewand mit einem Gürtel, den einige Edelsteine zierten; der weiße Schleier über ihrem leicht ergrauten Haar wurde von einem gestickten Band gehalten. Auffällig war indes der merkwürdige Ring, den sie an der linken Hand trug und auf dessen Platte ein befremdliches Zeichen eingeschnitten war. Darüber hinaus schien eine geheimnisvolle Macht von ihr auszugehen. Begleitet wurde sie von einer gänzlich in Grau gekleideten Gehilfin, die älter war als sie, und von einem noch sehr jungen Diener.

Die Heilerin erkundigte sich zunächst nach dem Befund des Klostermedicus und untersuchte anschließend den Bewußtlosen, den man ihrer Pflege anheimgegeben hatte. Sie erforschte ausgiebig die Regenbogenhaut und das Weiß seiner Augen, indem sie eine Fackel mehrere Male an diese heranhielt und wieder wegzog; sie erkundete den Mund, die Lippen und Zähne, horchte nach den Herztönen des Mönchs, klopfte mit einem kleinen Holzhammer leicht auf seine Stirn, auf die Brust, die Knie und Fesseln, tastete seinen Körper an verschiedenen Stellen, einschließlich des Geschlechtsteils, ab und nahm schließlich den Harn, den man aufbewahrt hatte, in Beschau. Daraufhin ließ sie ein paar Tropfen irgendeiner Flüssigkeit zwischen Bruder Antonius' Lippen rinnen und bemühte sich dabei, ihn zum Schlucken zu bewegen, um überprüfen zu können, ob der Bewußtlose darauf ansprach. Auf ähnliche Weise verfuhr sie auch mit Räucherwerk, indem sie ihn die Dämpfe einatmen ließ. Hernach sammelte sie sich, eine Art Gebet murmelnd, für einige Augenblicke.

»Ich kann bestätigen«, erklärte sie endlich, »daß dieser Mann Speisen zu sich genommen hat, unter die man unheilvolle Pülverchen gemischt hatte, und daß er sich insbesondere eine reichliche Menge an giftigen Tränken einverleibt haben muß. Ganz sicher enthielt eines dieser Gebräue Stechapfel, was zumindest teilweise erklärt, weshalb er sich noch immer in dem gegenwärtigen Zustand befindet. Überdies habe ich auch die Auswirkungen von Eisenhut und Wermut, vielleicht auch die des Mutterkorns erkannt, doch vor allem konnte ich Erscheinungen feststellen, die auf Auszüge des Hanfs und Schlafmohns zurückzuführen sind. All dessen bin ich, Petronilla, mir gewiß; für all das bürge ich.«

»Daß du mit einem Eid für etwas bürgst, ist gut und schön!« rief Doremus aus. »Was uns aber vor allem schert ist, daß du ihn aus diesem Todesschlaf wieder erweckst! Bürgst du denn auch hierfür?«

Die Heilerin blickte ihr Gegenüber starr an.

»Höre, Mann, der du von weit herkommst und nicht wissen kannst, wer ich bin! Wenn Petronilla für ein Urteil bürgt, dann bürgt sie auch dafür, alles in ihrer Macht Stehende zu tun, um zu heilen!« bekräftigte sie.

»Ermißt du, in welche Gefahr du dich mit einer solchen Zusicherung bringst?« schritt Faroald ein.

»Oh! Dich kenne ich nur allzu gut, Vicecomes!« entgegnete sie. »Vor einem Mann wie dir – und auch einem wie dir, Guntram – würde ich niemals etwas zusichern, was ich nicht auch bewerkstelligen könnte! Gleichwohl werdet ihr ja wissen, daß das Leben dieses reglos daliegenden Menschen nicht in meiner Hand liegt. Sollte überhaupt eine Aussicht bestehen, ihn in diese Welt zurückzuholen, so könnte niemand anders als ich dies vollbringen. Doch ohne die Hilfe Desjenigen, Der in diesem Leben wie in Ewigkeit wahrhaftig die Geschicke eures Freundes in Händen hält und bei Seinem Urteil nur darauf sieht, wie dieser Mensch bisher auf Erden wandelte, kann auch ich nichts ausrichten.«

Doremus und Timotheos erschauderten.

»Du sprichst hier vom Allmächtigen, unserem Gott der Barmherzigkeit, zweifle nicht an ihm!« sagte der Grieche.

Die Zauberin erwiderte nichts darauf.

»Wann machst du dich ans Werk?« fragte der ehemalige Aufständische.

»Unverzüglich! Doch auch ich vermag niemanden mühelos und rasch aus den entlegenen Gefilden der Irre zurückzuholen, wohin jene Zaubergifte euren Freund so jäh entführt haben. Wie ich bereits sagte, werde ich alles tun, um ihn zu retten. Alles! Und ich werde in den kommenden Stunden nicht mehr von ihm weichen, so lange es auch dauern mag. Laßt den Mönch in einen Raum bringen, in dem wir allein mit ihm bleiben können! Man möge dort ein gutes Feuer unterhalten und uns auf unser Verlangen hin alles beschaffen, was wir für seine Heilung benötigen, zum Beispiel Tücher, heißes Wasser, um den Leib zu waschen, und kochendes, um unsere Arzneien zuzubereiten! Im Packsattel des Maultiers, das noch draußen auf dem Hof steht, befinden sich alle erforderlichen Gerätschaften und Heilmittel. Meine Gehilfin wird mir nach und nach die Dinge bringen, die ich verwenden muß. Außerdem sollen sich mehrere Diener ständig zu unserer Verfügung halten. Doch vor allem: Wir dürfen auf keinen Fall gestört werden! Jede unangebrachte Einmischung könnte die schlimmsten Folgen nach sich ziehen. Ich sagte es euch ja bereits, die Sache kann viel Zeit, sehr viel Zeit in Anspruch nehmen. Wappnet euch also mit Geduld!«

»Und was können wir tun?« rief Timotheos.

»Ihr? Beten!« antwortete die Zauberin.

Am Morgen begaben sich Doremus und der Grieche vor die Tür des Raumes, in dem die Heilerin nach wie vor ihren Freund umsorgte. Nur das dumpfe Gemurmel von Beschwörungen, mit denen die Behandlung wahrscheinlich begleitend unterstützt wurde, war daraus zu vernehmen. Balsamische Düfte entströmten dem Raum, als der junge Diener endlich die Tür einen Spalt breit öffnete, um ihnen zu verkünden, »die Sache stehe gerade in diesem Augenblick auf des Messers Schneide«.

»Meine Herrin ist aber recht zuversichtlich«, fügte er hinzu.

»Und sonst?« fragte Timotheos ängstlich.

»Vor allem darf man sie jetzt nicht stören! Auf gar keinen Fall!«

»Kannst du uns denn sagen, wann wir endlich Genaueres erfahren werden?«

»Vielleicht heute abend, wenn alles so vonstatten geht, wie sie es sich wünscht. Meine Herrin ist eine überaus kundige und mächtige Zauberin«, antwortete der junge Mann im Brustton tiefer Überzeugung.

Somit machten sich die beiden Gefolgsleute der Missi also, zwischen Hoffnung und Zweifel hin und her gerissen, auf den Weg zum Wald von Lancosme. Forstmeister Estef war wie geheißen in die Abtei gekommen, um sie dorthin zu begleiten. Ohne auf irgendwelche Schwierigkeiten zu stoßen, erreichten sie die Ufer des Yoson, der kaum mehr als ein Bächlein war und an einer Furt mühelos durchquert werden konnte. Von dort ritten sie den Wasserlauf weiter aufwärts und gelangten schon bald zu der annähernd zweihundert Fuß langen und hundert Fuß breiten Lichtung, auf der Bruder Antonius entdeckt worden war. Von jenem Pfad abgesehen, auf dem sie, dem Bach folgend, aus westlicher Richtung hergefunden hatten, stießen noch zwei Forstwege zu der Schneise: der eine sehr wahrscheinlich aus Méobecq, in jedem Fall aus dem Süden, und der andere von Norden her, also von Vendœuvres.

Wie sie feststellen mußten, war der Boden rund um die Stelle, wo man den Mönch aufgefunden hatte, durch die vielen Pferde und Menschen derart zertrampelt, daß jegliche genaue Erkundung erheblich erschwert war und von daher kaum gesicherte Schlüsse gezogen werden konnten. Doremus weitete seine Nachforschungen also aus und spürte schließlich auf beiden Forstwegen die frischen Spuren von Pferdehufen auf. Er zeigte sie sofort seinem Freund Timotheos. Die Abdrücke ließen klar erkennen, daß mehrere Reiter über diese Wege hergekommen und wieder davongeritten sein mußten. Die auf dem südlichen Pfad waren zwar zahlreicher und ungeordneter, die Spuren auf dem nördlichen dafür aber deutlich ausgeprägter.

Der ehemalige Aufständische ließ sich von Estef bestätigen, daß er und seine Gesellen des öfteren von Süden her zur Lichtung geritten waren. Der Weg von Westen am Yoson entlang, den die Ermittler demnach sowohl am Abend zuvor als auch nunmehr am Morgen benutzt hatten, lieferte keinerlei verläßliche Anhaltspunkte.

Doremus betrachtete lange das Bächlein, die Wege und den Wald, der die Lichtung einfaßte.

»Liegt hier in der Nähe irgendwo eine Behausung, ein Gemäuer, eine Strohkate oder Hütte oder auch nur ein Verschlag zum Unterstellen?« fragte er endlich.

»Nichts dergleichen!« bekräftigte der Forstmann.

»Warum zum Teufel soll Bruder Antonius also einen solchen Ort aufgesucht haben?«

Estef überlegte einen Augenblick, bevor er antwortete:

»Vielleicht hat er den Weg am Yoson entlang eingeschlagen, um nach Mézières zu gelangen, und hier die erste Wirkung der Gifte verspürt. Er wird dann bewußtlos vom Pferd gefallen sein ...«

»Weder der Medicus noch Petronilla haben bei ihren Untersuchungen irgendwelche Wunden oder Prellungen erwähnt, die von einem Sturz herrührten. Allerdings kann er beim ersten Anflug von Übelkeit sehr wohl abgestiegen und anschließend besinnungslos zusammengebrochen sein ... Aber das glaube ich kaum ...«

»Ich auch nicht«, pflichtete der Grieche bei. »Die von uns entdeckten Spuren legen eher den Gedanken nahe, daß Bruder Antonius bereits bewußtlos gewesen war, als man ihn quer über dem Sattel eines Pferdes liegend auf die Lichtung geschafft und auf der nackten Erde zurückgelassen hat ... was indes zahllose Fragen aufwirft: Warum hat man das getan? Sollte er unbedingt hier aufgefunden werden? Solltest du, Estef, oder einer deiner Gesellen auf ihn stoßen? Falls dem so ist, was wollte man damit bezwecken? Und was endlich die Frage angeht, wer ihn unter welchen Umständen vergiftet hat, so wird er selbst uns dies beantworten, wenn er – das walte Gott! – wieder gesund ist ... Sofern er sich dann, wie ich zumindest hoffen will, noch daran erinnern kann, was ihm zugestoßen ist ...«

Doremus durchstreifte ein weiteres Mal die Umgebung und kehrte mit verdutzter Miene zurück.

»Wie man's auch dreht und wendet, es muß schon eine verflixt glückliche Fügung gewesen sein, daß du ihn im hohen Gras dieser Lichtung überhaupt erspäht hast«, meinte er, indem er Estef scharf ansah. »Obendrein habe ich nirgendwo im ganzen Umkreis einen Holzeinschlag oder irgendwelche anderen Forstarbeiten bemerkt.«

»Wir arbeiten zur Zeit an einer recht weit entfernten Stelle und kehren abends für gewöhnlich am Yoson entlang nach Hause zurück.«

»Wohin eigentlich?«

»Unsere Sägerei und die Schreinerei liegen eine Viertelmeile westlich von Méobecq.«

»Unweit der Abtei?«

»Ja. Wir versorgen Pater Valentin mit dem nötigen Holz für alles Zimmerwerk, zum Heizen und sonstige Zwecke.«

Die beiden Ermittler dankten Estef, baten ihn noch, sich ihnen weiter zur Verfügung zu halten, und machten sich dann auf den Rückweg. Als sie allein waren, meinte der Fuchs zu Doremus:

»Zugegeben, ich habe die Beschaffenheit dieses Landstrichs zwar noch nicht genau im Kopf, finde aber gleichwohl, daß diese Forstleute einen eigenartigen Weg gewählt haben, um in die Nähe von Méobecq zurückzukehren.«

»Genau das habe ich mir auch gerade gesagt«, pflichtete ihm der ehemalige Aufständische bei. »Außerdem ist da noch etwas recht sonderbar: Wie du sicher bemerkt hast, habe ich den Forstmann eben auf lateinisch angesprochen. Nun hat dieser Estef, wahrscheinlich ohne darauf achtzugeben, meine Frage mit der größten Selbstverständlichkeit verstanden und mir … auf fränkisch geantwortet.«

»Immerhin nicht auf latein!«

»Nein, aber auf fränkisch, wie bei unserem übrigen Gespräch – und das finde ich um so verwirrender: Da versteht ein Forstmann aus dem Berry doch tatsächlich Latein und spricht fließend Fränkisch!«

Timotheos nickte mit nachdenklicher Miene.

Als sie durch Mézières kamen, ritten die beiden Männer beim Pfarrhaus vorbei, um sich über die Visitation, die Erzpriester Nodon angetreten hatte, Aufschluß zu verschaffen. Der Geistliche, der Nodon in dessen Abwesenheit vertrat, gab an, sein Vorgesetzter werde spätestens binnen achtundvierzig Stunden wieder zurück sein. Da er aber nicht gewußt habe, so erklärte der Hilfspfarrer, wo genau sich dieser aufhalte, habe er ihm die Botschaft, mit der die Gefolgsleute der Missi den Erzpriester in die Abtei Saint-Pierre gebeten hatten, nicht zukommen lassen können, was er aber bei Nodons Rückkehr umgehend nachholen wolle.

»Wohin hat diese *visitatio* den Erzpriester eigentlich geführt?« fragte Timotheos.

»In die nördlichen Pfarreien, die bis hinauf in den Landstrich Buzançais reichen«, antwortete der Priester.

»Alles in allem finde ich das recht aufschlußreich«, meinte der Grieche.

Erwins Gehilfen kamen zur zweiten Hälfte des Nachmittags in die Abtei zurück und erkundigten sich sofort, ob sich Bruder Antonius' Zustand verändert habe. Die Zauberin Petronilla erklärte ihnen zwar, er sei bisher noch immer nicht aus seiner Ohnmacht erwacht, schloß aber nicht aus, daß er schon sehr bald wieder zur Besinnung kommen könne.

Faroald und Guntram hatten derweil ihre eigenen Nachforschungen vorangetrieben – der Vicecomes wie am Vortag im Sumpfland um Lingé und der Vogt in der Umgebung der Moore Bellebouche, Bignotoi und Blizon.

Zur achten Tagesstunde trafen Erwin und sein kleiner Geleittrupp, endlich aus Tours zurück, im Kloster ein. Kaum hatte er erfahren, was in seiner Abwesenheit geschehen war, da wandte sich der Gesandte des Herrschers auch schon mit großen Schritten zu dem Raum, in dem sein Gefolgsmann umsorgt wurde, und riß mit Macht die Tür auf.

Noch im selben Augenblick schlug ihm der scheußliche Gestank von Ausscheidungen und Erbrochenem entgegen, vermischt mit beißenden Dämpfen und Rauch. Mit einiger Mühe vermochte er hinter den dichten Schwaden die Heilerin und ihre beiden Helfer zu erkennen, die sich um Bruder Antonius' Lager emsig zu schaffen machten. Ein unglaubliches Durcheinander herrschte in dem Raum, ein beredtes Zeugnis des fieberhaften Eifers und der vertrackten Heilbehandlungen, die hier ins Werk gesetzt wurden: Am Boden standen überall Kübel mit Kot und Auswurf, allerlei Gefäße jeder Form und jeden Inhalts, auf Gestellen irgendwelche Töpfchen, Krüge und geheimnisvolle Zubereitungen; über dem Feuer hingen Kessel mit brodelnden Tränken, in Räucherpfannen verglommen Samenkörner, Wurzeln und Kräuter; und allenthalben lagen Tücher und Laken herum, manche davon mit Blut befleckt oder von Exkrementen beschmutzt.

Die Zauberin war gerade im Begriff, das Gesicht und den Brustkorb des Siechen mit einem Salböl einzureiben, wobei sie unverständliche, von ihren Gehilfen stetig wiederholte Litaneien vor sich hin murmelte. Als sie den Sachsen erblickte, hielt sie in ihrem Tun jäh inne und fuhr ihn mit bitter erzürnter Miene an:

»Du da, was machst du hier? Ah! Du mußt dieser Abt sein, der Sendbote Kaiser Karls, und du glaubst wohl, dir alles erlauben zu dürfen! Verlasse diesen Ort! Dies ist mein Bereich, und nicht deiner. Geh auf der Stelle hinaus! Du hast hier nichts zu suchen ...«

Dann aber heftete sie ihren Blick auf Erwin und fügte in ernstem Tonfall hinzu:

»Es sei denn, du gehörtest insgeheim zu dem anderen ...«

Den angelsächsischen Abt befiel ein heftiger Schauder.

»Was ich mir hier an Possen, Schimpf und gotteslästerlichen Reden bieten lassen muß!« rief er über die Schulter, während er langsam den Raum verließ.

Bereits an der Schwelle angelangt, vernahm er noch einmal die Stimme der Zauberin.

»Ich weiß, Abt, du liebst diesen Mann. Ich werde ihn retten. Aber geh jetzt!«

Unzufrieden mit sich selbst und folglich wütend, stieß Erwin wieder zu seinen Gefolgsleuten, die sofort wußten, was sein starrer Gesichtsausdruck und der ferne Blick zu bedeuten hatten.

»Es will mir scheinen«, setzte der Abt mit allzu ruhiger Stimme an, »als hätte ich euch doch eindringlich und mehrfach davor gewarnt, welchen Widersachern wir hier gegenüberstehen. Sollte ich in den Wind geredet haben? Kann es denn sein, daß ihr mir nicht zugehört hättet? Und jetzt seht ihr, was geschehen ist ... Da liegt nun Bruder Antonius, mehr tot als lebendig! ... O Gott!«

Er verstummte, sichtlich bemüht, seinen Zorn zu bezähmen.

»Habt ihr mir nichts zu sagen?«

Doremus und Timotheos hüteten sich wohlweislich.

»So weit ist es also gekommen! Kaum habe ich euch den Rücken gekehrt ... Auf wen kann ich denn noch bauen, wenn ihr euch schon so leichtfertig verhaltet? Demnach brauchte also nur irgendein Schurke entlarvt zu werden, damit sich Bruder Antonius ohne Sinn und Verstand an seine Fersen heftete! Und über welche Wege, bis wohin, wofür? Wahrscheinlich um ihn einzuholen, wo er doch ... Und ihr ...«

Der Sachse brach seine Standpauke mitten im Satz ab. Beim Anblick ihrer betroffenen und verkniffenen Gesichter war ihm jäh bewußt geworden, daß er Timotheos und Doremus tief verletzt haben mußte. Er fuhr sich mit der Hand übers Gesicht, ging ein paar Schritte durch den Raum und kam wieder zurück.

»Nun gut!« murmelte er in besänftigtem Ton, was seine Art war, jemandem den Ölzweig der Versöhnung zu reichen.

Seine Gefolgsleute ergriffen diesen indes nicht. Vielmehr beantworteten sie die Fragen, die ihr Gebieter ihnen zu den Ergebnissen der bisherigen Untersuchungen stellte, nur mit einsilbiger Kühle und übertriebener Ehrerbietung, was Erwin indes gar nicht zu beachten schien. Während er sich schließlich noch einmal erklären ließ, unter welchen Bedingungen Bruder Antonius die Jagd auf den Flüchtigen aufgenommen hatte, hielt er erneut inne, als wäre ihm ein plötzlicher Gedanke in den Sinn gekommen.

»Aber ja!« rief er aus. »Zu den Stallungen!«

»Wir stehen unter deinem Befehl, Herr Gesandter des Kaisers«, antwortete Doremus mit einer tiefen Verbeugung.

»In Gehorsam und Demut«, ergänzte Timotheos in derselben Körperhaltung.

Der Sachse blickte die beiden mit einem leisen Lächeln nacheinander an.

»Also gut! Ich glaube, ihr habt euch hinlänglich klar und deutlich ausgedrückt«, sagte er zu ihnen. »Es wäre jedoch äußerst unerfreulich, wenn ihr es nunmehr nicht gut sein ließet! Kommt jetzt!«

Beim Eintreffen des Missus dominicus und seiner Leute bekamen es die Stallknechte mit der Angst zu tun. Daß eine so hochgestellte Persönlichkeit völlig unvermutet bei ihnen auftauchte, konnte ihren Vorstellungen nach nichts anderes als schweren Tadel, wenn nicht gar böse Anschuldigungen bedeuten. Doremus bemühte sich, sie zu beruhigen.

Der Sachse nahm zunächst das Pferd in Augenschein, auf dem Magnus die Flucht ergriffen hatte und das, wie auch Bruder Antonius' Stute, alleine in die Ställe zurückgefunden hatte. Ein herrliches Tier – schließlich war es ja dem Bruder Oeconomus des Klosters vorbehalten – und sicherlich auch sehr schnell. Leonia hingegen, die Erwin gut kannte, war kräftig, ausdauernd, aber recht langsam.

»Was für ein Mensch ist dieser Magnus?« erkundigte sich der Abt vermittels Doremus' Übersetzung.

»Na ja, bis jetzt gab es an ihm nichts auszusetzen«, stammelte der Großknecht noch immer recht verängstigt.

»Das habe ich dich nicht gefragt. Ist er groß, klein, dick, dünn? Schien er dir ein guter Reiter zu sein?«

»Das heißt, Herr, er war sicher nicht so groß wie du. Ungefähr so wie ich. Dick? Das nicht! Jedenfalls nicht so dick wie … nun ja, wie der, der ihm nachgejagt ist.«

»Und wie alt?«

»Um die Dreißig. Aber nicht älter, würde ich sagen …«

»Und was taugt er als Reiter?«

»Ja, also, das hat mich verblüfft. Er hat sich so flink wie ein Gaukler aufs Pferd geschwungen, einfach so, mit einem Sprung! Ich weiß schon, daß er verfolgt wurde. Aber um so was auf die Art zu machen! … Da muß man sich schon verflixt gut mit Pferden auskennen … und mit dem Aufsitzen … Deshalb, Herr, für einen Diener, also nicht für einen Stallknecht, nein, für einen schlichten Diener, da fand ich das … wie soll ich sagen …«

»Ich habe dich bestens verstanden!« bemerkte Erwin. »Doch hör mir jetzt genau zu: Halte dir Pferde und Reiter noch einmal vor Augen. Was glaubst du, bestand für Bruder Antonius die geringste Aussicht, Magnus einzuholen und in seine Gewalt zu bekommen?«

»Keineswegs!« sagte der Mann voller Überzeugung. »Ganz sicher nicht!«

Diese Antwort versetzte den Sachsen in tiefes Grübeln.

»Möge uns der Allerhöchste Bruder Antonius so gesund und munter zurückgeben, wie wir ihn kennen«, murmelte er schließlich. »Und möge Er ihm, in Seiner Güte, auch sein Erinnerungsvermögen unversehrt belassen.«

Nach diesen Worten sammelte er sich gemeinsam mit Timotheos und Doremus in einer kurzen Andacht.

Der Missus dominicus ließ sich nun zu jener Klosterzelle bringen, in der Meier Conrad eingesperrt war. Mit Befriedigung konnte er feststellen, daß die Tür, seinen Befehlen entsprechend, von zwei bewaffneten Männern bewacht wurde. Als der Gefangene, auf Knien ins Gebet vertieft, den Eintretenden erblickte, erhob er sich unter Mühen, um ihn zu begrüßen. Er wirkte irgendwie abgemagert, sein Gesicht schien aufgelöst, der Blick flackerte, und er sprach den Besucher mit müder Stimme an. Abt Erwin bedeutete ihm, sich auf sein Lager niederzusetzen, und nahm ihm gegenüber auf einem Hocker Platz.

Nach einigen einführenden Worten, mit denen er Conrads Bangigkeit beschwichtigen wollte, verhörte der Sachse ihn erneut. Diesmal aber ging es ihm nicht um dessen Tätigkeit als Meier des Gutes am »Feenbuckel«, sondern um die möglichen Hintergründe des vereitelten Anschlags.

»O Herr, ich habe den Himmel unentwegt um die Vergebung meiner Sünden angefleht, aber auch um etwas Licht zu diesem Punkt«, antwortete der Verwalter. »Doch vergebens! Ich habe mir noch einmal genau durch den Kopf gehen lassen, was ich vor allem über die Vorhaben der Waschfrau Benedicta und zu ihrer Ermordung wußte, und bin doch nur zu der Schlußfolgerung gelangt, daß nichts von alledem jemanden veranlaßt haben könnte, mich ermorden lassen zu wollen. Nein, nichts, wirklich! Ein folgenschweres Geheimnis? Ich wüßte nicht welches. Andernfalls hätte ich es dir doch wohl bereits enthüllt? Und hätte ich in diesen Tagen der Gebete, des

Fastens und Sinnens eine Offenbarung gehabt, so hätte ich sie dir doch auf der Stelle mitgeteilt!«

»Mag sein. Aber laß uns das Ganze noch einmal betrachten!« schlug Erwin vor und nahm sich dann jeden einzelnen Gesichtspunkt des von Conrad erbrachten Zeugnisses erneut vor.

Nach der Vernehmung in der Mönchszelle ließ der Missus die Sicherheitsvorkehrungen verschärfen. Im Wissen um Bruder Antonius' Geschicke ordnete er abermals ausdrücklich an, sämtliche Speisen und Getränke des Gefangenen vorkosten zu lassen und alles, was in die Zelle gelangte, zu untersuchen.

»Dafür bürgst du mir mit deinem Leben!« sagte er zum Bruder Oeconomus.

Zwischenzeitlich war auch Abt Ferreol hinzugestoßen. Erwin unterhielt sich kurz mit dem Klostervorsteher und fragte ihn hierbei, ob irgend jemand den gedungenen Schergen, der es auf Meier Conrad abgesehen hatte und dessen Leiche zwei Tage lang aufgebahrt worden war, erkannt habe.

»Leider nicht«, antwortete Abt Ferreol. »Vom Totengräber und dem Vogt abgesehen, haben sich bloß fünf Leute herbemüht, um sich den Schuft anzuschauen und uns gegebenenfalls dessen Namen zu nennen. Niemand war dazu imstande. Keiner kannte ihn.«

»Zumindest haben sie das behauptet«, befand Erwin. »Und was diesen mehr als nur treulosen Diener, den mutmaßlichen Spießgesellen des gedungenen Mörders anbelangt? Ein gewisser Magnus, glaube ich? Seit wann war er hier beschäftigt, und wer hat ihn ins Skriptorium aufgenommen? Ließ sich anhand der einen oder anderen seiner Äußerungen oder irgendeines merkwürdigen Verhaltens nicht vorausahnen, zu welcher Heimtücke er fähig sein könnte?«

»Zu all diesen Punkten werde ich augenblicklich eine Untersuchung anstellen lassen«, beeilte sich Abt Ferreol zu antworten.

»Das hättest du bereits tun müssen!« versetzte der Sachse harsch und ließ ihn einfach stehen.

Nachdem er sich gegen Ende des Nachmittags ein weiteres Mal nach Bruder Antonius' Zustand erkundigt und eher Ermutigendes vernommen hatte, rief Erwin Vicecomes Faroald, Vogt Guntram und Abt Ferreol zu einem späten Mahl zusammen, um den Stand der Dinge zu klären. Doremus, Timotheos und ihr Gebieter hatten bereits im Refektorium Platz genommen, in dem das Nachtmahl aufgetragen werden sollte, als an Faroalds Seite zu ihrer großen Überraschung jener Mann hereinkam, der ihnen wegen seines hochmütigen Gehabes bei dem Empfang aufgefallen war, den der Vicecomes zu Ehren des Missus dominicus in Châteauroux ausgerichtet hatte. Faroald erläuterte eilig, der Betreffende heiße Raynald und befasse sich in seinen Diensten mit besonders heiklen Angelegenheiten. Im allerletzten Augenblick dann, da der erste Gang bereits aufgetragen werden sollte, gesellte sich auch Erzpriester Nodon, den ein Bote inzwischen endlich erreicht hatte, der Tafelrunde hinzu.

Während des Mahls herrschte eine recht angespannte Stimmung. In Gegenwart des kaiserlichen Vertreters kamen sämtliche offenen Klagen und Streitfälle zutage – ganz gleich, ob diese nun den Vicecomes und den Vogt entzweiten oder beide gemeinsam gegen den Grafen und den Erzbischof aufbrachten, oder ob es sich um Angelegenheiten handelte, bei denen die Belange der Geistlichkeit denen der weltlichen Herren unvereinbar gegenüberstanden; den heftigen Beschwerden über »die Gier der Geistlichen« blieb Abt Ferreol jedenfalls keine derbe Antwort schuldig. Nach erbittertem Hin und Her griff der Sachse endlich ein und brachte das Gespräch mit kalter Entschiedenheit auf jene Fragen, denen er Bedeutung beimaß: nämlich die Lage in der Brenne und insbesondere den eigentümlichen Anschlag auf seinen Gefolgsmann.

»Wir sind inzwischen zu einigen Gewißheiten gelangt«, erklärte er. »Bruder Antonius' Zustand läßt sich allein auf die Einnahme unheilvoller Mittel zurückführen. Und da er sich mit Sicherheit nicht selbst vergiftet hat, muß dies jemand anders besorgt haben. Außerdem ist es mehr als zweifelhaft, ob er tatsächlich auf jener Lichtung bei dem Bach Yoson das Bewußtsein verlor. Vielmehr deutet alles darauf hin, daß er bereits besinnungslos dorthin geschafft wurde. Doch nichts von alledem hat sich, ohne Spuren zu hinterlassen, zutragen können: Weder eine Verfolgungsjagd noch die Beförderung eines Mannes in einem Wagen oder auf einem Pferd, ob bei Tag oder bei Nacht, gehen unbemerkt vonstatten. Es gibt immer irgendwo lauernde Augen und Ohren, zu jeder Zeit und überall, selbst im Wald!«

Erwin blickte jeden einzelnen scharf an und fragte:

»Habt ihr bei euren Nachforschungen nichts festgestellt, nichts erfahren, was uns auf eine Fährte bringen könnte? Keinerlei aufschlußreiche Hinweise oder Zeugenaussagen erhalten?«

»Um die Wahrheit zu sagen«, erklärte Vicecomes Faroald, »wir hatten uns ja auf die Suche nach einem Vermißten gemacht, was ja nicht unbedingt hieß, Anhaltspunkte zu einem Verschwundenen zu sammeln. Überdies haben uns unsere Bemühungen nicht einmal in die Nähe jener Lichtung geführt, auf der dein Gefolgsmann entdeckt wurde.«

»Sollten sich die Dinge tatsächlich so zugetragen haben, wie du denkst, Herr«, fügte Nodon an, »dann waren im Grunde doch bloß zwei oder drei Schufte vonnöten, um Bruder Antonius zu vergiften und danach ein paar Meilen weit von ihrem Haus wegzuschaffen.«

»Und du, Guntram? Wie lautet deine Meinung?« hakte der Missus nach.

»Ich teile deine Ansicht, Herr, das Ganze muß Spuren hinterlassen haben.«

»Die folglich noch vorhanden sein müßten?«

»Ohne Zweifel.«

Es war schon beinahe Mitternacht, als ein Diener hereinkam und meldete, Petronillas Gehilfe bitte darum, dringend vorgelassen zu werden. Erwin erschauerte, von Vorahnungen ergriffen. Doch das strahlende Lächeln des eintretenden jungen Mannes beruhigte ihn sofort wieder.

»Meine Herrin, die über große Macht und Wissenschaft verfügt, hat das Versprechen eingelöst, das sie dir gab, Herr«, sagte er, an den Sachsen gewandt, mit nicht unbeträchtlichem Stolz. »Der Mönch, der die Ehre hat, dein Gefolgsmann zu sein, ist wieder zur Besinnung gekommen. Er ist zwar recht schwach und noch nicht ganz bei sich. Aber er ist gerettet.«

Dem Diener der Heilerin hinterhereilend, begaben sich der Missus dominicus und seine beiden Helfer zu dem Raum, in dem Bruder Antonius gepflegt worden war. Erwin betrat ihn allein. Die Kammer war mittlerweile wieder aufgeräumt, und Petronilla kam ihm mit zuversichtlicher Miene entgegen. Im selben Augenblick drehte sich der Mönch auf seinem Lager um und erblickte den Eintretenden, der sich ihm näherte. Sofort stand ihm heilloses Grauen ins Gesicht geschrieben. Er stieß einen langen Schrei aus, während er gleichzeitig wild mit den Armen fuchtelte und sich sein Körper in Zuckungen wand. Doch plötzlich schien alle Kraft mit einem Schlag aus ihm zu weichen, und er gab nur noch Klagelaute und unverständliche Worte von sich. Gleichwohl glaubte der Sachse herauszuhören: »O nein, nicht du, um Himmels willen, nicht du! ... Nicht so! ... O Allmächtiger! ...« Woraufhin Bruder Antonius erneut das Bewußtsein verlor.

Die Zauberin warf Erwin einen finsteren Blick zu.

»Was hat das zu bedeuten?« herrschte sie ihn an. »Bist du gekommen, um dies Leben zu vernichten, das ich gerade erst gerettet habe? Wer bist du, daß du diesen Mann, deinen Diener, in solch tödliche Angst versetzt? Könnte es sein, daß du der schändlichste, der nichtswürdigste Herr bist, den diese Welt je hervorgebracht hätte? Und kannst du mir vielleicht sagen, warum ...«

Erwins Gesichtszüge spiegelten indes eine derartige Betrübnis und Verwirrung wider, daß sie mitten im Satz innehielt.

»Nein, das ist unmöglich ...«, befand sie sogleich. »Aber weshalb wurde er von solchem Entsetzen befallen?«

»Wie könnte ich das wissen?« murmelte der angelsächsische Abt bestürzt.

Petronilla hatte sich derweil wieder unverzüglich dem Leidenden zugewandt und ließ ihn balsamische Düfte einatmen, während sie ihm kräftig Gesicht und Nacken rieb.

»Er wird rasch wieder zu sich kommen«, versprach sie. »Nur darf sich eine derartige Anwandlung auf keinen Fall wiederholen. Wäre es nicht ratsamer, deinen Besuch um einige Stunden aufzuschieben?«

Dann aber schien sie eine plötzliche Eingebung zu haben und fragte:

»Hattest du nicht den Eindruck, daß er, als er dich erblickte, ein Gespenst zu sehen glaubte?«

»Das mag sein«, sagte Erwin. »Doch, das wäre möglich ...«

Sie dachte abermals nach und meinte schließlich mit einem stillen Lächeln:

»Geister haben jedoch keine Hände, in denen frisches und warmes Blut fließt, so will mir scheinen; sie kennen auch keine vertrauten Gebärden – darf ich freundschaftliche sagen? Desgleichen sprechen sie nicht mit menschlicher Stimme und in Worten, die ein Gesandter des Herrschers zu gebrauchen pflegt; und sie vermögen auch keine gemeinsamen Erinnerungen zu beschwören ... Ich sehe, du hast mich verstanden ... Aber sage mir noch eins: Die beiden Männer vor der Tür sind doch deine Diener?«

»Ja, meine Gefolgsleute, und das seit vielen Jahren.«

»Demnach sind sie auch seit vielen Jahren mit diesem hier befreundet?«

»In der Tat. Petronilla, du bist wahrhaftig eine …«

»Warum nicht eine Zauberin, Herr? Ist die Kunst des Heilens nicht zauberisch?«

»In jedem Fall bist du klug und weise.«

»Sieh zu, daß du dich bei Gelegenheit daran erinnerst, Herr!«

»Laß Timotheos und Doremus eintreten, sie sollen sich neben mich stellen!«

Bruder Antonius erwachte unterdes ganz allmählich aus seiner Ohnmacht. Wieder erblickte er den Missus, der sich seinem Lager genähert hatte, und wieder fuhr er erschreckt zurück, spürte dann aber, wie sich Erwins Hände auf die seinen legten, und vernahm jene in ruhigem Ton gesprochenen Worte:

»Ich weiß ja nicht, welches Erlebnis dich mit unvergeßlichem Grauen erfüllt hat und dich nach wie vor so entsetzt … aber sieh, ich bin es tatsächlich, ich, dein Herr, halte deine Hände und rede mit dir … ja, ich, und nicht irgendeine teuflische Erscheinung … Erinnere dich an jene abscheuliche Verschwörung in Lyon, die wir gemeinsam zunichte gemacht haben, entsinne dich, wie wir unlängst in Auxerre zwei verfeindeten Häusern wieder zu Eintracht verholfen haben, erinnere dich an unsere Entsendung in die Lande der Sarazenen, wo du eine solche Tapferkeit bewiesen hast …«

Der Mönch entdeckte nun auch Timotheos und Doremus, die bei dem Sachsen standen und ebenfalls in freundschaftlichen und beruhigenden Worten auf ihn einsprachen. Nach und nach wich der ängstlich irre Ausdruck aus seinen Augen, seine Gesichtszüge besänftigten sich, bis auch er Erwins Hand ergriff und fest drückte, während ihm Tränen übers Gesicht liefen. Endlich gelang es ihm zu flüstern:

»Was ist nur mit mir geschehen? … Warum bin ich hier … und so kraftlos? … Mir dreht sich noch immer der Kopf …«

»Wir haben dich im Wald von Lancosme, auf einer Lichtung

in der Nähe eines kleinen Bachs gefunden. Dort lagst du bewußtlos im Gras«, antwortete Doremus.

»Wann war das?«

»Vor mehr als zweimal zwölf Stunden. Aber vielleicht lagst du auch schon seit der vorausgegangenen Nacht dort ...«

»Bewußtlos? ... Im Wald von Lancosme ... und so lange.« Bruder Antonius schüttelte traurig den Kopf.

»Und ich kann mich an gar nichts erinnern! ... Ich muß ... ich muß unbedingt ...«

»Du mußt dich vor allem erst einmal ausruhen«, sagte Erwin. »Wie auch Petronilla, die dich seit so vielen Stunden unermüdlich gepflegt hat ... Es ist schon nach Mitternacht. Morgen wird dein Erinnerungsvermögen zurückkehren. Und dann können wir über alles reden. Bis dahin werden Doremus und Timotheos im Wechsel bei dir wachen, um jeder erdenklichen Gefahr vorzubeugen.«

Seufzend ließ sich der Mönch auf sein Lager sinken und schloß, offenbar besänftigt, die Augen.

Bevor er den Raum verließ, nahm der Missus dominicus die Zauberin beiseite und fragte sie: »Ist dir in all den Stunden, in denen du deine Kräfte daran verausgabt hast, Bruder Antonius zu retten, nichts Ungewöhnliches aufgefallen?«

»Was meinst du damit?«

»Ein merkwürdiges Verhalten etwa, irgend jemand, der unerwartet seine Hilfe antrug, oder ein Diener, der dir etwas brachte, was du gar nicht verlangt hattest. Oder vielleicht wollte sich ja ein Mönch oder jemand anderes dem Leidenden unter irgendeinem Vorwand nähern?«

»Und weshalb, Herr?«

»Wer immer ihn vergiftet hat, verfügt in diesem Kloster vielleicht nach wie vor über Helfershelfer, und diese Spießgesellen könnten danach trachten, das finstere Werk zu Ende zu bringen, dem der verhängnisvolle Erfolg ja Gott sei Dank versagt blieb.«

»Ich habe nichts dergleichen beobachtet. Wie du ja bemerkt hast, konnte ich deinen Gefolgsmann ungestört pflegen, bis er wieder zu sich kam, bis zur völligen Genesung, wie ich hoffe. Daher sage ich nochmals: Es ist nichts vorgefallen, was verdächtig erscheinen könnte!«

»Das ist aber eigenartig!«

»Eigenartig? Was meinst du damit? Daß niemand versucht hat, dem Mönch, den ich retten wollte, den Garaus zu machen?« empörte sich die Heilerin.

»Wie sehr ich mich über seine Genesung freue, brauche ich dir doch wirklich nicht zu sagen! Trotzdem ist die Sache deswegen nicht minder unstimmig ...«

Erwin fuhr sich mit der Hand übers Gesicht.

»Aber sage mir, hat man Bruder Antonius wirklich töten wollen?« fügte er an.

»Mit den Mitteln, die man ihm verabreicht hat? Daran hätte er bestimmt sterben können ... wenn er zu spät behandelt worden wäre. Aber so rechtzeitig umsorgt, wie es der Fall war, wahrscheinlich nicht ... Mehr oder minder schwere Schäden für den Rest seiner Tage wären jedoch in jedem Fall denkbar gewesen ... Und im übrigen: Wenn man ihn unter allen Umständen hätte töten wollen, dann hätte man sozusagen todsichere Mittel verwendet, von denen es leider genügend gibt, nämlich unfehlbare und augenblicklich wirkende Gifte!«

»Das wird immer merkwürdiger«, fand Erwin. »Deine Verdienste, zu denen nun auch noch deine Offenheit hinzukommt, schmälert dies allerdings in keiner Weise. Zu wissen, daß man meinen Gefolgsmann nicht unbedingt zu Tode bringen wollte, ist für mich von großem Belang ...«

Der Sachse hielt kurz inne und setzte, leise lächelnd, hinzu:

»Ich glaube, du hast mich eben gefragt, ob ich mich auch in Zukunft dessen zu erinnern verstünde ... Ich habe ein gutes Gedächtnis, Petronilla, sowohl für alles Gute wie alles Böse. Ich werde mich erinnern!«

Am anderen Morgen begab sich Erwin zur zweiten Tagesstunde erneut in Petronillas notdürftig hergerichtetes Valetudinarium. Zu seiner Überraschung traf er dort seine drei Gefolgsleute an einem Tisch vor irdenen Näpfen voller Suppe und Bechern mit stärkendem Wein sitzend an, was ihn nun endgültig beruhigte. Die Heilerin und ihre beiden Gehilfen hatten noch die ganze Nacht bei dem Genesenden ausgeharrt und waren inzwischen gegangen, um sich etwas Ruhe zu gönnen.

Bruder Antonius erhob sich und begrüßte seinen Herrn mit heller Freude.

»Wenn du erst weißt, Gebieter, was mir zugestoßen ist … Ich habe nämlich inzwischen mein Gedächtnis wiedererlangt …«

Von tiefer Gemütsbewegung übermannt, versagte dem Mönch die Stimme. Abt Erwin legte ihm die rechte Hand auf die Schulter.

»Wie wäre es, wenn ihr mir erst einmal etwas Platz an eurer Tafel machtet?«

Timotheos und Doremus waren bei seinem Erscheinen ebenfalls aufgestanden und wiesen eilig auf einen Hocker, auf den sich Erwin niederließ, während er seine Leute mit einem Wink einlud, es ihm gleichzutun.

»Gut, sehr gut, meine Söhne!« sagte er zu ihnen. »Erquicken wir uns doch erst einmal, und dann werden wir schon auf dein Abenteuer zu sprechen kommen, sofern du, Bruder Antonius, dazu imstande bist.«

»Das bin ich, und das möchte ich auch, Herr«, antwortete der Mönch.

Nach einigen Bemerkungen über Petronillas Behandlung und ihre emsige Sorge um den Leidenden, ersuchte der Missus dominicus Bruder Antonius, mit der Schilderung seiner so bewegten Erlebnisse zu beginnen.

»Während ich mich also nach Tours aufgemacht habe und dort kurz verweilte«, rief der Sachse einleitend in Erinnerung,

»hast du hier selbst, innerhalb der Umfriedung der Abtei, Ermittlungen zu dem Anschlag auf Meier Conrad angestellt, und vor allem nach möglichen Helfershelfern geforscht, die sich der gedungene Scherge zwangsläufig zunutze gemacht hat.«

»So war es, Herr.«

»Hast du, was diesen Magnus angeht, irgendeinen besonderen Verdacht gehegt?«

»Er gehörte zu einem Dutzend Leuten, mit denen ich mich etwas später noch genauer zu befassen gedachte. Mehr nicht.«

»Konnte er denn wissen, daß du ihn, wenn auch nur ganz am Rande, verdächtigtest?«

»Selbstverständlich habe ich darüber mit niemandem geredet. Ich wüßte nicht, wie er es hätte erfahren können.«

»Somit hat er sich im Grunde erst durch die Flucht selbst als höchst verdächtig zu erkennen gegeben.«

»Ohne Zweifel, Herr!«

Erwin schwieg eine Weile.

»Deine Nachforschungen führten dich also unter anderem in die Stallungen. Und genau diesen Zeitpunkt hat Magnus gewählt, um dort plötzlich hereinzustürmen, auf ein Pferd zu springen und zu fliehen ... unter deinen Augen. Er hätte doch still und leise ausharren können und sich keineswegs durch diese herausfordernde Tat hervortun müssen, zumindest nicht genau vor deiner Nase ...«

»Gewiß! Als er dann aber die Flucht ergriff, war es doch wohl meine Pflicht, ihm sofort nachzujagen, oder?«

»Das ist eine andere Frage ... Du bist ihm nachgehetzt, so viel ist sicher!«

»Ich glaubte, es mit einem Diener zu schaffen zu haben, der sich zum Reiter verstiegen hätte und den ich leicht einholen würde. Dieser Magnus hat sich indes als wahrer Meister erwiesen, wie ich zu meinem Bedauern gestehen muß, der meines Erachtens für einen schlichten Skriptoriumsdiener wahrlich allzu geübt war.«

»Kommen wir auf die Verfolgung zurück! Dank seiner Dreistigkeit und seines Geschicks hat Magnus also einen Vorsprung herausgeschunden. Wie du überhaupt auf seine Spur stoßen und ihn mühelos erspähen konntest, mutet ja bereits recht eigenartig an.«

»Ich hielt es für einen Glücksfall.«

»Gleichwohl hätte dir unverzüglich bewußt werden müssen, daß sein Pferd deutlich schneller war als deine Stute und daß er diesen Vorteil auch bestens zu nutzen wußte.«

»Ich dachte, Leonias Ausdauer würde sich letztlich behaupten und ich könnte den Flüchtigen durch ständige Abkürzungen auf die Dauer einholen.«

»Abkürzungen in einem Sumpf, den er gewiß weit besser kannte als du?«

»Ich habe ihn jedenfalls nie aus den Augen verloren.«

»Vielleicht hat er es so gewollt ... Du kannst nämlich wirklich nicht ausschließen, daß man dir eine Falle gestellt hat und daß das Ganze von Anfang an, die Geschichte in den Stallungen inbegriffen, nur eingefädelt worden war, um dich dorthin zu locken, wo du letztendlich auch angekommen bist!«

»Bei näherer Überlegung muß ich das wohl annehmen«, gestand Bruder Antonius.

»Wärst du denn in der Lage, dich an euren Weg zu erinnern und vor allem den Ort wiederzuerkennen, zu dem du gelangt bist?«

»Diesen Ort werde ich sicher mein Lebtag nicht mehr vergessen. Aber was den Weg angeht ... Diese Sümpfe gleichen sich doch alle, und wir haben so viele Haken geschlagen, wir sind dauernd hin und her und im Kreis geritten ... Außerdem war der Himmel wolkenverhangen ... Ich hatte keine Möglichkeit, mir durch irgendwelche Wegmarken unsere Richtung zu merken.«

»Jedenfalls hast du dich mit einemmal dort wiedergefunden, wo alles vorbereitet war ... für das, was dich dann erwartete ...«

»Und was für Grauen mich da erwartet haben!« rief Bruder Antonius aus.

Mit zahlreichen Unterbrechungen – heftigste Gefühlswallungen, Erinnerungslücken und das Bemühen um Genauigkeit oder nähere Einzelheiten brachten ihn immer wieder ins Stocken – erzählte der Mönch nun von seinem Eintreffen auf jener Landenge, die am Moor endete, von Magnus' Flucht zum gegenüberliegenden Ufer in einem Kahn, dem Empfang durch das Fischerehepaar und dem verhängnisvollen Nachtmahl. Dann schilderte er die so närrische wie schauerliche Feier, deren Zeuge und Opfer er wider Willen geworden war. Als er schließlich zu dem grausigen Schauspiel kam, das ihn glauben gemacht hatte, Erwin wäre, als Höhepunkt dieser götzendienerischen Orgie, unter den unmenschlichsten Qualen zu Tode gebracht worden, vermochte er seinen Bericht fast nicht mehr zu beenden, so erschreckend getreu und lebendig beschwor sein Gedächtnis die grauenhaften Bilder, den heillosen Schrecken, die Verzweiflung und Todesfurcht, die ihn befallen hatte, herauf.

Timotheos und Doremus hatten Bruder Antonius mit sichtlichen Anzeichen heftiger Wut und Entrüstung zugehört. Erwin hingegen saß die ganze Zeit über reglos, mit zusammengepreßten Zähnen da, den Blick in die Ferne gerichtet. Als der Mönch schließlich am Ende seines Berichts angelangt war und noch dargelegt hatte, unter welchen Umständen er das Bewußtsein verlor, um erst viel später in jenem Raum, in dem Petronilla ihn eifrig umsorgte, wieder zur Besinnung zu kommen, erfüllte eine furchtbare Stille den Raum. Der Sachse ließ Wein einschenken und leerte, ganz im Gegensatz zu seinen Gewohnheiten, einen ganzen Becher davon.

Timotheos wagte es als erster, das Wort zu ergreifen.

»Wie sind solche Abscheulichkeiten nur möglich?« fragte er mit nicht sonderlich fester Stimme.

Erwin schüttelte verdrossen den Kopf.

»Woher soll man zunächst einmal wissen, was bei deinen Erlebnissen der Wirklichkeit entsprach und was Wahngebilde deines berauschten Hirns waren, Bruder Antonius?« gab der Abt zu bedenken. »Letztere gewannen wahrscheinlich mehr und mehr die Oberhand, je länger und stärker diese Gifte auf dein Herz, deine Leber und deinen Verstand einwirkten.«

»Wenn ich meinen Erinnerungen glauben darf, Herr, so wurde alles immer monströser, wahnhafter und unerträglicher.«

»Bei allen Heiligen, du wirst dir das Ganze doch nicht nur eingebildet haben?«

»Sicher nicht! Auf der anderen Seite jenes Moors ragte ein Menhir auf! Und dort hat wirklich und wahrhaftig eine orgiastische Götzenfeier mit allerlei Hexerei stattgefunden, die sich in einen entsetzlichen Alptraum verwandelte. Dessen bin ich mir gewiß!«

»So fragt sich nur, warum die Sache auf die Art ins Werk gesetzt wurde ... Ja, weshalb solltest du, nicht mehr Herr deiner Sinne, unbedingt Zeuge dieses aberwitzigen und ungeheuerlichen Festes werden ... und anschließend davon berichten können. Ich meine es genau so, wie ich es sage! Diese Fischer, die dich bewirtet haben, hätten dir sehr wohl ein tödliches Mahl auftischen können, und selbst angenommen, du wärst trotzdem durch ein Wunder lebend davongekommen, so hätte man dir hier in der Abtei schließlich den Garaus machen können. Ich bin mir jedoch sicher, daß dein Tod gar nicht gewünscht war. Die Götzenfeier, die man eigens für dich aufführte, trug sich aus gutem Grund so zu, und du wurdest in voller Absicht so meisterlich vergiftet, um deinen Willen auszulöschen und deinen Verstand wie auch deine Sinne zutiefst zu verstören ... und obendrein solltest du dich hernach unbedingt an alles erinnern!«

Den Fragen zuvorkommend, die seinen verwunderten Gefolgsleuten auf der Zunge brannten, fuhr Erwin fort:

»Ganz ohne Zweifel wollte man uns in erster Linie verhöhnen. Deshalb wurde dir auch meine Hinrichtung vorgespiegelt …«

»Wie kann man nur etwas so Grauenhaftes tun!« murmelte Bruder Antonius.

»… Eine offene Herausforderung also … aber auch eine Warnung, damit wir unsere Nachforschungen einstellen … Ja, eine Warnung, die du uns unter allen Umständen zukommen lassen solltest«, erklärte Erwin mit Nachdruck.

Timotheos nickte bedächtig und seufzte:

»Diese Widersacher muß man wahrlich fürchten!«

»… Zumal in der Falle wahrscheinlich noch eine weitere verborgen ist«, fügte der Sachse an und drehte sich dem Mönch zu. »Würdest du behaupten, du hättest mit diesem Magnus tatsächlich den Spießgesellen des unbekannten Schergen verfolgt, der Meier Conrad zu ermorden suchte?«

»Das dachte ich.«

»Und wenn man dich nur deshalb auf diese Fährte gelockt hätte, weil man dir Sand in die Augen streuen und dadurch den anderen Handlangern ermöglichen wollte, weiter unentdeckt im verborgenen zu bleiben?«

»Die sich folglich immer noch hier befänden?«

»Ja, innerhalb dieser Mauern!«

Doremus wischte sich über den kahlen Schädel.

»Sollten wir also von Feinden umgeben sein?« brummelte er.

»Ich fürchte, ja« erwiderte der Missus.

Um den Ermittlungen, vor allem im Licht der Erkenntnisse aus Bruder Antonius' Enthüllungen, neuen Auftrieb zu verleihen, rief Erwin in den frühen Morgenstunden abermals eine Versammlung ein, um alle Mitwirkenden, ob sie nun an den Untersuchungen bereits teilgenommen hatten oder sich ihnen erst zugesellen würden, mit weiteren Weisungen auszustatten.

Von ihm selbst, seinen drei Gefolgsleuten und der kaiserlichen Wache Sauvat abgesehen, fanden sich daher Vicecomes Faroald und sein Stellvertreter Raynald, Vogt Guntram, Erzpriester Nodon und sein Vikar Argir, Abt Ferreol, der Vorsteher des Klosters von Méobecq, Pater Valentin, Forstmeister Estef und der Oeconomus der Abtei zusammen.

Nach einem Gebet um den Beistand des Heiligen Geistes kam der Missus ohne Umschweife auf das unselige Erlebnis seines treuen Gehilfen zu sprechen.

»Ehre sei dem Allerhöchsten!« hob er an. »Dank Seiner Hilfe und einer hingebungsvollen, sachkundigen und gerade noch rechtzeitig erfolgten Pflege wurde mein teurer Gefolgsmann in die Lage versetzt, wieder zu Kräften zu gelangen und sich außerdem die Gefahren, in die er geraten war, in die Erinnerung zurückzurufen …«

Der Sachse legte daraufhin die wesentlichen Punkte von Bruder Antonius' Schilderungen dar, ließ aber den abscheulichen Höhepunkt der orgiastischen Götzenfeier absichtsvoll unerwähnt.

»Es steht demnach völlig außer Zweifel«, fuhr Erwin fort, »daß Bruder Antonius Opfer einer Machenschaft wurde, die eine mächtige Bande zugegebenermaßen äußerst geschickt eingefädelt hat. Diese gibt sich als Werkzeug der Rache, im Dienste der Einfachsten aus, wie es die Geschehnisse auf dem Gut am ›Feenbuckel‹ ja hinlänglich beweisen. Indes, und dies gehört sicher zu den ungeheuerlichsten und sträflichsten Gesichtspunkten ihrer Umtriebe, die Bande höhnt unverhohlen die göttliche Ordnung und die Auctoritas des Herrschers, indem sie widerliche Feiern ausrichtet, bei denen Hexerei, Ausschweifung und Aufruhr Hand in Hand gehen! So groß ist ihre Macht, so groß ihr Einfluß, daß sie die Bevölkerung dazu bringt, entweder in stillem Einverständnis oder aus Angst über ihre Taten Schweigen zu wahren. Was ich hier anführe, hat uns bislang zwar noch nicht erlaubt, etwas zu unternehmen, um die Bande unschädlich zu machen, so daß wir deren Anführer, Mitglieder und Spießgesellen vor unser Gericht stellen und über sie richten könnten. Doch wir gehen der Lösung mit großen Schritten entgegen, seid euch dessen sicher. Davon abgesehen ...«

Offenkundig recht verdrossen, rieb sich der Sachse mit besorgter Miene unbewußt über Kopf und Nacken.

»Ihr entsinnt euch doch sicher, wie sehr ich mich – noch bevor ich um die aufschlußreichen Erlebnisse meines Gefolgsmannes wußte – bereits darüber wunderte, daß ihr bei eurer Suche nach ihm überhaupt nichts entdeckt oder herausgefunden hattet! Weder zu den genauen Umständen und Hintergründen seiner Vergiftung noch zu dem Ort, wo dies alles stattfand, noch zu seiner Beförderung bis zu jener Lichtung, wo er aufgefunden wurde! Inzwischen empfinde ich jedoch nicht mehr bloß Verwunderung, sondern reinste Verblüffung! Ob man ein Bacchanal nun mitten im Sumpf abhält oder anderswo, ist letztlich einerlei: So etwas wird doch gesehen, in jedem Fall aber gehört. So etwas geht nicht ohne eine große Zahl an Beteiligten, Helfern und Mitwissern vonstatten. Das geht auch nicht ohne Zeugen. Daher finde ich es um so verblüffender, daß ihr, ja, ihr, die ihr angeblich so gründliche Nachforschungen angestellt habt, nicht einmal die Andeutung einer Spur entdeckt haben wollt ... Da tritt ein Unvermögen zutage, das mir gehörig zu denken gibt ...«

Der Missus dominicus hatte seine Rüge in strengem Ton geäußert.

»Ich möchte und verlange, daß die Untersuchungen nun endlich beginnen«, sagte er, jedes Wort einzeln betonend. »Ich sage ausdrücklich ›beginnen‹, denn bis zum heutigen Tag wurde kaum etwas richtig angepackt! Ich möchte und verlange, daß sie mit äußerster Strenge und aller Macht durchgeführt werden! Laßt jeden nur denkbaren Zeugen irgendwelcher verdächtiger Vorkommnisse ergreifen, jeden einzelnen, der wegen seines Standes oder seiner Lebensverhältnisse womöglich im Besitz dienlicher Hinweise sein könnte. Laßt sie eingehend verhören, damit sie uns ihr Wissen preisgeben, auch wenn sie zunächst vielleicht versucht wären, etwas zu verheimlichen. Vergeßt nicht: Von allen anderen Schandtaten und Verbrechen ganz abgesehen, hat man sich hier an dem Mitglied einer kaiserlichen Gesandtschaft vergriffen! Etwas Schlimmeres gibt es nicht! Um zur Wahrheit vorzustoßen, müssen wir der Angst, die diese Schufte einflößen, eine noch weit grimmigere Entschlossenheit als die ihre entgegensetzen. Und dann werden wir zweifellos hundert Anhaltspunkte entdecken, die uns sicherlich nach und nach zu den heimlichen Rädelsführern des Aufstands führen. So unerbittlich gejagt, wird man die Schuldigen unweigerlich entlarven, dingfest machen, schließlich vor Gericht stellen und bestrafen. Und dank dieses Werks der strafenden Gerechtigkeit wird der Brenne wieder zu Frieden und Ordnung verholfen. Um sie zu gewährleisten, bin ich hier. Kaiser Karl, unserer ruhmreicher und gerechter Herrscher, hat sein ganzes Vertrauen in mich gesetzt und mich mit allen Vollmachten versehen, um dies Werk zu vollbringen. Und das werde ich auch tun!«

Der Missus dominicus hielt absichtsvoll einen Augenblick inne.

»Aber keinesfalls allein! Ich habe einen Eilboten nach Bourges geschickt, um Graf Childebrand von den unlängst eingetretenen Vorkommnissen in Kenntnis zu setzen. Sicher wird er in Kürze mit den restlichen Mannen unserer Gesandtschaft zu mir stoßen.«

Erwin erhob sich, und die anderen taten es ihm augenblicklich gleich.

»Seid nun so gut, und prüft mit meinen Leuten, wie die Beschlüsse, die ich euch gerade kundgetan habe, noch heute, noch heute morgen umzusetzen sind«, befahl er unmißverständlich und ging ohne ein weiteres Wort aus dem Raum, während alle Angesprochenen in betretener Stille und mit betroffenen Gesichtern zurückblieben.

Kurze Zeit später verließ der Missus dominicus die Abtei, um seine eigenen Ermittlungen anzustellen. Wie bereits auf seiner Reise nach Tours ließ er sich auch diesmal von Sauvat, zwei Wachen und einem Mönch begleiten, der ihm als Übersetzer dienen sollte. Er wollte sich zunächst in den Norden der Brenne begeben, da in dieser Gegend, seinen Feststellungen zufolge, wenn überhaupt nur sehr dürftige Nachforschungen betrieben worden waren. So gelangte er nach Paulnay und bald zur »*villa* des Römers«, wo er bemerkte, daß die der Hexerei dienenden Gegenstände und Gerätschaften, die ihn bei ihrer ersten Erkundung so sonderbar angemutet hatten, nun verschwunden waren. Hernach ritt er über Villiers nach Saulnay und nahm dort mit seinen Mannen das mittägliche Mahl ein. Auf seinem anschließenden Heimweg, der ihn über Sainte-Gemme und Vendœuvres zur Abenddämmerung wieder in die Abtei zurückführte, gelangte er durch einen dünn besiedelten Landstrich, in dem ausgedehnte Wälder statt Sümpfen vorherrschten.

Wie alle vorherigen Ermittler hatte auch er keine klaren und entscheidenden Anhaltspunkte zusammentragen können, nichts, was ihm Aufschluß verschafft hätte, wo genau dieses »satanische Treiben«, dem Bruder Antonius beigewohnt hatte, abgehalten worden war. Ebenso fehlte nach wie vor jeglicher Hinweis auf irgendwelche Verstecke und Schlupfwinkel, von denen aus die gesamte Bande – oder auch nur ein Teil der Mitglieder – ihre Handstreiche ausführen oder jene orgiastischen Götzenfeiern ausrichten konnten. Gleichwohl ließ sich bei einigen Leuten, denen er mit seinen Fragen zugesetzt hatte, manch betretenes Schweigen, manche Auslassung oder widerspenstige Antwort beobachten, was in seinen Augen darauf hindeutete, daß die Betreffenden um Dinge, ja gar um Geheimnisse wußten, die sie nicht preisgeben wollten oder zu offenbaren wagten. Die hierbei besonders auffälligen Personen hatte er deshalb ausdrücklich angewiesen, sich bereits am darauffolgenden Morgen in der Abtei Saint-Pierre von Longoret einzufinden, um ihm fern von neugierigen Ohren und Blicken ungestört Zeugnis abzulegen.

Nach dem Nachtmahl begab er sich allein in die Kapelle, weil er sich dort, von der Stille der Nacht umhüllt, in Gebete und Gedanken zu versenken gedachte. Kaum hatte er aber die Schwelle überschritten, da wurde er auch schon von zwei vermummten Männern gepackt, während ein dritter ihm einen Knebel in den Mund drückte und eine Kapuze über den Kopf stülpte und ein vierter ihm die Hände fesselte. Erwin versuchte erst gar nicht, sich zur Wehr zu setzen. Er wurde zur Seitentür der Kapelle gebracht, die auf die mittlere Brücke über den Nebenarm der Claise hinausging. Durch die Kapuze vernahm er das leise Murmeln des Wassers. Dann stieß man ihn unsanft in ein Gefährt und band ihn auf einem Sitz fest, wobei sich zu beiden Seiten, wie er bemerkte, je ein Mann niederließ. Schließlich setzte sich der Wagen in Bewegung und schien sich, von den übrigen Entführern begleitet – so schloß Erwin aus dem Getrappel ihrer Pferde –, von Longoret zu entfernen. Nach einer Fahrt, die der Einschätzung des Sachsen zufolge mehr als zwei Stunden gedauert haben mußte, wurde er in ein Verlies geführt, wo man ihm Kapuze und Knebel abnahm und die Hände losband. Dann verließen seine weiterhin verhüllten Häscher wortlos den Raum, und er vernahm noch, wie ein Riegel vorgeschoben wurde.

KAPITEL VI

Erst kurz nach Mitternacht schlugen dann endlich jene zwei Novizen Lärm, die die Wächter vor der Seitentür der Kapelle ablösen sollten. Sie hatten die beiden Männer, ungefähr fünfzehn Schritt von der Brücke über den Seitenarm der Claise entfernt, ohnmächtig am Boden liegend, gefunden. Die Wächter waren gefesselt, geknebelt, mittels Binden ihres Augenlichts beraubt und offenkundig niedergeschlagen worden, weil sie sich wahrscheinlich gegen die Angreifer gewehrt hatten.

Einer der Novizen rannte auf der Stelle zu Abt Ferreol, um diesen über den Vorfall zu unterrichten, während sein Gefährte bei den Ohnmächtigen blieb. Der Klostervorsteher kam unverzüglich hinzu, ließ die beiden Bewußtlosen von ihren Fesseln befreien, nahm ihnen die Knebel und Binden ab und mußte feststellen, daß sie im Augenblick außerstande waren, irgendeine Aussage zu machen. Der Abt ordnete an, die beiden Verletzten sofort ins Valetudinarium zu bringen und bis zur Eröffnung einer Untersuchung streng bewachen zu lassen.

Dann entdeckte Abt Ferreol, daß die üblicherweise fest verriegelte Seitentür der Kapelle, zu der die Brücke führte, offenstand. Doch er unternahm vorerst nichts, weil er sich verpflichtet fühlte, zunächst den Abgesandten des Herrschers von den Geschehnissen in Kenntnis zu setzen.

Um den hohen Herrn in gebührender Form um eine dringende Unterredung zu ersuchen, rief der Klosteraufseher einen Mönch hinzu und ging in dessen Begleitung spornstreichs zu den Gemächern, die Abt Erwin bewohnte. Nachdem der Ordensbruder mehrere Male vergebens an die Tür geklopft hatte, entschloß sich Pater Ferreol, Bruder Antonius zu benachrichtigen. Als aber auch Bruder Antonius keinerlei Antwort auf sein Klopfen erhielt, entschied der Gefolgsmann, auf eigene Verantwortung in die Mönchszelle zu treten. Zu seiner größten Besorgnis fand er sie verlassen vor.

Unterdes hatte sich die Nachricht von dem Handstreich bereits wie ein Lauffeuer verbreitet und das gesamte Kloster in brodelnden Aufruhr versetzt. Mönche, Novizen, Diener und sogar Scholaren stürmten aus ihren Zellen und Schlafsälen, scharten sich zu kleinen Gruppen zusammen und besprachen sich erregt über dieses merkwürdige und besorgniserregende Ereignis, um sich in tausend Vermutungen die Köpfe heiß zu reden.

Von Bruder Antonius unterrichtet, suchten Timotheos, Doremus und Vicecomes Faroald sofort die Abtei und die Nebengebäude, einschließlich der Gärten und Obsthaine, ab. Doch wie hätte sich der Sachse von dem inzwischen herrschenden Treiben fernhalten können, ohne ein Lebenszeichen von sich zu geben? Sie mußten sich letztlich ins Unabänderliche fügen: Abt Erwin hielt sich nicht mehr auf dem Klostergelände auf!

Seine tief beunruhigten Gehilfen und der Vicecomes leiteten weitere Erkundungen in der näheren Umgebung ein. Unter ihrer Führung schritten mehrere Gruppen, die Wege mit Fackeln und Laternen ausleuchtend, die Ufer der Claise ab und durchstreiften die Gassen Longorets sowie das Umland in einem Umkreis von einer halben Meile. Ohne Erfolg.

Die Gefolgsleute des Missus klammerten sich nun an die Hoffnung, ihr Gebieter könne vielleicht zu einem nächtlichen Ritt aufgebrochen sein, wie er es hin und wieder tat, wenn er über eine verzwickte Angelegenheit nachgrübelte. Eine schwache Hoffnung, die sich indes schon bald in Luft auflöste: Zum einen stand Erwins Roß noch immer in den Stallungen, und es fehlte auch kein anderes Pferd; zum anderen gab ein Mönch an, er habe den Missus dominicus um die vierte Nachtstunde auf dem Weg zur Kapelle angetroffen. Die Frage, ob er ihn auch wieder herauskommen gesehen habe, verneinte der Ordensbruder. Da er sich aber nach eigenen Angaben sofort in seine Zelle begeben hatte, war nicht auszuschließen, daß der Sachse das Gotteshaus nach seinem Gebet tatsächlich verlassen hatte. Doch wie ließ sich der Angriff auf die Wächter und jene halb offenstehende Tür der Kapelle erklären?

Bruder Antonius wurde zusehends besorgter, banger und gereizter. An seinem gequälten Gesicht, dem gramgebeugten Leib, den fahrigen Gebärden und seinem stockenden Redefluß ersahen seine Mitstreiter, daß Erwins Verschwinden die schlimmsten Ängste und Schrecken seiner alptraumhaften Erlebnisse wieder in ihm wachrief.

Der Grieche führte seine Untersuchungen derweil mit einzigartiger Strenge und Forschheit durch und erinnerte dabei an den Timotheos von einst, der in Konstantinopel hohe Ämter innerhalb der byzantinischen Stadt- und Landwehr bekleidet hatte. Nichts entging ihm. Mit seinem harten Blick, den zusammengepreßten Lippen und der unerbittlichen Miene hatte er mit dem umgänglichen und einnehmenden Griechen, den er sonst so gerne herauskehrte, nichts mehr gemein.

Was Doremus betraf, der sich unerschütterlich und eisig entschlossen gab, so deutete nichts auf seinen ungeheuren Zorn hin, außer vielleicht, daß er sich häufiger als gewöhnlich und mit einem grimmigen Funkeln im Blick übers Gesicht und den kahlen Schädel fuhr.

Nachdem sie, in Bruder Antonius' Gesellschaft, voller Inbrunst an der Matutin teilgenommen hatten, mußten Timotheos und Doremus ihren Freund beinahe gewaltsam seinen Gebeten entreißen, um sich mit ihm zu beraten. Doch jene furchtbare Frage, die laut auszusprechen sie bis dahin nicht gewagt hatten, vermochten sie gleichwohl nicht zu klären: In welche Gefahren war ihr Herr nur geraten?

Völlig niedergeschmettert blickten sie sich an, weil ihnen mit einemmal bewußt wurde, wie unersetzlich Abt Erwin doch war! Und nicht allein als Missus dominicus des Kaisers, der mit den heikelsten Aufgaben betraut wurde, nicht allein als Geführte Childebrands und Mann der Gerechtigkeit ohnegleichen, als scharfsinniger, gewitzter, hartnäckiger, erfolgreicher ... stets recht und billig urteilender Ermittler und Richter, sondern auch und vor allem als wichtiger Mensch in ihrem eigenen Leben!

Zwar war er bisweilen zu Härte, ja sogar zu Jähzorn imstande, aber stets blieb er zutiefst geradlinig und bot seinen Leuten bei all ihren Unternehmungen einen festen Halt und einen unerschütterlichen Schutz in jeder Widrigkeit. Die drei erinnerten sich bewegt an etliche Begebenheiten, bei denen dieser nur scheinbar kalte, zurückhaltende und des beißenden Spotts mächtige Abt sich auf seine Art sehr wohl warmherzig und auf andere bedacht gezeigt hatte. Er flößte Ehrfurcht ein; man konnte ihm ohne Schmach gehorchen, sich ihm ohne Unterwürfigkeit anvertrauen. Die drei Gefolgsleute ermaßen leidvoll, welcher Abgrund sich vor ihnen aufgetan hatte. Nun mußten sie die schwierigste und schmerzlichste Aufgabe in Angriff nehmen, die sie je zu vollbringen hatten – die Rettung Abt Erwins, ihres Herrn.

Als sie sich gerade daransetzen wollten, die Einzelheiten dieser Aufgabe zu erwägen, fand sich die Zauberin Petronilla bei ihnen ein und verkündete, einer der beiden Novizen, die an der Brücke vor der Kapelle Wache gestanden hatten, habe schlecht und recht das Bewußtsein wiedererlangt. Seine Erinnerungen seien zwar verschwommen und seine Reden wirr, doch sie habe trotzdem heraushören können, daß die beiden Wächter in der Nacht Pferdehufe und das Poltern eines Wagens vernommen hätten; dann seien fünf oder sechs mit Kapuzen vermummte Männer über die Brücke gestürmt und hätten sie angegriffen. Der Novize selbst habe schließlich einen heftigen Schlag auf den Kopf erhalten und sei ohnmächtig geworden.

»Wissen noch andere von dieser Aussage?« fragte der Grieche.

»Ich war mit den beiden Novizen allein im Valetudinarium.

Alle anderen hatten sich zur Matutin begeben. Und dann bin ich sofort hergekommen, um euch als erste zu benachrichtigen.«

»Wir danken dir ganz herzlich, Petronilla! ... Aber warum bist du zuerst zu uns gekommen?«

»Ich habe meine Gründe!«

»Auch ihnen gilt unsere Dankbarkeit, welcher Art sie denn sein mögen.«

Die Zauberin betrachtete einen Augenblick Bruder Antonius' aufgelöste Gesichtszüge.

»Vielleicht sollte ich noch etwas für dich tun?« fragte sie und fügte, an den Mönch gewandt, hinzu:

»Ich weiß, wie bedrückend das Verschwinden deines Herrn besonders für dich sein muß, nach allem, was du erlebt hast. Scheue dich also nicht, dich bei Bedarf an mich zu wenden. Petronilla wird dir auch diesmal zu helfen verstehen.«

Als sie den Raum verlassen hatte, murmelte der Fuchs:

»Ein wertvoller Beistand ... zumal diese Zauberin weit mehr weiß, als es scheint.«

»Durchaus möglich«, pflichtete Doremus bei. »Ob nun Zauberin oder nicht, jedenfalls habe ich sie lieber auf unserer Seite.«

Bruder Antonius hatte seit einer Weile wie abwesend gewirkt, als hätte ihn eine unerträgliche Furcht übermannt. Doch plötzlich schaute er seine beiden Freunde an, und das blanke Entsetzen stand ihm ins Gesicht geschrieben.

»Wie konnte euch das bis jetzt entgangen sein?« rief er aus. »Was hat unser Gebieter noch gleich gesagt? Entsinnt ihr euch dessen überhaupt? Er sprach von einer Kampfansage ... o ja, von einer offenen Herausforderung ... aber auch von einer Warnung! Hört ihr? Eine Warnung!«

Bruder Antonius ballte die Fäuste und schüttelte den Kopf.

»Und was für eine Warnung!« setzte er hinzu. »O guter Gott! ... unser Herr meinte damit, was ich gesehen habe ... diese

Grauen ... die Marter, die sie seinem Ebenbild zum Schein zufügten! ... Und jetzt vielleicht ihm selbst?«

Im Flüsterton fuhr er fort:

»Wer kann daran zweifeln, daß er entführt wurde ... durch diese Unholde? ... Und weshalb, he? Und was taten wir? Statt beständig bei ihm zu sein, statt Tag und Nacht über ihn zu wachen, haben wir leichtsinnig und wider jede Vernunft alle Vorsicht außer acht gelassen ... Was sollen wir nun dem Allmächtigen, Der über uns richtet und uns verdammt, sagen?«

»Ich weiß nicht, was wir dem Allerhöchsten sagen können, außer Ihn um seinen Beistand zu bitten«, entgegnete Doremus forsch. »Ich weiß jedoch, was wir nun zu tun haben: Wir müssen unverzüglich zur Tat schreiten!«

»Ich weiß, welche Wunden dieses Ereignis in dir aufgerissen hat«, griff Timotheos ein. »Aber glaub mir bitte, uns trifft dieser Schlag genauso hart wie dich. Dennoch muß man gerade in solchen Augenblicken kühles Blut bewahren. Daß unser Herr von der Bande entführt wurde, die in der Brenne ihr Unwesen treibt, steht außer Zweifel. Daß sie ihm aber das gleiche Schicksal bescheren will wie seinem Ebenbild, scheint mir keineswegs sicher.«

»Wieso nicht? Warum sollten sie nicht die Absicht haben, ihn auf so abscheuliche Weise zu Tode zu schinden?«

»Das glaube ich nicht«, erwiderte der Fuchs. »Hätten diese Schufte ihn nämlich töten wollen, dann hätten sie es an Ort und Stelle getan.«

»Auf geweihtem Boden?« entrüstete sich der Mönch.

»Was schert die so etwas? Anders vorzugehen, ihn in eines ihrer Verstecke zu schaffen, ist ein gefährliches und schwieriges Unterfangen. Ihre gewagte Tat muß also einem anderen Zweck dienen als einem Mord. Überdies glaube ich nicht, daß er ihnen zum Nutzen gereichen könnte. Sollten sie tatsächlich einen Missus dominicus töten, so wird der ganze Landstrich binnen Wochen mit Feuer und Blut überzogen ...«

»Worte, alles nur Worte, immer wieder nur Worte!« rief Bruder Antonius fassungslos und stürzte aus dem Raum.

Doremus schüttelte traurig den Kopf.

»Das einzige, was wir jetzt für unseren Freund tun können, ist, ihn der Fürsorge Petronillas anzuvertrauen«, bekräftigte er. »Aber, bei Gott, es bricht einem das Herz, ihn zum ersten Mal in diesem Zustand zu sehen, wo er bislang doch stets so standhaft, gescheit und tapfer war ... Davon aber abgesehen, können die Gründe, die du eben, wahrscheinlich um ihn zu beruhigen, ins Feld führtest, sehr wohl für den Beweis des Gegenteils verkehrt werden. Und das weißt du im übrigen genausogut wie ich. Was diese Lumpen getan haben, ist, wie man es auch betrachtet, nicht wiedergutzumachen. Vor der Gerechtigkeit des Kaisers, die die Missi dominici und wir hier vertreten, wird ihnen diese Untat den Tod eintragen, und zwar in der fürchterlichsten Art und Weise ...«

Und leise setzte Doremus hinzu:

»... ob sie unseren Gebieter nun töten oder nicht.«

»Weshalb sollten sie ihn dann töten?« hielt Timotheos dagegen.

»Oder vielmehr, weshalb sollten sie ihn eigentlich nicht töten, wenn sie so oder so unter Qualen sterben müssen?«

»Beeinträchtigt diese Ungewißheit unsere Pflicht in irgendeiner Weise?« fragte der Grieche und schaute seinen Freund mit wild entschlossener Miene an.

»Sicher nicht! Ich weiß, wir müssen mit aller Entschiedenheit handeln, um herauszufinden, wo sie unseren Herrn festhalten, und ihn befreien ...«

»... aber auch mit Geschick, damit seine Entführer nicht zu einer Verzweiflungstat getrieben werden, mit genügend Schlauheit also, um ihnen eine Hintertür offenzulassen!«

»Eine Hintertür, einen Ausweg aus ihrer Lage?« wunderte sich Doremus. »Welchen? Was können Leute, die eine so aberwitzige Tat verübt haben, schon wollen?«

»Ich bin mir sicher, sie haben Abt Erwin gefangen genommen, um ihm einen Handel anzubieten.«

»Und wir werden uns bemühen, ihnen rechtzeitig das Messer an die Kehle zu setzen! …« grollte der ehemalige Aufständische.

Als seine Entführer mit ihren Fackeln in Händen den Raum verließen und die Tür seines Verlieses schlossen, umhüllte den Sachsen völlige Dunkelheit. Er ging auf die Stelle zu, wo er ein Lager erspäht hatte, tastete sich zum Kopfende vor, sprach noch ein kurzes Gebet und legte sich dann nieder, in der Hoffnung, Schlaf zu finden. Doch er konnte sich nicht erwehren, die zurückliegenden Ereignisse in allen Einzelheiten zu überdenken, um nach einer Erklärung für den tollkühnen Streich zu suchen, dessen Opfer er geworden war. Sicher, er hatte die Möglichkeit eines Anschlags nie ausgeschlossen. Die Entschlossenheit und das schnelle Vorgehen aber, die seine Widersacher an den Tag gelegt hatten, erstaunten ihn gleichwohl. Nachdem er sich dann kurz vor Morgengrauen endlich entschieden hatte, wie er sich weiter verhalten wollte, schlief er schließlich ein.

Allerdings blieb ihm nur eine kurze Nachtruhe beschert.

Ungefähr zur zweiten Tagesstunde traten drei Diener – von denen ihm keiner bekannt vorkam – in sein Verlies. Zwei von ihnen brachten ihm ein Morgenmahl aus Kohl mit Speck, geröstetem Fisch und einem Quarkkuchen nebst einem Fläschchen Met, während der dritte neben einem Dreifuß, mit einem Kupferbecken darauf, eine Kanne lauwarmen Wassers und ein Tuch aus feinem Leinen ablegte.

Erwin schaute sich nun in seinem Kerker um, bei dem es sich um eine recht geräumige Kammer handelte. Erhellt wurde sie durch eine Art Luke, die sich aber zu weit oben an der Wand befand, um hinausschauen zu können. Aus der recht ordentlichen Einrichtung ließ sich schließen, daß die Kammer wohl nicht ständig als Verlies diente.

Beim Anblick des auf dem Tisch stehenden Mahls mußte der Sachse unwillkürlich lächeln. Daß man sein bevorzugtes Getränk hinzugefügt hatte, war sicher Teil der Herausforderung: Damit wollten seine Entführer ihm unmißverständlich beweisen, wie gut sie doch über seine Vorlieben, über sein Tun und Lassen Bescheid wußten. Anderseits aber schien dies auch ein Fehler zu sein, was der Befehlshaber dieser Bande offenbar übersehen hatte: In Verbindung mit anderen Anhaltspunkten zeichnete sich hinter der eigentümlichen Fürsorge zusehends deutlicher die Person des Baro ab. Bei näherer Überlegung drängte sich Erwin allmählich der Gedanke auf, es müsse diesem Menschen ziemlich einerlei sein, ob er erkannt werde oder nicht, weil das entscheidende Gefecht in Anbetracht der Tatsache, daß die Klingen bereits gekreuzt waren, nicht mehr lange auf sich warten lassen würde.

Wohin hatte man ihn gebracht? Die Dauer ihrer Fahrt hatte nichts zu bedeuten. Seine Häscher konnten sie durch allerlei Umwege nach Belieben in die Länge gezogen haben. Erwin hielt sein Ohr an die Tür. Ihm schien, als hörte er Stimmen von Männern und Frauen wie auch Pferdewiehern. Wo war er also? In einem Dorf? Eher unwahrscheinlich. Auf dem Wohnsitz eines Gutes? In einem Kloster? Jedenfalls hatte man ihn nicht in ein unterirdisches Verlies gesperrt, da er durch die Luke den Himmel sehen konnte.

Als die Diener zurückkehrten, um das Geschirr abzutragen, wunderten sie sich, daß das Mahl unangetastet war. Der Missus bedeutete ihnen mit einem Wink, alles mitzunehmen. Einer der Männer sprach ein wenig Fränkisch und glaubte, dem Gefangenen gut zureden zu müssen, damit er sich stärke.

»Nimm das weg!« befahl ihm der Sachse barsch. »Ja, auch den Met! Gut! Und jetzt schenkst du in diesen Becher etwas Wasser ein! Trink!«

Zunehmend verwunderter, kam der Mann dem ohne Zögern nach. Erwin beobachtete ihn eine Weile.

»Bestens!« sagte er endlich. »Laß den Becher hier! Und die Wasserkanne auch! Das Mittagsmahl braucht ihr mir gar nicht erst zu bringen. Ich würde es nicht anrühren! Und für das Abendessen gilt das gleiche! Hast du verstanden? Gut! Das kannst du deinem Herrn ausrichten.«

Ohne ein weiteres Wort kniete der Sachse nieder, um zu beten, und streckte sich hernach seelenruhig auf seinem Lager aus. Noch bevor alle Diener die Kammer verlassen hatten, war er bereits eingeschlummert.

In der Abtei Saint-Pierre war es am selben Morgen zwischen Faroald und den Gefolgsleuten der Missi zu einem ernsten Zerwürfnis gekommen. In der festen Überzeugung, zumindest einstweilen des Kaisers ranghöchster Dienstmann vor Ort zu sein, hatte der Vicecomes von Châteauroux all jene, die Abt Erwin am Vortag versammelt hatte, zu einer Beratung einberufen. Hierbei sollten die dringend notwendigen Maßnahmen beschlossen werden, um die Suche nach dem Sendboten des Herrschers einzuleiten. Inzwischen zweifelte keiner mehr daran, daß Abt Erwin entführt worden war.

Timotheos und Doremus weigerten sich indes, an der Sitzung teilzunehmen. Schließlich hatten sie ihre Vollmachten von den Missi selbst erhalten, und diese wiederum vertraten höchstpersönlich und unmittelbar die kaiserliche Macht. Infolgedessen brauchten sie Faroald keinerlei Rechenschaft abzulegen, noch schuldeten sie ihm in irgendeiner Weise Gehorsam.

Sie entschieden zunächst, Sauvat solle Graf Childebrand entgegenreiten, der sich mittlerweile wohl auf dem Weg nach Mézières befand, um ihn zu bitten, seine Ankunft in der Brenne zu beschleunigen. Der Hüne nahm den Auftrag mit der gewohnten Ergebenheit, wenn auch nicht ohne eine gewisse Bangigkeit an. Childebrand die unseligen Ereignisse übermitteln zu müssen, hieß zwangsläufig, einen seiner gewaltigen Tobsuchtsanfälle auszulösen. Auf den Unglücksboten würden unweigerlich ein Hagel an Vorwürfen – gerechtfertigte wie unbegründete – nebst hemmungsloser Flüche und Schimpfwörter einprasseln.

»Ich weiß, was dich erwartet«, räumte Timotheos ein, als er Sauvats besorgte Miene sah. »Nur wird unser Pfalzgraf somit wenigstens Gelegenheit und genügend Zeit erhalten, einen Teil seines Vorrats an Flüchen aufzuzehren. Glaub mir, es ist die Mühe wert, dafür den Kopf hinzuhalten!«

Vor seinem Aufbruch berichtete Sauvat ihnen noch in allen Einzelheiten von den Ermittlungen, die der Sachse am Vortag in der nördlichen Brenne angestellt hatte, und schlug anschließend in Begleitung einer Wache den Weg nach Bourges ein, wobei er trotz seines Unbehagens hoffte, recht bald auf Childebrand und die restlichen Mannen der Gesandtschaft zu stoßen.

In den ersten Morgenstunden trafen nach und nach die von Abt Erwin einberufenen Zeugen in der Abtei ein. Timotheos ließ sie sofort in einem kleinen Refektorium einschließen, wo man den Leuten zur Entschädigung eine reichhaltige Stärkung bereitgestellt hatte. Unter Zuhilfenahme eines Übersetzers widmete er sich dann in Doremus' Beisein unverzüglich den Vernehmungen.

Zunächst erschien ein Bewohner von Paulnay. Über die »*villa* des Römers« und das »wüste Treiben« dort hatte er nichts Neues mitzuteilen, worauf sich Erwins Gehilfen erkundigten, ob er gegen Mitternacht eine Schar Reiter durchs Dorf habe kommen hören.

»Mitten in der Nacht? Ganz gewiß nicht!« bekräftigte der Mann ruhig.

Auch der zweite, aus Azay kommende Zeuge beantwortete diese Frage in derselben Weise, behauptete aber, weder vom »Gespenst des Neumonds« oder von irgendwelchen »Rächern« noch von einer Bande, die einen »Baro« oder auch einen »Flaiel« zu Anführern hätte, je etwas gehört zu haben. Und von nächtlichen Ausschweifungen, geschweige denn von Hexerei erst recht nicht! Eine derart ausgeprägte Ahnungslosigkeit schien kaum glaubhaft. Allerdings lag Azay recht weit von den Sümpfen entfernt, weshalb es die beiden Ermittler für sinnlos befanden, ihn weiter zu verhören.

Dann fand sich ein nahe Villiers lebender Holzfäller vor ihnen ein. Er wirkte von Anfang an befangener, beunruhigter und somit auch nützlicher als der vorherige Zeuge. Von Fragen bedrängt, gab der Mann schließlich zu, es kämen des öfteren, bis spät in die Nacht hinein, Reiterscharen unweit seiner Strohkate vorbei.

»Wie stark sind diese Trupps?« hakte der Grieche nach.

»Acht bis zehn Mann können es schon sein.«

»Kennst du die Leute? Sind sie bewaffnet?«

»Nein, nein, ich kenne keinen einzigen von denen!« erwiderte der Holzfäller hastig. »Und außerdem liegt die Straße zu weit von meinem Haus weg.«

»Und du hast nie die Neugierde verspürt, nachsehen zu wollen?«

»Gott behüte!«

»Weshalb?«

Der Mann blieb eine Antwort schuldig.

»Warum? Laß hören!« herrschte Doremus ihn an.

»Von diesen Leuten hält man sich besser fern«, meinte der Holzfäller schließlich.

»Was heißt das?«

»Zu mir sind die ja bislang noch nie gekommen. Aber da kenne ich andere, bei denen sie waren … Und was die denen nicht alles geben mußten: Korn, Öl … sogar gute Denare! … Deshalb …«

»Ich verstehe«, sagte Timotheos. »Und was nun die von dir erwähnten Reiter angeht: Woher kamen sie, wohin wandten sie sich? Zumindest das dürftest du doch wohl wissen.«

»Ich würd' sagen ... die kamen häufig von Ost ... und da ritten sie auch wieder hin ...«

»Osten, was heißt das genau, welche Ortschaften liegen dort?«

»Saulnay, Arpheuilles ... und dahinter dann Sainte-Gemme, das Tal des Indre ...«

Der Grieche nickte mit verständnisvoller Miene und fragte in aller Ruhe:

»Aber sag mal! Hast du gestern nacht, so um die sechste oder siebte Stunde, in den Gassen eures Dorfes nicht vielleicht das Getrappel eines kleinen Trupps gehört, der beispielsweise aus Paulnay oder geradenwegs aus Mézières kam?«

»Ich schwöre bei Gott, ich habe nichts dergleichen gehört«, antwortete der Holzfäller bestimmt. »Und ich habe wirklich gute Ohren. Falls so eine Schar Villiers durchquert hätte, dann wäre mir das nicht entgangen, vor allem nicht mitten in der Nacht!«

Nachdem der Zeuge den Raum verlassen hatte, fuhr sich Doremus bedächtig über den Schädel und blickte seinen Freund dabei fragend an.

»Das bringt uns nicht viel weiter, oder?«

»Nun, wir haben immerhin einiges erfahren: Im Norden der Brenne sind demnach recht häufig Reiter unterwegs, und vor allem sind die Entführer unseres Gebieters weder durch Paulnay noch durch Villiers oder Azay gekommen. Da sie sich, mitsamt ihrem Gefangenen, von dieser Abtei aus wohl kaum in die Lüfte emporgeschwungen haben können, werden sie mit großer Wahrscheinlichkeit süd- oder ostwärts geritten sein.«

»Willst du die Befragungen fortsetzen?«

»Aber sicher! Sie haben sich bis jetzt doch als einigermaßen nützlich herausgestellt und könnten noch die eine oder andere Überraschung für uns bereithalten.«

»Dann werde ich versuchen, gleich hier und jetzt die Spur

von Erwins Entführern ausfindig zu machen. Bedauerlich, daß uns unser Dickbauch zur Zeit keine Hilfe ist!«

»Gebe der Himmel, daß er uns rasch wieder froh und munter zur Seite steht!«

Doremus hielt es für seine Pflicht, seine Suche von der Kapelle aus zu beginnen, in der der Sachse ja überwältigt worden war. Er betrat sie durch den Haupteingang, wandte sich zur Seitentür, die nach wie vor offenstand, und überquerte die Brücke über die Claise, die auf eine der Gassen von Longoret führte.

Dort schickte er sich an, die Einwohner zu befragen. Doch entweder fand er nur verschlossene Türen vor; oder aber er bekam es mit sichtlich verängstigten Männern und Frauen zu schaffen, die steif und fest behaupteten, nichts Ungewöhnliches beobachtet zu haben, und ihre Angaben mit ausreichend lauter Stimme vorbrachten, auf daß sie auch jedem ihrer Nachbarn zu Ohren kamen. Der ehemalige Aufständische war auf so etwas gefaßt gewesen. Es hätte für einen Bewohner Longorets schon außergewöhnlichen Mutes bedurft, sich der Gefahr von Strafmaßnahmen von einer Bande auszusetzen, die so furchterregend tollkühn war, sich sogar eines Missus dominicus zu bemächtigen.

So begab sich Doremus zurück in die Stallungen des Klosters, schwang sich auf sein Pferd und verließ Longoret in südwestlicher Richtung, um dann einem Pfad zu folgen, der die Ortschaft in einer Entfernung von annähernd tausend Schritt umrundete. Der Weg wirkte gut gepflegt; ihm war so, als könne er am Boden die frischen Spuren mehrerer Pferde und eines Wagens ausmachen.

Nach einem halbstündigen Ritt gelangte er am Rande eines Moors in Sichtweite eines ziemlich weiträumigen, von Nebengebäuden umgebenen Wohnhauses, wahrscheinlich der Mittelpunkt eines Gutes. Die meisten Männer waren offenbar bei der Arbeit.

Doremus' Eintreffen schien die Hausherrin keineswegs zu überraschen – sicher wußte sie um die Anwesenheit einer kaiserlichen Gesandtschaft in der Abtei Saint-Pierre. Sie ging dem Gehilfen der Missi entschlossen, wenn auch von drei stämmigen Hausdienern begleitet, entgegen und fragte ihn, weshalb er sich auf ihren Hof bemüht habe. Ohne die Entführung seines Herrn auch nur beiläufig anzuschneiden, gab Erwins Gefolgsmann an, er spüre einem kleineren Troß nach, der in der Nacht zuvor hier vorbeigekommen sein müsse.

»So gegen Mitternacht?« fragte sie.

Die Hausherrin wandte sich einem ihrer drei Begleiter zu.

»Hast du mir nicht berichtet, du hättest drüben, auf dem Weg durch die Sümpfe in Richtung Mézières, so um die sechste Nachtstunde herum einige Reiter gehört?«

»Ja freilich, Herrin!« antwortete der Mann nach anfänglichem Zögern.

»Haben noch andere die gehört?«

»Ja freilich, Herrin!«

»Weiß man, wie viele es waren?«

»Nein, Herrin! Mitten in der Nacht ... und dreihundert Schritt von unseren Häusern entfernt ... Außerdem müssen die sehr schnell geritten sein.«

Die Frau blickte Doremus an.

»Genügt dir das?«

»Ganz und gar! Sei gedankt, und deine Gehilfen ebenfalls! Die Missi dominici werden von deiner bereitwilligen Hilfe erfahren.«

»Dann ersuche sie doch auch, uns vor denjenigen zu schützen, die einfach herkommen und eine Gabe einfordern. Die Last des Zehnten, den wir dem Erzpriester schulden, ist mit allem übrigen, was sich die Äbte aneignen, wahrlich schon genug!«

»Ich habe schon verstanden. Uns geht es ja gerade darum, dem ein Ende zu machen. Wie nennst du dich?«

»Gerda, zu deinen Diensten.«

Doremus kehrte auf den bisherigen Weg zurück und gelangte nach Mézières. Er nahm an, die Entführer hätten es nicht gewagt, den Marktfleck zu durchqueren, und bog daher nach rechts auf einen weiteren, unmittelbar ostwärts führenden Weg ein.

Nach einer Dreiviertel Meile stieß er zu einem Weiler von ungefähr zehn Behausungen, wo man ihn mit Mißtrauen empfing. Dem Gestammel eines Hirten von etwas schlichtem Gemüt glaubte er zu entnehmen, daß in der Nacht ein Troß durch den Weiler gekommen sei und sich, über einen Pfad quer durch den Sumpf, nach Saulnay gewandt habe. Der Gehilfe der Missi ritt weiter. Nach und nach wurde der Pfad jedoch immer schmaler und auch unsicherer und endete schließlich auf einer Landzunge mitten im Moor: Doremus sah sich entgeistert einer trostlosen Wirrnis aus verrottenden Baumstümpfen sowie kreuz und quer liegenden Stämmen gegenüber, die halb versunken in den schwärzlichen Wassern moderten, von denen sie unter unheimlichem Raunen, Gurgeln und zufriedenem Schmatzen bedächtig verdaut wurden, während da und dort der dunstige Pesthauch des Sumpfs aufstieg. Doremus schauderte derart beim Anblick dieser beunruhigenden Macht, daß er eilig umkehrte und den Rückweg antrat.

In der Abtei hatte Timotheos gerade eine Bewohnerin der nördlichen Brenne aufgerufen, als er zu seiner großen Überraschung Bruder Antonius eintreten sah. Der Mönch wirkte besorgt, aber auch besänftigt, und sein Gang wirkte wieder fester. Er trat auf seinen Freund zu und erklärte sich bereit, an den Befragungen teilzunehmen.

»Du weißt ja gar nicht, wie gut es mir tut, dich endlich wieder an meiner Seite zu sehen!«

»Und ob!« antwortete der Dickbauch, während er neben Timotheos Platz nahm.

Die Frau vor ihnen führte eine Hufe – überwiegend mit Gemüseanbau – südlich von Saulnay, unweit des Sumpfs, der an das Waldstück Berger grenzte. Sie gehörte dem freien Stand an und hieß Estella. Beim Eintreten hatte sie den beiden Männern, die sie verhören wollten, einen furchtsamen Blick zugeworfen. Um ihr die Angst zu nehmen, erkundigte sich der Fuchs zunächst nach ihrer Hufe, nach deren Lage, nach den Wegen und Pfaden, die über ihr Land gingen oder in nächster Nähe daran vorbeiführten.

Bruder Antonius griff nun ein und hielt seinen Freund davon ab, die Frage nach dem nächtlichen Troß zu stellen, die ihm wohl am wichtigsten war.

»Wenn ich dich richtig verstanden habe, liegt dein Land mitten im Moor, in der Nähe eines Walds?« meinte der Mönch zu Estella.

»So ist es.«

Nun beschrieb er ihr den Ort, zu dem ihn seine Verfolgungsjagd geführt hatte, und fragte sie, ob es in der Umgebung ihrer Hufe eine Stelle mit einem Langstein gebe, die seiner Schilderung entsprechen könne.

»Die gibt es, aber so einen Stein, von dem du erzählt hast, findet man da nicht. Der nächste Menhir steht auf einer kleinen Anhöhe, nicht auf einem Buckel, und dazu noch mitten im Wald, ungefähr fünfhundert Schritt vom Wasser entfernt; ein anderer dieser Langsteine ist noch etwas weiter weg, er steht aber auch nicht am Ufer. Und ›Feentische‹ sind ja liegende Steine, die meinst du nicht, glaube ich.«

»In der Tat! Und was ist mit dem Fischerhaus in der Nähe eines Anlegestegs, das ich erwähnt habe?«

Der Mönch stellte seine Frage in einem so beherrschten Ton, daß Timotheos aufmerkte.

»Na ja, bei Fischerhäusern gibt es ja meistens einen Steg«, gab die Frau zu bedenken. »In meiner Gegend sind drei, aber keines, das deiner Beschreibung ähnlich sieht …«

»Wirklich nicht?« fauchte Bruder Antonius und blickte Estella erzürnt an. »Warum lügst du? Warum verheimlichst du mir, daß das weiße Gespenst in deinem Sumpfland, ja vielleicht sogar auf deiner Hufe, abscheuliche und gottlose Feste ausrichtet? Warum verschweigst du, daß der Baro genau dort seine Bande lasterhafter Männer und Frauen zu viehischen Orgien zusammenschart, daß sich diese Bande von dort aus zu ihren blutigen Unternehmungen aufmacht und daß sich in dieser Gegend Schlupfwinkel befinden, in denen heimlich Leute gefangengehalten werden?«

Die Frau wurde kreidebleich und begann heftig zu zittern.

»Wer hat solche Schauerlichkeiten behauptet?« stammelte sie. »Das ist nicht wahr! Nein! Ich weiß nichts von dem Gespenst, von der Bande, dem ›satanischen Treiben‹, den Ausschweifungen oder ... von diesem geheimen Kerker ... Nein, das stimmt auf keinen Fall, hörst du! Auf gar keinen Fall, ich schwöre es!«

»Was kostet dich schon ein solcher Schwur, wenn du eine Spießgesellin dieser Leute bist, wenn du zu ihnen gehörst?« brüllte Bruder Antonius. »Wer weiß, ob du nicht ständig zu diesen Teufeleien rennst, ob du selbst nicht eine *strix* bist?«

»Was? Ich soll eine *strix* sein? Ich?«

Sie schien einer Ohnmacht nahe.

Der Grieche hatte rasch begriffen, daß die vermeintliche Ruhe seines Freundes bloß die Maske einer Besessenheit war: Der Mönch wollte um jeden Preis wieder zu jenem Ort zurück, wo er machtlos Zeuge des vorgetäuschten Foltertods ihres Herrn geworden war. Wahrscheinlich glaubte er, man könne – hätte er dieses verfluchte Ufer erst einmal wiedergefunden – dort die entscheidende Spur entdecken, die sie zum Kerker des Sachsen führen würde.

Timotheos wollte gerade einschreiten, um Estellas Qualen ein Ende zu machen, da blickte sich Bruder Antonius plötzlich verstört um, als erwache er gerade aus einem Alptraum, fiel dann auf die Knie und begann zu beten. Schließlich erhob er sich wieder und sagte mit ruhiger und fester Stimme zu der noch immer zitternden Frau:

»Bring mich trotzdem dorthin!«

Der Grieche überlegte einen Augenblick, ob er Estella noch zu der Entführung selbst vernehmen sollte, sah aber davon ab. Die Hufenbäuerin war nicht mehr imstande, weitere Fragen zu beantworten; vor allem aber schien es ihm für die völlige Genesung seines Freundes unerläßlich, daß dieser seine Suche auf der Stelle fortsetzte.

Bruder Antonius trieb nun zur Eile. Zusammen mit Estella und dem Diener, der seine Herrin auf dem Rücken eines Maultiers begleitet hatte, verließ er auf seiner Stute unverzüglich die Abtei Saint-Pierre in Richtung Mézières. Hinter dem Marktflekken schlugen sie die Straße nach Sainte-Gemme ein und bogen nach einer weiteren Meile auf einen Pfad, der quer durch den Sumpf gen Norden führte.

Bisweilen brach die Sonne zwischen den dahinziehenden Wolken durch und tauchte die dunklen Wasser, die Seerosen, Wasserlinsen, Binsen und Schilfstengel in ein rötliches, geheimnisvolles Licht. Hier und da flogen beim Näherkommen der drei Eindringlinge Vögel auf; andere wiederum hielten nur einen Augenblick in ihrer Jagd nach Fischen inne, um die Ankommenden kurz zu beobachten, und widmeten sich dann wieder ihrer Nahrungssuche. Aale oder Schlangen zogen schillernd und behende ihre gewundenen Bahnen. Mancherorts, wo der Morast dem Sumpfland eine erdige Färbung verlieh, stiegen Blasen an die Oberfläche und verströmten beim Zerplatzen einen widerwärtigen Geruch, gleich den Ausdünstungen eines Ungeheuers, das in der Tiefe lauerte.

Bruder Antonius schüttelte es. Er brachte sein Pferd zum Stehen, um das Moor ausgiebig zu betrachten. Zwar wurden seine Ängste vom Anblick dieser Landschaft wieder wachgerufen, aber eher in gemilderter Form. Plötzlich erspähte er in der Ferne eine undeutliche Frauengestalt, die ihm scheinbar zulächelte und mit ihrer durchscheinenden Hand freundlich winkte. Doch weit davon entfernt, Entsetzen zu verspüren, schaute er lange zu dieser wohlwollenden »Fee« hinüber, als gäbe sie ihm still zu verstehen, das Moor wolle wegen des argen Unrechts, das ihm zugefügt wurde, Abbitte leisten und biete ihm nun als Entschädigung das zauberhafte Schauspiel seiner Fruchtbarkeit, seines Reizes und seiner Schönheit dar.

Unter Estellas Führung kam der Mönch bald darauf zu einem ersten Fischerhaus mit einer Anlegestelle in unmittelbarer Nähe. Er mußte eingestehen, daß es keinerlei Ähnlichkeit mit jenem aufwies, bei dem seine Verfolgungsjagd geendet hatte: Weder fand sich hier ein gegenüberliegendes Ufer noch ein Langstein. Daher brachen sie sofort wieder auf, ritten zu Estellas Hof, einem stattlichen Weiler, durchquerten diesen und begaben sich dann Richtung Osten zu einer weiteren Strohkate. Sie lag tatsächlich am Waldsaum und am Rande des Moors. Aber auch sie entsprach in keiner Weise Bruder Antonius' Erinnerungen. Estella bestand indes darauf, ihn auch noch zu dem Langstein zu führen, der fernab von jedem Ufer mitten im Gehölz stand.

Anschließend kehrten sie quer durch Gemüsefelder wieder zum Sumpf zurück, wo sie sich nach Süden wandten, um das dritte Fischerhaus aufzusuchen. Im Näherkommen erblickten sie vor der Kate einen Mann, der sein Reittier am Zügel hielt und sich anscheinend mit den Bewohnern unterhielt. Der Mönch vermochte in dem Reiter mühelos Doremus zu erkennen. Er setzte Leonia in Galopp, preschte auf ihn zu, sprang vom Pferd und schloß seinen Freund in die Arme. Ein rascher Blick genügte Bruder Antonius, um festzustellen, daß auch dieser Ort ihm gänzlich fremd war. Nachdem er Doremus mit Rang und Namen vorgestellt hatte, erklärte er Estella, er wolle seine Nachforschungen hier beenden. Die Hufenbäuerin lud ihn und seinen Gefährten nun ein, das Mittagsmahl in ihrem Heim einzunehmen.

Auf dem Weg zu Estellas Gutshof setzte Doremus seinen Freund von Timotheos' ersten Vernehmungen und den Ergebnissen seiner eigenen Ermittlungen in Kenntnis.

»Die Bande könnte sehr wohl eine falsche Fährte gelegt haben«, erklärte er. »Fest steht allerdings, daß sich mehrere Reiter und ein Wagen mitten in der Nacht von Longoret Richtung Süden aufgemacht haben. Der Troß schwenkte gleich darauf nach Osten, zog an Mézières vorbei und stieß dann, weniger als eine Meile von diesem Marktflecken entfernt, auf die nach Vendœuvres führende Straße, um sich anschließend nach Norden zu wenden. Unglücklicherweise habe ich mich offenbar in den Sümpfen verirrt und die Spur dort verloren.«

»Wie weit war das von dem Haus entfernt, wo wir uns getroffen haben?« fragte Bruder Antonius.

»Von der Landzunge, wo ich plötzlich nicht mehr weiterkam, bis dorthin habe ich ungefähr eine Stunde gebraucht, allerdings mit erheblicher Sucherei.«

»Aus der Vogelschau betrachtet, muß die Stelle also ganz in der Nähe liegen.«

»Ohne Zweifel. Jedenfalls sehe ich nur drei Möglichkeiten: Entweder ist der Troß jählings Richtung Süden umgeschwenkt, oder er hat sich nach Osten gewandt, oder aber, er ist weiter nordwärts gezogen ...«

»... in welchem Fall er hier oder in der unmittelbaren Nähe durchgekommen sein muß.«

»Vielleicht hast du von unserer Gastgeberin ja bereits etwas dazu erfahren?«

Peinlich berührt enthüllte der Mönch nun, auch er habe sich Timotheos' Vernehmungen hinzugesellt und sei genau in dem Augenblick hinzugekommen, da besagte Hufenbäuerin Estella ihre Aussage machen sollte; er gestand, daß er die Befragung nahezu allein durchgeführt und dabei nichts anderes im Sinn gehabt habe, als unter allen Umständen jenen Ort aufzuspüren, wo Erwins Ebenbild vor seinen Augen scheinbar zu Tode gefoltert worden war.

»Ich dachte, so würden wir den Entführern sicher auf die Spur kommen«, fügte er hinzu.

»Na ja, warum eigentlich nicht«, räumte Doremus versöhnlich ein. »Außerdem ist ja noch nicht alles verloren.«

Gegen Ende ihres Mahls aus gegrilltem, mit Fenchel gewürztem Fisch, Aschenbrot mit Kümmel und frischer *cervesia* lud der ehemalige Aufständische die Hausherrin ein, sich zu ihnen an den Tisch zu setzen, was sie schließlich auch tat.

»Als du in der Abtei Saint-Pierre auf deine Vernehmung warten mußtest«, begann Doremus, »dürftest du sicher erfahren haben, daß Abt Erwin, Missus dominicus von Kaiser Karl, unserem Herrscher, in der Nacht zuvor von üblem Gesindel entführt wurde, wahrscheinlich von Baros Bande.«

»Ja, darüber wurde im Refektorium geredet.«

»Ich muß dir sicher nicht sagen, daß es sich hierbei um ein schwerwiegendes Vergehen handelt.«

Doremus rückte seinen Stuhl näher an Estellas Hocker heran.

»Glaub mir, uns ist vor allem daran gelegen, eure Gegend vor Unheil zu bewahren!« versicherte er und schaute ihr dabei in die Augen. »Und dafür sehe ich nur eine Lösung: Wir müssen schnellstens den Ort finden, wo der Gesandte des Herrschers gefangengehalten wird, und ihn befreien ... bevor es zu spät ist.«

Der ›Markgraf der Lichtungen‹ schilderte ihr nun seine Nachforschungen und beschrieb ihr die Stelle, zu der sie ihn geführt hatten.

»Der Troß muß also hier in der Nähe, etwas weiter südlich von deiner Hufe, angekommen sein, davon bin ich inzwischen fest überzeugt. Bruder Antonius und ich haben allen Grund zu glauben, daß die Entführer unseren Gebieter zu einem ihrer

Schlupfwinkel im Norden der Brenne geschafft haben. Sollte dies der Fall sein, so haben sie den Weg über deine Hufe oder aber die Straße, die unmittelbar daran vorbeiführt, eingeschlagen. Wenn wir die Bewohner von Sainte-Gemme, Saulnay oder der umliegenden Weiler befragen, werden wir sicherlich die Wahrheit erfahren, so wie wir sie bislang stets erfahren haben. Aber die Zeit drängt! ... Estella, ich habe dir nichts verschwiegen ... Du weißt, um was es hier geht ... Ich höre also!«

Die Frau hatte sich erhoben und behauptete schließlich, nach langem Zögern, mit halblauter Stimme:

»Über mein Land ist letzte Nacht kein Troß gezogen ...«

»Ich glaube dir. Aber vielleicht über die Straße? Estella, um Himmels willen, bedenke doch, was auf dem Spiel steht! Hilf uns! ... Hilf den Leuten hier! ... Ich verspreche dir bei meinem Seelenheil, ich werde alles tun, was in meiner Macht steht, um den Zorn meiner Herren zu besänftigen. Überdies bin ich felsenfest davon überzeugt, daß es Abt Erwin, der sich zur Zeit in den Händen seiner Entführer befindet, gelingen wird, das Schlimmste zu verhindern! Und deshalb mußt du mit mir dafür sorgen, daß er am Leben bleibt!«

Estella warf sich auf die Knie und rief unter Tränen aus:

»Gott und alle Heiligen mögen mir zur Seite stehen ... Oh, kann ich dir wahrhaftig vertrauen? ... Warum nur hat der Allmächtige mir eine solche Bürde auf die Schultern geladen? ... Gott ... wie kann ich treu bleiben ...«

»Frau, du verrätst niemanden ... Demnach ist dieser Troß tatsächlich letzte Nacht über die große Straße gezogen?«

Schluchzend stimmte sie mit einem Kopfnicken zu.

»Und zwar Richtung Saulnay.«

»Ja ... ja ...«, gestand sie in einem Hauch. »Nun aber ... flehe ich dich an ... frag mich bitte nichts mehr!«

Bruder Antonius stand auf und segnete sie tief bewegt und feierlich mit einem Kreuzzeichen.

»Möge der Herr unser Gott deiner Seele Frieden gewähren!« bekundete er. »Und ich, Sein demütiger Diener, kann dir versichern, du hast der Ehre gemäß und zum Wohle der Deinigen gehandelt. Möge dies Wissen dir Trost bringen.«

In Saulnay eingetroffen, ließen sich die beiden Ermittler an einem der Tische vor einem Kramladen nieder, dem einzigen Geschäft des Dorfes, das auch als Schenke diente. Sie hatten keinerlei Mühe, dem Besitzer die Zunge zu lösen. Redselig erzählte ihnen der Mann mit unzähligen Einzelheiten und unter ständiger Wiederholung von Nebensächlichkeiten, wie ihn mitten in der Nacht lauter Hufschlag aufgeschreckt habe und er sofort auf die Straße gestürzt, aber zu spät gekommen sei, und wie er trotzdem habe ausmachen können, welche Richtung die Reiter eingeschlagen hätten.

»Und zwar die Straße nach Norden!« erklärte er mit selbstzufriedener Miene.

»Nach Norden? Was heißt das genau?« hakte Doremus nach.

»Die nächste Ortschaft liegt kaum eine Meile entfernt und heißt Arpheuilles. Dahinter kommt dann das Tal des Indre, von Clion über Saint-Genouph bis nach Buzançais, und der Weiher des Baro* ...«

»Was hast du da gerade gesagt? Es gibt in dieser Gegend einen Weiher des Baro?«

»Ja, der liegt ungefähr zwei Meilen von hier, in der Nähe von Buzançais.«

»Und was genau hat es mit der Bezeichnung Weiher auf sich?« wollte Bruder Antonius wissen.

»Das ganze Gebiet war früher einmal ein Moor. Vor etlichen Jahren, zu Beginn der Herrschaft unseres Königs Karl, da haben Mönche zum Indre hin Dämme anlegen lassen. Ein Teil des Sumpflands wurde dadurch in Gemüsefelder und der andere in einen Fischweiher umgewandelt.«

* Étang Baron«

»Mönche? Welche Mönche? Die von Méobecq oder von Longoret?«

»Nein. Deren Klöster liegen zu weit weg. Wahrscheinlich Ordensleute aus dem Tal.«

»Nicht aus dem Umland?«

»In Arpheuilles hat es wohl mal ein Priorat gegeben, von Benediktinerinnen, wie behauptet wird. Aber das steht schon lange leer.«

»Finden sich in der näheren Umgebung Höhlen oder unterirdische Gewölbe?« fragte der ehemalige Aufständische nach.

»Im Tal des Indre gibt es eine ganze Menge ... und zwischen Arpheuilles und Saint-Genouph, bei einer Gemarkung mit dem Namen ›Hufe des Abts‹*, befindet sich eine Art Höhle. Darüber hinaus liegt hier in der Nähe noch eine sogenannte *villa*, die längst verfallen ist, ein altes, wirklich sehr altes Haus ... womöglich mit unterirdischen Gewölben. Da geht aber keiner gerne hin: Es wimmelt dort nur so von Schlangen, und außerdem ist der Ort arg verrufen.«

»Was meinst du damit?« rief Bruder Antonius erregt. »Das weiße Gespenst? Nächtliche Ausschweifungen?«

»Davon habe ich noch nie etwas gehört«, erwiderte der Schankwirt. »Doch in manchen Nächten kommen dort böse Geister zusammen. Daher wird die *villa* selbst bei Tag gemieden ...«

Als Doremus bemerkte, daß der Mönch noch weiter in den Mann dringen wollte, flüsterte er ihm auf fränkisch zu:

»Falls dieser Schwätzer irgend etwas darüber wüßte, dann hätte er es uns schon gesagt! Es ist wirklich nicht nötig, ihn noch hellhöriger zu machen.«

Doremus legte zwei Denare auf den Tisch.

»Du hast uns sehr geholfen!« meinte er zu dem Schankwirt, indem er ihm mit einem Wink bedeutete, die Münze an sich zu nehmen und sich zurückzuziehen.

* Manse-L'Abbé.

Der ehemalige Aufständische wartete ab, bis der Mann seine übertrieben demütigen Dankesbezeugungen beendet hatte und wieder in seinen Laden zurückgekehrt war, bevor er fortfuhr:

»Ich glaube, mein Freund, wir dürften nicht mehr weit von unserem Ziel entfernt sein.«

»Mag sein«, brummelte Bruder Antonius.

»So hör doch! ... Wie wir bereits erfahren haben, wird die Straße, die von West nach Ost durch die nördliche Brenne zieht, häufig von Reitertrupps benutzt, die es stets sehr eilig haben und möglichst nicht gesehen werden wollen. Nun haben wir festgestellt, daß der Troß, dessen Bestimmungsort wir suchen, durch diesen Ort gekommen und weiter nach Norden gezogen ist. Diese beiden Wege dürften sich also unweit von hier schneiden.«

»Ja ... Nur wo genau? In Arpheuilles, Sainte-Gemme ... oder weiter nördlich, im Tal des Indre?«

Doremus blickte seinen Freund mit einem leisen Lächeln an.

»Als ob du selbst nicht wüßtest, wie die Antwort auf diese Frage herauszufinden ist!«

»Ja ... ja ... ich weiß schon«, grummelte der Mönch.

Nachdem sie ihre weiteren Schritte abgesprochen hatten, schwang sich Doremus wieder auf sein Pferd und verließ Saulnay auf dem Weg, der westlich um Arpheuilles herumführte. Auf diese Weise stieß er bis zu einem nördlich der Ortschaft gelegenen Weiler vor und kehrte dann nach mehr als zweistündigen Nachforschungen über einen Pfad zurück, der östlich von Arpheuilles verlief. Nicht einer der Leute, die er unterwegs befragen konnte, hatte in der Nacht zuvor das Getrappel von Pferdehufen gehört. Darüber hinaus hatte keiner von ihnen bei seinen Antworten Verlegenheit, Zögern oder gar Angst zu erkennen gegeben.

Bruder Antonius hatte sich währenddessen zu Fuß in Richtung Arpheuilles aufgemacht und war nach einer halben Meile in ein Waldstück gelangt. Vorsichtig und lautlos drang er weiter vor, bis er schließlich an den Saum einer Lichtung kam, in deren Mitte mehrere Strohkaten standen. Im Dickicht verborgen, erspähte er bald darauf zwei Männer mit Bogen, Köcher und Kurzschwert, die mit Ackersleuten, Hirten oder Holzfällern ganz und gar nichts gemein hatten. Er setzte seine Überwachung eine Zeitlang fort und konnte beobachten, wie die beiden Männer die Einwohner der Ansiedlung recht geringschätzig behandelten. Plötzlich hatte er dabei den Eindruck, seine Anwesenheit wäre bemerkt worden. Er fürchtete sich zwar keineswegs vor einer etwaigen Auseinandersetzung, mußte aber alles vermeiden, was Lärm schlagen konnte. Als die beiden mutmaßlichen Schurken zu seiner großen Erleichterung ihre Unterhaltung unter tönendem Gelächter wieder fortsetzten, konnte er sich so unauffällig davonschleichen, wie er gekommen war.

Voll neuer Kraft und wieder heiter gestimmt, kehrte er zufrieden nach Saulnay zurück. Nachdem Doremus erneut zu ihm gestoßen war, brachen die beiden Gefolgsleute der Missi auf dem schnellsten Weg und im gestreckten Galopp Richtung Longoret auf und trafen noch vor dem Abend in der Abtei Saint-Pierre ein.

Wie angekündigt hatte Erwin die mittägliche Stärkung genausowenig angerührt wie das Morgenmahl. Als die Diener dann zum Abtragen in seine Zelle kamen, sah der Sachse zu seiner Überraschung auch den Holzschuhmacher Rafanel eintreten.

»Du weißt ja sicher, welcher Gefahr du dich aussetzt, wenn du dich mit offenem Visier vor mir einfindest«, sagte der Abt.

»Das weiß ich!« gestand Rafanel. »Doch wer schwebt zur Zeit nicht in Gefahr, frage ich dich, Herr?«

Er ging zu den Speisen hinüber, die noch immer auf dem

Tisch standen, nahm von jedem Gericht einen Bissen, aß diese gemächlich auf, goß sich schließlich einen Becher Met ein und trank einen Schluck davon.

»Wie du siehst, ist nichts von alledem vergiftet«, behauptete er. »Weder in der Nahrung noch in diesem Getränk befinden sich irgendwelche unheilbringenden Zaubermittel wie die, die deinen Gefolgsmann vorübergehend in den Wahn gestürzt und krank gemacht haben.«

»Damit beweist du gar nichts«, wandte Erwin ein. »Es kann einige Zeit dauern, bis solche Gifte ihre Wirkung zeigen. Ohnehin faste ich nicht aus Furcht! Sieh es vielmehr als Verweigerung an! Ich werde mich auf gar keinen Fall auf das Spiel derer einlassen, die es gewagt haben, einen Gesandten des Herrschers gefangenzunehmen. Wie geräumig mein Verlies auch sein mag, wie köstlich meine Speisen auch scheinen mögen, sie werden die Kränkung niemals aufwiegen!«

»Fürchtest du denn nicht um dein Leben?«

Der Sachse betrachtete sein Gegenüber mit einem spöttischen Lächeln:

»Sollten meine Entführer denn nichts anderes im Sinn haben als einen Mord ... mit verheerenden Folgen?«

»Was weiß ich? Ich kam jedoch gerade zu dir, Herr, um dir zu sagen, daß unser Anführer, der überall ›Baro‹ genannt wird, eine Begegnung mit dir wünscht. Er möchte dich sprechen. Er läßt dir ausrichten, es sei von allergrößter Wichtigkeit.«

»Mich zu sehen, dürfte für ihn wohl ein leichtes sein! Er weiß ja, wo er mich gefangenhält, und vermag mein Verlies nach Belieben zu betreten. Er braucht den Kerkermeister nur anzuweisen, ihm die Tür aufzuschließen ... Sich indes mit mir unterhalten zu wollen ... das ist etwas ganz anderes!«

»Er hat diese Antwort erwartet und mich aufgefordert, dich mit Nachdruck darum zu bitten.«

»Und ich begreife auch, weshalb! Hör mir gut zu, Rafanel! Graf Childebrand und die unter seinem Befehl stehende Gesandtschaft wie auch meine Gefolgsleute und alle anderen, die in diesem Gau des Kaisers Macht und Auctoritas vertreten, haben seit meiner Entführung sicher keinen Augenblick geruht. Ich weiß zwar nicht, wo ich festgehalten werde, wenngleich ich allmählich eine gewisse Vermutung habe. Die nach mir suchen, werden dies jedoch schon bald herausfinden. Eine Entführung hinterläßt zwangsläufig Spuren. Infolgedessen werden sie schon in Kürze einschreiten ... in den kommenden Stunden ... in dieser Nacht vielleicht ... spätestens morgen jedenfalls. Also wird euer ›Baro‹ mich um etliches zu bitten haben ... wenn er das Schlimmste verhindern will.«

Erwin blickte den Holzschuhmacher bohrend an.

»... und du weißt ja, was ›das Schlimmste‹ bedeutet, nicht wahr?«

Rafanel senkte den Kopf.

»Leider ja!« murmelte er.

»Ich hingegen habe um nichts zu bitten«, fügte der Gesandte der Kaisers hinzu. »Soll ich etwa um mein Leben betteln? Was würde es ihm nützen, mich zu töten? So geh jetzt! Was du aus meinem Mund erfahren hast, kannst du ihm getrost hinterbringen ... Vor morgen früh braucht mich nun keiner mehr zu stören ... es sei denn, um mir eine Abschrift der Offenbarung des Johannes zu bringen, sofern es an diesem Ort hier überhaupt eine gibt. Dies ist meines Erachtens genau der richtige Zeitpunkt, um wieder einmal einige prophetische Abschnitte nachzulesen.«

Gegen Ende des Nachmittags, der Abt dämmerte nach langen Gebeten auf seinem Lager vor sich hin, trat ein vermummter Mann in das Verlies, legte eine Handschrift auf dem Tisch ab, ging dann zu Erwin hinüber und blieb eine ganze Weile reglos bei ihm stehen, bis er sich schließlich geräuschlos wieder zurückzog.

Noch bevor sie die ersten Häuser Mézières' erreicht hatten, bemerkten Bruder Antonius und Doremus, daß der Marktflekken in hellem Aufruhr war. Der Grund wurde ihnen sofort klar, als sie auf dem Marktplatz und in den angrenzenden Gassen die Reiter, Packwagen und Diener der kaiserlichen Gesandtschaft erblickten.

Hermant, der Hauptmann der Wachen, eilte den beiden Ankömmlingen entgegen.

»Wir wollten gerade zur Abtei Saint-Pierre weiterziehen.«

»Wie konntet ihr nur so rasch hier sein?« erkundigte sich Bruder Antonius.

»Graf Childebrand hatte beschlossen, früher aufzubrechen, weil beunruhigende Gerüchte bis hinauf nach Bourges gedrungen sind. Daher haben wir uns bereits vor zwei Tagen von dort aufgemacht. Unterwegs sind wir zunächst dem Boten begegnet, den Abt Erwin zu uns entsandt hat; und als wir Châteauroux gerade hinter uns gelassen hatten, stieß auch Sauvat zu uns und überbrachte uns die abscheuliche Nachricht. Ich muß euch sicher nicht beschreiben, wie er von unserem Grafen empfangen wurde; ich hätte wahrlich nicht in Sauvats Haut stecken wollen. Aber ihr kennt ihn ja. Er hat alles ertragen, ohne mit der Wimper zu zucken, und unseren Missus durch seine unerschütterliche Ruhe letztlich entwaffnet. Graf Childebrand hatte sich dann auch rasch wieder in der Gewalt. Er hat uns eine rauhe Gangart auferlegt, und nun brennt er darauf, in aller Eile die Abtei zu erreichen. Er wird unsere Rast sicher abkürzen.«

»Zuvor muß er aber noch erfahren, was wir soeben entdeckt haben.«

»Nur Mut!« meinte Hermant, während er seine Freunde zum Missus dominicus führte, der sich vor der Vogtei aufgebaut hatte.

Als er seine beiden Gehilfen näher kommen sah, blitzten seine Augen zornig auf.

»Ihr seid also auch hier!« schrie er ihnen entgegen. »Mir wird ja wahrhaftig alles verheimlicht! Beim Arsch des Teufels, was habt ihr mir zu berichten?«

Es folgten noch einige wenig schmeichelhafte Bemerkungen, bis der Graf sich schließlich beruhigte. So vermochten Bruder Antonius und Doremus ihm endlich von den Nachforschungen zu berichten, die Timotheos in der Abtei und sie selbst im Norden und Osten der Brenne angestellt hatten.

»Somit ist es durchaus möglich, daß Abt Erwin in Arpheuilles gefangengehalten wird«, meinte der Mönch abschließend. »Sogar höchst wahrscheinlich ...«

»Wo genau?«

Doremus nannte ihm die Orte, die hierfür in Frage kamen. Wieder völlig Herr seiner selbst, grübelte Childebrand einen Augenblick nach, bevor er fortfuhr:

»Ich nehme an, es gibt keine andere Spur.«

»Zumindest keine ernst zu nehmende, Herr. An falschen Fährten und Fallen herrscht allerdings kein Mangel.«

»Und wer hat die gelegt?«

»Wenn wir das wüßten, dann wüßten wir auch, wer sich hinter den Masken des Baro und dieses Flaiel verbirgt.«

»Und was sonst noch?«

Bruder Antonius erläuterte dem Missus, was sie über die Bande, deren Anführer und Tätigkeiten in Erfahrung gebracht hatten.

»Unerhört, widerwärtig, abscheuerregend, verdammenswert!« donnerte Childebrand mit geballten Fäusten.

Dann kam er wieder auf die Untersuchung zu sprechen, die seine beiden Gefolgsleute in der Umgebung von Arpheuilles durchgeführt hatten.

»Haben euch diese Schufte oder ihre Spießgesellen bei euren Nachforschungen entdeckt?« fragte Childebrand.

»Ich denke, nein«, meinte der Mönch und schilderte ihm, wie umsichtig er vorgegangen war.

»Auch ich glaube das nicht«, fügte Doremus an. »Allerdings könnte einer der von mir Befragten diese Leute sehr wohl gewarnt haben. Es würde mich sogar schwer wundern, wenn dem nicht so wäre.«

»So daß die Bande bereits in diesem Augenblick alle erforderlichen Vorkehrungen treffen dürfte«, bekräftigte der Graf.

»Es wäre wohl klug, von dieser Annahme auszugehen ... Aber ich betone nochmals, daß nichts sicher ist ...«

»Ich habe schon verstanden«, fiel ihm Childebrand ins Wort und rief nach einer Wache.

»Hermant, sein Stellvertreter und Sauvat sollen augenblicklich zu mir kommen!« trug er dem Mann auf.

Als die drei vor ihm standen, gebot er dem letztgenannten, eilig in die Abtei zurückzukehren.

»Richte Timotheos aus, er soll sich mit den restlichen Mannen der Gesandtschaft sofort nach Arpheuilles aufmachen, um dort mit dem Hauptteil des Trupps zusammenzutreffen.«

Dann wandte er sich an Doremus und fragte ihn:

»Wie viele Straßen, Wege und befahrbare Pfade gehen von dieser Ortschaft ab?«

»Fünf«, antwortete Doremus nach kurzem Überlegen. »Die kürzeste Straße nach Mézières, also hierher, führt über Saulnay; dann ein von Ost nach West führender Weg Richtung Villiers; eine Straße, die Arpheuilles mit Clion im Nordwesten verbindet; eine weitere, die unmittelbar nach Norden, Richtung Saint-Genouph vorstößt; und endlich ein ostwärts, nach Sainte-Gemme führender Weg.«

Noch während er sprach, zeichnete Doremus die Lage der genannten Ortschaften mit der Fußspitze auf dem Boden auf.

»Und kein Flußlauf?« hakte der Missus nach.

»Doch, aber eher ein Bächlein.«

Graf Childebrand sah die Umstehenden nacheinander an.

»Sehr gut«, meinte er endlich. »Dann werden wir uns jetzt in Bewegung setzen!«

So brachen der Missus dominicus, seine Leute und die fünfzig schweren Reiter des Trupps zum zwei Meilen entfernten Saulnay auf. Nachdem sie die Ortschaft im gestreckten Galopp durchquert hatten, schlugen sie unter Führung des »Markgrafen der Lichtungen« einen Weg ein, der weiträumig um Arpheuilles herumführte. Childebrand stellte an allen Kreuzungen kleine Einheiten mit dem Auftrag ab, jede Person, jeden Wagenzug oder Trupp, der diesen Marktflecken verlassen wollte, falls nötig mit Gewalt abzufangen. Bei Einbruch der Nacht waren sämtliche Ausfallwege endlich gesichert. Der Pfalzgraf hatte derweil sein Lager zwischen Saulnay und Arpheuilles aufgeschlagen und Meldegänger damit betraut, die Verbindung zwischen den verschiedenem Posten und ihm selbst aufrechtzuerhalten. Auch der restliche Troß der Mission aus Packwagen und Bediensteten stieß nun bald zu ihnen. Zur Aufstockung seiner Truppe ließ Childebrand zwanzig Diener bewaffnen.

Anschließend schickte er Doremus und Bruder Antonius mit kleinen Streiftrupps los, zwei »verdächtige« Orte auszukundschaften: zum einen die unterirdischen Kammern bei der »Hufe des Abts«, eine halbe Meile nordöstlich von Arpheuilles, die als Kerker dienen konnten; und zum anderen die Überreste der großen römischen *villa*, in der sich unter Umständen ein Schlupfwinkel befand. Die beiden Gefolgsleute kehrten jedoch alsbald zurück, ohne etwas Ungewöhnliches beobachtet zu haben.

Kurz vor Mitternacht trafen, den Weg mit Fackeln beleuchtend, Timotheos, Sauvat, die restlichen Leute der Mission … und Petronilla ein – sie hatte ausdrücklich darauf bestanden, die Männer zu begleiten. Der Grieche berichtete Childebrand in knappen Worten von den Vernehmungen, die er den ganzen Tag fortgeführt hatte, konnte aber keinerlei neue Erkenntnisse oder wichtige Hinweise vermelden. Anschließend zogen sich alle zurück, um sich etwas Ruhe zu gönnen.

Childebrand fand jedoch keinen Schlaf. Aufgewühlt ging er vor seinem Zelt auf und ab, während er ständig an Erwin denken mußte und sich dabei fragte, ob die von ihm beschlossenen Maßnahmen wohlbedacht und wirkungsvoll waren. Auch Doremus konnte kein Auge zutun und gesellte sich zu ihm. Ins Grübeln versunken, gingen sie wortlos ein paar Schritte gemeinsam, bis der Graf plötzlich stehenblieb.

»Sag mir, was flüstert einem ehemaligen Aufständischen sein Gespür zu?«

»Daß er dort ist«, antwortete der Gefolgsmann und deutete dabei in Richtung Arpheuilles. »Ja, irgendwo dort drüben!«

»Und lebt er noch?« fragte Childebrand mit halb erstickter Stimme.

»Ja, er lebt!« versicherte sein Gehilfe.

»Das wolle Gott!«

»Ja, das wolle Gott …«, murmelte Doremus vor sich hin.

KAPITEL VII

Kurz nach Einbruch der Dunkelheit trat Rafanel abermals unerwartet in Erwins Kerker. Der Holzschuhmacher wirkte besorgt.

»Warum belästigst du mich schon wieder?« herrschte ihn der angelsächsische Abt an. Er hatte im Schein von Kerzen gerade in der auf dem Tisch liegenden Handschrift gelesen.

»Wir müssen von hier fort«, erwiderte der Mann. »Es muß sein. Man hat mir aufgetragen, dich davon zu unterrichten, Herr, damit du dich zum Aufbruch rüstest.«

»Da ich weder weiß, wer dieser ›man‹ ist, noch wo wir uns ›hier‹ befinden – obwohl ich, wie ich dir bereits sagte, es allmählich ahne –, da mir völlig schleierhaft ist, wohin es nun gehen soll, und da ich ... zu guter Letzt ja keinerlei Gepäck habe, schert mich das herzlich wenig! Allerdings finde ich es doch irgendwie merkwürdig, daß du mich genau in dem Augenblick unterbrochen hast, als ich mich dem folgendem Abschnitt widmen wollte.«

Ohne auf die Schrift zu schauen, trug der Abt nun die Verse vor:

»Und als es das fünfte Siegel auftat, sah ich unten am Altar die Seelen derer, die umgebracht waren um des Wortes Gottes und ihres Zeugnisses willen. Und sie schrien mit lauter Stimme: ›Herr, Du Heiliger und Wahrhaftiger, wie lange richtest Du nicht und rächst nicht unser Blut an denen, die auf der Erde wohnen?‹* ...«

Erwin beobachtete den Holzschuhmacher, der reglos vor

* Offenbarung des Johannes, 6,9–10. [»Es« bezeichnet hier das »geschlachtete Lamm«, das als Sinnbild den am Kreuz geopferten Erlöser, Jesus Christus, darstellt. *(Anm. d. Übers.)*]

ihm stand und voller Ehrfurcht der Musik jener Worte lauschte, die er nicht verstand. Mit der linken Hand fuhr der Abt sich über die Stirn, während der Zeigefinger seiner Rechten auf die Stelle deutete, die er soeben gesprochen hatte.

»Willst du mir wenigstens den Grund für die Entscheidung nennen, die du mir verkünden solltest?«

Rafanel zögerte einen Augenblick und stürzte dann jäh aus der Kammer.

Der Abt las gerade wieder in der Heiligen Schrift, da platzte der Holzschuhmacher erneut herein.

»Brechen wir jetzt auf?« fragte der Gefangene.

»Nein, Herr! Wir bleiben!«

»Das nenne ich aufschlußreich. Ist irgend etwas Unvorhergesehenes vorgefallen?«

»Das weiß ich nicht.«

»... oder du darfst es mir nicht sagen. Nun gut! ...«

Um seinen Gleichmut zu zeigen, hatte sich Erwin bereits wieder über die Handschrift gebeugt, als der Holzschuhmacher hinzufügte:

»Mein Gebieter will dich sehen, und zwar dringend, Herr ...«

Der Missus warf Rafanel einen raschen Blick zu.

»Welcher Gebieter?« wollte er wissen. »Kann man den Anführer einer Bande als Gebieter bezeichnen?«

»Es geht um Leben und Tod!«

»Um wessen Tod? Meinen? Seinen? Den vieler anderer?«

»Um Tod, ehrwürdiger Vater! Die Zeit drängt!«

Der Sachse schaute sein Gegenüber spöttisch lächelnd an.

»Du kannst ihm mitteilen, ich hätte ihm nichts zu sagen. Er hat mich entführen lassen, und ich weiß nicht, warum. Er hat mich meiner Freiheit beraubt, und nun will er mich ›dringend‹ sprechen. Könnte es denn sein, daß er endlich das ganze Ausmaß des Unheils ermißt, das er ausgelöst hat? Das ist ganz allein seine Sache. Ich bin bloß sein Gefangener.«

Rafanel griff nun nach der Wasserkanne, goß etwas Wasser

in das Becken auf dem Dreifuß, hob diesen mit beiden Händen hoch, stellte ihn dann in Reichweite des Missus dominicus und sagte schließlich, mit Tränen in der Stimme:

»Hier, Herr! Damit kannst du dir die Hände in Unschuld waschen!«

Erwin stand verblüfft auf. Er schaute den Holzschuhmacher aufmerksam an und verharrte eine ganze Weile in Schweigen. Schließlich setzte er sich wieder, fuhr sich nochmals mit der Hand über die Stirn und sagte zu Rafanel:

»Er soll im Morgengrauen kommen! Ich werde ihn empfangen. Gleich jetzt wäre sinnlos. Laß mich nun in Frieden!«

Die Wachtrupps waren die ganze Nacht über in Stellung geblieben, um Arpheuilles sicher abzuriegeln. Nachdem ihre Anführer festgestellt hatten, daß die Späher der Bande zurückgezogen worden waren, rückten die Einheiten auf Childebrands Befehl hin noch vor Tagesanbruch in Richtung des Marktflekkens vor. Ohne blankziehen zu müssen, gelangten die kaiserlichen Wachen bis dicht an die Ortschaft heran. Dort stießen sie indes auf allerlei Schanzwerk, auf Gräben, Böschungen, Wälle und Palisaden, die den Ort selbst und die unmittelbare Umgebung schützten und hinter denen sich ihre Widersacher verbargen. Derartige Befestigungen wären bei einem gut geführten Sturmangriff zwar ohne allzu große Schwierigkeiten, doch sicher nur unter Verlusten durchbrochen worden. Vor allem aber konnte Childebrand nicht mit aller Macht vorgehen, ohne das Leben Erwins, der Geisel des Baro, zu gefährden.

So beratschlagte er sich im Beisein von Diakon Dodon mit seinen unmittelbaren Gefolgsleuten und mit Hauptmann Hermant. Alle pflichteten seiner Entscheidung bei: Ein geballter Sturm war ausgeschlossen, zumindest zur Stunde. Dies brauchte sie jedoch nicht davon abhalten, ihn als Ultima ratio gebührend vorzubereiten, was allerdings voraussetzte, daß sie vorab Aufschluß über die Beschaffenheit des Ortes erlangten und insbesondere in Erfahrung bringen müßten, wo genau Erwin festgehalten wurde. Da aber keiner der Anwesenden bislang in dem Marktflecken gewesen war, schlug Timotheos vor, Petronilla zu befragen, die ihnen ja ihre Hilfe angetragen hatte. Sie wurde also hinzugerufen und bekundete trotz Childebrands mürrischen Empfang keinerlei Furcht.

»Kannst du uns vielleicht sagen, weshalb eine wie du uns ihre Dienste anbietet?« herrschte sie der Missus an.

»Ich habe mich doch bereits zum Nutzen eurer Gesandtschaft eingesetzt, oder nicht?« erwiderte sie lächelnd. »Frage doch den Mann da an deiner Seite, Vortrefflichster! Er rang mit dem Tode, als er mir gebracht wurde. Weißt du eigentlich, wie leicht es für mich gewesen wäre, nur so zu tun, als ob ich ihn pflegte, und ihn einfach sterben zu lassen, ja seinen Tod sogar noch zu beschleunigen? Statt dessen aber ...«

Bruder Antonius warf ihr einen dankbaren Blick zu.

»Ja ... schon möglich ...«, brummelte der Graf. »Du hast meine Frage aber noch nicht beantwortet.«

Petronilla deutete mit raumgreifender Armbewegung auf die Mitte Arpheuilles'.

»Die Schufte dort drüben haben meine Freundin Fabiana, die Zauberin war wie ich selbst, ermordet. Ja, Herr, eine Zauberin! Und weißt du auch, warum diese Mordgesellen ihr einen Pfahl ins Herz gerammt haben? Um alle glauben zu machen, sie wäre eine *strix* gewesen und hätte folglich wie ein dämonisches Wesen zu Tode gebracht werden müssen! Zauberinnen wie wir wissen um die Macht des Wassers, der Luft, des Feuers und der Erde, um die Kraft der Wurzeln, Rinden, Blätter und Blüten; sie verstehen sich auf die Kunst des Heilens und Stärkens mit Hilfe der Engel und des Allerhöchsten; sie haben den Eid abgelegt, sich niemals an die Höllenmächte zu wenden. Wir rufen stets die Himmelsmächte an. Sie sind es, die uns Wissen und Kraft verleihen. Bestreitest du, daß sie über Luzifer und seine Heerscharen obsiegen?«

»Ganz sicher nicht!« entgegnete der Graf verwundert.

»Doch ich habe dir noch nicht offenbart, weshalb Fabiana in Wahrheit getötet wurde ... Sie verdammte jene beim Ruf des weißen Gespenstes stattfindenden Bacchanale, vor allem aber die Taten dieser angeblichen Rächer, die zur sogenannten ›Bruderschaft des Neumonds‹ gehören. Sie hat ihnen sogar die geforderten Denare verweigert und deren Drohungen mit Drohungen beantwortet. Wahrscheinlich haben sie geglaubt, Fabiana würde sie verraten.«

»Haben sie sie deshalb auf so grauenhafte Weise ums Leben gebracht?«

»Ich denke, ja.«

»Und wie steht es um dich?«

»Ich werde ebenfalls bedroht ... wie Fabiana.«

Der Graf blickte die Zauberin mit sichtlicher Hochachtung an.

»Und außerdem schien mir der Sendbote des Herrschers, dieser Abt, der zur Zeit in Gefahr schwebt, trotz seines strengen Auftretens ein redlicher Mann, ein Mann der Gerechtigkeit und Barmherzigkeit zu sein«, fügte Petronilla noch hinzu.

»Dem ist auch so, da kannst du sicher sein.«

Childebrand bat sie nun, ihnen die Ortschaft Arpheuilles zu beschreiben, was sie auch sogleich tat. Dodon zeichnete währenddessen anhand ihrer Angaben eine Karte auf ein Täfelchen, die er im Laufe ihrer Darlegungen immer weiter vervollständigte. Der Graf nahm anschließend den fertigen Entwurf genau in Augenschein und wies mit dem Finger auf eine Stelle.

»Hier, etwas abseits des Marktfleckens, liegt also das ehemalige Priorat zur heiligen Radegunde, ein altes Benediktinerinnenstift, das, wie du gesagt hast, nach mehreren aufsehenerregenden Ärgernissen erst vor kurzem geräumt wurde. Das stimmt doch?«

»Ich denke.«

»Gut! ... Sind diese Gemäuer noch halbwegs instand?«

»Im großen und ganzen, ja! Sie wurden auf festen Grundmauern aus dicken Bruchsteinen errichtet.«

»Meinst du, es gibt in Arpheuilles noch andere Gebäude, die als Kerker dienen könnten?«

»Dürfte ich dir eine Frage stellen, bevor ich antworte?«

»Ich höre!«

»Dieses frühere Kloster liegt ja nicht im Marktflecken selbst. Gleichwohl schließen die Schanzwerke der Bande die Gemäuer in sich ein, oder?«

»Ja, und dafür mußten die Lumpen ihre Anlagen sogar gehörig ausweiten.«

»Hältst du, Herr, es unter diesen Umständen nicht für denkbar, daß dein Freund mit großer Wahrscheinlichkeit genau dort gefangengehalten wird?«

»Sehr fein beobachtet!« würdigte Childebrand. »Kannst du mir nun noch die Lage der Räume in dem ehemaligen Priorat schildern?«

»Das kann ich nicht, denn ich habe sie noch nie betreten.«

»Befinden sich dort unterirdische Gewölbe?«

»Keller gibt es da sicherlich, wie überall, aber große Gewölbe glaube ich nicht. Zumindest habe ich bislang nichts dergleichen gehört. Anderswo gibt es schon welche, das weiß ich, ungefähr eine halbe Meile von hier.«

»Etwa bei der Hufe des Abts?«

»Oder in der großen ›*villa* der Römer‹.«

»Die haben wir bereits überprüft. Da hält sich offenbar niemand auf.«

Nachdem Bruder Antonius Petronilla im Namen der Missi dominici gedankt und sie die Lichtung verlassen hatte, wo die Franken auf Childebrands Geheiß ihren Kriegsrat hielten, unterzog der Graf die gewonnenen Erkenntnisse einer genauen Betrachtung.

»Die Belagerten waren zu Anfang sicher überrascht, wahrscheinlich auch recht unschlüssig, dürften aber inzwischen das ganze Ausmaß der Bedrohung, die über ihren Köpfen schwebt, erfaßt haben. Also? Was können sie unternehmen wollen?«

»Zunächst läßt sich ja nicht ausschließen«, antwortete Doremus, »daß einige Aufständische ihre Sache als verloren und ihre Stellung als unhaltbar betrachten und überdies fürchten, sie hätten grauenhafte Strafen zu erleiden, sollten sie lebend gefaßt werden. Infolgedessen könnten sich die Abtrünnigen zur Flucht entschließen und versuchen, im Schutz des letzten Dämmerlichts durch unsere Linien zu schlüpfen. Unsere Streiftrupps müßten also, wie mir scheint, entsprechend zusammengestellt und angewiesen werden, denn es kann überall und zu jedem Zeitpunkt zu Plänkeleien zwischen den Flüchtigen und unseren Wachen kommen.«

Hermant pflichtete Doremus' Einschätzung lebhaft bei und erklärte, er wolle zusätzliche bewaffnete Diener als Meldegänger heranziehen, um eine fortwährende Verbindung zwischen den stehenden Posten zu gewährleisten.

»Was um so gebotener ist«, meinte Bruder Antonius, »als dieses Gesindel sehr wohl einen geballten Ausbruch an einer einzigen Stelle wagen könnte, um sich mit aller Macht aus diesem Unternehmen zu winden, in das es sich verirrt hat ... Leider kennen sich diese Leute hier viel besser aus als wir ... Somit kann ich Doremus nur zustimmen, Hermant: Allein durch rasche Aufklärung werden wir zu raschen Gegenmaßnahmen in der Lage sein!«

Timotheos strich sich bedächtig über den Bartkranz und runzelte die Stirn, um die Aufmerksamkeit auf sich zu lenken, und mischte sich dann mit halblauter Stimme in die Überlegungen ein:

»Ich bin mir noch immer nicht im klaren, warum ... nun ja, weshalb sie unseren Herrn, Abt Erwin, überhaupt entführt haben ... Erscheint dies Unterfangen auf den ersten Blick nicht aberwitzig und entsetzlich zugleich?«

»Großer Gott, sollten sie etwa die Absicht haben ...«, murmelte Childebrand mit düsterem Blick, ohne seine Frage zu beenden.

»Das wird der Allerhöchste nicht zulassen«, setzte der Fuchs erneut an. »Und außerdem, falls es ihnen … darum ginge – allein der Gedanke daran bereitet mir Höllenqualen –, dann hätten sie es doch sofort getan und sich nicht erst durch Erwins Entführung und Einkerkerung in tausend Nöte gebracht … Nein, sie mußten und müssen noch immer ein bestimmtes Ziel im Auge haben, sie werden sicherlich irgendwelche Forderungen stellen … im Tausch … wie soll ich sagen?«

»Und dennoch. Wie schwer uns die Worte auch über die Lippen gehen mögen, wie abscheulich uns diese Möglichkeit auch erscheinen mag, wir sollten trotz allem den Mut aufbringen, es offen auszusprechen: Hier steht nach wie vor Erwins Leben auf dem Spiel!« erklärte Doremus mit äußerst besorgter Miene.

Im ersten Licht des Morgens kniete sich der angelsächsische Abt zum Gebet nieder. Plötzlich hörte er, wie der Riegel seines Kerkers zurückgezogen wurde. Die Tür ging auf, und herein trat nicht etwa einer der Anführer der Bande, wie er es erwartet hatte, sondern eine hochgewachsenc Frau in einem langen Obergewand, das von einem sehr schlichten Leibgurt gehalten wurde; ein zarter Schleier bedeckte ihr rötliches Haar und umspielte ihr hellhäutiges Gesicht mit den eigenartigen, verschiedenfarbigen Augen. Kummer und Tränen hatten es gezeichnet, doch dessen Schönheit keineswegs beeinträchtigt. Den Blick fest auf Erwin geheftet, ging sie mit langsamem, geschmeidigem, beinahe schwebendem Schritt auf ihn zu.

Der Missus erhob sich.

»Bist du Agnes?« fragte er.

Sie bejahte dies mit einem Kopfnicken.

Er setzte sich an den Tisch, auf dem noch immer die aufgeschlagene Abschrift der Apokalypse lag, und wies ihr einen ihm gegenüber stehenden Hocker an.

»Du kannst Platz nehmen.«

Sie ließ sich nieder und verharrte kerzengerade und mit gesenkten Augen, ohne ein Wort zu sagen. Erwin brach als erster die Stille.

»Nun sitzt also diejenige vor mir«, fuhr er sie an, »die alle Scham und Rechtschaffenheit abgelegt hat, um sich wie eine Liebesdienerin zusammen mit diesem Wüstling von einem Ehemann in die hemmungsloseste Unzucht zu stürzen; ein Weibsbild, das anschließend alles ihm Stich ließ, um die Gefährtin eines Bandenoberhaupts zu werden, wie man mir zutrug und sogar dein Bruder mir bestätigt hat ...«

»Dann bist du ihm also begegnet?« rief sie aus.

»... Da sitzt also dieser Mensch, der in gewissen Nächten, beim Ruf eines angeblichen Gespenstes, inmitten der Sümpfe unerhörte Feste angeführt hat ... widerwärtige Götzenfeiern ... Schande über dich!«

»Götzenfeiern? Niemals, hörst du, niemals! Ich schwöre dir, wir haben niemals die Höllenmächte beschworen, wir haben niemals Götzen angerufen, und wir haben in keiner Weise den Leibhaftigen und seine Brut angebetet! Niemals!«

»Wenn es nicht für Satan war, wem galten dann eure Gesänge, Tänze und Anbetungen, in wessen Namen fanden dann die Orgien statt?« hielt der Sachse dagegen.

»Ist es denn verboten, dem Wasser, der Erde und der Luft, den Pflanzen und Bäumen, den Geistern und Nymphen, die die Natur bewohnen, den Feen, den elbischen Wesen und jedwedem Geschöpf zu huldigen?«

»Der Mensch darf allein Gott anbeten, Der all diese Dinge geschaffen hat!«

»Wer sagt dir denn, daß wir Ihn nicht anbeten?«

»Indem ihr eure Leiber allen erdenklichen Ausschweifungen hingebt?«

»Sind wir denn die einzigen, die alle Freuden des Leibes auskosten, mit denen der Schöpfer uns beschenkt hat?«

»Widerlich!«

»Warum, Herr? Weil es sich hier um Leute wie uns handelt? Es ist mir indes sehr wohl bekannt, wie sich die Großen und vor allem die bei Hofe aufführen«, behauptete Agnes. »Sollten Orgien allein den Mächtigen vorbehalten sein?«

Verwundert blickte Erwin die Frau an, in der er zunächst nur eine eher törichte Bacchantin, wenn nicht eine Hetäre niederster Gesinnung gesehen hatte, und die sich nun, auf fränkisch, mit einiger Gewandtheit und gehöriger Tapferkeit verteidigte.

»Verderbtheit und Unzucht werden den Mächtigen noch weniger vergeben denn den Einfachen«, fuhr er fort. »Indes, wenn ich dem glauben darf, was einer meiner Gefolgsleute, nämlich Bruder Antonius, mir berichtete, so ging es bei euren Feiern, bei denen du eine herausragende Aufgabe, eine in Wahrheit sehr traurige Aufgabe verkörpertest, nicht bloß um die Befriedigung von Lüsternheit, sondern um ganz andere Dinge, wie es jenes Ritual beweist, bei dem das Ebenbild eines Missus dominicus, nämlich meines, unter schrecklichen Qualen vermeintlich zu Tode gefoltert wurde!«

»Dein Gefolgsmann hatte Zaubermittel zu sich genommen, die seine Sinne getrübt und seinen Verstand zerrüttet haben.«

»... und ihn beinahe ums Leben brachten ... Aber, sage mir doch, woher weißt du das eigentlich?«

»Ich weiß es, weil ich mich dagegen ausgesprochen hatte. Die Vergiftung deines Gehilfen war ein unsinniges Vergehen, die vorgetäuschte Hinrichtung deines Ebenbilds eine gefährliche Herausforderung, die obendrein nicht das geringste mit unseren Weihefesten zu tun hat.«

»Demnach leugnest du weder deine Teilnahme an den verabscheuungswürdigen, von dem Mann in Rot geleiteten Riten noch deinen brünstigen Tanz und die Bacchanale, die du damit entfesselt hast?«

»Wie könnte ich das?« erwiderte sie in aller Ruhe.

Der angelsächsische Abt blickte sie streng an.

»Und du wagst es, dies einfach so zu gestehen, ohne vor Scham zu vergehen, du gewissenlose Ehebrecherin und wüste Dirne? Du schändliches Weib hast – was wohl das schlimmste ist – so viele andere zur Verkommenheit und Sünde verleitet, du hast die Gebote Gottes mit Füßen getreten und der Ordnung, die der gerechteste aller Fürsten schuf, den Kampf angesagt!«

Scheinbar niedergeschmettert senkte sie zunächst den Kopf, hob ihn aber langsam wieder.

»Glaube, Ordnung ...«, entgegnete sie halblaut. »O Herr ... Weißt du denn, was ich von früher Kindheit an in deren Namen erlebt habe? Meine Mutter, eine Frau aus gutem und edlem Geschlecht, wurde während des Krieges zwischen Franken und Aquitaniern vom Hauptmann eines fränkischen Haufens geschändet. Kurze Zeit danach haben diese viehischen Kriegsknechte erst unser Haus geplündert und in Brand gesteckt und ihr dann die Kehle durchschnitten. Zwei meiner Mumen wurden von Mönchen aus dem Norden so viele Male und mit solcher Gewalt geschändet, daß sie daran verstorben sind. Unsere Ländereien wurden beschlagnahmt und einem der Eroberer, einem ungebildeten Rohling, überlassen. Mein Bruder und ich mußten den Gau von Limoges* verlassen, wo fast unsere gesamte Familie umgekommen war – die wenigen Überlebenden wurden damals in die Knechtschaft gezwungen –, und in die Gegend von Tours fliehen ...«

Sie schaute den Gesandten des Herrschers mit leidenschaftlich erregter Miene an.

»Ist es denn möglich, daß mich diese Greuel hier und heute einholen?« flüsterte sie.

Der Abt ließ ihr Zeit, sich wieder etwas zu fassen, bevor er sie gemahnte:

»Ich trage doch wahrhaftig keine Schuld an der abscheu-

* Das Limousin

lichen Lage, in die ihr uns alle gebracht habt und in der es tatsächlich zum Schlimmsten kommen könnte.«

In Agnes schien sich Widerspruch zu regen, den der Abt jedoch mit einem Wink unterband. Da Erwin aber den Stich, den Rafanel ihm durch seine verzweifelte Fürbitte und Anklage versetzt hatte, noch immer brennend spürte, fügte er augenblicklich hinzu: »Wiewohl all das mich keineswegs kalt läßt, zumal es dabei ja auch um mein Leben geht; aber vor allem, weil etliche andere Menschenleben als nur mein eigenes auf dem Spiel stehen, weil viel Unheil und Elend auf die Brenne niederfahren könnten, und das wünsche ich nicht.«

»Weißt du, den man barmherzig nennt, weshalb ich es gewagt habe, in aller Frühe an diesem unheilschwangeren Morgen herzukommen und mich an dich zu wenden? Ich tat es weder im Namen der ›Bruderschaft des Neumonds‹ oder deren Anführer noch in dem ihrer Streiter, sondern ausschließlich im Namen aller Frauen, die sie begleiten, und der Kinder, die diese Frauen bereits zur Welt gebracht haben oder noch unterm Herzen tragen. Diese Frauen haben in deinen Augen vielleicht schwere Sünden begangen, jedoch keine Verbrechen! Und was die Kinder betrifft ...«

»Muß ich es dir denn nochmals wiederholen?« warf der Missus ein. »Die Bacchanale und Saturnalien des heidnischen Rom wieder zum Leben erwecken, Hexerei betreiben und sich ihrer zu allerlei Listen und Tücken bedienen, der Ordnung Gottes und der Gerechtigkeit des Kaisers spotten, was wäre all dies wenn nicht ein Verbrechen?«

»Nach welchen Gesetzen, Herr? Hat nicht jeder das Recht, seinen Sitten und Bräuchen entsprechend zu leben?«

»Hör mir jetzt gut zu, Agnes« erwiderte ihr Erwin mit feierlichem Ernst, »und erfahre, daß wir, die Missi dominici, von unserem Herrscher alle Vollmachten erhalten haben, um diese Schandtaten, die ihr begeht, zu unterbinden und mit aller Entschiedenheit, wenn nötig auch unbarmherzig zu bekämpfen.

Graf Childebrand, der unweigerlich und vielleicht sehr bald schon an der Spitze furchtbarer Krieger einschreiten wird, weiß den Wirren jeglicher Art, die euren Landstrich in Unruhe versetzt haben, sicherlich mit eiserner Hand ein Ende zu bereiten. Die Frauen und Kinder, deren Sache du gerade vertreten hast, sind demnach einzig und allein auf unsere Gnade angewiesen!«

»Auf eure oder auf deine Gnade, Herr?«

»Ich sprach von einer Möglichkeit und habe dir keine Versprechungen gemacht. Was würden diese im übrigen auch schon wert sein von einem, dessen weiteres Geschick derart ungewiß ist?«

Agnes beugte sich nach vorne und legte ihren Kopf in beide Hände, als sei sie völlig verzweifelt. Nach einer Weile richtete sie sich wieder auf und sagte mit finsterer Miene:

»Wo sind nur die herrlichen Zeiten geblieben? ... Aus und vorbei! ... Und nun geht der Tod um ...«

Dann stand sie auf und vollführte vor dem verdutzten Missus einige Schritte eines sehr langsamen Tanzes, gleich dem Ritual einer aus Urzeiten stammenden Totenfeier.

Bereits in der ersten Tagesstunde bestätigten sich die Vorahnungen, die die Gefolgsleute der Missi beim Kriegsrat mit Graf Childebrand ins Feld geführt hatten. Zweimal versuchten kleinere Trupps, die von Hermant geleitete Umzingelung zu durchbrechen, gerieten aber unter die Pfeile von Bogenschützen, so daß sie wieder kehrtmachen mußten. Zum anderen traten, wie Timotheos es erwogen hatte, drei Männer mit einer Art Banner in Händen bis auf wenige Schritte an einen der Posten heran; dann rief einer von ihnen, der wohl als Bote diente, er habe, auf Geheiß des »Baro«, dem Abgesandten des Herrschers und nur ihm allein eine Nachricht zu überbringen. Er bat darum, sogleich zu Graf Childebrand geführt zu werden. Der Anführer des Wachtrupps begab sich ins nahegelegene Hauptlager, und der Missus dominicus wies nach kurzer Rücksprache mit seinen Beratern Diakon Dodon an, einen Geleitsbrief für den Unterhändler aufzusetzen.

Nachdem man diesem die Augen verbunden und die Hände gefesselt hatte, wurde er auf eine Lichtung geführt, wo Childebrand und seine Leute zu ihm stießen. Man nahm ihm die Augenbinde und die Fesseln ab. Der Unterhändler zog ein Pergament aus dem Ärmel, rollte es auseinander und verlas die Botschaft mit zitternder Stimme, deren kühner Tonfall die hinter den Worten durchscheinende Furcht jedoch nicht zu verschleiern vermochte: Jedenfalls forderten die Bandenführer darin freien Abzug und Straffreiheit für alle Mitglieder der »Bruderschaft des Neumonds« und warnten die Belagerer, daß bei Nichterfüllung »die wohl bedauernswerteste Entscheidung getroffen und ausgeführt werden« müsse. Die Drohung mit Erwins Tod konnte wahrlich nicht deutlicher ausfallen.

Bevor er etwas darauf erwiderte, wartete Childebrand zunächst einen Augenblick ab, damit sich der in ihm brodelnde Zorn etwas legte. Und so wandte er sich schließlich in einem eisigen und schneidenden Ton, der furchterregender wirkte als jeder Wutausbruch, an den Boten:

»Nicht genug damit, daß er ein schlimmes Verbrechen verübte, indem er sich eines Abgesandten des Kaisers bemächtigte, wagt es dieses Bandenoberhaupt nun auch noch, aberwitzige Forderungen zu stellen und mit einer Drohung zu verbinden, die so niederträchtig ist, daß sie mir erst gar nicht über die Lippen kommen will. So höre meine Antwort und übermittle sie Wort für Wort demjenigen, der diese Greuel ersonnen hat: Falls er sie unglückseligerweise wahr machen sollte, dann werden die grausamsten Plagen auf die gesamte Brenne herniederfahren! Denn wer könnte in diesem Fall des Kaisers Grimm besänftigen? Wer könnte dann die blinde Wut unserer hundertfach verstärkten Krieger zähmen, die danach lechzen würden, alles in Schutt und Asche zu legen und euren Landstrich mit Blut und Trauer zu überziehen? Ich sehe schon jetzt allerorten die lodernden Flammen und schwarzen Rauchschwaden ihrer Feuer aufsteigen, die Scharen zahlloser Rächer alles Leben vernichten, die Herden in Knochenhaufen verwandeln, die Greise zu Boden drücken, um ihnen den Kopf abzuschlagen, Mütter und Töchter den Hals durchschneiden, Jungfrauen entehren, bevor sie ihr Leben aushauchen, Männern, Heranwachsenden und Knaben bis ins Herz der Sümpfe nachhetzen, um ihnen den Tod zu bringen! Du kannst dir sicher sein: Nichts von alledem könnte verhindert werden, sollte man dem Missus dominicus Abt Erwin auch nur ein Haar krümmen!«

Childebrand zog sein Langschwert und drückte dessen Spitze auf die Brust des Unterhändlers, der sofort weiß wie ein Leichentuch wurde.

»Ich verlange von euch«, tat der Graf betont langsam kund, »daß ihr ihn auf der Stelle freilaßt und gesund und wohlbehalten hierher bringt und daß jede Form von Auflehnung augenblicklich ein Ende hat.«

»Dennoch ...«, wagte der Mann zu erwidern.

Der Missus unterbrach ihn durch einen leichten Stoß seiner Waffe.

»Hast du mich verstanden?« fuhr er ihn an. »Kein Wort mehr! Geh und tu, was du tun mußt!«

Agnes hatte ihn kaum verlassen, da kam ein Mann mit einer blutroten Kapuze über dem Haupt in Erwins Verlies. Er trug ein langes rotes, mit schwarzen Flammen besticktes Obergewand und einen breiten Gurt um den Leib, an dem ein Kurzschwert in seiner Scheide hing. Der Vermummte trat gemessenen Schrittes auf den Gefangenen zu und blieb eine Weile reglos vor ihm stehen.

»Bist du derjenige, der sich Baro nennen läßt oder auch der Rote Mann?« fragte der Sachse.

»Gewiß!« antwortete der unbekannte Besucher, dessen Stimme wegen der Kapuze nicht zu erkennen war.

»Wozu soll es noch gut sein, deine Gesichtszüge zu verbergen und deine Sprache zu verstellen? Ich weiß ja, wer du bist.«

»Vielleicht glaubst du das, doch ich bezweifle sehr, daß du es tatsächlich weißt«, versetzte der Mann auf lateinisch. »Nein, bei Gott, du weißt es nicht ... Und was weißt du, der angelsächsische Abgesandte eines fränkischen Herrschers, eigentlich über diese Lande und die Menschen, die sie bewohnten und bis heute hier überlebt haben? Was weißt du schon von den unseligen Schicksalsschlägen, die unser Land verheert, zugrunde gerichtet und mit Blut getränkt haben?«

Erwin blickte den Mann mit seinen eisgrauen Augen kalt an. »Alles, was ein Missus dominicus im Dienste des Friedens und der Gerechtigkeit wissen muß!« bekräftigte er.

»Was für ein Selbstvertrauen! Hast du denn auch erfahren, mit welchem Wohlstand und welcher Größe unsere Heimat gesegnet war, solange die Fürsten Aquitaniens, Odo, Hunoald der Große und endlich dessen Sohn Waifar, noch über sie walteten?«

»Wohlstand und Größe sagst du? Eines weiß ich jedenfalls: Die von dir genannten Herzöge haben die Kriege, die Pippin von Heristal, dessen Sohn Karl Martell und schließlich Pippin der Jüngere gegen die Eroberer und Feinde des Reiches führen mußten, schändlich ausgenutzt und sich sogar mit den einfallenden Sarazenen verschworen, weil sie die Franken mit aller Macht aus diesem Berry verdrängen wollten, das die Franken doch bereits seit zwei Jahrhunderten, ja, seit dem Sieg Chlodwigs über die ketzerischen Goten in Besitz hatten!«

»In Wahrheit waren es zwei Jahrhunderte raubgieriger und grausamer Herrschaft über einen nach allen Regeln ausgebeuteten Gau!« erwiderte der Mann in Rot. »Hast du dir jemals die folgende Frage gestellt: Weshalb haben die Einwohner dieser Lande die Einverleibung durch die Aquitanier mit solcher Begeisterung und Dankbarkeit aufgenommen, wenn nicht aus dem einzigen Grund, daß diese Aquitanier sie von der Unterdrückung und Knechtschaft befreiten? Die Freiheit und Glückseligkeit währten aber leider nicht lange! Wie bitter ist es jedoch, so schnell eines so lange ersehnten Glücks wieder beraubt zu werden! Und grausam war das Ende aller Hoffnung! Die Hausmeier und der fränkische König, die du gerade erwähnt hast, haben alles ins Werk gesetzt, um sich das Berry anzueignen, und sich nicht gescheut, diesen Gau der blinden Raserei und Begierde ihrer kriegerischen Horden preiszugeben. Und als es ihnen nicht gelingen wollte, den Sieg in einem redlichen Kampf zu erringen, haben sie sich der Heimtücke, der Bestechung, des Verderbens und des Verrats bedient.«

Der Vermummte stieß einen langen Seufzer aus.

»Eine schreckliche Zeit!« sagte er dann. »Weißt du, wie glanzvoll Pippin der Jüngere seine Herrschaft beendete?* Indem er Waifar, den Fürsten Aquitaniens, ermorden ließ, und dazu noch durch einen Verräter! Indem er sich dessen Mutter, dessen Schwester und einige seiner Kinder ausliefern ließ! Und im selben Jahr wurde Remistan, Herzog Odos Sohn, der sich mit Waifar verbündet hatte, gefangengenommen, ohne jedes Erbarmen behandelt und öffentlich auf dem großen Marktplatz von Bourges gehenkt ...«

Er schien einen Augenblick von heftigen Gemütsbewegungen überwältigt und fuhr dann mit dumpfer Stimme fort:

»Indes, selbst nach Waifars Tod, dessen Tugenden und Heldentaten man damals in allen Landen zu rühmen begann, wurde der Kampf gegen die stetig bedrückender werdende Herrschaft der Franken unvermindert fortgesetzt. Zunächst führte ihn einer der Söhne des Helden, nämlich Hunoald, zweiter seines Namens. Nachdem dieser von eurem König Karl gefangengenommen und mit seiner Gemahlin ins Burgund

* Im Jahre 768.

verbannt worden war, konnten andere die Fackel übernehmen und dabei auf die Unterstützung eines ganzen Volkes bauen, so tief saß der Groll auf die neuen fränkischen Herren, die jedes Amt, jede Stellung, die alles Hab und Gut an sich gerissen hatten und noch immer Not und Verzweiflung säten. Was mich betrifft ...«

»Eine wirklich gewitzte Darstellung«, unterbrach ihn Erwin mit versteinerter Miene, und nur sein allzu beherrschter Ton verriet seinen Zorn. »Sie würde mich auch überzeugen, wüßte ich nicht, wie diejenigen, die vorgeblich für das Wohl eures Gaus kämpften, sich in Wahrheit betragen haben. Wagst du etwa zu behaupten, sie hätten weder gebrandschatzt noch heillos gewütet, weder Frauen geschändet noch Morde begangen?«

Da der Vermummte hierauf nichts erwiderte, fuhr der angelsächsische Abt fort:

»Seit unserer Ankunft in der Brenne haben wir, also ich selbst und meine Gehilfen, viele Hirten, Ackersleute, Fischer, Forstleute, Händler, Freie, Kolonen und sogar Leibeigene befragt. Sie alle haben uns in der Tat die Greuel des Krieges geschildert, ohne jedoch einen Unterschied zwischen den Unholden beider Seiten zu machen. Ich selbst kenne diese Schrekken leider nur zu gut. Es gibt sicher nichts Grauenvolleres. Wie gerecht eine Sache auch sein mag, sie beschwört stets die schlimmsten Dinge herauf, das weiß ich sehr wohl! Von den ungerechten ganz zu schweigen ... Doch die Männer und Frauen dieses Landstrichs – und vor allem die Frauen – wünschen sich nun nichts sehnlicher, als daß die furchtbaren Wirren ein für allemal ein Ende haben. Und wir, die Missi dominici, sind keineswegs hier, um die schwelende Glut zu schüren und die Feuerstürme neu zu entfachen, sondern um für den Frieden zu wirken ...«

»Nun muß ich dich fragen, ob du zu behaupten wagst, es gebe hier keine Ungerechtigkeit, keine Ausbeutung und

Knechtschaft mehr, nur weil sich all dies nun in unauffälligerem Gewande kleidet? Und bekümmert man sich dort oben überhaupt darum? Hat denn irgend jemand auch nur annähernd erkannt, daß wir, die du sicherlich Aufständische nennst, mit unseren Unternehmungen nur die Schurkereien und Schandtaten brandmarkten, die hier noch immer gang und gäbe sind?«

»Welch eigenartiger Unternehmen brüstest du dich!« versetzte Erwin. »Zählst du hierzu auch jene heidnischen Feste, die Götzenfeiern, die Hexereien und Orgien, die du förderst und leitest und die den Himmel höhnen?«

»Den Himmel? Geschahen all die Verbrechen und die Schmach, die man uns antat, all die betrügerischen Landnahmen und widerrechtlichen Aneignungen, die unerbittlich durchgeführt wurden, nicht im Namen der göttlichen Ordnung, deren Gebote die von den Eroberern aufgezwungenen Geistlichen nach Belieben auslegten?«

»Frevel, Missetaten und Verbrechen sagst du? Dann laß uns davon reden!« erwiderte Erwin. »Ihr werft euch zu ›Rächern‹ auf. Doch bei allen Heiligen, wie verhält es sich in Wirklichkeit damit? Rot sind nicht allein dieses Gewand und die Kapuze, hinter denen du dich verbirgst. Rot sind auch deine blutbefleckten Hände: Besudelt mit dem Blut Godfrids und Gilberts, denn sie wurden ohne Gerichtsverhandlung mit dem Tode bestraft; mit dem Blut Fabianas, die ihr ermordet habt, weil sie sich deinem Willen nicht unterwerfen wollte; wahrscheinlich auch mit dem von Thomas, dem Gatten dieser Agnes, die du ihm genommen hast! Besudelt mit dem Blut so vieler anderer, von deren Hinrichtung ich erst kürzlich erfahren habe, ganz zu schweigen von der auf geheimnisvolle Weise verschwundenen Margret, von Berthad und Godhart … Missetaten, Plünderungen und Erpressungen sagst du? Was habe ich zu diesen Punkten nicht alles entdecken müssen! Nehmen wir einen Augenblick an, du hättest zu Anfang tatsächlich einen – aus deiner Sicht – edlen und gerechten Kampf führen wollen. Doch ließ es deine Bande dabei bewenden? Womit, so frage ich dich, vermagst du heutigen Tages die von euch geforderten Zwangsabgaben und vorgeblichen Geschenke zu rechtfertigen, die ihr den Leuten unter Drohungen abpreßt und mit zunehmender Gier entreißt?«

Es blieb lange Zeit still, bevor der Mann in Rot mit dumpfer Stimme antwortete:

»All dies geschieht gerade im Namen der heiligen Sache, für die Hunoald der Große und dessen Sohn Waifar gekämpft haben und die ich, Amric, ihr Nachfolger, weiterzuführen das Recht und die Pflicht habe! Dabei habe ich die größtmögliche Unterstützung, was immer du auch behaupten magst!«

Der Missus dominicus ging ein paar Schritte auf und ab, bis er unversehens vor dem Mann in Rot stehenblieb.

»Demnach gibst du dich als Sohn und Enkelsohn jener Aufständischen aus?« fuhr er ihn an.

»Ich bin es! Ich war fünf Jahre alt, als mein Vater Waifar meuchlings ermordet wurde. Ein Vetter nahm mich auf, so daß ich bis ins Jugendalter im Landstrich Toulouse lebte, danach ... Aber was schert es mich, ob du mir glaubst oder nicht! Sobald ich wußte, wessen und welcher Sache Erbe ich war, gehorchte ich den Geboten, die mir meine Herkunft aufgab. Und wie ich das tue, liegt allein in meinem Ermessen!«

»Waifar hatte demnach noch einen anderen Sohn als diesen Hunoald, zweiter seines Namens, den Karl ins Burgund verbannt hatte?«

»War Karl Martell denn nicht ein Bankert Pippins von Heristal? Und war er nicht ruhmreicher als alle ehelichen Söhne dieses Hausmeiers? Warum sollte ich mich meines unehelichen Standes schämen?«

»Der Gedanke liegt mir fern«, versicherte Erwin. »Ich stellte mir indes nur vor, wie dein Leben aussah und nach wie vor aussieht ... Erzogen in der wahrscheinlich geschönten Erinnerung an das Reich deiner Ahnen und bereits im jüngsten Kindesalter von einem schweren Schicksalsschlag getroffen – der Hinrichtung deines Vaters, der für manche, wenn ich dir glauben darf, bereits ein Sagenheld geworden war. Du mußtest fliehen, dich verbergen, deine edle Abkunft verhehlen, so daß du allein unter einem anderen Namen wieder zu einer gewissen Bedeutsamkeit gelangen konntest. Und während du vortäuschtest, dich den Franken zu unterwerfen, führtest du gleichzeitig einen heimlichen Krieg gegen sie ... Wie hätten solche Prüfungen dir etwas anderes als Bitternis, Groll und das unstillbare Verlangen nach Rache eingeben können, das stärker ist als jedes andere Gefühl? Führst du unter dem Deckmantel, für ein Volk zu kämpfen, nicht in Wirklichkeit einen Kampf für dich selbst, indem du das vermutete Leiden anderer an Elend und Unterdrückung zum Vorwand nimmst?«

»Und wie kannst du nur solche Reden führen? Woher nimmst du dir das Recht dazu?« rief Amric mit sich überschlagender Stimme aus.

»Weil derartige Beweggründe zweifelsohne deine Hoffnungen beherrschen. Was glaubst du, auf diesem Wege zu erreichen, wo du doch nur recht unbedeutende Gewaltstreiche unternehmen kannst und bloß in längst überkommener Weise zu kämpfen vermagst? Zumal auf einem so begrenzten Gebiet, mit beschränkten Streitkräften, unsicheren Helfershelfern und obendrein noch mit Mitteln, die, auf kurz oder lang, alles und jeden unweigerlich gegen dich aufbringen werden ... Und selbst gesetzt den Fall, dein Unternehmen würde dir durch irgendein unvorstellbares Wunder glücken und es gelänge dir, dich als Herrscher aufzuzwingen, glaubst du, dein Joch – ja, deines – wäre dann erträglicher als das, das du heute mit solcher Entschiedenheit verdammst? Ganz im Gegenteil! Du sähest dich nämlich gezwungen, diesem armen Land, dem es trotz allem an Reichtum und Menschen mangelt, ganz Erhebliches abzupressen! Du müßtest nämlich deine Anhänger und

Spießgesellen – erfahrungsgemäß habsüchtige, neidische und undankbare Leute – befriedigen, die Dienstleute deiner Herrschaft nähren, einen Hof voll unersättlicher Ehrgeizlinge mästen, Pfründen und großzügige Geschenke verteilen und schließlich deinen Rang unter großem Aufwand behaupten. Man darf also getrost annehmen, daß sich deine schönen Versprechungen unter solchen Umständen und in der bitteren Wirklichkeit rasch in eine räuberische Gewaltherrschaft verwandeln würden, was dir jedoch – und das wäre wohl das schlimmste dabei – gar nicht mehr zu Bewußtsein käme, weil dich die Macht derart verändert und blind gemacht hätte!«

Der Mann in Rot senkte den Kopf.

»Doch es handelt sich hierbei ja bloß um Hirngespinste, und um nichts anderes!« fügte der Missus hinzu. »Denn genau in diesem, weiß Gott so verhängnisvollen Augenblick entscheidet sich nicht etwa die Zukunft deines unmöglichen Reiches, sondern dein unmittelbares Schicksal wie auch das von Agnes, das der Frauen und Kinder und so vieler, vieler anderer, Geschicke, auf die du noch Einfluß zu nehmen vermagst ...«

»In der Tat!« rief plötzlich ein Mann aus, der unversehens bei Erwins letzten Worten hereingekommen war.

Er trug ein Obergewand und eine Kapuze aus schwarzem, mit roten Flammen verziertem Tuch.

»Der Bote, den wir zu Graf Childebrand geschickt haben, ist soeben mit der Antwort zurückgekehrt«, berichtete er. »Ich wußte ja gleich, wie die ausfallen würde. Und ich habe mich nicht getäuscht.«

Er gab sie im Wortlaut wieder.

»Der Graf mahnt uns, er verlangt sogar, daß wir uns ergeben sollen, verpflichtet sich aber zu rein gar nichts! Muß ich noch erläutern, was eine solche Antwort bedeutet? Frag doch den da! Er wird es nur bestätigen können: Wer auch immer von uns und unseren Gefährten lebend in deren Hände fällt, wird der Folter unterzogen und hingerichtet!«

Der Mann deutete auf Erwin und brüllte ihn an:

»Wag es nur, dies abzustreiten!«

»Es wird recht und billig über sie gerichtet werden«, entgegnete der Sachse. »Ein jeder nach den Gesetzen seines Volkes, das heißt also, bei den meisten von euch nach den Gesetzen, die in Aquitanien in Kraft sind.«

Der Mann in Schwarz kicherte hämisch.

»Genau was ich meinte«, sagte er. »Euer Gericht wird sie den Scharfrichtern übergeben, damit sie unter den entsetzlichsten Qualen zu Tode kommen!«

»Was würde es denn nutzen, wenn ich dir sage, ich lehne Folter entschieden ab, ob sie nun vor oder nach dem Urteilsspruch angewandt wird, und habe mich selbst in Fällen, in denen Leute ihren Gesetzen gemäß zur peinlichen Befragung oder zum Tod unter Qualen verurteilt wurden, bemüht, daß die Marter nur vorgetäuscht wurde?«

»Rein gar nichts! Du glaubst doch nicht, daß wir die Einfalt, die Torheit besitzen werden, uns wie blökende Schafe dem Schlachtmesser auszuliefern?«

Amric, der Mann in Rot, hatte sich unterdessen auf einen Hocker gesetzt und seinen immer noch vermummten Kopf in beide Hände gelegt. Nun erhob er sich und sagte halblaut:

»Unser Schicksal ist besiegelt. Wir haben keine Wahl mehr. Vor der Entführung wären vielleicht noch andere Lösungen denkbar gewesen ... doch jetzt ...«

»Hast du selbst mir nicht versichert«, unterbrach ihn der Mann in Schwarz, »die Zwinge um uns würde immer enger und wir müßten unverzüglich eine Möglichkeit finden, uns herauszuwinden?«

»Gewiß, Flaiel, aber nicht so! Die unseligen, düsteren Folgen dieser Entführung hatte ich ja vorhergesehen und vorausgesagt ... Du hast dich über meine Meinung hinweggesetzt und sie trotzdem ausgerichtet. Und nun stehen wir vor dem Ende! Uns bleibt nur noch, uns der Schlacht zu stellen, so aussichtslos dieser Kampf auch sein mag. Wenn es schon sterben heißt, dann wenigstens als Krieger, mit dem Schwert in der Faust!«

»Wie? Was höre ich da?« rief Flaiel aufgebracht. »Ein aussichtsloser Kampf, wo wir doch diese Geisel in unserer Gewalt haben? Niemals! Deinen Behauptungen zum Trotz stellt er für uns alle die beste, ja die einzige Möglichkeit dar, heil davonzukommen! Sicher, dieser vermaledeite Graf hat die Stirn besessen, unsere Forderung auszuschlagen und uns die kampflose Aufgabe zu befehlen ... Zunächst jedenfalls ... Aber noch ist das letzte Wort nicht gesprochen, und wir werden es gewiß nicht damit bewenden lassen.«

Er ließ sich Schreibzeug bringen, wandte sich dann an Erwin und herrschte ihn an:

»Du selbst wirst für deinen Freund – der an deinem Leben hängen dürfte – eine Botschaft abfassen und ihm gebieten, unseren Gefährten und Angehörigen freien Abzug zu gewähren, uns Straffreiheit zuzusichern und keinerlei Vergeltungsmaßnahmen zu unternehmen, weil du andernfalls getötet würdest!«

Der angelsächsische Abt verschränkte die Arme, blickte mit verschlossener Miene in die Ferne und rührte sich nicht mehr.

»Glaub nur ja nicht, daß ich dir gestatten werde, uns zu narren!« fuhr Flaiel in wütendem Ton fort. »Vergiß nicht, dein Leben steht auf dem Spiel, und ich werde nicht zögern, dir den Kopf abzuschlagen, sollten unsere Forderungen nicht erfüllt werden.«

»Mein Leben liegt in Gottes Hand ... genau wie das vieler anderer. Ist Graf Childebrand nicht deutlich genug gewesen?«

Der Mann in Schwarz drehte sich jäh zu Amric um.

»Hast du diese ekelhafte Erpressung gehört?« schrie er. »Jetzt zeigt dieser Sachse seines wahres Gesicht!«

»Wie ich bereits sagte und hiermit nochmals bekräftige«, setzte Erwin ruhig hinzu, »werde ich darüber wachen, daß die Frauen und Kinder weder Schaden nehmen noch irgendeine

Schmach erleiden und daß das Volk der Brenne von jeder Gewalttat oder Vergeltungsmaßnahme verschont bleibt. Das ist meine Wahrheit!«

»Hör dir das an! Der ist wirklich zu allem bereit, um sein jämmerliches Leben zu retten! Das sind doch bloß trügerische Versprechen und unverfrorene Lügen! Selbst wenn ich ihm das Leben ließe, wird dieses Land mit Feuer und Blut überzogen, das weiß ich ganz genau!«

»Nein!« schrie Amric. »Wenn dieser Mann nichts anderes im Sinn hätte, als sein Leben auch um den Preis einer abscheulichen Täuschung zu retten, dann hätte er dir, mir und allen anderen auf der Stelle freien Abzug und Straferlaß versprochen. Er würde das Schreiben, das du von ihm verlangst, seelenruhig und dreist abfassen und ihm sein Siegel aufdrücken, um sich später ...«

Flaiel zog unversehens sein Kurzschwert aus der Scheide.

»Genau das wird er jetzt auch tun«, stieß er hervor. »Und zwar augenblicklich!«

»Er wird seine Versprechen einhalten, dessen bin ich sicher. Zu viele Menschenleben hängen davon ab, was hier und jetzt geschehen wird, Menschenleben, die mir mehr am Herzen liegen als alles andere«, rief Amric erregt. »Daher kann ich nicht zulassen, was du vorhast.«

»Er wird tun, was ich ihm befohlen habe«, erwiderte Flaiel und wandte sich dem Gefangenen zu. »Schreib und besiegele es mit deinem Petschaft! Sonst ...«

Erwin blickte ihn spöttisch an.

»Hältst du mich etwa für einen Hasenfuß oder einen Toren?« versetzte er. »Wer sichert mir denn zu, daß du deine Drohung nicht doch wahr machst, wenn du erst einmal im Besitz des Gesuchs bist und ich für dich keinerlei Wert mehr haben werde? ... Wie auch immer, Amric kennt mich zur Genüge und wird es dir bestätigen: Ich bin keine Memme. Ich werde mein Leben nicht erkaufen um den Preis einer Schändlichkeit ...

und sollte es heute in diesem Kerker enden müssen, so sterbe ich nicht als Feigling und Einfaltspinsel!«

Flaiel reckte drohend seine Waffe.

»Ich fordere dich nun zum allerletzten Mal auf: Tu, was ich beschlossen habe!«

»Und ich befehle dir, deine Waffe augenblicklich wieder in die Scheide zu stecken!« griff Amric ein, indem er zwei Schritte vor den Angreifer trat und somit neben Erwin stand. »Du hast schon genügend unselige Fehler begangen! Ich werde es nicht zulassen, daß du zu alledem noch ein Verbrechen mit entsetzlichen Folgen verübst.«

»Geh mir sofort aus dem Weg!« brüllte der Mann in Schwarz mit schriller Stimme. »Ich warne dich: Ich werde tun, was ich tun muß, und du hast mir überhaupt nichts zu verbieten!«

»Senk dein Schwert und weiche zurück! Gehorch, beim Blute Christi! Hörst du? Gehorch!«

»Stehst du nun auf seiner Seite? Wirst du so weit gehen, uns zu verraten? Willst du mich wirklich daran hindern, diesen verfluchten Sachsen in die Hölle zu schicken?«

»Genug! Halt ein, ich befehle es dir!«

»Aha! So ist das also!« schrie Flaiel schier irre vor Wut.

Er stürzte auf Erwin zu, um ihm einen Stoß in Höhe des Herzens zu versetzen; doch seine Waffe traf nicht den Sachsen, sondern den Mann in Rot, der sich dazwischengeworfen hatte, um den Gefangenen zu schützen. Amric riß beide Hände zur Brust, stieß einen Schrei aus, spie Blut und sackte dann langsam zusammen.

Da Erwin hinter ihm stand, bekam er Amrics Kurzschwert am Knauf zu fassen und zog es aus der Scheide, noch bevor Flaiel sich wieder gefaßt hatte. Als der noch immer vermummte Mann in Rot endlich leblos am Boden lag, standen sich Erwin und der Mann in Schwarz Auge in Auge mit der Waffe in der Faust gegenüber.

Graf Childebrand war um die Mitte des Morgens übelster Laune. Nicht genug damit, daß diese Schufte nach der Rückkehr ihres Boten sich keineswegs – wie gefordert – bedingungslos ergeben hatten, nein, sie hatten überhaupt nichts mehr von sich hören lassen. Childebrand grübelte besorgt über die Gründe ihres sonderbaren Verhaltens nach. War er zu schroff gewesen? Hätte er ihnen Hoffnung machen und dadurch versuchen sollen, etwas Zeit zu gewinnen? Doch wie sonst als mit entschiedenster Strenge hätte er dieses Gesindel, das mit der Entführung eines Gesandten des Kaisers ein todeswürdiges Verbrechen begangen hatte, behandeln können? Und gab es obendrein denn eine bessere Möglichkeit, Erwin zu retten, als den Lumpen mit dem Schlimmsten zu drohen, falls sie seinem Freund auch nur ein Haar krümmten?

Fluchend und wetternd ging der Graf auf der Lichtung, wo er seinen Befehlsstand eingerichtet hatte, rastlos hin und her.

Plötzlich tauchte ein Meldegänger auf und verkündete ihm, die Wachen an der Straße Richtung Saint-Genouph hätten am Nordtor des Priorats zur heiligen Radegunde eine verdächtige Unruhe beobachtet, als ob die Belagerten dort einen Ausfall vorbereiteten. Gleichwohl könnte es sich dabei auch um eine List handeln, mit der sie von einem geplanten Ausbruchsversuch an anderer Stelle ablenken wollten.

Childebrand entschied vorsichtshalber, den Hauptteil seiner Streitmacht zusammenzuscharen, um genügend Recken in der Hinterhand zu haben, ließ aber eine ausreichende Zahl an Mannen in Stellung: Sie sollten die Schurken davon abschrekken, sich in kleinen Grüppchen abzusetzen, wie es einige bereits erfolglos versucht hatten, und einem Angriff so lange standhalten, bis Verstärkung einträfe.

Späher vermeldeten ihm nun, daß die Belagerer ihre vordersten Stellungen aufgegeben hatten und sich wahrscheinlich für einen Gegenschlag sammelten. Hermant erhielt den Befehl, ein Gutteil seiner Einheiten so nah wie nur möglich bis an das Priorat heranzubringen, um schnellstens eingreifen zu können, gleich wo das entscheidende Gefecht auch stattfinden mochte.

Es geschah dann tatsächlich im Norden, genau dort, wo Childebrand der beobachteten Umtriebe wegen die gewichtigsten Vorkehrungen getroffen hatte. Die Bande hoffte offenbar, von dort aus ihre Verstecke und Schlupfwinkel im Tal des Indre zu erreichen.

Die Ausbrechenden stießen auf ein Dutzend gut verschanzter kaiserlicher Wachen, die unter Sauvats Befehl die Straße nach Saint-Genouph abriegelten. Die fränkischen Recken vermochten den Angreifern so lange standzuhalten – ohne allerdings verhindern zu können, daß manch einer dennoch das Weite suchte –, bis die schwere Reiterei, von Childebrand höchstpersönlich angeführt, in Windeseile einschritt. Sie griff die Schurken bei ihrem Durchbruchversuch von hinten an und stürmte wie der Blitz auf sie ein. Die Aufständischen setzten sich verzweifelt gegen diesen Haufen furchterregend bewaffneter, von funkelnden Rüstungen und Helmen geschützter Hünen zur Wehr. Doch Childebrands Mannen gingen mit der ganzen Erfahrung kampferprobter Krieger zu Werke und hieben ihre Widersacher einfach in Stücke: Es glich mehr einem Gemetzel als einem Gefecht! Lediglich fünf Männer fielen den Franken lebend in die Hände. Drei von Sauvats Leuten wurden dabei getötet, er selbst nur ganz leicht verletzt.

Childebrand stellte eine kleine Schar ab, die jede Plünderung auf dem Schlachtfeld verhindern sollte, und stürmte dann in Begleitung seiner Gefolgsleute mit einem starken Geschwader zum alten Priorat. Bruder Antonius, der an der Seite des Grafen ritt, zeigte plötzlich auf den Leichnam eines Mannes in schwarz-rotem Obergewand. Er lag ohne Kapuze über dem Kopf auf dem Rücken, so daß man sein Gesicht sehen konnte.

»Das war Flaiel!« schrie der Mönch.

»Was sagst du?« fragte Childebrand nach, ohne sein Pferd zu zügeln.

»Da lag Flaiel, Baros willenloses Werkzeug!«

»Woher weißt du das?«

»Wegen des Gewands. Das werde ich wohl kaum vergessen.«

»Und du hast ihn wirklich wiedererkannt?«

»Nein! Ich habe ihn ja noch nie zuvor gesehen!«

Der Graf gab seinem Pferd die Sporen.

»Damit befassen wir uns später!« rief er. »Erst kümmern wir uns um Erwin! Schneller! Beeilt euch!«

Der Trupp gelangte schon bald zum Hauptportal des Klosters, das sperrangelweit offenstand. Hinter der Umfriedung knieten zur Linken ärmlich gekleidete und unbewaffnete Männer, die den Ankommenden barmend die Hände entgegenreckten und jammernd um Gnade flehten; und zur Rechten in Tränen aufgelöste Frauen, mit kleinen Kindern auf den Armen und größeren an ihrer Seite. Das Auftauchen der schweren Reiterschar hatte sie in furchtbare Angst versetzt: Wer nicht laut wehklagte, murmelte inbrünstige Gebete, und die Gesichter und Gebärden zeugten von schierem Entsetzen, von Schmerz und demütiger Unterwerfung. Nur eine der Frauen war stehen geblieben. Sie bot den Franken unerschrokken und stolz die Stirn und hielt dem Grafen ein Pergament hin, das er jedoch absichtlich übersah. Timotheos nahm es schließlich an sich.

Der Missus dominicus und seine Gefolgsleute saßen unverzüglich ab. Childebrand betraute Hermant noch rasch damit, über die flehenden Leute zu wachen, und dann stürmten sie, von einem halben Dutzend Wachen begleitet, mit großen Schritten in das alte Priorat. In der Vorhalle erwartete sie unverzagt und reglos ein einzelner unbewaffneter Mann. Der Graf wollte ihm in seinem noch immer ungezähmten Zorn schon mit einem Hieb den Schädel spalten, doch Doremus konnte ihm gerade noch zurufen:

»Nein, Herr! Den nicht, ich bitte dich! Ich kenne ihn. Er wird uns helfen.«

Während Childebrand seine Waffe senkte, herrschte der ehemalige Aufständische den Mann an, der nicht einmal mit der Wimper gezuckt hatte:

»Führe uns, Rafanel! Los!«

Mit dem Schwert in der Hand durchquerten der Graf und sein Geleit verwaiste, doch saubere und sorgfältig aufgeräumte Räume. Die soeben entflohenen Bewohner mußten allem Anschein nach zu strenger Zucht und Ordnung angehalten worden sein, wie man es bei derartigem Gesindel eigentlich nicht erwartet hätte. Hier und da waren sogar Ausbesserungen und andere Arbeiten vorgenommen worden, um den Verfall des ehemaligen Priorats schlecht und recht zu verdecken. Unter Führung des Holzschuhmachers gelangten die Franken in einen Anbau, bei dem es sich wahrscheinlich um die ehemalige Wohnstätte der Priorin handelte. Die Tür stand offen. Rafanel deutete hinein.

»Hier!« sagte er ohne weitere Erklärung.

Dem Missus dominicus war sichtlich bange, als er seine Befehle auf fränkisch erteilte. Sauvat umschlang Rafanel mit seinen mächtigen Armen, was dieser ohne Gegenwehr geschehen ließ. Wie unwahrscheinlich es auch sein mochte, so wollte Childebrand doch nicht ausschließen, daß der Holzschuhmacher sie in eine Falle gelockt haben könnte. Timotheos bezog zur Linken des Eingangs Stellung und Doremus zur Rechten. Von Bruder Antonius dicht gefolgt, der seine Wurfmesser zum Einsatz bereit hielt, betrat der Missus den Raum. Ein Schwert in der Hand, stand Erwin angespannt hinter einem Tisch mit einer aufgeschlagenen Handschrift darauf. Der linke Ärmel seines Obergewands starrte vor geronnenem Blut. Unweit von ihm lagen zwei offenbar leblose Männer am Boden. Der eine trug ein weites rotes Gewand und eine karminrote Kapuze, der andere eine ähnliche, jedoch schwarz-rote Tracht.

Als der Sachse seinen Freund erblickte, lächelte er leicht spöttisch, um seine tiefe Gemütsbewegung zu verbergen, während der Graf mit strahlendem Gesicht auf ihn zueilte und ihn herzlich in die Arme schloß.

»Gütiger Gott, du bist am Leben!« rief er dabei aus.

»Vorsichtig«, sagte Erwin. »Der eine dieser beiden wunderlichen Käuze hat mir trotz allem einen hübschen Schmiß verpaßt.«

»Den werden wir auf der Stelle versorgen lassen. Sauvat, geh und treib jemanden auf, der sich auf Heilkunst und Wundmittel versteht, und bring ihn mit allem Erforderlichem her! Wie mir scheint, wird er sich auch um dich kümmern können!«

»Und besorge auch eine kleine Stärkung!« fügte der Sachse hinzu. »Die benötigen wir wohl alle!«

Hinter Bruder Antonius waren nun auch Timotheos, Doremus und zwei Wachen hereingekommen. Als sie den Sachsen lächelnd vor sich stehen sahen, ließen sie ihrer Freude freien Lauf.

»Herr, Herr ...«, hob der Grieche an, brachte aber kein Wort mehr heraus.

»Ja, nun ist alles gut!« sagte Erwin zu seinen Gefolgsleuten. Und weil er wahrscheinlich die besondere Bedeutung dieses Augenblicks herausstreichen wollte, fügte er noch hinzu:

»Es freut mich ungemein, euch alle wohlbehalten vor mir zu sehen!«

»Was denkst du, wie froh wir erst sind, dich zu sehen!« rief Childebrand aus. »Aber bei allen Heiligen, wirst du uns nun endlich verraten, was hier vorgefallen ist? Wieso kam es überhaupt zu dieser Verletzung?«

Dann zeigte er auf die beiden Leichen auf den Steinfliesen: »Und wer sind die beiden da?«

Erwin begann nun, in allen Einzelheiten zu schildern, was ihm von dem Zeitpunkt an, da er die Kapelle der Abtei Saint-Pierre für ein stilles Gebet betreten hatte, zugestoßen war.

»Das Schicksal war mir ganz offensichtlich gewogen«, erklärte er. »Und ich habe dem Allerhöchsten seither ohne Unterlaß dafür gedankt. Ich konnte die Waffe, die der tödlich getroffene Mann in Rot trug, gerade noch an mich reißen, als er niedersank. Der Mann in Schwarz griff mich sogleich an und erwies sich dabei im übrigen als furchterregender Kämpfer. Wir haben lange miteinander gefochten, viel zu lange, nach meinem Geschmack. Zu guter Letzt vermochte ich ihm mit der Hilfe Gottes einen tödlichen Streich zuzufügen, konnte aber nicht verhindern, daß er mir die Wunde beibrachte, die ihr hier seht.«

Childebrand warf seinem Freund einen Blick zu, in dem Erleichterung und Befriedigung, aber auch vorwurfsvoller Tadel zum Ausdruck kam.

»Bei Gott!« rief er. »Wann wirst du es endlich unterlassen, in derlei Wespennester zu stechen? Wenn ich bedenke ...«

Obwohl er sich nur mit Mühe beherrschen konnte, brach er die Strafpredigt hier ab.

»Ich hätte liebend gern darauf verzichtet, das kannst du mir glauben«, entgegnete der Sachse.

Der Graf brummelte unverständliche Worte vor sich hin, in denen wahrscheinlich gewisse Zweifel an Erwins Beteuerung zum Ausdruck kamen, zeigte dann abermals mit dem Finger auf die Leichen und fragte:

»Und wer sind nun die beiden?«

Auf den Toten in dem schwarzen, mit roten Flammen bestickten Gewand deutend, erläuterte Erwin:

»Der da? Das ist Flaiel! Mit anderen Worten, einer der beiden Bandenführer!«

»Wie?« entfuhr es Bruder Antonius. »Aber ich habe doch vor den Klostermauern mit eigenen Augen einen zweiten Flaiel gesehen, nun ja, jedenfalls einen Mann in derselben Tracht ... den ich übrigens nicht kannte ... und der war tot, mausetot ...«

»Der hier liegt, war ganz ohne Zweifel Flaiel, das versichere ich dir, oder vielmehr ein Flaiel, und wie der Name schon sagt, eine erstaunlich bösartige Geißel ... Timotheos, entblöße doch sein Gesicht!«

Der Grieche ging zu der Leiche und zog ihr die Kapuze ab. Als er die Züge des Mannes sah, fuhr er zurück und schüttelte ungläubig den Kopf.

»Großer Gott! Das ist ja Nodon! Bei allen Teufeln, ist es denn die Möglichkeit? Er? Ein Erzpriester, ein Geistlicher soll Oberhaupt einer Bande gewesen sein?«

»Da wäre er nicht der erste«, gab Doremus, der ehemalige Aufständische, zu bedenken.

Timotheos starrte wie gebannt auf die sterbliche Hülle.

»Da liegt er nun also leblos und bleich vor uns ... der Mann, den ich so selbstsicher, so forsch, ja beinahe dreist erlebt habe. Wer hätte das vermutet? ...«

»Glaub mir, seine Entschlossenheit und sein Geschick beim Fechten sprachen für sich!« hielt der Abt dagegen, indem er den blutbeschmierten Ärmel seines Obergewandes vorzeigte.

»Erstaunlich ist es dennoch!«

»Vielleicht nur auf den ersten Blick ...«

Childebrand schaute seinen Freund forschend an.

»Tatsächlich? Daß ein Erzpriester zum Schurken wird, sollte einen also nicht erstaunen?« verwunderte er sich.

»Was Nodon betrifft, konnte man schon einen gewissen Verdacht hegen.«

Der Graf wies auf den anderen Leichnam.

»Und was den da – den Baro, nicht wahr – betrifft? Hattest du da auch irgendwelche Vermutungen?«

»Ich hatte schließlich herausgefunden, wer er war, ich meine, hier in der Brenne. Doch um wen es sich dabei tatsächlich handelte, habe ich erst heute morgen erfahren, und zwar aus seinem Mund.«

»Was ist das nun wieder für ein Rätsel?«

»Zwei Personen hinter ein und derselben Maske, ist das wirklich ein Rätsel?«

Der Sachse hielt kurz inne, um die Bedeutung seiner nun folgenden Enthüllungen herauszustreichen.

»Der Mann hier ist Amric, Enkelsohn des Herzogs Hunoald von Aquitanien, Bankert jenes Waifar, der lange und erbittert mit Pippin dem Listigen, dem Vater unseres Herrschers, rang, bis er unter den Hieben eines Verräters den Tod fand.«

Erwins überraschender Offenbarung folgte eine anhaltende Stille. Ein jeder schien den auf dem Boden ausgestreckten Leichnam mit neuen Augen zu betrachten und sich dabei die gar nicht so weit zurückliegenden Zeiten zu vergegenwärtigen, in denen sich Franken und Aquitanier in einem langen und grausamen Krieg gegenübergestanden hatten. Nach einer Weile vermochte der Graf seine Empörung nicht mehr länger im Zaum zu halten.

»Dann waren die Unruhen und all die Freveltaten und Verbrechen hier in der Brenne die Fortführung jener schrecklichen Auseinandersetzung!« rief er. »Und dazu noch unter der Ägide eines Bankerts von diesem Waifar! Zum Teufel noch mal, wer immer diese Feuersbrunst von neuem entfachen wollte, wird es teuer, sehr teuer bezahlen müssen!«

Er ging auf die rot gewandete Leiche zu.

»Dann wollen wir uns doch endlich mal das Gesicht des Schufts anschauen!« donnerte er, indem er dem Toten die Kapuze vom Kopf riß.

Als sie sahen, wer sich darunter verborgen hatte, konnte die Verblüffung kaum größer sein.

»Ja, hinter der Maske wurde Amric zum Baro, und ohne Maske war er Guntram, Vogt Guntram!« sagte Erwin mit fester Stimme.

»Wirst du uns nun nochmals beteuern wollen, dies biete keinerlei Anlaß zur Verwunderung?« warf Childebrand ein.

Der Sachse dachte einen Augenblick nach, bevor er erklärte:

»Schon bei unserem ersten Zusammentreffen an jenem stürmischen Abend der Tagundnachtgleiche, als wir uns in den Sümpfen beinahe verirrt haben, kam er mir sonderbar vor. Sicher, an Spitzen gegen die Bande des Neumonds hat er es nicht mangeln lassen und andauernd gehässige Andeutungen über Rafanel gemacht – doch meines Erachtens war all das des Guten zuviel. Warum hatte er den Holzschuhmacher bei einer so gefahrvollen Erkundung überhaupt zum Führer erkoren, wenn der tatsächlich so zwielichtig war, wie Guntram es mir zu verstehen geben wollte? Und ihr erinnert euch doch sicher, wie der Vogt in unsere Beratung hereinplatzte, um uns zu verkünden, daß Rafanel verschwunden sei, und wie anmaßend und auftrumpfend er sich dabei verhielt, als ob die Flucht des Holzschuhmachers seine sämtlichen Vorbehalte bestätigte. Wenn er aber einen solchen Argwohn gegen den Mann hegte, weshalb hat er ihn dann einfach so Reißaus nehmen lassen? Im übrigen habe ich von unserer ersten Begegnung und den ersten Gesprächen an bemerkt, wie gewählt und dünkelhaft er sprach, wie stolz, ja hochmütig er auftrat, was einem einfachen Vogt wohl kaum zu Gesicht steht.«

In diesem Augenblick betraten Diener den Raum und stellten ihnen mit Öl eingeriebenes Aschenbrot, Käse, Würste und mit Salbeiblüten gewürzten Wein auf dem Tisch zurecht, während andere irdene Näpfe, Becher, Hocker sowie Kannen heißen Wassers und Leintücher hereinbrachten. Gleichzeitig kamen auch Sauvat, Petronilla und ihre beiden Gehilfen hinzu. Der rothaarige Hüne bat den Sachsen wortreich um Verzeihung, daß er im gesamten Priorat nicht einen Tropfen Met habe auftreiben können, und der Missus dankte es ihm mit einem Lächeln.

Die Heilerin nahm den notdürftigen Verband ab, den Rafanel dem Missus angelegt hatte. Erst säuberte sie die Wunde mit einem Agrimonia-Umschlag und brannte sie dann, sich wegen der unvermeidlichen Schmerzen entschuldigend, mit einem glühenden Eisen aus, um die Blutung zum Stehen zu bringen, was der Leidende zähneknirschend ertrug; endlich legte sie ihm einen heilenden Verband an und erklärte, die Wunde sei nun geläutert und werde rasch vernarben. Anschließend nahm sie sich auch Sauvats an, der eine leichte Schmarre auf der Brust davongetragen hatte, wobei er von Glück reden konnte, daß seine Brünne den Hieb abgefangen hatte. Petronilla lehnte jedwede Entlohnung ab, ließ den beiden Verletzten noch ein Fläschchen Immergrünwein da, mit dem sich bösartige Fieberschübe unfehlbar bekämpfen ließen, und machte sich dann auf den Heimweg. Childebrand befahl den Dienern, beim Hinausgehen die Leichen von Amric-Guntram und Nodon in die ehemalige Kapelle des Priorats zu schaffen.

Schweißgebadet hatte Erwin sich inzwischen niedergelassen und lud seine Freunde nun ein, sich zu ihm an den Tisch zu setzen. Nachdem er durch das Mahl wieder etwas zu Kräften gekommen war und sich ein wenig ausgeruht hatte, fuhr er fort:

»Die Durchführung von Handstreichen und heidnischen Feiern setzte neben einem erheblichen Aufwand an Mitteln und Menschen notgedrungen ein ständiges Hin und Her von Reitern und Wagenzügen voraus. Da diese Umtriebe die gesamte Brenne betrafen, konnten sie niemandem verborgen bleiben. Wenn die Bewohner der Marktflecken, Ortschaften, Weiler und Hufen sich also in Schweigen hüllten, dann geschah das entweder in stillem Einvernehmen oder aus Angst. Wußte aber jedermann darüber Bescheid, so mußten diejenigen, die über diesen Landstrich walteten, nach meinem Erachten erst recht über alles unterrichtet gewesen sein. Doch die führenden Dienstleute haben keinen sonderlich großen Eifer an den Tag gelegt, um den empörenden Vorkommnissen, den Schandtaten und Verbrechen einen Riegel vorzuschieben. Warum? Aus Nachlässigkeit? Weil sie selbst darin verwickelt waren? Aus Furcht? Doch vor wem? Diese Überlegungen führten mich wieder zu den Bandenoberhäuptern zurück. Zwei Möglichkeiten ergaben sich da: Einerseits konnte es sich bei diesen um Leute von außerhalb handeln, die nur dann in die Brenne kamen, wenn sie irgendwelche Unternehmungen zu leiten oder widerwärtige Feste anzuführen hatten. Andererseits aber konnten sie sehr wohl in der Gegend selbst leben oder zumindest für längere Zeit hier verweilen. Berücksichtigte man jedoch, daß die Oberhäupter offenbar stets über alles Wichtige unterrichtet waren, wie rasch sie bei Bedarf Gegenmaßnahmen einleiteten und wie trefflich sie Land und Leute kannten, so deutete alles auf die zweite Möglichkeit hin. Doch wer waren diese Menschen dann?«

Erwin aß bedächtig ein Stück Aschenbrot, trank einen halben Becher Wein und wandte sich dann Bruder Antonius zu.

»Eine deiner Bemerkungen hat mich letzten Endes auf die richtige Spur gebracht!« vertraute er ihm an. »Doch, doch! Erinnere dich! Wir hatten gerade festgestellt, daß Graf Sturbius, Vicecomes Faroald und Erzbischof Ermembert uns lediglich lückenhafte, ungenügende und vereinzelt sogar falsche Auskünfte geliefert hatten. Worauf du hervorhobst: ›Es wäre allerdings nicht verwunderlich, wenn sich ein jeder auf den anderen verlassen hat ...‹«

»Ja, das stimmt, ich erinnere mich. Und du, Herr, hast dann, was uns ziemlich überraschte, verkündet: ›Da haben wir ja die Erklärung!‹«

»Das habe ich gesagt? Jedenfalls habe ich mich folgendes gefragt: Wer war dieser ›andere‹ – oder die ›anderen‹ –, auf die sich der Graf, der Vicecomes und der Erzbischof verlassen hatten? Ganz offensichtlich diejenigen, die an Ort und Stelle Amtsgewalt ausübten, die folglich über alles Bescheid wissen mußten oder zumindest – falls dem nicht so war – jede Möglichkeit hatten, sich Aufschluß zu verschaffen, mit anderen Worten: Vogt und Erzpriester. Von da an habe ich deren Tätigkeiten, Ortswechsel und deren gegenseitiges Verhältnis genauer beobachtet oder beobachten lassen.«

»Das erklärt wohl einige unserer Unternehmungen?« vermutete Timotheos.

»In der Tat! ... Und die Angelegenheit um die ermordete Waschfrau hat meine Vermutungen schließlich untermauert. Wir wußten ja, wie und warum jene Benedicta von Godfrid und Gilbert, den Herren des Gutes am ›Feenbuckel‹, getötet wurde, die in der Folge von sogenannten Rächern ums Leben gebracht wurden. Doch was hatte der Anschlag auf Meier Conrad damit zu tun? Oder anders gesagt: Um welches Geheimnis wußte Conrad, für wen konnte er gefährlich werden? Ich habe lange darüber nachgegrübelt und nur eine denkbare Erklärung gefunden: Wer immer einen Meuchelmörder gedungen hat, um Conrads Leben mit einem Dolchstoß ins Herz ein Ende zu machen, mußte gedacht haben, daß der Meier über Benedictas Vorhaben, bei Guntram und Nodon vorzusprechen, um ihnen Godfrids und Gilberts Verbrechen anzuzeigen, Bescheid wußte. Die Waschfrau ist unzweifelhaft mit den Würdenträgern zusammengetroffen, und aufgrund ihres Schritts wurde die Hinrichtung jener beiden Folterknechte beschlossen. Von wem? Selbstverständlich von den Oberhäuptern der Bande! Hieraus ergab sich: Entweder hatten Vogt und Erzpriester die Anführer von allem in Kenntnis gesetzt ... oder aber, sie selbst waren diese Anführer! Infolgedessen konnten sie tatsächlich mit Fug und Recht fürchten, Conrads Enthüllungen würden uns nach und nach zu ihnen führen. Und so kam es zu dem überhasteten Anschlag!«

Der Sachse blickte seine Freunde leise lächelnd an.

»Soweit war ich mit meinen Überlegungen also gekommen, und meine Vermutungen waren beinahe zu Gewißheiten gereift ... zumal es für Guntram und Nodon ein leichtes war, unter den besten Vorwänden kreuz und quer durch die Brenne zu reisen und folglich nach Belieben Handstreiche und ›satanische Treiben‹ auszurichten ... Dann aber haben einige neue Erkenntnisse Zweifel in mir aufsteigen lassen. Ich erfuhr nämlich, daß Vogt und Erzpriester bisweilen in Mézières, in Longoret oder an einem anderen Ort gesehen worden waren, während der ›Mann in Rot‹, der ›Mann in Schwarz‹ oder sogar beide gemeinsam zur gleichen Zeit mit ihrer Bande irgendwelche Missetaten begingen oder auch diese widerwärtigen Bacchanale anführten. Dies schien wohl zu widerlegen, daß Vogt und Erzpriester Baro und Flaiel sein konnten.«

Erwin legte die Hand mit schmerzverzerrtem Gesicht auf seinen verwundeten Arm, trank einen weiteren Becher Wein und fügte an:

»Erst unlängst habe ich eine Abhandlung über die Aufführung und Spielweise der *comoedia* im alten Rom gelesen. Der Verfasser erinnert daran, daß die verschiedenen Personen wie etwa der Greis, der unbesonnene Jüngling, der Geizhals, der Aufschneider, der Leibeigene ... von den Zuschauern ohne Mühe anhand der Masken, die diese trugen, erkannt wurden. Somit vermochten sich mehrere Darsteller in einer Verkleidung abzuwechseln und dadurch ein und dieselbe Person zu verkörpern, ohne daß die Zuschauer dessen gewahr wurden. Deswegen sprang mir die Erklärung förmlich in die Augen. Die so auffälligen Gewänder und Kapuzen der Bandenoberhäupter erfüllten nicht allein den Zweck, deren Gesichter zu verbergen. Sie ermöglichten überdies, daß verschiedene Männer nach Belieben als Baro und als Flaiel auftraten! ... Und finden sich heute nicht tatsächlich auch zwei Flaiel unter den Toten?«

»Allerdings wissen wir immer noch nicht, wer da drüben auf dem Schlachtfeld liegt«, flocht Bruder Antonius ein.

»Das stimmt, obgleich ich es mir denken kann ...«, erwiderte der Abt. »Ich will jetzt nicht in allen Einzelheiten anführen, was gegen den Vogt und den Erzpriester sprach. Jedenfalls stand mein Urteil fest, und ich gelangte zu der Überzeugung, daß die Zeit gekommen war, zum Angriff überzugehen ... Ich nahm vor Guntram, Nodon und auch anderen kein Blatt vor den Mund, wie ihr euch erinnern könnt, ich verhehlte ihnen weder meine Verwunderung noch meinen Argwohn ihnen gegenüber. Dann stieß ich sie wohlweislich darauf, welch beachtliche Maßnahmen bereits ins Werk gesetzt waren und oder noch verstärkt würden, um die Wahrheit ans Licht zu bringen, um die Schuldigen zu entlarven und dingfest zu machen. Außerdem berichtete ich von entscheidenden Fortschritten bei unserer Untersuchung und gab ihnen zu verstehen, wir würden sicher in Bälde zur Jagd blasen können.«

Mit grimmiger Miene fuhr Erwin fort:

»Sie sollten sich verfolgt, gehetzt, umzingelt, in die Enge getrieben fühlen, sie sollten den Kopf verlieren, um sich in gewagte Unternehmungen zu stürzen und sich dadurch unseren Schlägen auszusetzen. Und tatsächlich! Schon der Einschüchterungsversuch, der auf dich, Bruder Antonius, abzielte, erwies sich für sie als äußerst verheerend. Agnes hat mir übrigens verraten, daß sie ihn rundweg mißbilligt hatte. Die Verzweiflungstaten aber, die Flaiel Amric dann aufnötigte, führten sie letzten Endes in ihr Verderben.«

»Zählst du deine Entführung etwa auch dazu?« fragte Childebrand mißtrauisch. »Sag nicht, du wärst auf deine Verschleppung gefaßt gewesen!«

»Auf die Verschleppung gewiß nicht. Doch sicher auf irgend etwas, das uns einen entscheidenden Schlag ermöglichen würde!«

»Und so hast du dich dann in dieser Abtei voller Lumpen mutterseelenallein, unbewaffnet und noch dazu mitten in der Nacht in die für jeden offenstehende Kapelle begeben?« rief Childebrand erbittert aus.

Der angelsächsische Abt blieb ihm eine Antwort schuldig. Er stand auf und machte ein paar Bewegungen, als wollte er sich seines Gleichgewichtssinns vergewissern.

»Jedenfalls vermochten wir der Hydra in nur wenigen Stunden die Köpfe abzuschlagen«, sagte er nach einer Weile. »Hoffen wir nur, sie werden nicht wieder nachwachsen ...«

Childebrand und die Gefolgsleute verließen nun den Raum, damit Erwin sich etwas Ruhe gönnen konnte. Von den Dienern der Aufständischen begleitet, die an der Pforte des alten Priorats einer Entscheidung über ihr weiteres Geschick harrten, begaben sie sich auf das Schlachtfeld, um die getöteten Schurken zu zählen und gegebenenfalls vorhandene Verletzte auflesen zu lassen. Verwundete entdeckten sie indes keine. Doremus hatte diesen nämlich derweil den Gnadenstoß versetzen lassen, um ihnen ein schmachvolleres Ableben als das beim Kampf mit der Waffe in der Hand gefallener Krieger zu ersparen. Die Diener erhielten die Weisung, die sterblichen Überreste in eine Scheune zu schaffen, wo sie vor ihrer Beerdigung noch genauer in Augenschein genommen werden sollten, um Namen und Stand der Getöteten herauszufinden. Darüber hinaus befahl der Graf, alle Bediensteten – oder die sich dafür ausgaben – sowie die Frauen und Kinder, die der Bande gefolgt waren, in dem ehemaligen Kloster einzusperren, um sie später ebenfalls nach ihren Namen zu befragen und eingehend zu verhören. Doremus und Bruder Antonius wachten über die Ausführung dieser Befehle.

Fünf Mitglieder der Bande waren zu ihrem Unglück lebend gefangengenommen worden. Man übergab sie einem kleinen Trupp, der sie sogleich zur Abtei Saint-Pierre brachte und dort in Mönchszellen sperrte. Die Leichname der drei gefallenen Franken wurden auf einen offenen Karren gebettet und, von einer Ehrenwache umgeben, zum Kloster von Longoret überführt, auf deren Friedhof sie nach einer Totenfeier ihre letzte Ruhe finden sollten.

Dann machte sich auch der Hauptteil der kaiserlichen Gesandtschaft mit Erwin und Graf Childebrand an der Spitze auf den Weg zur Abtei Saint-Pierre. Rafanel und Agnes ritten wenn nicht als Gefangene, so doch unter Bewachung inmitten des Trosses.

In Saulnay und anschließend in Mézières waren sämtliche

Einwohner auf den Plätzen und Gassen, um die Kaiserliche Gesandtschaft durch den Ort ziehen zu sehen. Ganz offensichtlich wußten alle bereits von den Ereignissen in Arpheuilles. Neugierde, aber auch Furcht war in den Gesichtern der Leute am Wegesrand zu lesen, während die prächtig gewappneten Krieger an ihnen vorbeizogen, die Bezwinger einer Bande, die der Brenne über so viele Jahre hinweg ihr Gesetz aufgezwungen hatte und an diesem Morgen vernichtet worden war. Weder Jubel noch Rufe wurden laut, nicht einmal Bemerkungen oder auch nur Geraune. Betrauerten einige von ihnen den Tod des Baro, in dem manch einer vielleicht den Vorkämpfer der Sache Aquitaniens gesehen hatte? Weinten andere bereits den Zeiten der Bacchanale, der heidnischen Feste nach? Fürchteten wieder andere, ob Handlanger oder Mitläufer der »Bruderschaft des Neumonds«, schwere Vergeltungsmaßnahmen? Und zitterten einige womöglich bei dem Gedanken, die Sieger könnten ihrem Rachedurst, ihrem rasenden Grimm freien Lauf lassen? Doch vielleicht fanden sich in der Menge ja auch etliche Frauen und Männer, die zwar glücklich darüber waren, nun endlich von zunehmend bedrückenderen Zwängen befreit zu sein, sich aber einfach nicht trauten, ihrer Erleichterung offen Ausdruck zu verleihen. Mit einem leisen Lächeln dachte Erwin, daß sich bei einer solch groben Einschätzung kaum sagen ließ, ob hier nun Vorsicht oder verzagte Schicksalsergebenheit vorherrschte. In jedem Fall gäbe es gehörig zu tun, um diesem Land wieder zu Zuversicht und Eintracht zurückzuverhelfen.

Die Kaiserliche Gesandtschaft durfte sich nicht den kleinsten Fehler erlauben.

Nach einer Woche emsiger Nachforschungen und Überprüfungen, in der Erwins Verletzung unter Petronillas fürsorglicher Pflege allmählich ausheilte, setzten sich Graf Childebrand und der Abt mit ihren unmittelbaren Gefolgsleuten nebst Hermant, Sauvat und Diakon Dodon zu einem Nachtmahl zusammen, um sich miteinander zu beraten, so wie sie es am Ende einer gefahrvollen und heiklen Mission stets hielten. Favard, ihr Küchenmeister, und dessen Gehilfen hatten ihre gesamte Kunst in dieses Mahl eingebracht. Im Anschluß an eine leichte Vorspeise – Feigen, Trauben, Nüsse und ein mit Honig gesüßter Wein – kamen als erster Gang ein Schwan und ein Fasan, beide im Federkleid, Karpfen in Minztunke, büschelweise aufgeschichtete Flußkrebse und ein Mus aus Saubohnen, zerstoßenen Mandeln und Dickmilch auf die Tafel. Als zweiten Gang trugen die Köche voller Stolz ein ganzes, mit Würsten gefülltes Schwein auf, das, üppig umgeben von Spießen mit gebratenen Singvögeln, Hechtküchlein und Buchweizenfladen mit Kümmel, auf einer riesigen Silberplatte ruhte. Neben allerlei Brotsorten begleiteten edle Tropfen von der Loire und aus dem Burgund und selbstverständlich auch Met für den Sachsen diese erlesenen Gerichte. Der Abt hatte den Eifer des Küchenmeisters im übrigen in die Schranken weisen müssen und den vorgesehenen dritten Gang untersagt, um diesen Festschmaus halbwegs in Grenzen zu halten.

Noch während sie die ihnen dargebotenen Gerichte in aller Muße genossen, zogen die Missi dominici und ihre Tafelgäste ein erstes Fazit, aus dem zunächst klar hervorging, daß die Bande der »Bruderschaft des Neumonds« endgültig vernichtet war. Genaugenommen waren zweiundvierzig ihrer Mitglieder bei der »Schlacht in Arpheuilles« getötet worden. Neun Schurken befanden sich zur Zeit in Haft: Fünf waren bei den Gefechten lebend in Gefangenschaft geraten, zwei derer, die durch die Maschen der Umzingelung hatten entschlüpfen können, hatte man auf der Flucht aufgespürt und zwei weitere in der Dienerschaft ausgemacht, unter der sie sich, ohne an den Kämpfen teilgenommen zu haben, erfolglos hatten verbergen wollen. Was blieb von der Bande also noch übrig? Drei oder vier Flüchtige, und vielleicht ein paar Spießgesellen, wie etwa der Mönch, der Novize und die beiden Knechte, die das Kloster Saint-Pierre Hals über Kopf verlassen hatten. Aus diesen wenigen ließ sich weiß Gott kein neuer Trupp zusammenstellen. Zumal man sämtliche Zufluchtsorte – unterirdische Gewölbe, Höhlen, tief in den Sümpfen gelegene Strohkaten und selbst Behausungen inmitten verschiedener Marktflecken – ausfindig gemacht hatte, in denen die Aufständischen zuvor Schutz fanden und sich mit Lebensmitteln, Futter für die Pferde, Arznei, Kleidung und Waffen versorgten. In diesen Schlupfwinkeln entdeckten die Ermittler nebenbei auch alles nötige Rüstzeug und Beiwerk für die Götzenfeiern und orgiastischen Feste, etliche Masken, Verkleidungen, Nachbildungen von Ungeheuern und Puppen – eine davon wies eine gewisse Ähnlichkeit mit Erwin auf ... doch nichts, was die Erscheinungen des weißen Gespenstes hätte erklären können. Bruder Antonius wurde die Genugtuung zuteil, von Rausch und Wahngebilden unbehelligt jene Uferböschung zu betreten, wo er solch grauenhafte Stunden durchlebt hatte. Seelenruhig konnte er sich den gegenüberliegenden Sandstreifen anschauen, wo, um den nach wie vor aufragenden Langstein, das entsetzliche Bacchanal stattgefunden hatte. Die nahegelegene Strohkate war verwaist. Der Fischer befand sich unter den Toten, die Frau aber war verschwunden. Bruder Antonius blieb indes davon überzeugt, daß er es mit einer *strix* zu schaffen gehabt hatte.

Überdies vermochte Erwin dank Rafanels Hinweisen und Agnes' Auskünften zu ermitteln, daß Thomas, der Ehemann der Händlerin, bei seinen Nachforschungen auf das ehemalige Kloster zur heiligen Radegunde gestoßen und beim Versuch, heimlich in das Priorat einzudringen, von einem Wachposten getötet worden war; und die Kolonin Margret war, wie außerdem herauskam, im Verlauf eines besonders stürmischen Bacchanals bei einem Unglück ertrunken.

Childebrand hatte sich für die Besprechung einige beachtenswerte Enthüllungen über den »unbekannten Flaiel« aufgespart: Bei dessen Leichenbeschau hatte Vicecomes Faroald nämlich Berthad wiedererkannt, jenen Vogt, den der Graf von Bourges in außerordentlicher Mission in die Brenne entsandt hatte und der auf seiner Reise dorthin durch Châteauroux gekommen war. Außergewöhnlich war die Entsendung mit Sicherheit gewesen, hatte dieser Berthad sie sich doch dreist zunutze gemacht, um heimlich in das Leben eines Bandenoberhaupts zu schlüpfen. Seinen Gefährten Godhart dürfte er sich dabei bestimmt rasch und endgültig vom Halse geschafft haben – entweder infolge eines Streits oder aber, was wahrscheinlicher war, weil Godhart der Verschwörung nicht angehörte und Berthad somit bei seinen Missetaten behinderte.

Darüber hinaus mußte Vicecomes Faroald gezwungenermaßen eingestehen, daß sein Stellvertreter Raynald nicht nach Châteauroux zurückgekehrt war, wie er anfänglich mit Macht behauptet hatte. Im Gegenteil! Sein Gefolgsmann war seither verschwunden! Hatte jener äußerst eigenartige Mensch bei dem Aufstand eine wichtige Rolle gespielt, womöglich die eines der vielen Flaiel oder sogar eines Baro? Erwin gab zu bedenken, daß es Raynald – als des Vicecomes Bevollmächtigter für die Erhebung von Abgaben, Markt- und Wegezöllen in der gesamten Brenne – genau wie Berthad das leichteste von der Welt gewesen war, zwei Leben zu führen. Und was Faroald selbst betraf, so hatte der sich entweder als ganz besonders unfähig erwiesen oder es schlicht vorgezogen, die Augen zu verschließen, wenn er nicht gar, was allerdings kaum glaubhaft erschien, ein Spießgeselle der Bande gewesen war. Wie auch immer, der Vicecomes wurde in Haft genommen, und König Ludwig, der Herrscher Aquitaniens, würde über sein Schicksal entscheiden.

Am Ende des Mahls zogen sich die beiden Missi dominici zurück, um über die weiteren erforderlichen Maßnahmen zu beraten.

Childebrand stürzte sich rundheraus in eine unerbittliche Anklagerede und schloß, für die Schuldigen könne keine Strafe streng genug sein, und ihre Spießgesellen müßten ausnahmslos mit aller Härte verfolgt werden. Dabei stieg bisweilen die helle Wut in ihm auf, insbesondere als er auf die Verschleppung seines Freundes und die Gefahr, der er sich ausgesetzt hatte, zu sprechen kam.

Nach einigen einleitenden Worten machte Erwin keinen Hehl daraus, daß er des Grafen unbeugsame Haltung nicht teilte. Wenn sie, als Missi dominici, an ihrer Entschlossenheit auch keinen Zweifel zulassen dürften, so schien ihm der Beweis hierfür bereits hinlänglich erbracht: Der rasche Erfolg ihrer mit Geschick betriebenen Untersuchungen und vor allem ihr vernichtendes Einschreiten, mit dem sie die Bande zerschmettert, deren Schlupfwinkel aufgespürt und die »Bruderschaft« aller Mittel und Grundlagen beraubt hätten, sprächen schließlich Bände. Was bliebe dem noch hinzuzufügen? Wer immer die Waffen wider den Herrscher ergriffen habe und lebend gefangengenommen worden sei, der würde selbstverständlich die verdiente Strafe für seine Verbrechen erleiden müssen. Und alle anderen, ob Mann oder Frau, die den Aufständischen gedient hätten und deshalb zur Zeit in Arpheuilles festgehalten würden, sollten ebenfalls gebührend bestraft werden. Doch die Jagd fortsetzen, um weitere Helfershelfer ausfindig zu machen, und die Verhandlungen – womöglich ins Unerträgliche – ausdehnen? Habe denn nicht die gesamte Brenne jener »Bruderschaft des Neumonds« wohl oder übel beigestanden? Müßten also sämtliche Einwohner der peinlichen Befragung unterzogen werden? ... Und mit welchen Folgen?

Der Graf beharrte mit verkniffenem Mund auf seinem unversöhnlichen Standpunkt. Die von den Lumpen verübten Taten seien so hassenswert gotteslästerlich und über die Maßen verbrecherisch, daß sie jede Milde oder Nachsicht seines Erachtens von vornherein ausschlossen. Wenn ein ganzer Landstrich so verruchte Aufständische habe unterstützen können, ohne eine der Freveltat entsprechende Strafe zu erhalten, dann würde doch allerorten zu Unruhen, Aufruhr und Volksempörung geradezu ermutigt? Somit sei es ihre Pflicht und Schuldigkeit, hart durchzugreifen, mit aller Strenge zu verfahren und unnachgiebig zu bestrafen!

Der angelsächsische Abt antwortete barsch, die ihnen vom Kaiser höchstpersönlich übertragene Mission bestehe wohl nicht allein darin, die Axt zu schwingen, sondern auch – und vielleicht vor allem – in der Aufgabe, Ordnung und Frieden wiederherzustellen und die besten Bedingungen für das Gedeihen des Landes und die Vermehrung der Menschen zu gewährleisten! Allerdings setze das zunächst einmal voraus, daß man weder das Land verheeren noch dessen Bewohner zugrunde richten dürfe. Das Kaiserreich benötige schließlich Reichtümer und Krieger! Die gelte es zu bewahren und immer wieder zu erbringen. Da die Verbrecher, die solchen Belangen geschadet hätten, vernichtet seien, gebe es nun nichts Wichtigeres, als die Sicherheit eines jeden zu gewährleisten, der Bevölkerung wieder Mut und Zuversicht einzuflößen und ihr zu beweisen, daß man dem Kaiser, seinen Grafen und seinen Gesandten vertrauen könne! Die Gerechtigkeit dürfe, so meinte der Abt, zwar gewiß nicht machtlos und unbewaffnet auftreten, doch es dürften auch keine Waffen erhoben werden, die nicht im Dienst dieses Zweckes stünden! Würde die sinnlose Fortführung gnadenloser Strenge nicht alle derartigen Hoffnungen zunichte machen? Was würden im übrigen diejenigen sagen, die sie zu erdulden hätten? »Jetzt beginnt wieder alles von vorne«, würden sie jammern. »Genau wie damals, vor bald vierzig Jahren, als die verfeindeten Heerscharen der Franken und Aquitanier unseren Landstrich mit Feuer und Blut überzogen«, hieße es dann.

»Und so müßten Groll, Ängste und Haß«, fügte Erwin noch an, »die sich nach und nach gelegt hatten, ärger und unüberbrückbarer denn je wieder aufleben; denn der Mensch verabscheut nichts mehr, als abermals in Gefahren zu geraten, denen er endlich entronnen zu sein glaubte. Die Leute von hier würden schon bald den Zeiten der ›Bruderschaft des Neumonds‹ nachtrauern und sie mit tausend guten Eigenschaften schönfärben, obwohl diese Unholde sie im Laufe der Jahre mit ihren Forderungen, Verbrechen und Erpressungen zermürbt, geschunden und erbittert hatten. Willst du das? ... Mit einem Schlag alles zunichte machen, was wir in diesem Landstrich unter erheblichen Wagnissen unternommen und erfolgreich bewerkstelligt haben, und unser neu gewonnenes Ansehen sofort wieder verlieren?«

»Wer hat denn davon gesprochen, die ganze Brenne der Folter zu unterziehen, den Landstrich mit Feuer und Blut zu strafen und alten Haß und Groll wieder zu wecken?« rief Childebrand empört aus. »Gleichwohl ist es doch kaum befriedigend, den Gau, nach Beendigung unserer Mission, voller Zuversicht und Gemütsruhe zu verlassen, ohne das Übel bei der Wurzel ausgemerzt zu haben? Würdest du hier und jetzt die Hand dafür ins Feuer legen, daß keiner der entflohenen Lumpen, wie beispielsweise Raynald oder auch Vikar Argir, Nodons Handlanger, irgendwann eine ebenso gefährliche Verschwörung schmieden wird wie die, mit der wir einstweilen gerade so zu Rande gekommen sind? Und zwar mit Hilfe von Spießgesellen, die wir ungeschoren gelassen hätten? Könntest du das mit deinem Ehrenwort beteuern?«

»Mein Ehrenwort ...«, murmelte der Sachse nachdenklich. »Mein Ehrenwort ...«

Er schaute dem Grafen fest in die Augen.

»Mein Freund«, sagte er schließlich betont ruhig. »Wenn ein Nibelunge, ein Missus dominicus von Kaiser Karl dem Gerechten, eine feierliche Verpflichtung eingeht, dann bleibt er ihr treu, oder?«

Childebrands Mienenspiel verriet seine große, nur unter Mühen beherrschte Erregung, und er antwortete dumpf:

»Wie? Ausgerechnet du, du wagst es, mir eine solche Frage zu stellen? Du, Erwin, mit dem ich ...«

Erwin hatte dem Grafen jedoch bereits ein Stück Pergament gereicht, auf dem geschrieben stand: »Möge der Abt und Gesandte des Herrschers sein Ehrenwort in Erinnerung bewahren! Amric hat sich Flaiels tödlichem Stoß dargeboten, damit der Abt sein Wort halten mag!«

Der Graf las das Pergament mehrere Male.

»Wer hat diese Botschaft geschrieben?« fragte er endlich. »Wie ist sie in deine Hände gelangt?«

»Es handelt sich hierbei um das Pergament, das Agnes dir vor dem Eingang des Priorats reichte. Timotheos nahm es an sich und übergab es mir. Sie hat diese Botschaft wahrscheinlich zur Niederschrift gegeben, nachdem sie von Amrics Tod und dessen Umständen erfahren hatte. Und was da steht, entspricht der Wahrheit!«

»Demnach hast du ihnen dein Ehrenwort gegeben! ... Und wofür?«

»Ich habe mein Ehrenwort gegeben! Ich versprach, es werde keine Vergeltungsmaßnahmen und keine Plünderungen geben, die Bevölkerung der Brenne werde geschont, und lediglich die Schuldigen und deren unmittelbare Spießgesellen ... ja, die und nur die allein ... sollten ihre Taten büßen. Und es stimmt auch, daß Amric sich zwischen mich und Flaiels tödlichen Schwertstoß geworfen hat, damit ich lebe und mein Wort halte.«

Childebrand ging im Raum auf und ab, wobei er mehrfach mit dem Fuß aufstampfte.

»Nachsicht ... Sanftmut, dazu neigst du wohl aus Veranlagung ... Diesmal aber, Freund Erwin, dürfen sie sich der unerläßlichen Härte nicht in den Weg stellen. Dein Ehrenwort ... Was ist ein unter Zwang erpreßtes Ehrenwort schon wert?«

Der Sachse fuhr hoch.

»Willst du mir etwa den Schimpf antun und glauben, Angst

hätte mir diese Verpflichtung aufgenötigt?« stieß er mit geballten Fäusten hervor.

»Du weißt genau, daß ich das nicht einen einzigen Augenblick denken könnte. Du hast mir hundertfach deine Tollkühnheit bewiesen ... Doch wie freiwillig du dein Ehrenwort auch gegeben haben magst, es ist und bleibt dein Ehrenwort! Ich für mein Teil habe nichts zugesagt! Folglich muß ich auch keine Versprechen halten, die ich nicht gegeben habe. Es steht hier zu viel auf dem Spiel, als daß ich deinem Ansuchen im Namen der Freundschaft nachgeben dürfte, und Gott weiß, wie sehr mir das Ganze trotz allem ans Herz geht und was es mich kostet, dir nicht zu folgen!«

Erwin war leichenblaß geworden. Er stand auf und wandte sich zur Tür.

»So sei es denn!« erwiderte er. »Fasse die Beschlüsse, die du für richtig hältst, und führe sie aus! Ich widersetze mich ihnen nicht. Doch ich beteilige mich auch nicht an ihnen. Und ich werde Schweigen wahren. Man kann mich in der Abtei Saint-Martin von Tours erreichen, wohin ich mich auf der Stelle begebe, um zu beten, Gott für meine Schlechtigkeit um Vergebung zu bitten und mich zu kasteien, bis alle deine Befehle ausgeführt sein werden.«

Daraufhin verließ der angelsächsische Abt langsamen Schrittes den Raum ...

Bereits vom folgenden Tag an setzte Childebrand seine Entscheidungen in die Tat um. Er war übler Laune. Zwar war er auch weiter davon überzeugt, daß es keine andere Verhaltensweise geben konnte als die, die er befürwortet hatte, und beglückwünschte sich dazu, standhaft geblieben zu sein. Und dennoch betrübte es ihn, welch bedauerliche Wendung das Gespräch mit Erwin genommen hatte und daß ihrer Freundschaft ein Schlag ohnegleichen versetzt worden war. Dann erinnerte er sich erneut an zahlreiche fröhliche Begebenheiten, an etliche entscheidende Augenblicke und folgenschwere Wendepunkte ihrer gemeinsam durchgeführten Untersuchungen, und sein Gedächtnis fachte sein Bedauern nur noch mehr an.

Zu allem Überdruß kamen noch die Schwierigkeiten hinzu, die sich zwangsläufig aus diesen besonderen Umständen ergaben. Es erschien bereits recht verzwickt, den Gefolgsleuten und anderen Mitgliedern der Gesandtschaft Erwins plötzlichen Aufbruch zu erklären. Alle fragten sich, warum sich der Abt, ohne jede Begründung, von einer Untersuchung abgewandt hatte, an der er so entscheidend mitgewirkt hatte? Doch wie ließ sich ohne ihn überhaupt die Gerichtsversammlung einberufen, vor der die Schuldigen erscheinen mußten? Könnte er, Graf Childebrand, diesem Gericht allein vorsitzen und sich dadurch, in den Augen aller, schamlos sämtliche Verdienste aneignen?

Indes hätten die Ergebnisse der zusätzlichen Nachforschungen, die er erzwungen hatte, ihn eigentlich heiter stimmen müssen. Diese hatten nämlich in der Tat zur Festsetzung zweier flüchtiger Bandenmitglieder sowie jenes Novizen geführt, der dem auf Meier Conrad angesetzten Schergen zur Hand gegangen war. Außerdem hatten sie mehrere Verdächtige dingfest gemacht: zwei der Vogtei unterstehende Mitglieder der Stadtwehr von Mézières, zwei Geistliche, die beim Vicecomes von Châteauroux und an Raynalds Seite wichtige Ämter bekleidet hatten, und schließlich drei der Erzpfarrei Mézières angehörende Priester. Allerdings blieben Raynald, Argir, der Vikar von Nodon-Flaiel, sowie jener Magnus, der Bruder Antonius heimtückisch in die Irre geführt hatte, nach wie vor unauffindbar. Was Wunder, hatten sie doch alle Zeit der Welt gehabt, aus dem Berry zu fliehen und sich in weiter Ferne in Sicherheit zu bringen.

Childebrand wurde sich jedoch schmerzlich bewußt, daß es ihm unmöglich war, seine Nachforschungen in dem von ihm erwünschten Umfang auszuweiten.

Denn wie hätte er die Untersuchung auf alle Bewohner der Brenne ausdehnen können, ohne Abertausende von Verhören durchzuführen? So aber mußte er auf wahre oder falsche Bezichtigungen bauen. Und hieß dies nicht, die einen gegen die anderen aufzuwerfen, übler Nachrede, allerlei Groll und Rachegelüsten die Bahn zu ebnen, die schlimmsten menschlichen Leidenschaften geradezu anzustacheln, ja Pandoras Büchse zu öffnen? Hieß dies nicht, auf die Wiederherstellung von Frieden, Eintracht und Zuversicht zu verzichten, die das begonnene Werk doch krönen sollte – und obendrein zu einem Zeitpunkt, da viele endlich zu bekennen wagten, wie sehr die »Bruderschaft des Neumondes« sie doch enttäuscht, geplagt, geängstigt, wenn nicht sogar geknechtet hatte, und gerade erst begannen, Ludwig, dem König Aquitaniens, Karl dem Großen und seinen Gesandten Vertrauen entgegenzubringen?

Am fünften Tag nach Erwins Abreise, von dem sie noch immer kein Lebenszeichen erhalten hatten, schickte Childebrand unter dem Vorwand, den Abt über den Stand der Dinge auf dem laufenden zu halten, einen Boten zu dem fernen Freund. Er schrieb ihm, die Gerichtsverhandlung könne nun in Anbetracht der erzielten Ergebnisse ohne weiteren Verzug eröffnet werden. Dieser Hinweis stellte sicher eine Rechtfertigung seines Tuns dar, ließ aber auch durchblicken, daß Childebrand endlich geneigt war, sich mit dem bisher Erreichten zufriedenzugeben und auf eine allumfassende Untersuchung zu verzichten.

Um seinen Willen zur Befriedung jedoch noch deutlicher herauszustellen, führte der Graf einige Gründe ins Feld, weshalb die Verhandlung unbedingt in Bourges abgehalten werden müsse: Die Verbrechen und Freveltaten hätten zwar in Aquitanien stattgefunden, über das Ludwig ja im Grunde herrsche; doch die Untersuchungen seien schließlich von Missi dominici geleitet worden, die Kaiser Karl, also Ludwigs Vater, auserkoren und ausdrücklich damit betraut habe, das Gericht, das die Verbrechen ahnden und die Urteile fällen sollte, zusammenzurufen und ihm vorzusitzen. Der sich hieraus ergebenden strittigen Frage der Zuständigkeit könne dadurch abgeholfen werden, daß Bourges, die Hauptstadt der Grafschaft, zu der die Brenne ja gehöre, als Verhandlungsort gewählt werde. Childebrand brachte seine Überlegungen so zur Sprache, als bestünde nicht der geringste Zweifel daran, daß Erwin und er die Sitzungen gemeinsam leiten würden.

Erwin antwortete dem Ersuchen des Grafen um so bereitwilliger, als auch er ihre Meinungsverschiedenheit und deren Folgen jeden Tag mehr bedauerte und seinen Standpunkt inzwischen gründlich überdacht und abgemildert hatte. Summa summarum hatten sich die zusätzlichen Nachforschungen tatsächlich als nutzbringend erwiesen. Und da sein Freund inzwischen davon abgerückt war, die gesamte Brenne von unten nach oben zu kehren ... So reichte er ebenfalls den Ölzweig, und Doremus, der Childebrands Botschaft nach Tours gebracht und dem Sachsen übergeben hatte, machte sich leichteren Herzens wieder nach Bourges auf, wo sich die Gesandtschaft inzwischen niedergelassen hatte.

Die Verhandlung fand eine Woche später statt. Zuvor hatten die Missi dominici bereits die Strafen über die Diener und Helfer der »Bruderschaft des Neumonds« verhängt. Sie wurden allesamt zu Leibeigenen erklärt – was für die meisten keine Veränderung bedeutete – und mit einem Geleitzug in die Vogesen geschafft. Dort sollten sie auf verschiedene Güter verteilt und für mühsame und gefährliche Forstarbeiten herangezogen werden. Die Frauen, die der Bande gefolgt waren, brachte man zusammen mit ihren Kindern in den Landstrich Limoges und unterstellte sie, gleichfalls als Leibeigene, mehreren Ordenshäusern, bei denen sie als Dienerinnen oder Feldmägde eingesetzt würden. Was Agnes betraf, so hatte Erwin erwirkt, daß sie freien Standes blieb und lediglich in ein Benediktinerinnenkloster verbannt wurde, das unweit von Tours und folglich in ihres Bruders Nähe lag.

Noch bevor die Erörterungen begannen, hatte eine zahllose Menge den Saal, in dem das Gericht tagte, bereits in Beschlag genommen. Die Gerichtsversammlung fand in Anwesenheit des Erzbischofs Ermembert unter dem Vorsitz von Graf Childebrand und Abt Erwin statt, denen sieben Schöffen sowie Graf Sturbius beisaßen. Vor ihnen mußten schließlich elf Mitglieder der Bande erscheinen, denen Mord, Aufstand, Götzenanbetung und Gotteslästerung zur Last gelegt wurden, sowie drei weitere, der Mittäterschaft angeklagte Männer: der Novize der Abtei Saint-Pierre, da er noch nicht geltend machen konnte, dem geistlichen Stand anzugehören, und die zwei der Vogtei Mézières unterstehenden Stadtwachen.

Erörterungen und Beratungen nahmen bloß einen Tag in Anspruch. Die elf Aufständischen verurteilte das Gericht zum Tode durch Marter und den Novizen sowie die beiden Stadtwachen zum Strang.

Hinsichtlich der drei Priester der Erzpfarrei Mézières und den beiden geistlichen Dienstmännern des Vicecomes von Châteauroux, die ebenso unter der Anklage der Mittäterschaft standen, erklärte sich das Gericht für nicht zuständig. Infolgedessen sollte der Kirchenvogt des Erzbischofs sie wegen Verrats und Verletzung ihrer Amtspflichten an das Gericht König Ludwigs verweisen, das auch über das Los des Vicecomes Faroald zu entscheiden hätte.

Sturbius, der Graf von Bourges, erhielt den Auftrag, einen vertrauenswürdigen Mann für die Vogtei Mézières vorzuschlagen, und Erzbischof Ermembert hatte einen befähigten und treu ergebenen Geistlichen für das Amt des Erzpriesters zu bestimmen.

Nachdem die Beratungen beendet und die Urteile gesprochen waren, verlas Graf Sturbius eine Erklärung, die, wiewohl sie die Notwendigkeit strenger Ahndungen hervorhob, besonderen Nachdruck auf die Milde Karls des Großen legte, womit der Kaiser seine Fürsorge gegenüber dem Volk der Brenne und seinen Willen unter Beweis stelle, »in den Herzen und Köpfen aller wieder Frieden einkehren zu lassen, zum Ruhme und Wohl des Reiches Aquitanien«. Der Sachse hatte die Worte der Ansprache reiflich abgewogen und ihre Verlesung klugerweise dem Grafen von Bourges anvertraut.

Alle Urteile wurden noch in derselben Nacht vollstreckt, nachdem Abt Erwin die Scharfrichter durch Doremus hatte anweisen lassen, die Übeltäter möglichst schnell und schmerzlos zu Tode zu bringen. Der Missus verband seinen heimlichen Befehl zudem mit einer üppigen Belohnung.

Die Gesandtschaft dehnte ihren Aufenthalt in Bourges nur so lange aus, bis die wesentlichen Teile der Gerichtsverhandlung schriftlich festgehalten und die Urteilssprüche niedergelegt waren.

Erwin machte sich den Aufschub um wenige Tage zunutze und traf noch einmal mit allen Helfern und Getreuen der Missi dominici zusammen, etwa mit dem von allem Verdacht reingewaschenen Forstmeister Estef und insbesondere mit Petronilla. Im Beisein von Bruder Antonius überreichte er ihr als Dank für ihre Dienste ein Pergament, in dem er sich dafür verbürgte, daß sie von nun an unter dem Schutz der Abgesandten des Herrschers stehe.

»Zu meiner Freude sehe ich, Herr, du hast deine untertänige Dienerin nicht vergessen und scheust dich nicht, eine Zauberin unter deine Obhut zu stellen«, meinte Petronilla, als sie die Anerkennung auf Knien in Empfang nahm.

»Aber nicht ohne eindringliche Ermahnung!« entgegnete der Abt. »Solltest du auch nur einen Augenblick von jenem Weg abweichen, der zum Guten führt, den die demutsvolle Liebe zu Gott in der Verehrung der Heiligen Dreifaltigkeit lehrt, dann ist es um dich geschehen!«

Des weiteren entsandte er, was recht gewagt schien, Rafanel zurück in die Brenne, um zu erforschen, wie die Ahndungen und Urteilssprüche aufgenommen worden waren. Selbstverständlich freute sich niemand darüber, daß Bekannte, Nachbarn bisweilen, ja selbst Verwandte, im Verlauf der Kämpfe ums Leben gekommen oder hernach hingerichtet worden waren; daß andere und besonders Frauen mit ihren Kindern in die Verbannung geschickt wurden. Doch im Grunde hatten die Leute mit weit Schlimmerem gerechnet. Nur fürchteten sie nun, die in ihren Ämtern und Stellungen verbliebenen Mächtigen könnten sich unbarmherziger geben als die Sendboten des Herrschers, weshalb man sogar allmählich bedauerte, daß die Missi die Grafschaft wieder verließen.

Zu Abt Erwins großer Erleichterung kehrte Rafanel am Vortag ihres Aufbruchs nach Bourges zurück. Er und Meier Conrad sollten die Gesandtschaft nämlich unter Sauvats Bewachung nach Aachen begleiten, um vor das Gericht des Kaisers gestellt zu werden, und beide hofften nun darauf, daß Erwins Fürsprache ihnen zu einem milden Urteil verhelfen mochte.

Der angelsächsische Abt verließ den Gau Berry mit recht eigenartigen Erinnerungen an die Brenne, jenen seltsamen Landstrich, hinter dessen Geheimnisse sie nur zum Teil gedrungen waren – insbesondere das bei Neumond erscheinende weiße Gespenst blieb ihnen weiterhin ein Rätsel. Andererseits aber fühlte er sich wie befreit, als fiele ihm eine Last von der Seele: Die zurückliegende Mission war in mehr als nur einer Hinsicht schwierig und schmerzvoll gewesen. Auf seinem Ritt gen Aachen, an Childebrands Seite, sprach er daher immer wieder deren wichtigste Vorkommnisse und Marksteine an; und während beide sich die überstandenen Gefahren und bezwungenen Schwierigkeiten vergegenwärtigten, freuten sie sich ihrer Freundschaft, die ihnen nun noch kostbarer vorkam, schien sie doch eine ganze Weile ernsthaft bedroht gewesen zu sein.

Agnes war in dem Kloster, in das man sie verbannt hatte, wie eine nichtswürdige und verachtenswerte Frau aufgenommen worden; so behandelten sie die Nonnen auch weiterhin und ließen nicht eine Gelegenheit aus, sie zu plagen und mit einer um so größeren Gehässigkeit zu demütigen, da sie selbst noch im Unglück ihre Schönheit und ihre Anmut bewahrt hatte. Indes, was immer sie erdulden mußte, sie ließ sich nicht aus der Fassung bringen und ertrug ihr Los mit großer Ruhe. Was stetig für Verwunderung sorgte: Woher schöpfte sie nur diese seelische Kraft? … Am Abend dann, wenn sich die Tür ihrer Klosterzelle, in der sie nach einem mühevollen Tagwerk eingesperrt wurde, hinter ihr schloß, legte sie die Hände auf ihren Leib und flüsterte leise:

»Es wird ein Sohn, da bin ich mir sicher! Dein Sohn, Amric!«

NACHWORT

Die Karolingische Gesellschaft

DAS KAISERREICH

Ausdehnung

Im Herbst des Jahres 804, als Pfalzgraf Childebrand und der angelsächsische Abt Erwin in die Brenne entsandt werden, hat das karolingische Imperium durch Eroberungen und Bündnisse seine größte Ausdehnung erreicht. Es erstreckt sich von Mittelitalien und Katalonien im Süden bis hinauf zur Nord- und Ostsee, vom Donau-Tiefland und dem Elbland im Osten bis zur Bretagne und der atlantischen Küste im Westen.

Vielfalt und Sprachen

Die der Autorität des Kaisers unterstehenden Länder sind indes weit davon entfernt, ein homogenes Ganzes zu bilden, woran Karl sich allerdings um so weniger stört, da er sie als sein Eigen und das seiner Familie ansieht und demnach unter seinen Erben aufteilen könnte. Karl, seit 768 König und vom Weihnachtstag des Jahres 800 an Kaiser, hat die politischen, rechtlichen, sozialen und kirchlichen Eigenheiten jedes seiner Teilreiche also weitgehend beibehalten.

Dies kommt vor allem bei den Namen und den sprachlichen Eigenheiten zum Ausdruck. Die Personennamen erinnern nach wie vor an die unterschiedliche Herkunft der einen und anderen: Die Namen mit westgotischer, langobardischer, bayrischer, fränkischer, burgundischer und anderer Lautfolge haben die lateinischen noch nicht verdrängt. Latein ist zwar die offizielle Sprache, die der Rechts- und Verwaltungsakte, des Schriftwechsels, der Diplomatie wie auch größtenteils noch die Sprache der Kultur und der Religion. Doch am Hofe Karls des Großen wird vor allem das Fränkische, eine germanische Sprache, gesprochen. Die burgundischen, friesischen, alemannischen und langobardischen Sprachen, ganz zu schweigen vom Baskischen oder Bretonischen, sind in ihren verschiedensten Mundarten noch immer sehr lebendig. Und was das in den gallo-römischen Landen im Volk gesprochene »Vulgärlatein« angeht, so hat es sich bereits zu romanischen Dialekten entwikkelt, die zunehmend eigenständiger werden. Das ansonsten gebräuchliche »Mittellatein« wird schließlich vom Volk nicht mehr verstanden, was zwischen denen, die es schreiben und sprechen, und den anderen zu einem beträchtlichen sozialen wie kulturellen Unterschied führt. Somit hat die Schaffung eines ausgedehnten Reiches unter der Krone eines einzigen Herrschers trotz allem erhebliche Unterschiede zwischen den einzelnen Teilgebieten und Völkern fortbestehen lassen.

DIE HERRSCHAFT

Der Kaiser

Im Mittelpunkt des gesamten Machtapparates stehen der Kaiser und sein Hof, das heißt der Kanzler und die Kanzlei mit ihren Schreibern, den Notarii, die die Kapitularien abfassen, den Briefwechsel versehen, das Archiv betreuen etc. Dann der Kämmerer oder Kammerherr, der Aufseher der kaiserlichen Wohnstatt und des Schatzamtes; der Seneschall oder Truchseß (ehemals Oberkoch) und der Schenk oder Mundschenk; der Stallgraf oder Marschall (lat. *comes stabuli*, frz. *connétable*), dessen Untergebene, die Pferdeknechte, sich um die Stallungen kümmern, der selbst aber zunehmend zum stellvertretenden

Befehlshaber des Kaisers wird ... Nicht zu vergessen Karls Söhne, Töchter, Vettern und andere Anverwandte, seine Vertrauten und zahlreichen Freunde. Unter diesen finden sich etliche Gelehrte, Hochgebildete, Dichter, Kleriker, Geschichtsschreiber und viele andere, die der Kaiser zu gewinnen und an sich zu binden versteht und deren Beste er in einer Art Akademie der Geistesgrößen – der Hof- oder Palastschule (»Schola Palatina«) – versammelt hat, wie etwa Alkuin, ein Angelsachse, der führend an der sogenannten »Karolingischen Renaissance« mitwirkt.

Karl dem Großen und seinen Weisen geht es insbesondere darum, das Abendland zum strahlenden Mittelpunkt des Christentums zu machen, die Kenntnis und das Studium der lateinischen, ja auch griechischen Dichter, Philosophen, Historiker und Gelehrten zu erneuern und zu vertiefen. Und, grundlegender noch, in den Bischofsstädten und an den Klöstern zahlreiche Schulen zu eröffnen, damit das Reich über angemessen gebildete Geistliche, Schreiber, Notarii, Verwaltungsbeamte und Schöffen verfügen möge; über Bischöfe, die Gottesdienste liturgiesicher zu zelebrieren und zu predigen verstehen; über fähige Äbte; über Markgrafen und Grafen, die zu regieren imstande sind.

Die Aufgabe ist ungeheuer. Was die Mittel angeht, so gilt es zuvorderst, dem Mangel an Handschriften abzuhelfen. Die sakralen Texte, die Bischöfen, Priestern, Äbten und Mönchen zu Anfang zur Verfügung stehen, sind meistens ungeordnet, fehler- und lückenhaft. Und was die Schriften der lateinischen Klassiker betrifft, so weisen sie die gleichen Makel auf und bieten lediglich noch einen schwachen und verzerrten Abglanz der antiken Kultur. Folglich ist es zunächst unerläßlich, die Bibliotheken mit neuen Handschriften auszustatten, um eine vertiefte, umfassende, aufgeklärte Kenntnis dieser Kultur überhaupt zu ermöglichen. Diese Handschriften müssen jedoch erst einmal – häufig für Goldes Wert – erstanden und unter sicherer Bewachung befördert werden. Ebenso sind verläßliche, vollständige und wohlgeordnete sakrale Texte zu beschaffen. Erst dann können die im Besitz des Reiches befindlichen Werke berichtigt werden. Und von all diesen Handschriften sind zahlreiche und getreue Abschriften anzufertigen. Erst dann können Lehrbücher zum Gebrauch aller erstellt werden, die ausdrücklich eingeladen sind, die Grundlagen des Wissens zu studieren: die Kinder (hauptsächlich aus der Oberschicht), deren Eltern, die Großen, die Leute des Hofes, denen Karl der Große im übrigen mit seinem Beispiel vorangeht (wobei er selbst, ein begabter Redner, des Lateins und Griechischen, des Rechnens und vieler anderer Dinge mächtig, erst spät und unvollkommen schreiben lernt).

Der Hof

Dreh- und Angelpunkt dieser beachtlichen Anstrengungen bilden wiederum Karl der Große und sein Hof. Da der Kaiser bis auf die letzten Jahre seiner Herrschaft beständig auf Feldzügen ist, handelt es sich hierbei weitestgehend um einen umherziehenden Hofstaat (»Reisekönigtum«). Mit der Zeit jedoch wird Aachen, wo Karl sich ein wahres Wunder an Kapelle hat errichten lassen, zu seiner bevorzugten Pfalz, gewissermaßen zur Hauptpfalz, zumal es immer schwieriger wird, die stetig umfangreicheren »Realien« einer zentralen Verwaltung von einer Pfalz zur anderen zu verbringen. Aachen wird unter Karl zum Mittelpunkt der karolingischen Welt, wo etliche die Nähe eines Monarchen suchen, dessen Herrschaft und Reich in vielem als außergewöhnlich betrachtet wird.

Die Verwaltung

Um den unerläßlichen Zusammenhalt in einem derart heterogenen und riesigen Reich herzustellen und beizubehalten, hat Karl der Große beinahe allen Reichsgebieten eine weitgehend einheitliche Verwaltung aufgezwungen, die auf zwei Säulen fußt: auf den Grafen (den Markgrafen an den Grenzen, den »Marken«) und auf den Missi dominici. Jeder Landstrich wird folglich von einem »Gefährten« oder »Vertrauten« des Herrschers verwaltet, lateinisch *comes* (dt. Graf, frz. *comte*), der im allgemeinen einer großen fränkischen Familie entstammt. Er wird im Prinzip vom Kaiser ernannt, erhält von diesem Amt und Land (Lehen, die jedoch bereits unter Karl oft schon erblich sind). Der Graf muß für seinen Unterhalt und den seiner Familie selbst sorgen und kann vom Herrscher abgesetzt werden. Seine vom Kaiser nur delegierten Vollmachten umfassen die Aufrechterhaltung der Ordnung, das Gerichtswesen, die Gestellung von Soldaten für das Heeresgebiet (Heerbann) und die Arbeiten zum gemeinen Wohl. Der Graf erhebt die Abgaben und Zölle und gewährleistet die Ausführung der kaiserlichen Kapitularien (Erlasse). Er selbst kann für seine Grafschaft eigene Kapitularien erlassen, erhält Abgaben zum eigenen Gebrauch, insbesondere einen Anteil der Geldstrafen, die sein Gericht verhängt; vor allem aber Einkünfte aus den Erträgen der Benefizien, des Landes, das ihm als Lehen zugestanden wird, und den Herren- oder Frondiensten, die er allen auferlegen kann, die diese Güter bewirtschaften.

Dem Grafen stehen in einigen Reichsgebieten ein *vicecomes* (frz. Vicomte), dessen Ernennung vom Kaiser bestätigt werden muß, und weitere untergebene Beamte wie Vikare oder Zentenare zur Seite. Vicecomes und andere versehen die Aufgaben, die der Graf ihnen bei der Verwaltung des »Gaus« delegiert. Jeder von ihnen kann widerruflich ein eigenes Lehen erhalten (niederer Adel).

Da Grafschaft und Bistum indes häufig dieselben Grenzen miteinander teilen, konkurrieren die Vorrechte und Amtsbefugnisse des Bischofs – der ebenfalls vom Kaiser ernannt wird und seinen Weisungen untersteht – bisweilen mit denen des Grafen; zumal Karl der Große den einen wie den anderen seiner Stellvertreter privilegieren kann. Trotz der im Prinzip bestehenden Unterschiede zwischen weltlicher Macht und geistlicher Macht betrachtet der Kaiser *seine* Bischöfe als Verwalter, die den weltlichen in vielem ähneln.

Die Missi dominici

Um seine Reiche unter Kontrolle zu halten, verfügt der Kaiser über ein zu fürchtendes und gefürchtetes »Instrument«, den »Gesandten des Herrn«, den Missus dominicus, bekannter unter dem Plural Missi dominici, denn diese Abgesandten treten fast immer zu zweit auf: ein Graf und ein Bischof oder Abt. Der Herrscher weist seinen Sendboten bei jeder ihrer »Inspektionen« ein Gebiet zu, in dem sie für sämtliche Bereiche und Probleme der Verwaltung, Bewirtschaftung, des Rechts-, Abgaben- und Wehrwesens, in Eigentums-, Personenstands- und sogar in kirchlichen Angelegenheiten weitreichende Vollmachten besitzen. Die Missi dominici müssen nicht allein die erforderlichen Untersuchungen und Überprüfungen durchführen, sondern sich auch der ihnen angetragenen Streitfälle annehmen, um entweder selbst Recht zu sprechen oder aber jene Fälle, die über ihre Zuständigkeit hinausgehen, an das Gericht des Kaisers zu verweisen. Diese Vollmachten der Missi werden durch Erlasse (Kapitularien) der Kanzlei mit kaiserlichem Siegel festgelegt.

Die »Großen«

Die karolingische Gesellschaft besteht im wesentlichen aus zwei Kategorien von Personen: den »Großen« und dem Volk. Die Großen (lat. *potentes*) bilden eine Adelsschicht, die die hohen weltlichen und geistlichen Würdenträger stellt: die Männer der Hofämter, Heerführer, Grafen und Markgrafen, Bischöfe und Äbte etc. Sie sind in der Regel, aber nicht zwangsläufig, fränkischer Herkunft, und viele von ihnen sind, wenn auch entfernt, mit dem Kaiser verwandt. Sie stehen Ländereien vor, die erhebliche Ausmaße erreichen können: Tausende und sogar Zehntausende von Hektaren, wenn es sich um Verwandte des Herrschers und enge Vertraute handelt, um große Familien und mächtige Abteien, nicht zu reden von den Besitzungen der Krone.

Bereits in der Frühzeit der Karolinger entwickelte sich das Vasallentum heraus. Der Vasall schuldet seinem Herrn Treue und Dienst und erhält im Gegenzug von diesem Schutz (durch »Commendatio«) und Land für seinen Unterhalt. Jeder Herr von einem gewissen Rang umgibt sich folglich zum Erhalt und zur Stärkung seiner eigenen Position mit Vasallen. Die karolingischen Könige, wie auch Karl selbst, schaffen sich ein Netz unmittelbarer Vasallen oder von Lehnsleuten, die ihnen in Kriegs- und Friedenszeiten beständig und unbedingt zur Verfügung stehen. Diese sind im übrigen häufig durch Verwandtschaftsbeziehungen mit der Familie des Königs verbunden oder haben sich in den Schlachten an der Seite des Herrschers ausgezeichnet. Sie verfügen über eigenes Land, das ihnen als »Benefizium« oder »Freudum«, Lehen, verliehen wird, auf dem sie eine eingeschränkte Gerichtsbarkeit ausüben dürfen.

Hufenwesen

Im Mittelpunkt des Agrarsystems steht, was die direkte Bewirtschaftung angeht, die Hufe (oberdt. Hube) oder Manse (lat. *mansio*, »Wohnstätte«): die bäuerliche Hofstätte mit Acker- und Weideland, Gemüse- und Obstgarten, Unterholz (die Berechtigung am Gemeingut – »Allmende«) und natürlich mit Wohngebäude, Stall, Scheune ... von einer Gesamtfläche, die für die Lebenshaltung einer Familie als ausreichend angesehen wird. Tatsächlich variiert ihre Größe von einem Land zum anderen, von einer Gegend zur anderen beträchtlich. Sie bewegt sich um die zehn Bunuarien (wobei ein Bunuarium – das selbst regional schwankt – ungefähr einem Hektar und vierzig Ar, also 14000 m^2, entspricht).

Grundherrschaft

Die Besitzungen eines Grundherrn (zum Beispiel eines Grafen) bestehen gewöhnlich aus zwei Arten von Ländereien: denen, die er selbst bewirtschaftet oder vielmehr durch Leibeigene bewirtschaften läßt, und dem Land, das er Pächtern (bzw. Lehnsleuten) oder Kolonen überantwortet. Handwerkliche Tätigkeiten, Unterhalt und Ausbau der Wohnstätte des Grundherrn, Domestikentätigkeiten, Hof-, Stall- und Scheunenarbeiten etc. werden von Leibeigenen versehen.

Das Volk

Das Volk besteht de jure aus zwei Ständen: den Freien und den Unfreien. Die ersten verfügen demnach frei über sich und ihre Familien. Die Unfreien hingegen haben beinahe keine Rechte, werden als Eigentum betrachtet und sind den mehr oder minder harten Diensten, Zwängen – ja auch Launen – ihres Herrn unterworfen.

Sie leisten dem Kaiser den Treueid, schulden diesem den Dienst beim Heerbann, dem »Aufgebot zum Heere«, können an seinem Gerichtswesen teilhaben. Zu Kriegszeiten (was bei Karl fast immer der Fall war) ruft der Herrscher jedes Jahr mittels der örtlichen Obrigkeiten und der Missi dominici einen gewissen, von den jeweiligen Feldzügen abhängigen Prozentsatz an wehrfähigen Männern (Edle und Vasallen) zum Waffendienst. Der Ort dieser Heeresversammlung heißt bis 755 Märzfeld (»Campus Martius«, also eigentl. Marsfeld), dann Maifeld, da Pippin diese Truppenschau in den Mai verlegte.

Jeder Wehrpflichtige muß sich mit seinem Pferd und seinen Waffen einfinden, also mit Langschwert, Kurzschwert, Lanze, Schild, Bogen und zwölf Pfeilen; und die Anführer zusätzlich mit Panzer oder Brünne (ein mit Metallplatten besetztes Panzerhemd) und Helm. Desgleichen muß er für drei Monate Verpflegung mit sich führen. Das Ganze geht zu Lasten und Kosten des Wehrpflichtigen und entspricht ungefähr dem Gegenwert von fünf Goldsou oder karolingischen Schilling, eine beträchtliche Summe also. Die sie besitzen, sind voll wehrpflichtig. Doch zumeist können gerade einmal vier Hufen für die Ausrüstung eines einzigen Kriegers aufkommen. Daher tun sich die übrigen zusammen, so daß einer aus ihrer Mitte zum Heerbann gerufen werden kann. In den Grafschaften und Landstrichen kann ein Teil des Truppenaufgebots insbesondere durch die Missi dominici zur Bildung örtlicher Wehren herangezogen werden.

Die Freien sind häufig bemüht, dieser Pflicht des Heerbanns zu entrinnen, der schwer auf dem Reich lastet – Karl der Große hat in den sechsundvierzig Jahren seiner Herrschaft mehr als fünfzig Feldzüge unternommen. Doch Dispense sind selten. Manch einer versucht, sich bei den gräflichen Ämtern mit Geld freizukaufen, einen Vertreter zu bezahlen oder sich in die Wehr des Ortes einziehen zu lassen. Zur Zeit Karls des Großen wird die Pflicht des Waffendienstes scharf überwacht. Sich ihr zu entziehen wird streng geahndet: eine Geldstrafe über sechzig Schilling, Knechtschaft bei Zahlungsunfähigkeit. Und Fahnenflucht wird mit dem Tod bestraft.

Der Stand der Freien ist überaus vielschichtig zusammengesetzt. Er umfaßt sowohl Handwerker und Kaufleute als auch Landwirte, Stadt- wie Landbewohner. Freie Bauern verfügen mindestens über eine Hufe. Sie können jedoch auch weiteres Land erwerben oder zur Pacht nehmen. Manche von ihnen bewirtschaften somit mehrere Hufen und werden zu kleinen Junkern. Andere wiederum leben mehr oder minder kümmerlich dahin, von der Gier der Mächtigen bedroht: Manche Großen versuchen nämlich, sich den Besitz von Freien teilweise oder ganz anzueignen oder diese sogar in den Stand von Kolonen zu versetzen – wobei sie sich ihrer Vollmachten in mißbräuchlicher Weise bedienen.

Kolonen

Kolonen sind Minderfreie, das heißt erblich an das Land gebundene Pächter verschiedenster Herkunft. Dabei kann es sich etwa um ehemalige Freie handeln, die sich beispielsweise durch Verschuldung gezwungen sehen, sich als Grundhörige einem Herrn zu unterstellen; aber auch um freigelassene Leibeigene auf eigenen Lehen, die ihnen zur Urbarmachung zugeteilt werden.

Manchmal verfügen diese Kolonen über eine Hufe oder auch mehrere je Familie, manchmal sind diese Hufen aber auch in mehr oder minder ertragreiche Parzellen unterteilt. So kommt es dazu, daß drei oder vier Kolonenfamilien eine einzige Hufe bewohnen und bewirtschaften und die Lebensbedingungen dieser Minderfreien je nach Lehen und zu entrichtenden Abgaben stark variieren.

Leibeigene
Unfreie machen einen nicht unerheblichen Anteil an der Bevölkerung des Kaiserreichs aus, da Karls Eroberungen – seine Unterwerfung von Völkerschaften und Stämmen und deren Kriegsgefangenschaft – sowie Schuldknechtschaft stetig neue hervorbringen. Leibeigene sind alle, die von leibeigenen Eltern – auch bei nur einem unfreien Elternteil – geboren werden; des weiteren können Gerichte bei Schulden oder schweren Straftaten auf Entzug der persönlichen Freiheit entscheiden, was im übrigen zu zahlreichen Mißbräuchen führt.

Leibeigene haben so gut wie keine Rechte und müssen sich den von ihrem Herrn auferlegten Diensten und Zwängen bedingungslos fügen. Dieser kann nach Belieben ihre ehelichen Bündnisse auflösen, ihnen die Kinder entziehen, jeden einzelnen oder ganze Familien verkaufen. Unfreie dürfen nach Lust und Laune ihrer Eigentümer gezüchtigt werden, wenngleich sich die Kirche bemüht, diesbezüglich Mäßigung zu predigen.

Neben den bereits erwähnten Tätigkeiten auf dem herrschaftlichen Gutshof bewirtschaften die Leibeigenen auch die Ländereien ihres Herrn. Indes gibt es zur Zeit Karls des Großen zahlreiche Bauern, befreite Leibeigene oder Unfreie, die »untergebracht« sind, das heißt, die Haus und Pacht erhalten und gewissermaßen zu Kolonen werden.

Bei näherer Betrachtung erscheint der Status der einen wie der anderen jedoch weniger festgefügt, als es vom rechtlichen Gesichtspunkt den Eindruck machen könnte, da allmähliche Auf- oder Abstiege stets möglich sind. Was sich dabei aber kaum ändert, sind die Abgaben, Pachtzinsen und Dienste, die jeder auf einem Lehnsgut Lebende seinem Herrn schuldet: Geflügel und Eier, Vieh und Milch, Korn, Gemüse, Heu, gegebenenfalls Wein etc. und sogar kleinere Geldsummen. Sie müssen für Beackerung, Saat, Ernteeinfuhr, Heumahd, Aufsicht und Pflege der Herden sorgen; Fuhren und Frachten jeder Art wie auch häufig den Verkauf auf den Bauern- und Landmärkten übernehmen und überdies an großen Bauvorhaben und dem Unterhalt der Verkehrswege etc. mitwirken.

Steuerwesen

Freie unterstehen grundsätzlich der Abgabenpflicht, was nicht heißt, daß Kolonen dieser unbedingt entgehen. Tatsächlich aber werden die Steuern, die unmittelbar dem kaiserlichen Schatzhaus zustehen, bisweilen recht unregelmäßig eingezogen, wobei deren Eintreibung häufig den Grafen zufällt. Diese Steuern bestehen zunächst in einem »Zensus« (entweder pro Kopf oder auf Habe und Erträge), der jedoch allmählich verschwindet. Was nicht für den »Zehnt« gilt, der ausschließlich der Kirche zusteht und unweigerlich erhoben wird.

Die wesentlichen Steuereinkünfte stammen aus den Wege- und Marktzöllen – Mautgeldern und Gebühren auf Transporte über Land und Wasser, auf die Durchfahrt durch Häfen und Schleusen, den Zugang zu Märkten etc. Im Prinzip soll mit diesen Abgaben lediglich der Handel besteuert werden. Tatsächlich aber bieten die Wege- und Marktzölle, die an Ort und Stelle von oftmals habgierigen Amtsleuten erhoben werden, häufig Gelegenheit zu Mißbrauch und somit einen steten Anlaß zu Unmut und Klagen im Volk.

Gesondert erwähnt werden müssen die »Schenkungen«, welche die Krone von den Mächtigen verlangt, eine Art Vermögenssteuer auf vorgeblich freiwilliger Basis, die im Grunde genommen Pflicht ist (die Pflicht der Grafen etwa, den König in seinen Pfalzen zu versorgen). Von den Einkünften aus seinen eigenen Gütern abgesehen, kann der Kaiser noch auf die Gewinne aus der Münzprägung zählen, die in mehreren Städten des Reiches ausgeführt wird, und auf die von der Kanzlei erhobenen Abgaben und Gebühren. Des weiteren erhält der Herrscher die Kriegsbeute, die er aber größtenteils zur Belohnung von Treue und Tapferkeit verwendet.

Das Rechtswesen betrifft beinahe ausschließlich die freien Untertanen, da die Unfreien größtenteils der Willkür ihrer Herren ausgeliefert sind – allerdings steckt das Gewohnheitsrecht auch hier Grenzen. Es gibt keinen für alle und im gesamten Reichsgebiet geltenden Kodex. Über jeden Untertan muß seinem rechtlichen Status gemäß gerichtet werden, einem Status, den ihm seine ethnische Zugehörigkeit verleiht: Die salischen Franken sind dem Salischen Gesetz (»Lex Salica«) unterworfen, die Burgunder der von König Gondobad um 500 festgeschriebenen Lex Gundobada oder Burgundionum, die Galloromanen dem römischen Gesetz etc. Dieses personenbezogene »Volksrechtswesen« führt zu großer Vielfalt an möglichen Strafen und setzt bei den Richtern eine umfassende Kenntnis der jeweiligen Gesetze und Bräuche voraus.

Grafending – Bann des Kaisers

Im Bereich der Justiz nimmt der Graf als Sachwalter der Autorität des Königs einen wesentlichen Platz ein. Vor sein Gericht gelangen alle Fälle der Hochgerichtsbarkeit, insbesondere die Strafsachen, da die Fälle geringerer Bedeutung der Zuständigkeit von Untergebenen – Vikaren oder Zentenaren – unterliegen. Diese gräfliche Gerichtsversammlung, »plaid« im galloromanischen Raum, »Ding« im germanischen genannt, besteht neben dem Grafen aus Beisitzern, den »Rachinburgen« (»rechnende Bürger«), lateinisch *boni homines,* die sich mit Notabeln – Honoratioren – oder Schiedsleuten übersetzen ließen. Nach und nach werden sie wegen der Komplexität des Rechts durch eine Körperschaft aus berufsmäßigen Gerichtsbeamten ersetzt, den *scabini* oder amtlichen Schöffen, die dem Grafen bei der Urteilsfindung helfen sollen.

Jede Misse- oder Straftat muß dem Gericht durch einen Kläger zugetragen werden, außer in Fällen, bei denen die Autorität oder Person des Kaisers oder die Belange des Reiches angetastet sind und die das gräfliche Gericht somit eigenständig verfolgt. So verhält es sich bei Vergehen wider den »Königsbann«, das heißt die vom Herrscher erlassenen Gebote und Befehle, die insbesondere die Angriffe auf die öffentliche Ordnung oder auf fremdes Gut, Menschenraub, Abgabenhinterziehung, Geldschmuggel und Falschmünzerei, Fahnenflucht etc. betreffen. Hier handelte es sich also um ein sehr ausgedehntes Rechtsgebiet, das sich mit der Zeit sogar noch ausweitet.

Gerichtswesen

Das Gerichtsverfahren stützt sich zumeist auf Aussagen unter Eid, wobei Falschaussagen und Meineide hart bestraft werden; auf Geständnisse, die oftmals durch peinliche Befragung oder Folter erzielt werden können; und häufig auf das Gottesurteil, das Ordal. Der Beklagte kann hierbei der Feuer- oder Eisenprobe durch glimmende Kohlen oder glühendes Eisen, der Kaltwasser- oder der Heißwasserprobe und vieler anderer mehr unterzogen werden ... Wenn zwei Gerichtsfähige oder Gerichtsuntertanen radikal gegensätzliche Standpunkte vertreten, kann auf den unter Gerichtsaufsicht stattfindenden Zweikampf (nur unter Standesgleichen) zurückgegriffen werden, bei dem vorausgesetzt wird, daß Gott dem Gerechten zur Seite steht; der Sieger wird für unschuldig erklärt, der Unterlegene, sofern er nicht tot ist, verurteilt. Erwin der Sachse hingegen gehört einer neuen Schule an, die zeitgleich mit den traditionellen Verfahren damit beginnt, sich der Beweisermittlung zu bedienen, um Schuld oder Unschuld zu bestimmen. Allerdings verfügt er hierfür auch über die gesamte Autorität eines »Gesandten des Herrschers«.

Die Missi dominici besitzen nämlich weitreichende Gerichtsvollmachten. Sie können dem Gericht der Grafschaft vorsitzen oder auch außerordentliche Geschworenengerichte einberufen. Die Missi können über alle Vertreter des Königs auf dem zugewiesenen Gebiet ihrer Missio Recht sprechen, einen Urteilsspruch des Grafen aufheben und zur Berufung anstehende Fälle verhandeln. Sie allein dürfen bei Erbfolgestreitigkeiten ein Urteil fällen ... Sofern es sich um Angelegenheiten von besonderer Tragweite handelt, vor allem wenn »Große« des Reiches anbelangt sind, können die Sendboten beschließen, sie dem Gericht des Kaisers zuzutragen. Dieses richtet dann in letzter Instanz, wie auch bei allen Rechtsfällen, die von kirchlichen Gerichten nicht entschieden wurden. Nur bei den allerwichtigsten – oder als solche von ihm betrachteten – Angelegenheiten und bei Streitfällen in Glaubensfragen führt der Herrscher höchstselbst den Vorsitz dieses Königsgerichts.

Urteile

Vom Prinzip her bestehen die verhängten Strafen bei Missetaten, Überfall, Gewalttaten und sogar Mord in geldlichen Entschädigungs- oder Ablösungszahlungen (als Abgeltung der Blutrache), sofern es sich um Freie handelt. Deren Höhe richtet sich nach einem sehr genauen und detaillierten Spiegel, im Verhältnis zur Schwere des Schadens, der Verletzungen oder des Mords. Zum anderen wird der Betrag dem sozialen Status des Opfers gemäß festgelegt. Ein jeder besitzt seinen eigenen geldlichen Wert: bezeichnet als »Wergeld« (Sühnegeld). Je »größer« man ist, desto mehr Wert besitzt man, desto besser ist man geschützt. Vor allem, wenn der Beklagte kein Freier ist oder wenn das Verbrechen als außerordentlich schwer erachtet wird, können jedoch auch weitaus härtere Strafen verhängt werden: Klosterhaft, Knechtschaft, Körperstrafen, Ausstechen der Augen (Blenden) ... und natürlich die Todesstrafe unter allen möglichen, mehr oder minder grausamen Formen. Hierzu sei noch angemerkt, daß der Graf, sofern sein Gericht eine Geldbuße auferlegt, einen Teil davon als Entlohnung für seine Dienste einbehält, was einleuchtend erklärt, daß er hierbei gerne und kräftig »zulangt«.

DAS ALLTAGSLEBEN

Der Alltag im ehemaligen Gallien zu Beginn dieses 9. Jahrhunderts verbindet die aus der gallo-römischen Vergangenheit ererbten Sitten und Bräuche und die der eingefallenen Völker mit den harten Erfordernissen der Zeit – Auswirkungen der Schäden und Verheerungen, der Nöte und Verelendungen als Folge der unablässigen Kriege, wenn auch durch Karls Herrschaft mittlerweile merkliche Verbesserungen eingetreten sind. Auf dem Boden dieser uneinheitlichen Grundlagen bildet sich schließlich eine originäre Zivilisation heran, der erste Ansatz einer späteren Feudalgesellschaft, die ihre Eigenständigkeit beim Haus- und Siedlungsbau, in Kleidung, Speisen und ihren verschiedenen Bräuchen auf politischem, rechtlichem und kulturellem Gebiet beweist.

Wir möchten an dieser Stelle nochmals daran erinnern, daß der Tag auf jedem Breitengrad und zu jeder Jahreszeit in zweimal zwölf Stunden unterteilt war, wobei Tages- bzw. Nachtstunden jeweils von Sonnenaufgang bzw. Sonnenuntergang gezählt wurden, so daß diese von einem Tag zum anderen und je nach Ort unterschiedlich lang waren. Zur Zeitmessung verfügten die Karolinger über Sonnen-, Sand- und mehr oder minder ausgefeilte Wasseruhren. Drei Stärkungen oder Mahlzeiten begleiteten den Tag in der Frühe, zur Mittagszeit und bei Einbruch der Nacht.

Was die Entfernungen angeht, so haben wir sie in – gallischen – Meilen angegeben, die jeweils ungefähr vier Kilometern entsprechen. Des weiteren zählten wir einen Meter zu drei Fuß ...

Was die wesentlichen Aspekte des Alltags unter Karl dem

Großen angeht, so hofft der Autor, daß seine Erzählung diesen lebendig heraufzubeschwören vermochte. In der noch immer harten und bisweilen grausamen Welt der Karolingerzeit läßt dieser Alltag bereits eindeutig die künftige Feudalgesellschaft erahnen. Auch erhellt er manche Wesenszüge unserer eigenen Zivilisation, die in diesen Zeiten des Aufbaus eines vereinten Europas eine späte Erbin jener karolingischen Renaissance ist.

Marc Paillet

DANKSAGUNG

Ich möchte an dieser Stelle Monsieur Gérard Coulon danken, dem aus der Brenne stammenden Konservator des Museé d'Argentomagus bei Argenton-sur-Creuse und Verfasser zahlreicher Untersuchungen zur Geschichte und Archäologie; hierzu zählen insbesondere auch fünfzehn Werke über die gallo-römische Zeit und das Berry, wie etwa: *Les Gallo-Romains* (zwei Bände, Armand Colin) und *L'Enfant en Gaule romaine* (Errance). Ich verdanke ihm wertvolle Aufschlüsse über das geheimnisvolle »Land der tausend Weiher«.

Ebenfalls zu Dank verpflichtet bin ich Madame Anne-Marie Aubin für das mir überlassene Material und dem Verkehrsamt von Mézières-en-Brenne, das mir meine Recherchen erleichtert hat.

Auch den hier ungenannten Autoren diverser Untersuchungen zu Magie und Hexerei sei gedankt. Die meisten dieser Werke widmen sich vor allem jenem Zeitraum, in dem sich Satanskulte, Hexensabbate, Schwarze Messen und die zugehörigen Praktiken entwickelt haben, einem Zeitraum also, der sich vom Ende des 7. bis zum Ende des 8. Jahrhunderts erstreckt und von Verfolgung und Unterdrückung großen Ausmaßes geprägt wurde, denen hauptsächlich Frauen zum Opfer fielen. Die frühe Form einer – durch mehrere Verordnungen im 8. Jh. geschaffenen – Inquisition hat im übrigen paradoxerweise zur Verbreitung solcher Kulte geführt, da den peinlich, also unter Folter befragten »Verdächtigen« stets eine Reihe von beinahe immer gleichen Fragen gestellt wurden, die somit diese Teufelsfeiern geradezu kodifizierten und den Zauberern, Zauberinnen und Hexen gewissermaßen ein Grundmuster des Dämonismus an die Hand gaben.

Wenn Zauberer und sogenannte *strigis* zur Zeit der Karolinger auch häufig bezichtigt wurden, den Leibhaftigen anzurufen, so bestanden die – vor allem durch das Kapitulare Karls des Großen – verdammten Feiern und Handlungen offenbar zumeist in der Ausübung von Zauberritualen und der Fortsetzung »heidnischer« – also vorchristlicher – Feiern, Kulte, Götzenanbetungen und Initiationszeremonien wie Bacchanale, Saturnalien und naturreligiöse Riten, bei denen Naturgeister, -kräfte u. a. verehrt wurden. Zwar hatte sich die Kirche bemüht, diese Erscheinungen zu »christianisieren«, ohne jedoch verhindern zu können, daß diese eine überwiegend bäuerlich-ländliche Gesellschaft weiterhin stark beeinflußten und prägten.

Um Anachronismen zu vermeiden, haben wir uns hier auf diese Anschauungen über »Zauberei und Hexenkult zur Zeit der Karolinger« gestützt.

GLOSSAR

Alkuin: Alcuinus, geboren in York um 730, gestorbem in Tours 19. 5. 804 (Pfingsten). Als sehr enger Ratgeber von Karl dem Großen nahm er wesentlich an der Begründung der Karolingischen Renaissance teil. Der gelehrte Theologe widmete sich vornehmlich der Korrektur und Neuordnung der Bibel und anderer heiligen Schriften.

Aschenbrot: Meist ungesäuertes, in heißer Asche gebackenes Brot.

Awaren: Kriegerisches Nomadenvolk aus Asien, gegen das die fränkischen Heere mehrere Feldzüge unternahmen. Ihr Reich lag in der Theißebene, dem Donaugebiet des heutigen Ungarn und Niederösterreich.

Baro: Germ., spätlateinisch, freier Mann, auch Baron.

Benedikt von Nursia: Begründer des abendländischen Mönchtums und des Ordens der Benediktiner (Leitspruch: *ora et labora,* bete und arbeite).

Berry: Historische Provinz in Mittelfrankreich, ehemals Gebiet der kelt. Bituriger; Grafschaft mit der Hauptstadt Bourges (Avaricum).

Brenne: Ein westlich von Châteauroux, zwischen den Flüssen Creuse und Indre gelegenes Gebiet; die ehemalige Sumpflandschaft wird heute überwiegend von Weihern, Waldflächen und Heide bestimmt.

Brünne: Panzer aus Eisen oder auch mit Metallplatten besetztes Panzerhemd aus Leder; zumeist von der fränkischen Kavallerie getragen.

Buckel: Entspricht dem im Berry gebräuchlichen dialektalen Begriff *button*; kleiner Hügel, s.a. »Feenbuckel«.

Cervesia: Gallisch, eine Art Bier.

De bello Gallico: Über den Gallischen Krieg von Julius Caesar.

Denar: Fränkische Silbermünze, 1/12 Solidus oder Schilling.

Elbisch: Vgl. Elfe, geisterhaft, überirdisch.

Feenbuckel: Feenhügel; abgeleitet von »Fei, Feie, Feine«, Fee, mittellateinisch *fata*; vgl. feien. Entspricht dem im Berry verwendeten Begriff *button aux fades.*

Flaiel: Altfranzösisch, von lateinisch *flagellum,* (vgl. althochdeutsch *flegil,* Flegel). Peitsche, Geißel.

Gau: Eigentlich Siedlungsgebiet eines Stammes; unter den Franken zumeist gleichbedeutend mit einer Grafschaft.

Gefolgsmann: Als Gefolgsleute werden hier alle direkten und abhängigen Untergebenen eines Höheren bezeichnet; im weiteren Sinne Gefolge, Dienstleute.

Große: Von lat. »Potentes«, Mächtige; hohe geistliche und weltliche Würdenträger und Adelige.

Hausmeier: Hier Pippin von Heristal (der Mittlere) und Karl Martell. Ursprüngliches Hofamt, Vorsteher der Hofhaltung unter den Merowingern; entwickelte sich zum höchsten und erblichen Amt, bis die o. g. Hausmeier die Könige zu Schattenherrschern degradierten und Pippin der Jüngere sich schließlich selbst 751 zum König des Frankenreichs erheben ließ.

Heerbann, auch *Heerfolge:* Aufgebot zum Heer, zur Teilnahme an einer Heerfahrt. Im Frühling stattfindende Sammlung der Wehrfähigen. Unter den Franken sowohl die militärische Hoheitsgewalt des Königs als auch das Heer selbst.

Hufe: Hofstätte mit Acker- und Weideland, ausreichend für den Unterhalt einer bäuerlichen Familie.

Kapitularien: Verordnungen, Verwaltungsanweisungen und Sendschreiben der karolingischen Herrscher.

Kirchenvogt: Siehe *Vogt*

Kolonen: Freie, aber erblich an das Land gebundene Pächter.

Komplet: Die letzte Hore (Gebetszeit) des Stundengebets.

Königsbann und Gerichtsbarkeit: Herrschaftsgewalt des Kaisers und seiner Gesetze. Straftaten und Verbrechen wider den

»Königsbann« fielen unmittelbar unter den »Gerichtsbann« – die Gerichtshoheit – des Kaisers und wurden entweder von dessen Gerichten selbst, von den gräflichen Gerichten oder von den Missi dominici entschieden, und zwar nach den Gesetzen des Volkes, dem die Angeklagten angehörten.

Lamia: Griech. »die Gefräßige«, Gespenst; Kinderfresserin bzw. Unholdin, die Kindern und jungen Leuten das Blut aussaugt. Vgl. Lemuren.

Mainfrid: Aus dem germanischen, *magin,* Stärke, Größe, und *frid,* Friede.

Mark: Grenze, Grenzland in karolingischer und ottonischer Zeit; die Marken standen zumeist unter dem Befehl eines Markgrafen.

Matutin: Die »morgendliche«, also die erste Hore.

Minuskel und *Unziale:* Die um 780 entstandene karolingische Minuskel war die Hofschrift des Fränkischen Reiches, aus der sich die neueren europ. Schriften entwickelten. Die Unziale oder Unzialschrift hingegen ist eine abgerundete Variante der älteren röm. Kapitalschrift, die sich bequemer als diese schreiben ließ und als Buchschrift vom 4. bis 8. Jh. verbreitet war.

Missale und *Psalter:* Zumeist mehr oder minder reich verzierte Meß- und Psalmenbücher.

Missus dominicus: Pl. *Missi dominici*; siehe Motto; lateinisch, Gesandter, Sendbote des Herrn.

Pallium: Griech. u. lat. Mantel, Krönungsmantel; auch vom Papst selbst getragene Schulterbinde, die dieser persönlich als Amtszeichen oder ehrenhalber an Metropoliten, Erzbischöfe und gelegentlich Bischöfe verleiht.

Peinliche Befragung: Peinlich ist von Strafe, Höllenstrafe, abgeleitet; Strafen über Leib und Leben betreffend. Ein Verhör unter Folter.

Priorat: Von einer Abtei abhängiges, meist kleineres Kloster und der Leitung einer Priorin (bzw. eines Priors), der Stellvertreterin einer Äbtissin (eines Abtes).

Reda: Keltisch, von »reiten«; vierrädriger Reisewagen.

Romanische Mundart: Im Laufe der Jahrhunderte gingen in den Gebieten des ehemaligen Röm. Reiches aus dem Lateinischen (Vulgärlatein) verschiedene romanische Mundarten hervor, aus denen sich unter anderem auch Französisch entwickeln sollte. Im Gegensatz dazu waren Fränkisch, Alemannisch u. a. germanische Sprachen.

Sigirannus: Auch Siran oder Cyran. Ein wahrscheinlich im Berry zum Ende des 6. Jahrhunderts geborener Eremit und Wanderprediger; gründete mehrere Klöster in der Brenne.

Strix: Plural *strigis*; griechischen Ursprungs, Nachtvogel. Nach antiken Märchen ein weibliches blutsaugendes Schreckgespenst. In der Karolingerzeit offenbar ein Oberbegriff für alle Arten von übernatürlichen Wesen und Hexen.

Stunden, Uhrzeiten: Tage und Nächte waren zu jeder Jahreszeit und an jedem Ort gleichermaßen in zwölf Stunden unterteilt. Da von Sonnenaufgang, bzw. Sonnenuntergang gezählt wurde, sind die Tages- und Nachtstunden im Verhältnis zueinander und je nach geographischer Breite und Datum ungleich lang.

Unziale: siehe *Minuskel.*

Valetudinarium: Krankenhaus, Lazarett.

Vicecomes: Lat. Vizegraf; frz. *Vicomte.* Königlicher Offizier, Stellvertreter des Grafen.

Visitation: Der regelmäßige Besuch des Amtsbezirks und der unterstehenden Pfarreien, zu dem Bischöfe oder wie hier Erzpriester verpflichtet sind.

Vogt: Immunitäts- und Verwaltungsbeamter mit eingeschränkter Gerichtsbarkeit, der als Vertreter des Königs, des Grafen agiert. Der *Kirchenvogt* hingegen ist ein kirchlicher Sachwalter, der die weltl. Angelegenheiten einer Kirche, eines Klosters, auch im Bereich des Gerichtswesens, versieht.

Wegezoll, Marktzoll: Steuer und Abgaben auf jede Form der Warenbeförderung; daneben gab es auch Marktzölle oder Platzgelder.

Zehnt: Auf die Bibel gestützte, von allen Gläubigen geforderte Abgabe – auf Erträge, Ernte, u. a. – an die Kirche.

Marc Paillet

Der Salamander

Abt Erwin und die Verschwörer von Lyon

Roman

Aus dem Französischen von Stefan Linster

Band 14232

Eine Elite hochgebildeter und erfahrener Männer diente Karl dem Großen, sein riesiges Reich zu verwalten. Als königliche Sendboten wurden sie überall dorthin geschickt, wo es Probleme zu lösen, Streit zu schlichten und verzwickte Kriminalfälle aufzuklären gab. Einer von ihnen ist Erwin der Sachse, ein scharfsinniger Abt aus Umbrien. Im Frühling des Jahres 800 entsendet König Karl Abt Erwin nach Lyon, um seinen Aufenthalt in der alten Handelsstadt, als Zwischenstation auf dem Weg zur Kaiserkrönung nach Rom, vorzubereiten. Gleich bei der Ankunft stößt der königliche Sendbote auf die Leiche eines Quartiermeisters. In Lyon herrscht ein multikulturelles Klima, Levantiner, Griechen und Juden gehen friedlich ihren Geschäften nach. Unter dem Zeichen des Salamanders ist Lyon aber auch das Zentrum einer Verschwörung gegen König und Papst, deren Drahtzieher Abt Erwin in einem Wettlauf mit der Zeit aufspüren muß, denn am 25. Dezember 800 soll König Karl in Rom zum Kaiser gekrönt werden.

Fischer Taschenbuch Verlag

fi 5122 / 4

Marc Paillet

Mit Dolch und Gift

Abt Erwin und der Tote von der Festtafel

Roman

Aus dem Französischen von Martin Schoske

Band 14231

Im Winter des Jahres 796 machen sich Abt Erwin und Graf Childebrand von Aachen auf den beschwerlichen Weg in die Grafschaft Autun in Burgund, um dort einen Streitfall zu schlichten. Der Graf von Autun, ein Verwandter Karls des Großen, soll sich unrechtmäßig vier Güter angeeignet haben. Bei ihrer Ankunft werden die Gesandten mit Aufmerksamkeiten überhäuft. Nach einem Festmahl zu ihren Ehren, findet man den Stellvertreter des Grafen ermordet auf. Abt Erwin und Graf Childebrand nehmen die Ermittlungen auf und bringen betrügerische Machenschaften ans Licht, in das Vertreter des Hochadels und ehrgeizige Emporkömmlinge ebenso verwickelt sind wie verarmte Bauern. Während sich jedoch andere Richter jener Zeit mit erpreßten Geständnissen und zweifelhaften Zeugenaussagen zufriedengeben, fordert Abt Erwin handfeste Beweise für seinen Schuldspruch.

Fischer Taschenbuch Verlag

fi 5123 / 4

Marc Paillet

Der Säbel des Kalifen

Abt Erwin im Reich der Sarazenen

Roman

Aus dem Französischen von Stefan Linster

Band 14233

Im Herbst des Jahres 802 schickt Kaiser Karl der Große seine beiden Gesandten, Abt Erwin den Sachsen und den fränkischen Graf Childebrand, in geheimer Mission nach Bagdad, um die politischen Verhältnisse im Nahen Osten und die tatsächliche Macht des Herrschers der östlichen Welt, des Kalifen Harun ar-Raschid, auszukundschaften. Als Geschenk für den Sarazenenherrscher vertraut der Kaiser ihnen einen herrlichen Säbel an. Doch nach der stürmischen Überfahrt, wird ihr Lager bei Palmyra angegriffen und der kostbare Säbel zusammen mit dem Empfehlungsschreiben des Kaisers geraubt. Hat jemand ein Interesse am Scheitern ihrer Mission? In Bagdad, werden die fränkischen Botschafter vom Wesir des Kalifen in einem heruntergekommenen Gebäude außerhalb der »Runden Stadt« mit ihren zahlreichen weitläufigen Palastanlagen untergebracht. Alle Versuche, mit Hilfe von Tahir, dem sarazenischen Hauptmann, den Räubern und Mördern ihrer Gefährten auf die Spur zu kommen und den kostbaren Säbel wiederzuerlangen, scheitern am schillernden Machtgeflecht einflußreicher Höflinge. Doch Abt Erwin ersinnt eine List...

Fischer Taschenbuch Verlag

fi 5111 / 7

Marc Paillet

An der Teufelsfurt

Abt Erwin im Land der Nibelungen

Roman

Aus dem Französischen von Stefan Linster

Band 14234

Im Frühjahr 804 entsendet Karl der Große seine beiden Gesandten, Abt Erwin und Graf Childebrand, in die Grafschaft Auxerre, um dort die Heiligen Schriften zu überprüfen und die Einberufung für den Feldzug gegen die Awaren zu organisieren. Beim Willkommensempfang für die kaiserlichen Gesandten kommt es zum Eklat: Zwischen zwei einflußreichen Familien in Burgund, den Geroldingern und den Nibelungen, Vasallen Karls des Großen, flammen alte Feindseligkeiten wieder auf. Kurz darauf wird an der berüchtigten Teufelsfurt ein Gefolgsmann der Geroldinger tot aufgefunden. Alles sieht nach einem Racheakt aus. Die Einheimischen sind jedoch überzeugt, daß teuflische Dämonen ihre Hand im Spiel hatten. Abt Erwin und Graf Childebrand nehmen die Untersuchungen auf. Doch die Spuren sind dürftig und die Aussagen widersprüchlich. In letzter Sekunde gelingt es dem Abt, ein Blutbad zu verhindern und den Mörder zu entlarven.

Fischer Taschenbuch Verlag

fi 5112 / 7